거트루드 스타인
이은숙 옮김

세 가지 인생

Three Lives

차례

착한 애나

1

　브리지포인트[1]에서 장사를 하는 사람들은 머틸다 양이라는 소리에 기겁을 했다. 착한 애나가 그 이름을 내세우면 언제고 배겨 낼 재간이 없기 때문이었다.

　착한 애나가 머틸다 양은 그렇게 비싼 값을 지불할 수 없다고, 린트하임스에서는 더 싸게 살 수 있다고 딱 부러지게 말할 때는, 아무리 엄격하게 정찰 가격을 지키는 상점도 좀 덜 받고 물건을 내줄 수밖에 없었다.

　린트하임스는 곧잘 할인 행사를 해서 밀가루나 설탕 450그램을 1센트 반의반도 안 되는 저렴한 가격에 팔기도 하는 데다, 매장 책임자들 모두 애나와 알고 지내는 사람들이라 할인 행사를 하지 않는 날에도 항상 할인 가격으로 물건을 내주기 때문에, 애나가 즐겨 가는 상점이었다.

　애나의 삶은 고되고 힘겨웠다.

1　거트루드 스타인이 존스홉킨스 대학에 다니며 1897~1901년에 살았던 볼티모어를 모델로 한 허구의 도시.

애나는 머틸다 양의 아담한 집을 도맡아 관리했다. 마치 어린아이가 툭 쳐서 쓰러뜨리려 한 줄로 세워 놓은 도미노 패처럼 가파른 언덕 아래로 내리뻗은 길을 따라 똑같은 모양의 집들이 다닥다닥 붙어 있었는데, 머틸다 양의 자그마한 집도 그런 우스운 모양의 집 중 하나였다. 그 우스꽝스러운 작은 집들은 모두 이 층으로, 전면은 빨간 벽돌로 되어 있고 그 아래로 길쭉한 흰색 계단이 이어져 있었다.

이 작은 집은 머틸다 양, 허드렛일을 하는 하녀, 떠돌이 개와 고양이, 그리고 온종일 집안을 관리하며 잔소리를 해 대고 툴툴거리는 애나의 목소리로 북적북적했다.

"샐리! 한순간도 너를 두고 볼 수가 없구나. 또 문으로 쪼르르 달려가서 길을 내려오는 푸줏간 녀석을 보고 있다니. 머틸다 양이 신발을 찾으시잖아. 네가 줄곧 아무 생각 없이 돌아다니니 내가 무슨 일을 할 수 있겠니? 일일이 챙기지 않으면 허구한 날 깜박깜박하는 너 때문에 내가 못 살겠다. 게다가 꼭 말똥가리처럼 너저분하고 강아지처럼 꾀죄죄한 꼴 하고는. 얼른 가서 머틸다 양께 신발을 찾아 드려. 네가 오늘 아침에 치웠던 신발 말이야."

"피터!"

애나의 목소리가 높아졌다. "피터!"

피터는 그 집의 개들 중 제일 어려서 귀여움을 듬뿍 받는 강아지였다.

"피터, 베이비를 가만 놔두지 못해!"

베이비는 애나가 수년 동안 애지중지 키워 온 테리어로 이제 나이가 들어 눈이 거의 보이지 않았다.

"피터, 베이비를 가만 놔두지 않으면 매질을 당할 줄 알

아. 못된 녀석 같으니라고!"

착한 애나는 개들을 엄격히 훈육해서 순결을 지키도록 해
야 한다는 이상적인 생각을 갖고 있었다. 그래서 그 집에서 데
리고 살며 키우는 피터와 늙은 베이비와 기분이 좋으면 허공
으로 펄쩍펄쩍 뛰어오르는 솜털뭉치 같은 쪼꼬미 랙스는 말
할 것도 없고, 새집을 찾아 주기 전까지 데리고 있는 떠돌이
개들이 서로 추잡한 짓을 하지 못하도록 아주 엄격하게 감시
했다.

그런데도 그 집 사람들을 낯부끄럽게 하는 일이 한 번 일
어났다. 애나가 새집을 찾아 떠나보낸 작은 떠돌이 테리어가
느닷없이 새끼를 낳은 것이었다. 새 주인들은 폭시라는 이름
의 그 개가 자기네 집에 온 뒤로는 어떤 개와도 어울린 적이
없다고 큰소리쳤다. 착한 애나 또한 자신이 기르는 피터와 랙
스는 이 일과 상관이 없다고 완강히 잡아뗐다. 애나가 어찌나
사납게 우기는지, 폭시의 주인들은 결국 자신들이 부주의했
던 탓에 그런 일이 생겼다고 꼬리를 내릴 수밖에 없었다.

"이 나쁜 녀석. 네가 못된 짓을 했구나!" 그날 밤 애나는
피터를 나무랐다.

그러고 나서는 머틸다 양에게 하소연을 늘어놓았다.

"피터가 그 강아지들 아비더라고요. 강아지들이 피터를
빼닮았어요. 가여운 폭시, 새끼들이 얼마나 큰지, 몸집이 작은
폭시가 제대로 품지도 못하지 뭐예요. 머틸다 양, 하지만 전
피터가 그런 몹쓸 짓을 했다는 말을 폭시 주인한테 끝까지 안
할 셈이에요."

피터와 랙스는 물론 그 집 문턱을 넘나드는 뜨내기 개들
에게도, 엉큼한 생각이 꿈틀대는 시기가 주기적으로 찾아왔

다. 그럴 때면 애나는 야단법석을 피우며 매섭게 호통을 쳤고, 외출할 일이 생기면 음흉한 마음을 품은 개들이 서로 가까이 하지 못하게끔 하려고 신경을 곤두세웠다. 때로 애나는 행여 개들이 어울리지는 않는지 확인하고자, 잠시 개들만 남겨 두고 부엌에서 나갔다가 별안간 들이닥치기도 했다. 그러면 엉큼한 생각을 품었던 개들은 애나가 문손잡이를 돌리는 소리에 슬그머니 몸을 빼서 구석으로 물러나 앉았다. 손에 넣었던 사탕을 다시 빼앗겨 심통이 난 어린애들 모양 풀이 죽은 모습으로.

나쁜 마음을 품지 않는 점잖은 개는 나이가 너무 들어 앞이 거의 보이지 않는 베이비뿐이었다.

이처럼 애나의 나날은 고되고 힘겨웠다.

착한 애나는 몸집이 작고 호리호리한 독일 여자로, 40줄에 들어선 나이였다. 얼굴은 지친 기색이 역력했고, 두 뺨은 핼쑥했으며, 입은 비죽하게 꾹 다물려 있었고, 눈은 말간 연푸른빛이었다. 그녀의 두 눈은 때로 번개처럼 번뜩였고 때로 장난기가 그득했지만, 언제나 투명하고 날카로웠다.

바람둥이 피터나 베이비나 쪼꼬미 랙스에 얽힌 이야기를 할 때면 애나의 목소리는 밝고 쾌활했다. 하지만 마부나 다른 못된 남자들이 말에게 채찍질을 하거나 개한테 발길질을 하는 것을 보고 한 소리를 할 때 애나의 목소리는 귀청을 찢는 듯 날카롭고 매서웠다. 그런 사람들을 비난하며 제지할 만한 소속은 아니었다. 애나 스스로도 그럴 만한 자격은 없다고 솔직히 밝혔다. 하지만 앙칼진 목소리로 눈을 번뜩이며 독일 말투가 섞인 영어로 날카롭게 쏘아 대면, 사람들은 지레 겁을 먹고는 부끄러워했다. 애나가 그 구역을 순찰하는 경찰들과 친분이 있다는 것을 다들 알았기 때문이기도 했다. 경찰들은 그녀를 애니 씨라고 존대했고, 그녀의 말에 따랐으며, 그녀가 어떤 불만을 호소하든 즉시 처리해 주었다.

애나는 오 년 동안 머틸다 양의 작은 집을 관리했다. 그 오년 사이에 허드렛일을 하는 하녀는 네 번 바뀌었다.

처음에 왔던 하녀는 생김새가 곱상하고 성격이 밝은 아일랜드 여자애였다. 못 미더운 감이 있었지만 애나는 그 여자애를 받아들였다. 지내 보니 리지는 순순하니 썩 괜찮은 하녀였고, 애나는 웬만치 리지를 믿게 되었다. 하지만 신뢰는 오래가지 않았다. 곱상하고 쾌활한 리지가 어느 날 돌연 아무 말 없이 짐을 챙겨 사라져서는 영영 돌아오지 않았다.

예쁘장하니 쾌활한 리지를 뒤이어 들어온 하녀는 얼굴에 그늘이 져 있는 몰리였다.

몰리는 미국에서 독일계 부모 사이에서 태어났지만, 가족 모두 오래전에 죽었거나 멀리 떠나서 내내 혼자 지내 온 처지였다. 그녀는 키가 크고, 피부색이 거무스름했으며, 안색은 창백하고, 머리숱이 적었다. 늘 밭은기침을 토해 냈고, 성미가 사나워 지독한 욕을 입에 달고 살았다.

애나는 그런 모든 면이 참기 힘들었지만, 그래도 인정상 꽤 오래 몰리를 데리고 있었다. 그동안 부엌은 끊임없는 전쟁터였다. 애나가 잔소리를 하면, 몰리는 이상한 욕지거리를 퍼부었고, 그러면 머틸다 양은 두 사람이 싸우는 소리가 들린다는 것을 티내려 문을 쾅 닫곤 했다.

결국 애나는 그런 상황을 끝내기로 마음먹고 머틸다 양에게 청했다. "머틸다 양, 제발 몰리한테 뭐라고 한마디 좀 하세요. 전 더는 그 애를 감당하지 못하겠어요. 제가 야단을 쳐도

귓등으로도 안 듣는 것 같아요. 그런 데다 어찌나 욕을 해 대는지 저도 움찔하게 된다니까요. 그 애가 머틸다 양은 사뭇 따르잖아요. 그러니 제발 따끔하게 야단 좀 쳐 주세요."

"애나, 난 그러고 싶지 않아." 마음 약한 머틸다 양은 울상을 지었다. 큰 몸집에 유쾌한 성격이지만 마음이 약한 머틸다 양은 야단을 칠 생각만으로도 가슴이 내려앉는 모양이었다. "그래도 한마디 하셔야 해요. 제발요, 머틸다 양!" 애나는 사정했다.

머틸다 양은 어떻게든 야단치는 일을 피했다. "한 소리 하셔야 한다니까요. 부탁드려요, 머틸다 양." 애나는 애원했다.

애나가 몰리를 좀 더 잘 다루는 법을 터득하기를 바라면서, 머틸다 양은 야단치는 일을 하루하루 미뤘다. 하지만 애나와 몰리의 사이는 결코 좋아지지 않았고, 급기야 머틸다 양도 야단을 칠 수밖에 없음을 깨달았다.

머틸다 양은 애나가 집을 비울 때 몰리를 야단치기로 했다. 다음 날 저녁, 애나가 외출하고 난 뒤 머틸다 양은 마음먹은 일을 하려고 부엌으로 내려갔다.

몰리는 식탁에 팔꿈치를 괴고 앉아 있었다. 큰 키에 비쩍 마르고 혈색이 안 좋은 스물세 살의 몰리는 천성적으로 지저분하고 차림새에 무신경했지만, 애나가 줄기차게 잔소리를 해 댄 덕에 겉보기에는 그런대로 단정해 보였다. 그녀는 칙칙한 줄무늬 무명 드레스 위에 검정에 가까운 회색 체크무늬 앞치마를 둘렀는데, 짙은 색 옷차림 때문인지 수심 가득한 얼굴이 더욱 어두워 보였다. "아휴, 정말!" 머틸다 양은 몰리에게 다가서며 속으로 중얼거렸다.

"몰리, 애나를 대하는 네 태도에 대해서 한마디 해야겠다!"이 말에 몰리가 머리를 두 팔에 묻고 울음을 터뜨렸다.

"아이코! 이런!"머틸다 양은 끙끙거렸다.

"다 애니 씨 탓이에요. 전부 다요. 전 최선을 다하고 있어요."몰리가 떨리는 목소리로 말했다.

"애나 마음에 들기가 여간 어렵지 않다는 걸 나도 알아."머틸다 양은 마음 한 컨이 아려 왔지만, 마음을 다잡고 해야 할 말을 쏟아냈다. "몰리, 하지만 네가 잊으면 안 될 게 있어. 애나가 잔소리를 하는 건 다 너를 위해서야. 애나가 네 생각을 얼마나 하는지 넌 모를 거야."

"전 그런 친절을 바라지 않아요. 제가 뭘 해야 할지 머틸다 양께서 직접 말씀해 주시면 안 돼요? 그러면 아무 문제도 없을 거예요. 애니 씨는 싫어요."몰리가 울먹이며 대답했다.

"이러는 건 아무런 도움이 안 돼, 몰리. 부엌 책임자는 애나야. 애나 말에 따르든지, 그게 싫으면 네가 떠나는 수밖에 없어."머틸다 양은 단호한 목소리로 강경하게 말했다.

"전 아가씨를 떠나고 싶지 않아요."청승맞은 몰리가 훌쩍이며 대답했다. "몰리, 그러면 애나하고 좀 더 잘 지내도록 애를 좀 써."머틸다 양은 짐짓 엄격한 얼굴로 주의를 주고는 급히 부엌을 빠져나왔다.

"어휴! 어휴!"머틸다 양은 계단을 올라가며 중얼거렸다.

부엌에서 얼굴만 마주치면 티격태격하는 두 여자를 화해시키려는 머틸다 양의 시도는 별 효과가 없었다. 얼마 지나지 않아 애나와 몰리는 이전처럼 으르렁거렸다.

마침내 몰리를 내보내야 한다는 결정에 이르렀다. 그 집을 떠난 몰리는 빈민가에서 사는 노파와 함께 지내며 읍내에 있는 공장에서 일하게 되었는데, 애나 말에 따르면 그 노파는 고약한 사람이었다.

애나는 몰리의 딱한 처지를 생각하면 마음이 편치 않았다. 이따금 몰리를 만났을 때도, 들려오는 말을 들었을 때도 그랬다. 몰리는 건강이 좋지 않아 기침이 심해졌고, 그 노파는 정말로 못된 사람이었다.

일 년 사이 몰리의 건강은 계속 나빠져 걷잡을 수 없이 무너졌다. 그러자 애나는 다시 몰리를 떠맡았다. 공장 일을 그만두게 하고, 같이 살던 노파에게서 빼내 건강해질 때까지 병원에서 요양시켰다. 그런 다음에 시골에서 어린 여자아이를 돌보는 보모 일을 구해 주었다. 그 덕에 몰리는 마침내 자리를 잡고 만족하게 되었다.

몰리를 내보낸 뒤로 한동안은 하녀를 두지 않았다. 몇 달후면 여름이 될 테고, 그러면 머틸다 양이 집을 떠날 터였기 때문에, 케이티 할멈이 매일 오가며 애나의 일을 도왔다.

케이티 할멈은 행동이 굼떴고, 작달막하니 볼품이 없고 우악스러운 독일 노파로, 독일 말과 영어가 묘하게 뒤틀려 섞인 투로 말했다. 이즈음 애나는 어린 하녀를 들여서 일을 제대로 하는 법을 가르치는 데 진력이 나 있었다. 케이티 할멈은 거칠기는 하지만 말대꾸하는 법이 없고, 고집대로 하려고 들지도 않았다. 잔소리나 싫은 소리를 해도, 우악스러운 시골뜨기 노인네는 별다른 내색을 보이지 않았다. 대답을 해야 할 때면 "예, 애니 씨."라고 했다. 할멈이 할 수 있는 말은 언제나 그것이 전부였다.

"케이티 할멈은 정말 거칠고 본데없어요, 머틸다 양. 하지만 전 그 할멈을 데리고 있을 생각이에요. 일을 할 줄 알고, 몰리처럼 시도 때도 없이 애를 먹이는 법이 없거든요." 애나는 말했다.

케이티 할멈의 촌스럽고 별쭝난 영어 말투와 부산스럽게 즈 소리를 내는 거친 발음과 상스럽고 천박한 우스갯소리를 애나는 재미있게 받아들였다. 하지만 식사 시중만은 케이티 할멈에게 맡길 수 없었다. 그런 일을 하기에는 타고나길 손이 너무 거칠었다. 그래서 그 일은 애나가 도맡아야 했고, 그런 점이 못마땅했지만, 그래도 시건방진 젊은 애들보다 이 단순하고 거친 노인네를 대하기가 애나는 더 편했다.

여름이 오기 전까지 몇 달 동안 별일 없이 순탄한 날이 이어졌다. 해마다 여름이면 머틸다 양은 바다 건너로 가서 몇 달 동안 지내다 오곤 했다. 그해 여름, 케이티 할멈은 머틸다 양이 떠난다는 말에 서운함을 감추지 못하더니 떠나는 날이 되자 몇 시간 동안 통곡했다. 케이티 할멈은 정말이지 상스럽고 투박하고 본데없었다. 아담한 빨간 벽돌집의 하얀 돌계단 위에 서서 울고 있는 할멈은 비쩍 마르고 우둔해 보이는 얼굴이었고, 볕에 타서 거뭇하니 쭈글쭈글한 피부에 숱이 적은 반백의 곱슬머리였다. 억세 보이는 땅딸막한 체구는 오른쪽으로 약간 기울어져 있었고, 입고 있는 파란색 줄무늬 무명 드레스는 깨끗하기는 하지만 하도 빨아서 허옇게 해져 흉해 보였다. 애나가 안으로 끌고 들어갈 때까지, 케이티 할멈은 하얀 돌계단 위에 선 채로 앞치마를 들어 얼굴을 묻고는 꺽꺽꺽 괴상한 소리를 내며 흐느꼈다.

초가을에 머틸다 양이 돌아왔을 때, 케이티 할멈은 그 집에 없었다.

애나가 말했다. "케이티 할멈이 그렇게 가 버릴 줄은 정말 생각도 못 했어요. 머틸다 양이 떠나실 때 서운하다면서 그렇게 울고불고 난리를 치더니. 게다가 여름내 꽉 채워 급료를 챙겨 줬건만. 남의 집 일하는 사람들은 다 똑같아요, 머틸다 양. 믿을 만한 사람이 하나 없어요. 머틸다 양이 좋은 분이라고 케이티 할멈이 얼마나 떠들어 댔는지 아시죠? 지난여름 아가씨가 떠나실 때 침이 마르도록 그랬잖아요. 어쨌든 여름 중반까지는 일도 잘하고 나무랄 데 없었어요. 그러다 제가 병이 나니까 저 혼자 두고 시골 어디로 떠나더라고요. 거기서 돈을 조금 더 준다고 했나 봐요. 말 한마디 없이 가 버렸어요, 머틸다 양. 지독하게 더운 여름을 내내 같이 보내 놓고는 제가 병이 나니까 뒤도 안 돌아보고 떠나지 뭐예요. 케이티 할멈이 오갈 데 없을 때 아가씨나 저나 여러모로 편의를 봐줬잖아요. 그리고 여름내 제가 먹는 것보다 더 신경 써서 먹을 걸 챙겨 줬는데도 소용없더라고요. 머틸다 양, 뜨내기처럼 옮겨 다니면서 남의 집살이를 하는 사람들은 다 똑같아요. 어떻게 사는 것이 올바른 길인가 하는 고민이 전혀 없어요."

그 뒤로 케이티 할멈에 대한 소식은 들려오지 않았다.

허드렛일을 하는 하녀를 구하지 못한 채로 몇 달이 지나갔다. 여러 사람이 왔다 갔지만, 그중 누구 하나도 만족스럽지 않았다. 그러던 차에 애나는 샐리에 대한 말을 들었다.

샐리는 식구가 열한 명이나 되는 대가족의 맏딸로 갓 열여섯 살이 된 아이였다. 샐리 밑으로 줄지어 어린 동생들이 있었는데, 아주 어린 애들 두엇을 제외하고 모두 일을 했다.

샐리는 환하게 웃는 얼굴이 예쁜 금발의 독일계 여자아이로 좀 맹했다. 샐리의 동생들은 어릴수록 똑똑했다. 그중 제일 영리한 아이는 열 살배기 여자애였다. 그 아이는 술집을 운영하는 부부 밑에서 종일 설거지를 하고, 그에 따르는 품삯을 받왔다. 미혼인 의사 집에 가서 반나절씩 집안일을 해 주는 어린 동생도 있었는데, 그 의사의 집안일을 두루 하고 그 아이가 주급으로 받는 돈은 고작 8센트였다. 애나는 그 이야기를 할 때마다 분통을 터뜨렸다.

"저는 어쨌거나 그 의사가 샐리 동생한테 10센트는 줘야 한다고 생각해요, 머틸다 양. 그 어린애가 뒤치다꺼리를 다 해 주는데 8센트라니 야박하지요. 더구나 그 애는 우리가 데리고 있는 맹꽁이 샐리하고 달리 아주 영특하거든요. 샐리는 제가 끝없이 잔소리를 하지 않으면 뭐 하나 제대로 하는 게 없어요. 애가 착하기는 하지만요. 그래도 제가 신경을 쓰면 그 애도 나아질 거예요."

착하고 순한 독일계 아이 샐리는 애나에게 어깃장을 놓는 일이 없었다. 또한 피터도, 늙은 베이비도, 쪼꼬미 랙스도 더는 말썽을 부리지 않았다. 그래서 비록 애나가 소리 높여 꾸짖거나 지겹도록 훈계하는 일이 끊이지 않았지만, 부엌 식구들 모두 행복하게 지냈다.

애나는 어린 샐리에게 어머니나 다름없었다. 나쁜 길로 들어서지 않도록 샐리를 늘 지켜보며 호되게 야단치는 엄격한 독일 어머니 같았다. 바람둥이 피터나 흥이 넘치는 쪼꼬미 랙스나 샐리나 하나같이 유혹에 빠져 잘못된 길로 들어설 위험이 있었다. 그래서 애나는 이들 셋이 나쁜 길로 빠지지 않게끔 신경을 썼다.

걸핏 하면 해야 할 일을 까먹는 것과 식사 시중을 들기 전에 손을 깨끗이 씻지 않는 것 말고 샐리의 또 다른 큰 문제는 바로 푸줏간에서 일하는 남자아이였다.

푸줏간 아이는 볼품없는 젊은이였다. 그런데 애나가 저녁에 집을 비울 때면, 샐리가 그 형편없는 녀석과 어울리는 낌새가 보였다.

"머틸다 양, 샐리는 참 예쁜 아이인데 너무 어리바리해서 걱정이에요. 빨간색 블라우스를 차려입고, 고데기로 머리를 곱슬곱슬 말아 올린 걸 보니까 헛웃음이 절로 나더라고요. 그래서 제가 한마디 했죠. 그렇게 꾸미고 치장할 시간에 손이나 좀 깨끗이 씻으라고요. 요즘 어린 여자애들한테는 뭐 하나 선불리 맡길 수가 없어요, 머틸다 양. 샐리가 착하기는 한데 계속 지켜봐야 할 것 같아요." 애나가 말했다.

애나가 저녁 외출을 하는 날이면, 샐리가 푸줏간에서 일하는 아이와 부엌에서 노닥거리는 낌새가 갈수록 짙어졌다. 그러던 어느 이른 아침, 애나의 목소리가 매섭게 높아졌다.

"샐리, 이건 내가 어젯밤에 나갔다 오면서 아침에 머틸다 양께 드리려고 사 온 바나나가 아니야. 너, 오늘 아침 일찍 밖에 나갔다 오던데 뭘 하고 온 거니?"

"아무것도 안 했어요, 애니 씨. 그냥 나가서 휘 둘러보고 들어왔어요. 그리고 그 바나나는 애니 씨가 어제 사 오신 거 맞아요. 정말이에요."

"샐리, 내가 너한테 얼마나 신경을 쓰는데, 그리고 머틸다 양이 너한테 얼마나 잘해 주시는데, 어쩌면 그렇게 말할 수 있니? 난 어제 이렇게 시커먼 점들이 있는 바나나를 사 들고 온 일이 없어. 어젯밤에 내가 없는 동안 푸줏간 녀석이 여기 와서 바나나를 먹은 걸 내가 모를 줄 아니? 그래서 오늘 아침에 네가 나가서 다시 사 온 거잖아. 샐리, 난 거짓말은 정말 못 참는다."

샐리는 거세게 그렇지 않다고 변명했다. 하지만 이내 마음을 바꾸고는, 애나가 현관문을 여는 소리를 듣자마자 그 남자애가 달아나며 바나나를 휙 낚아채 갔다고 말했다. "앞으로 다시는 그 애를 집 안으로 들이지 않을게요, 애니 씨. 정말로 그러지 않을게요."

그러고 나서 몇 주 동안 잠잠한가 싶더니, 어리숙하니 순박한 샐리가 다시 특정한 날 저녁이면 빨간 블라우스를 차려 입고, 장신구로 치장을 하고, 머리를 굽슬굽슬 말아 올리기 시작했다.

이른 봄의 쾌청한 어느 저녁, 머틸다 양이 활짝 열려 있는 문 옆 계단에 서서 봄날의 산뜻한 밤공기를 즐길 때, 저녁 외출을 나갔던 애나가 집 앞에 나타나서는 나지막한 목소리로 소곤거렸다. "머틸다 양, 문을 닫지 마세요. 제가 돌아온 걸 샐리가 눈치채지 못하게요."

애나는 살그머니 집으로 들어가서 부엌 앞에 이르렀다. 그리고 문손잡이를 돌리는 순간 안에서 후다닥 움직이며 우당탕하는 소리가 나더니, 애나가 부엌으로 들어갔을 때는 샐리 혼자 동그마니 앉아 있었다. 그런데 아뿔싸, 푸줏간 녀석이 내빼면서 겉옷을 깜박 잊고 두고 간 것이 아닌가.

보다시피 애나의 삶은 고되고 힘겨웠다.

머틸다 양마저 애나의 속을 썩이는 때가 있었다. "저는 한 푼이라도 아끼려고 몸이 부서져라 일하는데, 아가씨는 나가서 그런 시답잖은 물건에 돈을 홀랑 쓰신 거예요!" 뚱뚱한 몸집에 세상만사 걱정이라곤 없는 여주인이 도예품이나 새로 나온 동판화나 유화 한 점을 두 팔에 안고 집에 돌아오면, 착한 애나는 투덜거렸다.

"그래도 애나가 돈을 아껴 써 준 덕분에 내가 이런 것도 살 수 있는 거잖아." 머틸다 양이 대답하면 애나는 이내 마음이 풀려서 흡족한 표정을 짓곤 했다. 하지만 사 온 물건의 값을 듣고 나면, 다시 두 손을 움켜쥐고 소리쳤다. "아이코, 머틸다 양! 아가씨! 그깟 것에 그 많은 돈을 쓰셨어요. 드레스는 변변찮게 입고 다니시면서." "알았어. 내년에 하나 새로 장만할게, 애나!" 머틸다 양은 선뜻 애나에게 져 주었다. 그러면 애나는 못마땅한 투로 대꾸했다. "그때까지 우리가 살아 있다면요, 그러시는지 두고 볼게요."

애나는 머틸다 양을 소중히 아껴 마지않았고, 그녀의 학식과 재산을 자랑스럽게 여겼지만, 옷차림에 무심한 채 낡은 옷을 입고 다니는 것은 탐탁해하지 않았다.

"머틸다 양, 그런 드레스를 입고 만찬 자리에 가실 수는 없어요. 다시 가서 격에 맞는 새 드레스로 갈아입으세요."

애나는 현관문 앞에 버티고 서서 말하곤 했다.

"애나, 그럴 시간이 없어." "아뇨, 시간이 없긴 왜 없어요. 제가 따라가서 갈아입는 걸 도와드릴게요. 제발요, 머틸다 양. 어떻게 그런 드레스를 입고 만찬 자리에 갈 생각을 하세요. 내년까지 우리가 살아 있다면, 그때는 꼭 모자도 새로 장만하세요. 그런 차림새로 외출하면 남들이 흉봐요."

그러면 가여운 여주인은 한숨을 내쉬며 애나의 말에 따를 수밖에 없었다. 밝고 느긋한 머틸다 양은 대개는 그런 일을 대수롭지 않게 받아들였지만, 때로는 적잖이 부담스러워했다. 애나가 보기 전에 부리나케 문 밖으로 빠져나가지 않으면, 옷을 갈아입어야 하는 일이 다반사였기 때문이다.

옷차림은 물론, 소유물이며 재산까지 세심히 관리하고 챙겨 주는 착한 애나 덕분에, 이 큰 몸집에 느긋한 성격의 머틸다 양은 마냥 태평할 수 있었다. 하지만 안타깝게도 우리가 살아가는 이 세상이 그렇게 순탄치만은 않은 법, 유쾌한 머틸다 양 또한 애나 때문에 애를 태우기도 했다.

뭐든 챙겨 주는 사람이 있는 것은 기분 좋은 일이지만, 바라는 것을 넌지시 드러낸 정도가 아니라 쑥스러울 만큼 분명하게 요구했는데도, 가장 원할 때 바라는 것을 취할 수 없어 짜증나는 일이 드물지 않았다. 머틸다 양은 쾌활한 친구들과 어울려 마음껏 시골길을 거닐며 기분 전환하는 것을 좋아했다. 경사가 완만한 언덕길을 오르고, 석양에 반짝이는 옥수수밭을 지나고, 달빛 아래서 하얗게 빛나는 충충나무 꽃과 머리 위에서 반짝이는 별들을 올려다보고, 상쾌한 공기를 마시며 시골길을 산책하면 기운이 솟았다. 하지만 그러고 나서 느지막이 돌아갔을 때, 애나가 화를 낼까 봐 노심초사하는 것은 편치 않은 일이었다. 비록 머틸다 양이 그날은 따뜻한 저녁을 준비해 놓을 필요가 없다고 미리 말했더라도 말이다. 뜨거운 날 눈부신 햇살 아래서 건강을 과시하며 마음껏 산책을 하고 난 뒤, 머틸다 양과 친구들이 지쳐서 뻐근해진 몸을 이끌고 맛있는 음식으로 허기를 채울 기대에 한껏 부풀어 아담한 집에 도착했을 때, 애나가 만든 맛있는 음식을 너무나도 좋아하는 이 일행이 피곤에 절은 채 닫혀 있는 문을 마주하게 되었을 때, 애나가 저녁 외출을 했으면 어쩌나 마음 줄이는 것은 편치 않은 일이었다. 애나가 집에 있다면 머틸다 양이 애나의 마음을 누그러뜨리는 동안에, 애나가 외출했다면 머틸다 양이 뻔뻔함을 무릅쓰고 어린 샐리에게 배고픈 친구들을 위해 먹을 것 좀 해 달라고 부탁하는 동안에, 피곤에 지친 나머지 일행은 오들오들 떨며 기다려야 했다.

그런 참기 힘든 상황을 맞닥뜨릴 때면, 머틸다 양은 쾌활했던 리지나 그늘졌던 몰리, 우악스러웠던 케이티 할멈, 맹했던 샐리 같은 사람들과 한통속이 되어 애나에게 반발심을 느꼈다.

머틸다 양이 착한 애나와 지내며 신경 써야 하는 일은 또 있었다. 없는 사람들이 흔히 그렇듯, 돈을 갚겠다는 지키지 못할 약속을 하는 주위 사람들에게 애나가 저축한 돈을 몽땅 빌려주는 일을 막기 위해 신경을 곤두세워야 했던 것이다.

착한 애나는 브리지포인트에서 이십여 년을 살며 별난 친구들을 많이 사귀었다. 머틸다 양이 그런 친구들로부터 애나를 지켜야 하는 일이 심심찮게 일어났다.

2 착한 애나의 일생

애나 페더너, 착한 애나는 독일 남부의 중하층 집안 출신이었다.

애나는 열일곱 살에 고향 마을에서 멀지 않은 대도시의 어느 중산층 가정으로 식모살이를 하러 갔다. 하지만 그 집에서 오래 머물지는 않았다. 어느 날, 그 집 여주인이 친구에게 자신의 식모(바로 애나)를 권하며 집안일을 시켜 보라고 했기 때문이다. 애나는 자신이 종이 된 기분이 들었고, 그래서 지체 없이 그 집을 떠났다.

애나는 남의집살이를 하는 사람이 가져야 할 올바른 자세에 대해 확고한 구시대적 사고방식을 갖고 있었다.

부엌을 단장하느라 새로 칠한 페인트 냄새 때문에 속이 울렁거릴지라도 밤에 아무도 없다고 해서 거실에 나와 앉는 법이 없었고, 항상 피곤한 신세지만 머틸다 양과 긴 얘기를 나누는 동안에도 절대 앉으려 하지 않았다. 주인을 존중하는 데 있어서도 먹을 것을 제공하는 데 있어서도 식모는 식모답게 처신해야 한다고 생각했다.

이런 남의집살이를 그만두고 얼마 후, 애나는 어머니를 따라 미국행 배에 몸을 실었다. 2등 칸에 오른 그들의 이주 여정은 길고도 음울했다. 애나의 어머니는 폐결핵으로 몸져누웠다.

그들 모녀는 미국의 남부 끝자락에 있는 쾌적한 작은 도시에 도착했고, 거기서 애나의 어머니는 시름시름 앓다 죽었다.

혼자 남은 애나는 이복 오빠가 자리 잡고 있는 브리지포인트로 갔다. 그는 거동이 불편할 정도로 몸이 비대했지만 인자한 독일 남자로, 고도 비만에 따르는 온갖 병을 달고 살았다.

빵집을 하는 애나의 이복 오빠는 가정을 꾸리고 꽤 넉넉하게 살았다.

애나는 그 오빠를 무척 좋아했지만, 그에게 기대려는 마음은 티끌만큼도 없었다.

브리지포인트에 도착한 뒤, 애나는 메리 워드스미스 양의 집에 들어가 고용살이를 하게 되었다.

메리 워드스미스 양은 엄청난 거구에 살결은 희고 머리는 금발인 무기력한 여자로 어린 두 아이를 키우고 있었다. 그 두 아이는 그녀의 오빠 부부가 몇 달 차이로 죽으면서 남긴 조카들이었다.

애나는 이내 메리 워드스미스 양의 모든 집안 살림을 관장하게 되었다.

애나는 몸이 비대하고 형편이 넉넉한 여자들의 집에서 일자리를 찾았다. 그런 여자들은 예외 없이 게으르거나 만사에 무심하거나 무기력했기 때문에, 그들 삶의 짐을 떠맡김으로써 애나에게 보람을 줄 수 있었다. 그래서 애나는 항상 몸이 비대해서 무력한 여자나 남자의 집에서 일을 구했다. 그런 사람들만이 편하고 자유로워지고자 남에게 스스로를 의탁했으므로.

애나는 개와 고양이와 뚱뚱한 여주인을 좋아했지만, 성격상 아이들은 그다지 좋아하지 않았다. 그래서 에드거와 제인, 다시 말해 워즈스미스 남매에게는 끝내 깊은 정을 들이지 못했다. 애나는 본래 남자아이를 더 좋아했다. 다루기가 쉽고, 비위 맞추기 쉬운 데다, 먹는 것도 가리지 않기 때문이었다. 반면에 여자아이는 어려도 어른과 별반 다르지 않은 여자의 본성을 일찌감치 드러내면서 미묘한 적대감을 보였다.

워즈스미스 가족은 여름은 시골의 쾌적한 저택에서 보내고, 겨울 몇 달은 도시에 있는 호텔식 아파트에서 지냈다.

그들이 옮길 때마다 오가는 여행에 관한 모든 결정을 애나가 내렸고, 그들이 지낼 곳을 준비하는 일 또한 모두 애나의 차지가 되었다.

애나가 메리 양의 집에 살며 살림을 떠맡은 지 삼 년이 넘어 가면서, 어린 제인이 애나에게 맞서는 일이 잦아졌다. 제인은 단정하고, 쾌활하고, 정성스럽게 땋은 금발의 양 갈래 머리를 등 뒤로 내려뜨린 모습이 예쁘고 사랑스러운 여자아이였다.

애나처럼 메리 양도 아이들을 별로 좋아하지 않는 성격이었지만, 같은 핏줄인 어린 두 조카만큼은 애지중지했고, 사랑스러운 어린 조카딸에게는 특히 약해서 뭐든 순순히 져 주었다. 애나는 더 편하게 대할 수 있는 남자아이를 늘 예뻐한 반면, 메리 양은 여자아이의 부드러운 힘과 사랑스러운 지배력을 더 흐뭇하게 생각했다.

거처를 옮길 준비를 끝낸 어느 봄, 메리 양과 제인이 먼저 시골집으로 떠나고, 애나는 도시에서 남은 문제들을 처리한 뒤에 며칠 후 방학을 맞는 에드거와 함께 그들을 뒤따라가기로 했다.

그해 여름을 맞을 준비를 하면서 제인은 몇 번이나 애나의 뜻에 거스르며 날카롭게 맞섰다. 어린 제인이 불쾌한 명령을 내리는 방식은 간단했다. 자신이 원하는 게 아니라 메리 고모가 그러기를 바란다는 말로 애나의 입을 막았다. 몸이 비대하고, 순하고, 무력한 메리 워드스미스 양은 애나에게 어떤 명령을 내려야겠다는 생각조차 없는 사람인데도 말이다.

그럴 때 애나의 눈은 점차 매섭고 날카로워졌다. 또 아랫니들을 앞으로 삐죽 내밀어 윗니를 꽉 누른 채로 있다가 "아, 애나! 메리 고모가 그렇게 해 주면 좋겠다고 하셔!"라고 재빨리 말하는 아이에게 일부러 더 느릿느릿 "그러죠, 제인 아가씨."라고 대답했다.

그들이 시골로 떠나는 날, 메리 양은 이미 마차에 타서 앉아 있는데 어린 제인이 집으로 뛰어 들어오며 소리쳤다. "아, 애나! 메리 고모가 고모 방하고 내 방에 있는 파란색 의상을 가져오래." 애나의 몸이 뻣뻣하게 굳었다. "여름엔 그것들을 입을 일이 없어요, 제인 아가씨." 애나가 무뚝뚝하게 말했다. "알아, 애나. 하지만 메리 고모 생각에는 가져가는 게 좋을 것 같대. 애나한테 잊지 말라고 전해 달라셨어. 갈게!" 그러고 나서 어린 여자애는 폴짝폴짝 계단을 뛰어 내려가 마차에 탔고 곧바로 마차가 출발했다.

애나는 꼼짝 않고 계단에 서 있었다. 두 눈은 날카롭고 매섭게 번뜩였고, 얼굴은 분노로 일그러진 채로. 그렇게 한동안 서 있던 애나는 문을 쾅 닫고 집 안으로 들어갔다.

그 뒤로 이어진 사흘은 그 집에 남은 모두에게 고역이 따로 없었다. 남편과 사별한 친구 렌트만 부인이 선물한 강아지로 애나가 사랑해 마지않는 베이비조차도, 검정색과 황갈색이 섞인 이 귀여운 강아지조차도, 애나의 속이 부글부글 끓고 있음을 알아차렸다. 그리고 사흘 동안 하고 싶은 대로 맘껏 하고, 먹고 싶은 대로 실컷 먹을 수 있다고 생각하며 기대에 부풀었던 에드거도 노기등등한 애나의 모습에 한시도 마음이 편하지 않았다.

사흘째 되는 날, 애나는 에드거를 데리고 워드스미스의 시골집으로 향했다. 두 방에 있는 파란색 옷들은 그대로 남겨 둔 채로.

시골로 내려가는 내내 에드거는 흑인 마부와 같이 앞쪽에 앉아 있었다. 남부는 초봄이었고, 비가 내려 들판이며 숲이 축축이 젖어 있었다. 오가는 마차에 짓눌려 깨지고 튕겨 나가 이리저리로 떨어진 돌멩이들 때문에 울퉁불퉁한 데다 질퍽해진 멀고 먼 황톳길을 마차는 천천히 달렸다. 비를 머금은 대지 위로 솜털이 보송보송한 작은 꽃봉오리와 어린 잎사귀와 고사리가 고개를 내밀고 있었다. 나무 꼭대기는 눈부시게 빛나는 하얀 햇빛과 찬란한 초록빛 물결이 어우러져 알록달록 반짝였다. 아래쪽은 빗물이 흠뻑 스며든 대지에서 피어오른 아지랑이와 들불에서 피어오른 푸른 연기의 푸근하고 기분 좋은 냄새가 뒤섞여 촉촉한 기운이 가득했다. 그리고 이 모든 것 위로 맑고 깨끗한 공기가 감돌았고, 새들의 노랫소리가 퍼졌으며, 낮을 늘이는 햇빛이 밝게 빛났다.

물기 머금은 이른 봄기운과 언제나 함께 찾아오는, 대지 깊은 곳에서 올라오는 강렬한 생명력과 온기와 무게와 나른

함과 꿈틀거림을 달뜬 마음으로 즐겁게 받아들일 수 없을 때는 오히려 분노와 짜증이 일게 된다.

따스한 봄기운, 느린 속도, 울퉁불퉁한 돌길, 말들이 뿜어내는 김, 남자들과 동물들과 새들이 내는 시끌벅적한 소리, 사방 천지에서 올라오는 새 생명의 기운, 이 모든 것이 마차 안에 홀로 앉은 채로 여주인과 한바탕 난리를 치러야 하는 곳으로 다가가고 있는 애나의 화를 돋울 뿐이었다. "베이비! 얌전히 누워 있어. 안 그러면 내 손에 죽을 테니. 이제 더는 참지 않을 거야."

이즈음 스물일곱 살 언저리였던 애나는 그렇게 지치고 야윈 모습은 아니었다. 이때까지만 해도 살이 붙어 동글동글해서 얼굴선이 뼈가 드러나도록 앙상하지 않았다. 하지만 안달복달하는 성격이 이미 연푸른빛 눈동자에 뚜렷했고, 단호하게 입을 꾹 다무는 일이 잦아지면서 턱선이 꽤 날카로워져 있었다.

이날 애나는 뻣뻣하게 굳은 채로 마차 안에 홀로 앉아 한바탕 전쟁을 치를 결의를 다지며 온몸을 떨었다.

마차가 워즈스미스 저택의 문으로 들어서자 어린 제인이 뛰어나와 지켜보았다. 제인은 애나의 얼굴을 흘끔 보고는 파란색 의상에 대해서는 입도 벙긋하지 않았다.

애나는 베이비를 품에 안고 마차에서 내렸다. 그리고 가져온 짐을 모두 꺼내자 마차는 떠나갔다. 애나는 짐을 그대로 현관에 둔 채 안으로 들어가서 난롯가에 앉아 있는 메리 워즈스미스 양에게 갔다.

메리 양은 난롯가에 있는 큰 안락의자에 앉아 있었다. 흐물흐물 늘어진 살이 한 치의 틈도 없이 의자를 꽉 채웠고, 입

고 있는 검정색 새틴 가운의 넓디넓은 소매는 물렁한 살로 빵
빵하게 부풀어 올라 괴물처럼 보였다. 몸집이 하도 커서 움직
임이 부자유스러운 메리 양은 늘 그 자리에 그렇게 조용히 앉
아 있었다. 살결이 뽀얗고 매끄럽고, 균형 잡힌 아름다운 얼굴
에 청회색 눈을 졸린 듯 멍하니 뜬 채로.

어린 제인은 메리 양 뒤에 서서 거실로 들어서는 애나를
힐끔거리며 불안한 듯 어깨를 달싹거렸다.

"메리 양." 애나가 입을 열었다. 문을 들어서자마자 멈춰
선 애나는 화를 억누르느라 몸도 얼굴도 굳어 있었다. 이는 악
물려 있고, 연푸른빛 맑은 두 눈은 날카롭게 희번덕거렸다. 분
노와 두려움이 묘하게 얽혀 있는 자세로 딱딱하게 굳은 얼굴
을 하고서 가까스로 감정을 억누르는 듯 몸을 움찔거리기도
했다. 참으로 기이하게도 온갖 격한 감정이 낱낱이 드러나는
태도였다.

"메리 양." 천천히 입 밖으로 나온 애나의 무거운 말소리
는 떨렸지만, 언제나처럼 단호하고 강경했다. "메리 양, 더는
이런 일을 못 참겠어요. 무슨 일이든 아가씨가 하라고 하면,
전 다 해냈어요. 제가 할 수 있는 최선을 다해 왔죠. 아가씨도
제가 아가씨를 위해 몸이 부서져라 일해 온 걸 아실 거예요.
하지만 아가씨 방에 있는 그 파란색 의상은 여름에 입기에는
손이 너무 많이 가요. 제인 양은 그런 걸 알 리 없겠지만요. 제
가 그런 수고를 하길 바라신다면, 전 떠나겠어요."

애나는 꼼짝 않고 서 있었다. 그녀가 쏟아낸 말은 뜻한 만
큼 강력한 힘을 내지는 못했지만, 그녀의 태도에서 풍겨 나오
는 힘은 메리 양을 공포와 두려움에 빠뜨리고도 남았다.

뚱뚱해서 움직임이 부자유스러운 여느 여자들처럼, 쓸잘

머리 없는 물렁한 살집 속에서 메리 양의 심장이 파닥파닥 뛰었다. 어린 제인도 자제심을 잃고 어쩔 줄 몰라 했다. 메리 양의 얼굴에서 핏기가 사라지는가 싶더니 이내 정신 줄을 놓고 말았다.

"메리 양!" 애나가 소리치며 여주인에게 달려들어서는 널브러진 육중한 몸을 떠받쳐 다시 의자 깊숙이 들어앉혔다. 혼비백산한 어린 제인은 애나가 시키는 대로 부리나케 뛰어다니며 후자극제[2]와 브랜디와 식초와 물을 가져왔고, 가여운 메리 양의 팔목을 문질러 댔다.

메리 양이 천천히 양순해 보이는 눈을 떴다. 애나는 훌쩍거리는 어린 제인을 거실 밖으로 내보내고, 용케도 혼자서 메리 양을 소파 위로 옮겨 안정시켰다.

그 후로 파란색 의상에 대한 얘기는 쏙 들어갔다.

전적으로 애나의 승리였다. 며칠 후 어린 제인은 애나에게 초록색 앵무새를 주며 화해를 청했다.

이후 애나는 육 년을 더 어린 제인과 같은 집에서 살며, 끝까지 서로 존중하고 조심스럽게 대했다.

애나는 제인이 준 앵무새를 무척 좋아했다. 고양이와 말도 좋아했고. 하지만 제일 좋아하는 동물은 개였고, 그중에서도 렌트만 부인이 준 베이비를 제일 아꼈다.

렌트만 부인은 애나 일생일대의 연모의 대상이었다.

애나가 렌트만 부인을 처음 만난 곳은 이복 오빠의 집이었다. 빵집을 운영하는 애나의 이복 오빠는 식료품 잡화점을

---

2   의식을 잃은 사람의 코밑에 대주어 냄새를 맡게 하여 정신을 차리게 하는 자극제.

하다 저세상으로 떠난 렌트만 씨와 평소 잘 알고 지내던 사이였다.

오랫동안 산파 일을 해 온 렌트만 부인은 남편이 죽은 뒤로 혼자 어린 두 아이를 키우며 살아갔다.

렌트만 부인은 균형 잡힌 풍만한 몸에, 말간 올리브색 피부, 반짝거리는 까만 눈, 곱슬곱슬 윤기가 나는 까만 머리를 가진 고운 여자였다. 그리고 상냥하고, 사람을 끄는 힘이 있고, 유능하고, 다정했다. 한마디로 매력이 넘치고 통이 크고 정이 많은 사람이었다.

렌트만 부인은 우리의 착한 애나보다 몇 살 위였는데, 애나는 사람의 마음을 끄는 호감 넘치는 그녀의 매력에 금세 푹 빠졌다.

렌트만 부인은 산파 일을 하며 어려움에 처한 젊은 여자들의 출산을 돕는 일을 무엇보다 좋아했다. 어린 산모들이 홀가분하게 집이나 일터로 돌아갈 수 있을 때까지, 그녀 자신의 집으로 데려와 남몰래 돌봐 주기도 했다. 돌봐 준 대가는 나중에 천천히 갚도록 편의를 봐주었고. 애나는 이런 새 친구를 통해 더 폭넓고 즐거운 삶을 이끌어 갔다. 그리고 가진 것보다 훨씬 더 많은 것을 베풀기도 하는 렌트만 부인을 돕느라 저축한 돈을 몽땅 써 버리는 일도 종종 있었다.

애나가 결국 메리 워드스미스 양을 떠날 수밖에 없게 되었을 때, 그녀를 고용한 숀젠 의사를 만난 것도 렌트만 부인을 통해서였다.

메리 양의 집안일을 맡아 하던 마지막 몇 년 동안, 애나는 건강이 몹시 나빠졌다. 사실대로 말하자면, 그때 나빠진 건강이 모진 삶의 마지막 순간까지 계속되었다.

애나는 중간 체구에 호리호리하고, 바지런하고, 매사 안 달복달 동동거리는 여자였다.

애나는 전부터 심한 두통에 시달렸는데, 그즈음 두통이 더 자주 생기고 더 오래 지속되었다.

애나의 얼굴은 날로 마르고 야위고 수척해졌고, 아픈 몸을 이끌고 일하는 여자들이 그렇듯 피부색이 누렇게 떴으며, 말간 파란 눈은 생기를 잃어 갔다.

허리 통증 또한 애나에게 심한 고통을 안겼다. 애나는 늘 일에 지쳐 기진맥진했고, 갈수록 성미가 까다로워지고 조급해졌다.

메리 워드스미스 양은 틈틈이 애나 스스로 몸을 챙기게 하려 애썼고, 의사를 불러 주기도 했다. 어느새 사랑스럽고 싱그러운 숙녀로 피어난 제인도 애나가 건강을 챙기도록 발 벗고 나섰다. 애나는 변함없이 제인을 호락호락 대하지 않았고, 자신의 방식에 간섭하면 질색을 했다. 메리 워드스미스 양의 부드러운 권유는 언제든 쉽게 거절했다.

애나를 좌지우지할 수 있는 유일한 사람은 렌트만 부인뿐이었다. 그녀는 애나를 설득해 숀젠 의사에게 치료를 받게끔 했다.

착한 독일 여자 애나가 일을 그만두고 수술을 받도록 할 수 있었던 사람은 다른 누구도 아닌 숀젠 의사였다. 그는 독일에서 온 가난한 사람들을 어떻게 다뤄야 하는지 훤히 알았다. 게다가 유쾌하고 쾌활하고 친절한 성격에 더불어 재미있는 얘깃거리가 끊이지 않았고 이런저런 상식과 이성적 용기로 가득 차서, 착한 애나마저 그녀 자신을 위한 일들을 하도록 설득해 냈다.

에드거는 처음에는 학교에 다니느라, 학교를 졸업하고 나서는 직장 생활을 하며 토목기사가 되기 위한 준비를 하느라 몇 년째 집을 떠나 있었고, 메리 양과 제인은 애나가 집에 없는 동안 줄곧 여행을 다니기로 약속했다. 그래서 병상에 있는 동안 애나가 일을 할 필요도 없었고, 애나를 대신할 새로운 사람을 들일 필요도 없었다.

메리 양과 제인의 배려 덕에 애나는 그런대로 편한 마음으로, 건강을 되찾기 위해 최선이라고 생각하는 일을 해 달라며 렌트만 부인과 쇤젠 의사에게 자신을 맡겼다.

애나는 수술을 잘 견뎌 냈고, 인내하며 유순하게 서서히 회복할 시간을 지내며 일할 힘을 찾아 갔다. 하지만 다시 메리 워드스미스 양의 집안 살림을 떠맡으면서, 몇 달 동안 요양하며 얻은 좋은 효과는 죄다 사라졌고, 애나의 건강은 다시금 걱정스러운 상태가 되었다.

그 뒤로 평생 고된 일을 하며 살아야 했던 애나는 결코 건강을 되찾지 못했다. 시도 때도 없이 두통에 시달렸고, 늘 핼쑥한 몰골로 피로에 허덕였다.

애나는 입맛을, 건강을, 기운을 잃어 가면서, 고되게 일하지 말라고 애원하는 사람들을 위해 쉼 없이 일했다. 고집스럽고 충실하게 독일인의 정신을 지키려는 애나가 생각하기에, 남의집살이를 하는 여자는 응당 그래야 했다.

바야흐로 애나가 메리 워드스미스 양을 떠나야 하는 날이 다가오고 있었다.

이제 어엿한 숙녀가 된 제인은 진즉 사교계에 나가 있었다. 곧 약혼을 하게 될 테고 뒤이어 결혼을 하게 될 것이며, 그러면 아마도 메리 워드스미스 양은 그녀와 함께 살게 될 터였다.

애나는 제인이 새로 꾸리는 가정에 자신이 있을 자리는 없을 거라고 확신했다. 제인이 언제나 애나를 조심스러워하며 정중히 대했지만, 애나는 제인이 안주인인 집에서 더부살이를 할 수는 없었다. 애나의 머릿속에 이런 생각이 확고히 자리하고 있었다. 그러면서 메리 양과 함께 한 마지막 이 년은 전만큼 행복하지 못했다.

예상한 변화가 일찍이 찾아왔다.

제인이 브리지포인트에서 기차로 한 시간 거리인 쿠르덴이라는 도시에 사는 남자와 약혼을 하고, 몇 달 뒤에 결혼식을 치르게 된 것이었다.

제인이 결혼해서 새 가정을 이루게 되면, 애나가 그들을 떠나리라 마음먹고 있다는 것을 가여운 메리 워드스미스 양은 까맣게 몰랐다. 애나가 메리 양에게 이런 결심을 알리기는 몹시도 어려운 일이었다.

결혼식 준비가 밤낮 없이 계속되었다.

애나는 결혼식이 순조롭게 진행되도록 분주히 일하고 바느질을 했다.

메리 양은 조마조마 불안해하면서도, 그들 모두를 위해 무슨 일이든 거뜬히 해내는 애나에게 만족하며 행복해했다.

애나는 쉴 새 없이 일하는 것으로 서글픈 마음과 양심의 가책을 누르려 했다. 어쨌거나 메리 양을 그렇게 떠나는 것은 옳지 않았다. 하지만 애나가 달리 어쩔 수 있었겠는가? 제인이 안주인인 집에서 메리 양의 가정부로 살아갈 수는 없었다.

결혼식이 하루하루 가까워졌다. 마침내 그날이 왔고, 결혼식이 끝났다.

젊은 부부가 신혼여행을 떠난 뒤, 애나와 메리 양은 뒤에 남아 짐을 정리했다. 안쓰럽게도 애나는 그때까지도 메리 양에게 결심을 털어놓을 용기를 내지 못했다. 하지만 더는 머뭇거릴 시간이 없었다.

애나는 틈만 나면 친구인 렌트만 부인에게 달려가 위로를 얻고 조언을 구했다. 그리고 메리 양에게 더는 함께 할 수 없다는 말을 할 때, 옆에 같이 있어 달라고 부탁했다.

렌트만 부인이 브리지포인트에 살고 있지 않았더라면, 아마도 애나는 제인의 새집에 가서 살아 보려고 했을는지도 모른다. 렌트만 부인이 애나에게 메리 양을 따라가지 말라고 부추기거나 조언을 한 것은 아니었다. 다만 렌트만 부인에 대한 감정 때문에, 그토록 충실한 애나조차도 메리 양이 필요로 하면 따라야 한다는 생각이 그다지 강하지 않았다. 렌트만 부인이 없었더라면 메리 양을 따랐겠지만.

잊지 마시라, 렌트만 부인은 애나에게 일생일대 연모의 대상이었다.

짐 정리가 끝났고, 며칠 뒤 메리 양은 젊은 신혼부부가 기다리고 있을 새집으로 가야 했다.

애나는 이제 더는 이야기를 미룰 수 없었다.

렌트만 부인이 같이 가서, 가여운 메리 양이 분명하게 이해할 수 있도록 도와주기로 했다.

텅 빈 거실의 난롯가에 평온하게 앉아 있는 메리 워즈스미스 양에게 두 여인은 나란히 다가갔다. 메리 양은 이전에 렌트만 부인을 여러 번 본 적이 있어서인지, 애나가 그녀를 데려온 것을 보고도 이상하다는 낌새를 전혀 느끼지 못했다.

두 여인이 말을 꺼내기는 여간 어렵지 않았다.

메리 양에게 이런 변화에 대해 얘기할 때는 지극히 조심해야 했다. 너무 갑작스럽게 느끼거나 흥분해서 그녀가 쇼크를 일으켜서는 안 되었다.

애나는 온몸이 뻣뻣하게 굳었고, 죄스럽고 불안하고 서글픈 감정이 뒤섞여 북받쳐 올랐다. 대담하고, 유능하고, 즉흥적이고, 하고 싶은 대로 하는 성격이고, 그 일에 깊이 관련되지 않은 렌트만 부인조차 몸집이 크고 온순하고 무기력한 존재 앞에서 거북하고 계면쩍어했으며 죄스러움마저 느꼈다. 그래도 자신이 옆에 있으면, 감정을 억제하고 냉정하게 스스로 옳다고 생각하는 일을 하려 안간힘을 쓰고 있는 가여운 애나가 꿋꿋하게 말을 꺼낼 힘을 얻을 거라고 생각했다.

"메리 양.(애나에게 있어 말할 수밖에 없는 상황일 때, 그 말들은 늘 날카롭고 짧게 나왔다.) 메리 양, 렌트만 부인이 이렇게 제 옆에 있는 이유는, 제가 메리 양을 따라 쿠르덴에 가서 살지는 못한다는 얘기를 거들기 위해서예요. 물론 그곳에 적응하실 때까지는 제가 가서 도와드릴 거예요. 하지만 그 후에 저는 여기 브리지포인트로 돌아와서 지낼 생각이에요. 아시다시피 저희 오빠 가족이 다 여기서 살고 있잖아요. 오빠 가족이 있는 데서 너무 멀리로 가는 건 옳지 않아요. 메리 양도 쿠르덴에서 다들 같이 지내다 보면 저를 그다지 필요로 하지 않으실 거고요."

메리 워드스미스 양은 애나가 한 말을 제대로 알아듣지 못하고 어리둥절해했다.

"아휴, 애나! 당연히 원하면 언제든 오빠를 부를 수 있어. 차비는 내가 챙겨 줄게. 그런 것쯤 다 알 줄 알았는데. 그리고 애나 조카들도 고모랑 지내러 얼마든지 자주 와도 돼. 우리도 아주 반가울 거야. 내 조카사위인 골드스웨이트 씨 저택처럼 큰 집에는 충분한 여유가 있기 마련이니까."

이제 렌트만 부인이 나설 때였다.

"워드스미스 양은 방금 들은 말을 잘못 이해하고 계셔, 애나." 렌트만 부인이 말을 꺼냈다. "워드스미스 양, 애나는 당신이 참으로 다정하고 친절하신 분이라고 생각해요. 저한테 그런 얘기를 늘 하죠. 힘이 닿는 한 자신을 위해 뭐든 해 주신다는 얘기도요. 그래서 깊이 감사하고, 워드스미스 양 곁을 떠나는 게 내키지 않지만, 이제 골드스웨이트 부인이 그 큰 집의 안주인이 되셨으니 그분 방식대로 살림을 꾸려 가길 바라실 테고, 애나도 그러는 편이 나을 거라고 생각한답니다. 골드스웨이트 부인도 어릴 때부터 알아 온 애나 같은 가정부 말고 새로운 사람들하고 새 살림을 시작하는 게 나을 거라고 생각하실지 모르지요. 애나 생각엔 그럴 것 같다고 하더라고요. 제 생각을 물어보기에, 저는 애나한테 거기로 따라가지 않는 게 모두를 위해 좋을 거라고 말했어요. 애나가 당신을 얼마나 좋아하는지 잘 아실 거예요. 그만큼 애나한테 정말로 잘해 주셨죠. 그리고 애나가 어떤 연유로, 골드스웨이트 부인이 새집에 익숙해질 때까지 얼마 동안만 그 집에 가서 지내다 다시 여기 브리지포인트로 돌아오는 게 낫겠다고 생각하게 됐는지도 이해하실 거예요. 워드스미스 양께 알려 드리고자 했던 말이 그런 거지, 애나?"

"어머나, 애나. 저기, 애나. 그 오랜 세월을 같이 살았는데, 애나가 나를 떠나고 싶어 하리라곤 생각도 못 했어." 메리 워드스미스 양이 뜻밖의 얘기에 속상한 마음을 감추지 못하고 느릿느릿 말을 이었다. 착한 애나는 그 말을 듣고 있기 괴로웠다.

"메리 양!" 애나의 입에서 불쑥 말이 튀어나왔다. "메리 양, 이제 제인 아가씨 밑에서 일해야 하니 떠날 수밖에 없다고 생각하게 됐어요. 메리 양이 얼마나 좋은 분인지 잘 알아요. 저 또한 메리 양이나 에드거 도련님, 제인 아가씨를 위해 병이 날 정도로 고달프게 일해 왔고요. 다만 제인 아가씨는 무슨 일이든 우리가 종전에 해 왔던 방식하곤 다르게 하고 싶어 하실 거예요. 아시겠지만, 저는 제인 아가씨가 항시 저를 지켜보는 것도, 모든 걸 새로운 방식으로 하려고 하는 것도 견딜 수 없어요. 그런 마음으로 같이 살면 얼마나 불편하겠어요. 제인 아가씨도 실은 제가 메리 양을 따라 새집에 들어오는 걸 원치 않으세요. 제게도 그만한 눈치는 있어요. 메리 양, 부디 이렇게 말씀드리는 걸 언짢게 듣지 말아 주세요. 메리 양을 위해 마땅한 방식으로 제대로 일할 수 있으면서도 떠나고 싶어 한다고 생각하지도 마시고요."

가여운 메리 양. 그녀는 무슨 일이든 기를 쓰고 하는 법이 없었다. 기를 쓰고 설득했다면 애나는 분명 마음을 바꿨을 텐데, 만사태평인 메리 양이 감당하기에 고군분투는 너무 수고스럽고 버거웠다. 애나는 그래야 한다면 기필코 해냈지만 말이다. 가여운 메리 워즈스미스 양은 한숨을 내쉬며 아쉬운 눈길로 애나를 쳐다보다 체념하고 말았다.

"애나는 최선이라고 생각하는 대로 하고 말잖아." 마침내 그녀가 물렁한 몸을 의자 깊숙이 묻으며 말했다. "너무 서운해. 애나가 우리를 떠나는 게 최선이라고 생각했다는 얘기를 들으면 제인도 섭섭해할 거야. 애나를 위해 이렇게 같이 와 주다니 렌트만 부인은 참 친절하시군요. 애나, 잠시 바람 쐬고 싶을 텐데 나가 봐. 한 시간 후에 돌아와서 내가 잠자리에 드는 걸 도와줘." 메리 양은 눈을 감고 난롯가에서 고요하고 평온하게 쉬었다.

두 여자는 그곳을 나왔다.

이렇게 애나는 메리 워드스미스 양을 돕는 일을 끝내고, 곧바로 숀젠 의사의 집을 돌보는 새로운 삶을 시작했다.

활기 넘치는 총각 의사의 집안일을 하면서, 미혼의 독일 여자 애나의 마음에 이해심이라는 새로운 요소가 생겼다. 애나의 습관은 전과 다름없이 확고했고 변함이 없었다. 하지만 애나가 기꺼이 승낙해야만 이루어졌던 일들, 그러니까 밤중에 아무 때고 일어나 숀젠 의사와 그의 미혼 친구들을 위해 저녁을 차리거나 닭튀김을 하는 일이 수시로 생겼다.

남자들은 아주 만족하며 푸짐하게 먹었기에 애나는 그들을 위해 일하기를 좋아했다. 그들은 등 따습고 배부르면 만족했고, 애나가 최선이라고 생각하는 일은 뭐든 하도록 했다. 그렇다고 애나가 양심을 외면하는 일은 없었다. 누가 간섭을 하든 말든, 애나는 한 푼이라도 아껴서 저축했고, 하루 온종일 일했다. 하지만 사실 애나는 잔소리를 할 수 있을 때 잔소리하기를 제일 좋아했다. 이제 다른 하녀들과 흑인 남자, 개들, 고양이들, 말들, 자신의 앵무새한테는 물론, 유쾌하고 쾌활한 주인 숀젠 의사에게도 위해 애나는 조언을 하거나 끊임없이 나무랄 수 있었다.

애나가 그 의사의 짓궂은 장난이나 우스운 농담을 좋아하는 만큼, 의사는 애나의 잔소리를 좋아했다.

이즈음 애나는 행복한 나날을 보냈다.

애나의 별난 기질, 기묘한 방식의 장난기가 처음 나타난 것도 이때였는데, 훗날 촌스럽고 굽실거리는 케이티 할멈과 맹한 샐리와 행실이 점잖지 못한 개 피터와 랙스에게 장난을 치며 재미있어하게 되는 기질이었다. 의사가 갖고 있는 해골을 움직이게 하거나 이상한 소리를 내면서 흑인 남자아이가 겁에 질려 바들바들 떨며 눈을 희번덕거릴 때까지 놀리기를 애나는 좋아했다.

그러고 나서 애나는 장난 친 이야기를 의사에게 하곤 했다. 그 의사가 호탕하게 웃음을 터뜨리며 재미있어하면, 핼쑥하니 주름투성이에 지쳐 보이는 단호한 애나의 얼굴에 웃음이 번지면서 새로운 주름이 졌고, 연푸른색 눈은 희열과 기쁨으로 반짝거렸다. 그리고 유쾌한 애교로 가득한 애나는 앙상하게 마른 노처녀의 몸으로 하고 있는 이야기와 그녀 자신을 더 재미있게 보이려 애쓰며 고개를 치켜들었다.

쾌활한 숀젠 의사와 함께하는 젊은 시절은 착한 애나에게 참으로 행복한 나날이었다.

이 젊은 시절, 애나는 여유 시간이 생길 때마다 친구인 과부 렌트만 부인과 함께했다. 렌트만 부인은 숀젠 의사의 집과 같은 마을에 있는 작은 집에서 두 아이와 함께 살았다. 두 아이 중 큰아이는 줄리아라는 열세 살쯤 된 여자아이였다. 육중한 독일계 아버지를 닮은 줄리아 렌트만은 남의 눈을 끌만큼 매력적이지 못했고 외모가 보잘것없었으며 둔하고 고집이 셌다. 렌트만 부인은 딸 걱정을 많이 하지는 않았지만, 딸이 갖고 싶어 하는 것은 뭐든 구해 주었고, 하고 싶은 대로 하게 놔두었다. 딸에게 무관심하거나 애정이 없어서는 아니었다. 그저 양육 방식이 그랬다.

렌트만 부인의 둘째 아이는 아들로, 누나보다 두 살 적었는데, 영리하고 싹싹하고 명랑했다. 이 아이 또한 돈이든 시간이든 쓰고 싶은 대로 썼다. 렌트만 부인이 아이들을 이렇게 방치한 이유는 집중력과 시간을 요구하는 일이 그녀의 머릿속에도 집안에도 너무 많았기 때문이다.

렌트만 부인이 집안 살림을 나 몰라라 게을리하고, 엄마로서 아이들 교육에 무관심한 것을 우리의 착한 애나는 견디기 힘들어 했다. 당연히 그녀는 렌트만 부인에게 돈을 아껴 쓰라는 둥 물건들을 원래 있어야 할 자리에 정리해 두라는 둥 지겹도록 잔소리를 했다.

맨 처음 렌트만 부인의 재치 있는 말솜씨와 아름다운 외모가 뿜어내는 매력에 빠졌던 이 젊은 시절에조차 애나는 렌트만 부인의 집에 가면 물건들을 정리하고 싶은 욕구에 시달렸다. 그러다 이제 두 아이가 커서 집안에서의 역할이 더 중요해지고, 오랫동안 알고 지내는 사이 눈에서 콩깍지가 벗겨지자, 애나는 자신이 옳다고 생각하는 대로 이런저런 것을 바로잡으려 애쓰기 시작했다.

이즈음 애나는 어린 줄리아를 눈여겨보며 똑바로 처신하도록 만들려 잔소리를 했다. 착한 애나의 눈에 줄리아 렌트만이 귀여워서 그런 것이 아니라, 여자애가 똑바로 처신하는 법을 배우게끔 이끌어 주는 사람이 없어서는 안 되었기 때문이다.

사내아이에게는 잔소리를 하기가 더 편했다. 그 아이는 꾸지람을 들어도 마음속에 꽁하니 담아 두지 않았고, 먹을 것과 흥겨운 장난과 재미있는 우스갯말이 뒤따르는 잔소리를 오히려 좋아했다.

여자아이인 줄리아는 그런 모든 것에 시큰둥했고, 제 생각을 내세워 애나의 말문을 막는 일이 잦았다. 어쨌거나 그녀에게 애니 아줌마는 친척도 아니었고, 툭하면 집에 찾아와 골치 아프게 할 권리가 없는 사람이었다. 그 아이 엄마에게 호소해도 아무 소용이 없었다. 놀랍게도 렌트만 부인은 귀 기울여 들으면서도 흘려듣고, 대답을 하고 나서도 결정하지 않고, 들은 대로 하겠다고 말하고 나서도 전과 다름없이 그대로 두는 사람이었다.

어느 날, 애나의 우정 어린 마음으로도 더는 참아내기 힘든 일이 생겼다.

"애, 줄리아! 엄마는 나가셨니?" 어느 여름 일요일 오후, 애나가 렌트만 부인의 집에 들어서며 물었다.

이날 애나는 아주 근사해 보였다. 그녀는 언제나 옷차림에 신경을 썼고, 새 옷을 잘 관리했다. 일요일 외출을 할 때, 여자라면 어떤 모습이어야 하는지에 대한 그녀 자신의 이상을 언제나 충족시켰다. 애나는 저마다 각 계층에 도사린 고유한 볼품없는 속성을 아주 잘 알았다.

애나가 전적으로 그녀 자신의 취향대로, 그리고 그녀의 친구나 그녀 자신을 위해 물건을 구입할 때처럼 저렴하게, 워드스미스 양과 훗날 애지중지 떠받들게 된 머틸다 양을 위해 이것저것 구입하는 모습은 참으로 흥미로웠다. 한편으로 그녀는 상류층 사람을 위해서는 그에 딱 맞는 분위기의 것을 선택했고, 그 외 다른 사람들을 위해서는 흔히 더치³라고 하는 어색하고 볼품없는 것들을 항상 골랐다. 애나는 각 부류에 제일 좋은 것이 무엇인지 알았고, 모진 삶 속에서도 여자로서 제

---

3 열등하고 미흡한 것으로 인식된다.

대로 차려입어야 한다는 생각을 저버리는 일이 없었다.

이 햇볕 쨍쨍한 여름의 일요일 오후, 애나는 까만 구슬과 폭 넓은 리본으로 장식된 붉은 벽돌색의 새 실크 블라우스와 검정색 무명 치마를 입고, 색색 리본과 새 모양 장식물로 멋을 낸 빳빳하니 반짝거리는 검은색 밀짚모자를 쓰고, 손에는 새 장갑을 끼고, 목에는 깃털 목도리를 둘러 한껏 멋을 낸 차림으로 렌트만 부인의 집으로 들어섰다.

비쩍 마른 앙상한 몸과 쾌청한 여름 햇살 아래 그나마 밝아 보이지만 누렇게 뜬 핼쑥한 얼굴에 비해 화사한 그녀의 옷 차림은 괴기스러운 부조화를 일으켰다.

애나가 며칠 만에 렌트만 부인의 집을 찾아가, 남부 도시의 중하류층 사람들이 흔히 그러듯 빗장을 걸어 놓지 않은 문을 열었을 때, 거실에는 줄리아 혼자만 있었다.

"어, 줄리아. 엄마는 어디 계시니?"

애나가 물었다.

"엄마는 밖에 나가셨어요. 애니 아줌마, 그래도 들어오셔서 우리 새 남동생 좀 보세요."

"그게 무슨 농담이니, 줄리아!"

애나가 앉으며 핀잔했다.

"농담이 아니에요, 애니 아줌마. 엄마가 귀엽고 예쁜 남자아이를 입양했는데 모르셨어요?"

"정신 나간 소리를 하는구나. 줄리아, 분간 없이 그런 말을 함부로 하면 안 돼."

줄리아의 표정이 뚱해졌다.

"알았어요, 애니 아줌마. 제 말을 믿기 싫으면 믿지 마세요. 하지만 정말로 작은 아기가 부엌에 있는걸요. 엄마가 돌아오시면 아줌마한테 직접 얘기하실 거예요."

그야말로 얼토당토않은 말이었지만, 줄리아가 말하는 품이 사실 같기도 한 데다 렌트만 부인은 더 엉뚱한 일을 벌이고도 남을 사람이었다. 애나는 마음이 뒤숭숭해졌다.

"줄리아, 무슨 꿍꿍이니?"

"전 그런 거 없어요, 애니 아줌마. 저 안에 아기가 있다는 말을 못 믿으시겠다면, 직접 가서 보세요."

애나는 부엌으로 갔다. 그곳에 정말로 아기가 있었다. 통통한 남자 아기가 열려 있는 문 옆 한쪽 구석에 있는 바구니 안에서 쌔근거리며 자고 있었다.

"네 말은 그러니까, 네 엄마가 이 아기를 잠깐 동안만 여기서 데리고 있을 거란 말이지? 그런 거지?"

애나는 자신이 크게 놀라는 모습을 보려고 부엌으로 따라 들어온 줄리아에게 물었다.

"아뇨. 그런 게 아니에요, 애니 아줌마. 이 아기 엄마가 시골에 있는 비숍 댁에서 일하는 릴리인데, 아기를 키울 형편이 안 된대요. 그래서 이 아기가 예뻐 어쩔 줄 몰라 하던 엄마가 입양해 여기서 키울 거라고 하셨어요."

애나는 너무 놀라고 화가 나서 어안이 벙벙해졌다. 그때 현관문이 닫히는 소리가 들렸다.

"엄마가 오셨나 봐요." 아기를 입양하는 문제에 대해 자신의 마음이 어느 쪽인지 갈피를 못 잡던 줄리아가 불안하면서도 반가운 듯 소리쳤다.

"엄마가 오셨어요. 제가 아줌마한테 한 말이 사실인지 직접 물어보세요."

그들이 있는 부엌으로 렌트만 부인이 들어왔다. 그녀는

여느 때와 다름없이 부드럽고 무심하고 상냥한 얼굴이었다. 그렇지만 이날만큼은 산과 일을 능수능란하게 하고 돌아온 평소와 다름없는 태도 사이로, 미안해하는 것 같기도 하고 불안해하는 것 같기도 한 기색이 언뜻언뜻 드러났다. 착한 애나와 알고 지내는 사람은 누구나 그러듯, 렌트만 부인도 애나의 단호한 성격과 확고한 소신과 신랄한 비난을 두려워했기 때문이다.

이 두 여자가 육 년이란 세월을 함께하는 동안, 어떻게 애나가 점차 두 사람의 관계를 이끌어 가게 되었는지는 보지 않아도 훤했다. 물론 애나가 실질적 주도권을 잡고 있다고 할 수는 없었다. 렌트만 부인은 절대 누구한테 이끌려 가는 사람이 아니었으니까. 얼마든지 자신의 뜻대로 할 수 있는 사람이었다. 하지만 렌트만 부인이 뭔가를 하려고 마음먹으면, 애나가 먼저 눈치를 챘고 부인이 행동으로 옮기기 전에 막을 수 있었다. 그런데 이번에는 누가 누구를 누를지 가늠하기 어려웠다. 렌트만 부인은 남의 말을 잘 듣지 않는 데다 상냥하고 부드럽게 사람의 마음을 사는 재주가 있었고, 무엇보다 이번 일에는 이미 엎질러진 물이라는 이점이 있었다.

애나는 평소 올바른 일에 대해 단호했다. 분노와 두려움으로 그녀는 몸이 굳고 안색이 창백해졌다. 또 한바탕 싸움을 앞에 두고 있을 때면 그러듯 초조해하며 부들부들 떨었다.

렌트만 부인은 여유롭고 상냥한 얼굴로 부엌으로 들어섰고, 애나는 뻣뻣하게 굳은 채 창백한 얼굴로 침묵을 지켰다.

"오랜만이야, 애나." 렌트만 부인이 다정하게 말을 꺼냈다. "어디 아픈 건 아닌가 걱정하던 참이었어. 아휴! 오늘 꽤 덥네. 애나, 거실로 나갈까? 줄리아가 시원한 차를 내올 거야."

애나는 굳은 얼굴로 아무런 대꾸도 하지 않고 렌트만 부인을 따라 거실로 나갔다. 그러고는 앉으라는 말에도 그대로 서 있었다.

애나가 말할 수밖에 없는 여느 상황에서처럼, 그 말은 아주 짧고 날카롭게 나왔다. 방금 전까지 숨 쉬기도 힘들어하던 애나가 갑자기 말을 토해 냈다.

"렌트만 부인, 줄리아 말이 릴리 아들을 키우려고 데려왔다는데 사실이 아니죠? 그 말을 듣고 내가 줄리아한테 정신 나간 소리 작작 하라고 했어요."

감정이 격해진 애나는 숨도 쉬지 않고 날카롭게 불쑥 말을 쏟아 냈다. 렌트만 부인도 격해지는 감정을 누르듯 숨을 내쉬며 천천히 대답했다. 하지만 그녀의 말은 전보다도 상냥하고 느긋한 말투였다.

"있잖아, 애나. 릴리는 이제 비숍 댁에서 일해야 해서 아들을 키울 수 없다는 거 몰라? 정말로 귀엽고 사랑스러운 아기야. 내가 어린 녀석들을 얼마나 좋아하는지 알잖아. 줄리아나 윌리한테 어린 남동생이 있으면 좋을 거라고도 생각했고. 알겠지만 줄리아는 항상 아기들하고 노는 걸 좋아하거든. 나는 자주 집을 비워야 하고, 윌리는 틈만 나면 밖에 나가 뜀박질을 하고 돌아다니니, 줄리아가 벗할 아기가 있으면 좋지 않겠어? 애나가 늘 그랬잖아. 줄리아가 너무 밖으로 나돌아선 안 된다고. 아기가 줄리아를 집에 있게 할 거야."

애나는 너무 화가 나고 열이 나서 시시각각 안색이 창백해졌다.

"렌트만 부인, 이미 이 집에서 크고 있는 줄리아나 윌리한테도 엄마 노릇을 제대로 못 하면서 무슨 생각으로 아기를 또 입양하겠다는 건지 이해를 못 하겠어요. 내가 여기 없을 때는 줄리아한테 뭐 한 가지 가르쳐 주는 사람이 없잖아요. 그런데 누가 줄리아한테 저 아기를 어떻게 돌보라고 한마디라도 해 줄까요? 줄리아는 아기를 돌보는 법을 전혀 모르는데. 부인은 늘 밖에 나가야 해서 부인 자신의 아이들을 위해 쓸 시간도 없으면서 왜 낯선 사람들 일까지 신경을 쓰려고 해요? 렌트만 부인, 부인이 무턱대고 일을 저지르는 건 알지만 이런 일까지 벌이리라곤 생각 못 했어요. 안 돼요, 렌트만 부인. 친자식이 둘이나 있으니 그 애들이나 제대로 잘 키워야지, 부인이 다른 사람들까지 떠맡을 의무는 없어요. 더구나 허구한 날 돈에 쪼들리면서 어쩌면 이렇게도 경솔하게 돈을 허투루 쓰려고 해요? 줄리아랑 윌리가 커 가고 있잖아요. 이러는 건 말도 안 돼요, 렌트만 부인."

이보다 더 지독한 말은 없었다. 애나는 일찍이 친구에게 이처럼 속내를 드러낸 적이 없었다. 그런 말을 모두 듣고 있어야 하는 것은 렌트만 부인에게 가혹한 일이었다. 만일 그녀가 애나의 말뜻을 알아들었다면, 결코 다시는 애나를 집에 들이지 않았을 것이다. 그런데 렌트만 부인은 애나를 무척 좋아하는 데다, 애나가 저축해 놓은 돈과 힘에 기대는 데 익숙해져 있었다. 또한 가혹한 말뜻을 알아챌 수도 없는 사람이었고. 그녀는 머릿속이 어수선한 나머지 애나의 말이 얼마나 모질고 날카로운지 포착하지 못했다.

렌트만 부인은 애나의 말을 자신에게 유리한 쪽으로 받아들이고 말했다. "어머나, 애나. 우리 애들이 하루 온종일 뭘 하고 지내는지 살피지 않는다고 나를 너무 안 좋게 보는 모양이

네. 줄리아도 윌리도 정말 착한 애들이야. 광장에 나가서도 괜찮은 애들하고만 어울리고. 애나도 자식이 있으면, 애들이 하고 싶어 하는 대로 좀 놔둬도 나쁠 게 없다는 걸 알 텐데. 줄리아는 이 아기를 정말로 좋아해. 너무나 귀엽고 사랑스러운 아기를 시설로 보내는 건 잔인한 일이고. 애나도 애들을 좋아하면 그런 마음이 들 거야. 우리 윌리한테는 언제나 정말 잘해주잖아. 내가 여기서 잘 키울 수 있는데도 아기를 시설로 보내다니 진짜 안 될 말이야, 애나. 애나도 나한테 말은 그렇게 가혹하게 해도 본인이 직접 그러고 싶지는 않을걸. 이제 애나도 그러고 싶지 않다고 생각하지? 아휴, 오늘 정말 덥네. 줄리아, 애니 아줌마가 계속 마실 걸 기다리고 있는데, 시원한 차 안 내오고 뭐 하니?"

줄리아가 차를 내왔다. 부엌에서 이야기를 훔쳐 듣는 데 정신이 팔려 받침 접시에 차가 꽤 흘러넘친 채로 내왔건만 줄리아는 아무 핀잔도 듣지 않았다. 애나의 머릿속이 아기 입양 생각으로 가득 차서 뭐 하나 제대로 하는 법이 없는 둔하고 찬찬치 못한 두 손을, 새 반지로 멋을 낸 뒤퉁스럽고 깡마른 두 손을 신경 쓸 겨를이 없었다.

"드세요, 애니 아줌마. 여기 이 찻잔이 애니 아줌마 거예요. 진한 차를 좋아하시잖아요." 줄리아가 말했다.

"됐어, 줄리아. 여기서는 어떤 차도 마시고 싶지 않아. 네 엄마는 이제 친구한테 대접할 시원한 차를 사는 데 돈을 쓸 여유가 없거든. 앞으로는 이런 데 돈 쓰면 안 돼. 난 이만 드레턴 부인을 만나러 가야겠다. 그 부인은 자식을 잘 보살피기 위해서라면 아픈 몸인데도 할 수 있는 일은 뭐든 다 하는 사람이야. 난 이제 그 집에 갈 거야. 잘 있어요, 렌트만 부인. 부인이 하기에 벅찬 일을 하느라 안 좋은 일이 생기지는 않기를 바라요."

"어머나, 애니 아줌마가 단단히 화가 나셨네." 착한 애나가 집이 흔들릴 정도로 힘을 끌어 모아 문을 쾅 닫았을 때 줄리아가 말했다.

그러고서 몇 달째 애나는 드레턴 부인과 가깝게 지냈다.

드레턴 부인은 종양이 생겨 치료를 받으러 숀젠 의사를 찾아온 환자였다. 그녀가 거기서 치료를 받는 동안, 애나와 그녀는 서로를 무척 좋아하게 되었다. 부지런히 일하고 걱정이 많은 두 여자. 체구가 크고 다정하고 참을성이 많고 푸근하고 지쳐 보이지만 생활력이 강한 얼굴로 독일인 남편에게 순종하며 일곱 명의 속이 꽉 찬 아들딸을 기르는 한 여자와, 단호한 입 매무새와 장난기 어린 맑은 눈에 주름지고 피로에 찌들고 야위고 파리한 얼굴로 혼자서 살아가는 우리의 착한 애나는 열정적이지는 않지만 담담한 우정을 주고받았다.

드레턴 부인은 강단 있게, 소박하게, 근면하게 살았다. 그녀의 남편은 정직하고 그런대로 점잖은 양조업자였는데 술이 과할 때가 있었고, 그럴 때면 퉁명스럽고 고약하고 불쾌하게 굴곤 했다.

그 집의 자식 일곱 중 넷은 건장하고 기운차며 효심 깊은 아들들이었고, 셋은 부지런하고 고분고분하고 순진한 딸들이었다.

착한 애나는 이 가족을 아주 좋게 생각했고, 이 집 식구들도 모두 애나를 퍽 좋아했다. 남자들의 가부장적 권위에 대해 독일 여자다운 생각을 갖고 있는 애나는, 그 집의 퉁명스러운 아버지에게도 싹싹하게 대했고 그의 심기를 거스르는 일이 거의 없었다. 큰 체격에 고단하게 일하고, 참을성이 많고, 병까지 든 이 집 어머니에게 애나는 이야기를 들어 주고 공감해 주는 친구였고, 지혜로운 의논 상대였으며, 시기적절한 후원자였다. 그 집의 아이들 또한 애나를 잘 따랐다. 남자아이들은 스스럼없이 애나에게 장난을 쳤고, 애나가 등짝이라도 철썩 때리면 와자지껄 소리를 지르며 재미있어했다. 여자아이들은 다들 얼마나 순하고 착한지 이 집에서는 애나의 잔소리가 모자에 다는 새 장신구와 리본이 뒤따르는 다정한 조언의 형태를 띠었다. 생일에는 보석이 주어지기도 했고.

과부 친구 렌트만 부인과 한바탕 가슴 아픈 전쟁을 치르고 난 뒤, 애나가 위로를 받기 위해 찾은 곳이 이 집이었다. 그렇다고 드레턴 부인에게 하소연할 마음은 없었다. 이상적 애정을 품었던 사람한테 받은 상처를 털어놓을 수는 결코 없었다. 렌트만 부인에게 가졌던 애나의 마음은 너무나 고결하고 속절없어 누구한테도 설명할 수 없는 것이었다. 그나마 소소한 일로 아옹다옹하며 북적대는 이 대가족 속에서 애나는 마음의 상처로 인한 불안과 아픔을 가라앉혔다.

드레턴 가족은 대도시 변두리에 옹기종기 모여 있는 볼품없는 목조 가옥에서 살았다.

아버지와 아들들은 맥주 만드는 일을 했고, 어머니와 딸들은 청소하고 바느질하고 음식을 준비했다.

그 집 식구들은 일요일마다 모두 깨끗이 씻고 주방 비누 냄새를 풍겼다. 그러고 나서 아들들은 제일 좋은 나들이옷을 차려입고 집 주변이나 마을에서 한가롭게 빈둥거렸고, 특별한 날에는 여자 친구들하고 들놀이를 즐겼다. 딸들은 알록달록 거추장스러워 보이는 장신구로 치장을 하고 교회에 가서 거의 종일 시간을 보낸 뒤 친구들하고 산책을 했다.

그들은 항상 다 같이 모여 저녁 식사를 했는데 독일 사람들이 좋아하는 즐거운 일요일 저녁 식사에 애나는 늘 환대를 받았다. 이 집에서 애나와 남자아이들은 서로 툭툭 치며 마음껏 즐겁게 웃어 댔고, 여자아이들은 가족이 먹을 음식을 만들고 식구들의 시중을 들었고, 어머니는 언제나 자식들에게 사랑을 퍼 주었고, 아버지는 이따금 불쾌한 말로 끼어들어 원망을 샀지만, 다들 못 들은 척 넘기는 법을 터득하고 있었다.

그 여름날 일요일 오후, 생각 없이 일을 벌인 렌트만 부인을 뒤로하고 애나가 위로를 받고자 찾은 곳이 바로 이 집이었다.

드레턴 가족의 집은 활짝 열려 있었다. 쾌적하고 향기로운 여름 공기 속에서 흔들의자에 앉아 쉬고 있는 드레턴 부인뿐 다른 식구들은 없었다.

애나는 전차에서 내린 뒤 뙤약볕 속을 걸어온 터였다.

그녀는 부엌으로 들어가 시원한 물로 목을 축이고 나서 드레턴 부인 근처의 계단에 앉았다.

애나의 마음속에서는 분노가 사그라지고 슬픔이 대신하여 자리를 채우고 있었는데, 끈기 있고 다정하고 푸근한 어머니인 드레턴 부인과 이야기를 나누다 보니, 슬픔이 다시 체념으로 바뀌면서 마음이 차분해졌다.

저녁 시간이 되면서 아이들이 하나씩 집으로 돌아오고, 곧이어 즐거운 일요일 저녁 식사가 시작되었다.

드레턴 부인과 알고 지낸 몇 달 동안, 우리 애나의 마음이 편하기만 한 것은 아니었다. 드레턴 부인으로 인해 뚱뚱보 제빵업자인 이복 오빠 가족과 부딪치는 일이 더러 있었다.

뚱뚱보 제빵업자인 이복 오빠는 별난 사람이었다. 가누기 버거울 만큼 뚱뚱한 몸으로 연신 숨을 헐떡였고, 몸집이 어마어마한 데다 다리에 굵은 혈관이 터질 듯 불거져 나와서 이제 더는 오래 걸을 수 없었다. 아예 걸으려고 하지도 않았다. 늘 자리에 앉아 엄청나게 두꺼운 지팡이에 몸을 기대고는 일꾼들이 일하는 모습을 지켜보았다.

애나의 이복 오빠는 명절 때마다, 가끔은 그냥 일요일에, 그의 빵집 마차를 타고 나와 단골손님들을 일일이 찾아다니며 건포도가 들어 달콤한 케이크 모양의 큼직한 빵을 한 덩이씩 나눠 주었다. 한 집 한 집 도착할 때마다 그는 숨을 헉헉거리고 끙끙대는 소리를 뱉어 내면서 육중한 몸을 이끌고 마차에서 내렸다. 그럴 때면 검은 머리에 이목구비가 번듯하고 인상이 좋아 보이는 그의 얼굴은 번들거리는 땀으로, 수고롭게 후한 인심을 베푸는 자부심으로 반짝거렸다. 그는 큼직한 지팡이에 의지해 발을 질질 끌며 현관 계단을 올라가서는, 집 구조에 따라 부엌이나 거실로 들어가서 제일 가까이에 있는 의자에 앉았다. 그런 다음 숨을 돌리고 나서 어린 일꾼이 건네주는 건포도가 든 독일식 빵을 그 집 안주인이나 요리사에게 전해 주었다.

애나는 이복 오빠 가게의 단골손님이 결코 아니었고, 줄곧 건너편 마을에서 살았지만, 이렇듯 빵을 선물하는 나들이를 할 때 이복 오빠는 애나를 빼놓는 일이 한 번도 없었다. 언제나 직접 그의 손으로 명절을 축하하며 애나에게 빵을 건네주었다.

애나는 이복 오빠를 많이 좋아했다. 그가 말이 없는 편이라서, 특히 여자들하고는 거의 이야기를 하지 않는 편이라서 속속들이 알 수는 없었지만, 애나가 보는 오빠는 올곧고 선하고 친절한 사람이었다. 애나의 삶에 끼어들어 간섭하려 들지도 않았고. 애나는 건포도가 든 빵 또한 오빠 못지않게 좋아했다. 여름이면 허드렛일을 하는 아이와 함께 그 빵으로 끼니를 해결할 수 있어서 빵을 사는 돈을 아낄 수 있었다.

하지만 이복 오빠네 다른 식구들과 애나 사이의 관계는 그렇게 원만하지만은 않았다.

그 가족은 이복 오빠, 오빠의 아내, 그리고 두 딸로 이루어져 있었다.

애나는 오빠의 아내를 좋아한 적이 없었다.

두 조카딸 중에 작은 아이는 고모인 애나의 이름을 물려받았다.

애나는 올케를 결코 좋아하지 않았다. 올케는 애나에게 아주 친절했고, 애나의 일에 참견하는 일도 없었으며, 애나를 보면 늘 반가워했고, 애나가 찾아가면 기분 좋게 맞아 주었다. 하지만 그녀는 우리 착한 애나의 눈빛에서 호의를 느끼지 못했다.

애나는 두 조카딸에게도 진심 어린 애정이 없었다. 그 애들에게 잔소리를 한 적도 없었고, 도움이 되는 길로 이끌어 준 적도 없었다. 물론 이복 오빠의 집안일에 간섭하거나 비난하는 일 또한 없었다.

애나의 올케인 페더너 부인은 어려움 없이 사는 인물 좋은 여자로, 속마음은 냉정하고 쌀쌀할지 몰라도 겉으로는 늘 상냥하고 다정하고 친절하려고 애썼다. 그녀의 두 딸은 가정교육을 잘 받아 얌전하고 차분했으며, 차림새도 말끔하고 단정했다. 하지만 우리의 착한 애나는 두 조카딸도, 그들의 어머니도, 그들의 태도도 좋아하지 않았다.

아무튼 애나가 과부 친구인 렌트만 부인을 처음 만난 곳이 바로 이복 오빠의 집이었다.

이복 오빠 가족은 애나가 렌트만 부인에게 정성을 쏟아붓고, 그 부인과 두 남매의 일에 서슴없이 나서 도와주는 것을 조금도 이상하게 여기지 않았다. 렌트만 부인과 애나 사이의 감정은 감히 누가 트집을 잡을 수 없을 만큼 대단했다. 하지만 페더너 부인은 매사 까만 색안경을 낀 채로 판단하고 말하는 사람이었다. 물론 정말로 검은 걸 검다고 한 것이 아니라, 그냥 매사를 삐딱하게 보고 깎아내리려고 했다는 말이다. 그녀는 전지전능한 신의 얼굴조차 어떻게든 여드름투성이의 변변찮은 얼굴로 만들 수 있었다. 비록 간섭하려는 의도가 없을지언정 친구들에게도 늘 그랬다.

페더너 부인이 렌트만 부인과 애나의 친밀한 관계에 간섭하려는 의도가 없었다는 말은 정녕 사실이었다. 하지만 애나가 드레턴 가족과 가까이 지내는 것에 대해서는 보는 눈이 달랐다.

검소하고 착실한 독일 남자들과는 딴판으로 양조장에서 일하며 허구한 날 술독에 빠져 있는 남자와 사는 드레턴 부인이, 일에 찌들어 사는 그 궁상맞은 하층 계급의 여자가 왜 자기 남편의 누이한테서 도움을 받는단 말인가? 드레턴 부인의 볼품없고 어수룩한 딸들이 왜 툭하면 자기 남편의 누이한테서 선물을 받는단 말인가? 자기 남편이 사시사철 애나에게 그토록 잘하고, 자기의 두 딸 중 하나는 애나와 똑같은 이름을 갖고 있건만, 왜 애나는 자기 가족에게는 데면데면하게 굴고, 어울려 봐야 아무 도움도 되지 않을 그저 남일 뿐인 드레턴 가족한테는 끔찍하단 말인가? 페더너 부인이 생각하기에 애나의 처사는 마땅하지 않았다.

성미가 불같고 완고하기 그지없는 시누이에게 대놓고 그런 생각을 얘기할 만큼 페더너 부인이 앞뒤 분간 못 하는 사람은 아니었다. 하지만 틈만 나면 그들 가족이 어떻게 생각하는지를 애나에게 알리려고 애썼다.

드레턴 일가를 깎아내리기는 어렵지 않았다. 그들은 가난했고, 남편이란 사람은 술에 절어 살았으며, 장성한 네 아들은 빈둥빈둥 돌아다녔고, 어쭙잖고 꼴사나운 딸들은 애나의 도움으로 차려입고는 번듯하게 보이려 안달이었으며, 어머니란 사람은 병든 쇠약한 몸으로 불쌍하게도 죽자 사자 일만 했다. 그러니 값싼 동정의 말로 그들을 깎아내리는 일이 뭐 어렵겠는가.

페더너 부인이 늘 다음과 같이 끝맺는 비난에 대해, 애나는 딱히 반박할 말이 없었다. "애나, 그 사람들한테 너무 잘해 주는 것 같아. 애나가 줄곧 그렇게 도와주지 않는다면, 그 사람들이 제대로 살 수 있을지 모르겠어. 애나는 너무 착해서 탈이야. 오빠를 닮아서 인정이 너무 많아. 그래서 누가 아쉬운 소리를 하면 간이고 쓸개고 다 빼 주려 하고, 친척은커녕 생판 남인 사람들은 뻔뻔하게도 넙죽넙죽 받아 챙기지. 가여운 드레턴 부인은 괜찮은 여자이긴 해. 그 여자는 남한테 빌붙어서라도 어떻게든 살아가려고 아등바등하지만, 남편이란 작자는 돈이 생기는 족족 술에 써 버리니 참 딱한 일이야. 애나, 내가 어제도 렌트만 부인한테 말했지만, 드레턴 부인만큼 딱한 사람이 없어. 그래도 애나가 그 사람들을 모른 척 않으니 다행이지 뭐야."

애나에게 이 모든 말은, 다음 달에 생일을 맞는 자신의 대녀인 조카에게 금줄 시계를 사 주고, 그 애 언니한테는 새 실크 양산을 사 줘야 한다는 것을 의미했다. 딱한 애나, 그녀에게는 유일한 혈육인 이 친척들을 사랑하는 마음이 별로 없었다.

렌트만 부인은 이런 비난에 끼어드는 법이 없었다. 산만하고 경솔하게 일을 벌이기는 했지만, 자신이 원하는 것을 얻고자 꿍꿍이짓을 하지는 않았다. 애나에 대한 믿음이 워낙 확고해서 그녀의 다른 친구들을 질투하지도 않았고.

이때까지 애나는 숀젠 의사와 함께 행복한 삶을 이끌어 갔다. 하루도 바쁘지 않은 날이 없었다. 요리를 했고, 돈을 아꼈고, 바느질을 했고, 청소를 했고, 잔소리를 했다. 그리고 아주 싸게 산 좋은 물건과 맛있게 요리한 음식에 흡족해하는 의사를 보며 매일 저녁 행복한 시간을 보냈다. 애나가 그날 있었던 이런저런 일을 이야기하면, 의사는 귀 기울여 들으며 큰 소리로 웃곤 했다.

그 의사 또한 갈수록 애나와 함께하는 삶을 즐거워했고, 함께한 오 년 동안 몇 번이나 스스로 나서서 애나의 월급을 올려 주었다.

애나는 자신이 가진 것에 만족했고, 의사가 그녀를 위해 하는 모든 일에 감사했다.

고용살이를 하며 활기를 띠는 애나의 삶은 계속되었고, 그런 삶은 각기 다양한 즐거움과 노고를 안겼다.

렌트만 부인과 애나의 우정이 사내아이를 입양한 일로 인해 완전히 끝난 것은 아니었다. 착한 애나도 신중하지 못한 렌트만 부인도, 엄청난 이유가 아닌 다음에야 관계를 끊을 마음이 없었다.

렌트만 부인은 그때껏 애나가 알게 된 유일한 연모의 대상이었다. 외모로도 태도로도 사람의 마음을 사로잡는 빛을 뿜어 대는 렌트만 부인은 다른 여자들로부터 사랑받는 여자였다. 그리고 경솔한 면이 없지 않았지만, 마음이 넓고 선하고 솔직했다. 또한 애나를 신뢰했고, 다른 어떤 친구보다 애나를 좋아했으며, 애나는 항상 그런 마음을 여실히 느꼈다.

아무렴, 애나는 렌트만 부인을 저버릴 수 없었다. 얼마 후, 줄리아가 어린 자니를 제대로 돌보게 만드느라 애나는 전보다 분주해졌다.

그런데 렌트만 부인의 머릿속에 새로운 계획이 다시 꿈틀거리기 시작했다. 애나는 부인의 계획에 귀를 기울여야 했고, 그 일들이 잘되도록 도와야 했다.

산파로서 렌트만 부인이 최고로 꼽는 일은 어려움에 처한 젊은 여자들의 출산을 돕는 것이었다. 그녀는 몸을 푼 여자들이 남의 집이나 일터로 돌아갈 때까지 자신의 집에 데리고 있으면서 보살폈고, 그 대가는 나중에 천천히 갚도록 했다.

애나는 친구가 이런 식으로 산후 조리를 돕는 일을 계속 도왔다. 넉넉하진 않지만 마음씨는 좋은 여느 여자들처럼 애나도 도움을 받지 못하는 젊은 여자들을 딱하게 여겼다. 물론 부도덕한 여자들까지 동정한 건 아니었다. 그런 여자들은 속으로도 겉으로도 비난하고 싫어했다. 하지만 정직하고 행실이 바르고 착하고 근면하지만 어려움에 처한 어리숙한 여자들은 딱하게 여겼다.

애나는 그런 여자들에게 주저 없이 돈이든 힘이든 보태주었다.

이번에 렌트만 부인이 생각한 일은 큰 집을 빌린 뒤 젊은 산모들을 받아들여 뒤치다꺼리를 해 주고 돈도 버는 것이었다.

애나는 이 계획이 마음에 들지 않았다.

애나는 무모하게 일을 저지르는 법이 결코 없었다. "아껴라, 그러면 아낀 돈을 손에 쥐게 될 것이다."라는 말을 믿어 의심치 않았다.

그렇다고 애나가 아낀 돈을 다 손에 쥐고 있는 것은 아니었다.

애나는 아끼고 또 아끼고 항상 아꼈지만, 힘겹게 아껴서 저축한 돈이 여기저기로, 이 친구 저 친구에게로, 어려움에 처한 누군가에게로, 혹은 축하받을 일이 있는 누군가에게로, 아프거나 죽음을 맞거나 결혼식을 올리는 누군가에게로, 혹은 행복하게 살아야 할 젊은이들에게로, 술술 빠져나갔다.

애나는 집을 빌려 수익을 올리려는 렌트만 부인의 계획을 납득할 수 없었다. 작은 집에서도 젊은 여자들의 산후 조리를 돕는 일로 수익을 내지 못했다. 하물며 큰 집에는 들어가는 비용이 훨씬 클 터였다.

착한 애나가 보기에 그런 계획은 도무지 이해가 안 되는 일이었다. 어느 날, 애나가 찾아갔을 때 렌트만 부인이 말했다. "애나, 우리가 임대하는 게 어떨까 하고 봤던 집 있잖아. 옆 골목에 있는 널찍하니 좋은 집. 그 집을 일 년 기한으로 빌렸어. 놓치면 안 될 것 같아서 일단 내가 계약했으니까, 집을 꾸미는 건 애나가 마음껏 해 봐. 애나한테 전적으로 맡길게."

애나는 돌이킬 수 없는 일이라는 것을 알았지만, 아무 말 않고 넘어갈 수 없었다. "렌트만 부인, 집을 따로 구하는 일은 없을 거라고 했잖아요. 지난주만 해도 그렇게 말했으면서. 아휴, 렌트만 부인! 부인이 또 이럴 줄은 몰랐어요!"

애나는 이미 엎질러진 물이라는 것을 잘 알았다.

"알아, 애나. 하지만 집이 워낙 좋아서 어쩔 수 없었어. 그 집을 본 사람이 또 있다잖아. 애나도 그 집 정도면 좋다고 했고. 내가 얼른 빌리지 않았으면 다른 사람 손에 넘어갔을 거야. 애나한테 물어보고 싶었지만 시간이 없었어. 애나, 내가 그렇게 큰 도움을 필요로 하는 것도 아니잖아. 어쨌든 다 잘될 거야. 우선 집을 손 좀 봐야 해. 내가 원하는 건 그게 다야, 애나. 그러면 다 잘될 거야. 내 말대로 될 테니 두고 봐. 수리는 애나가 원하는 대로 해. 애나는 아주 근사하게 꾸밀 거야. 그런 데 감각이 뛰어나잖아. 정말 멋진 집이 될 거야. 내 말이 맞는지 어쩐지 두고 봐, 애나."

물론 그 일에 들어가는 비용은 애나 차지였다. 비록 그것이 최선이라고 생각할 수는 없었지만. 아니, 아주 잘못된 일이었다. 렌트만 부인은 그 집을 유지하는 데 드는 비용을 감당할 만큼 수익을 올릴 수 없었다. 하지만 우리 가여운 애나가 달리 어쩔 수 있었겠는가? 잊지 마시라, 렌트만 부인은 그때껏 애나가 알게 된 유일한 연모의 대상이었다.

릴리의 아기 자니가 입양된 후로, 애나는 렌트만 부인의 집에서 일어나는 일들에 대해 예전만큼 좌지우지할 힘을 갖지 못했다. 입양을 두고 벌인 싸움은 애나의 패배였다. 끝까지 싸워서 승부를 가린 것은 아니었지만, 이긴 쪽은 분명 렌트만 부인이었다.

애나가 렌트만 부인을 필요로 하는 만큼, 렌트만 부인도 애나를 필요로 했다. 하지만 렌트만 부인은 애나를 잃을 위험을 무릅쓰는 데 주저함이 없었다. 그러므로 주도권을 잡는 데 있어서 착한 애나의 힘은 갈수록 약해질 수밖에 없었다.

친구 사이에서 지배력은 하강 곡선을 그리기 마련이다. 한쪽의 힘이 계속 커져 결국 다른 한쪽은 상대를 이길 수 없는 지점에 이르게 된다. 비록 어느 한쪽이 실제로 패하는 것은 아니라고 해도, 승부를 가리기 어려운 시점부터 한쪽의 통제력은 서서히 그 힘을 잃기 시작한다. 해가 지나도 영향력이 점차 커지고 계속 강해지며 약해지는 법이 없는 관계는, 결혼과 같은 닫힌 관계에서만 가능하다. 달아날 길이 없을 때만 그런 일이 일어날 수 있다.

우정은 호의로 이어진다. 둘 중 한쪽의 힘이 더 커지거나 대등한 관계가 깨질 위험이 늘 도사리고 있다. 영향력이란 한쪽이 결코 벗어날 수 없는 것이 확실할 때만 지속적으로 이어질 수 있다.

애나는 렌트만 부인을 간절히 원했고 렌트만 부인도 애나를 필요로 했다. 하지만 늘 달리 눈 돌릴 데가 있고, 만일 애나가 마음을 접었다 해도 다시 돌아설 여지가 있는데, 렌트만 부인이 정말 겁을 낼 이유가 어디 있겠는가?

없고말고. 착한 애나는 싸움을 시작하지 않는 동안은 더 강한 쪽이었다. 한데 이제 렌트만 부인이 언제고 더 오래 버틸 수 있게 된 데다, 애나가 인정이 많다는 사실 또한 부인이 알았다. 애나는 진정으로 도움을 필요로 하는 사람에게는 자신이 할 수 있는 뭐든 해주지 않고는 못 배기는 사람이었다. 가여운 애나에게는 안 된다고 말할 힘이 없었다.

거기다 더해서 렌트만 부인은 애나가 그때껏 알게 된 유일한 연모의 대상이었다. 로맨스는 한 사람의 삶에서 이상적인 것이며, 그것을 잃게 되면 삶이 지독히도 외로워진다.

그래서 착한 애나는 친구가 하려는 이 일이 마땅한 길이 아님을 알면서도, 저축해 온 돈을 이 집에 몽땅 쏟아부었다.

한동안 그들은 빌린 집을 손보느라 정신없이 바빴다. 이 집을 수리하는 데 애나가 모아 둔 돈이 다 들어갔다. 일단 집을 단장하기 시작하자, 목적에 딱 맞게 될 때까지 손을 뗄 수가 없었다.

어찌 됐든 이제 사실상 그 집에 관심을 기울이게 된 사람은 애나였다. 집을 꾸미는 일이 다 끝났건만 렌트만 부인은 그 집에 관심을 보이기는커녕 맥이 빠져 보였고, 심사가 뒤숭숭해 보였으며, 안절부절못했으며, 이전 어느 때보다 더 정신이 다른 데 팔린 듯했다. 그녀는 자기 집에 있는 모두에게 다정하고 친절했으며, 뭐든 각자 최선이라고 생각하는 대로 하도록 놓아두었다.

렌트만 부인의 머릿속에 전혀 새로운 어떤 일이 자리 잡고 있음을 애나가 알아채지 못할 리 없었다. 무엇이 렌트만 부인의 머릿속을 그토록 어지럽히는 걸까? 부인은 계속 애나가 모르는 다른 일은 없다고 시치미를 뗐다. 사실 부인이 걱정할 일은 하나도 없었다. 새집에서 모두들 더없이 잘 지냈고, 모든 일이 순조로웠다. 하지만 단단히 잘못된 무언가가 있는 것이 분명했다.

신랄하게 말하는 올케, 페더너 부인한테서 애나는 그 전 말을 몇 번이나 들었다.

새집을 손질하고 가구를 들이며 피어오른 먼지 구름을 통해, 심란해 보이는 렌트만 부인의 기분을 통해, 음흉한 의도로 은근슬쩍 흘리는 페더너 부인의 말을 통해, 렌트만 부인이 알고 지내는 한 남자, 그러니까 새로 나타난 의사가 어렴풋이 애나의 머릿속에 떠올랐다.

애나는 그 남자를 한 번도 만난 적이 없었지만, 그에 대한 이야기는 한두 번 들은 것이 아니었다. 과부 친구인 렌트만 부인을 통해 들은 이야기는 아니었다. 렌트만 부인이 그 남자에 대한 이야기를 어찌나 꽁꽁 숨기는지 애나는 그 남자의 정체를 알아낼 재간이 없었다.

페더너 부인은 늘 애매하게 이야기를 흘려 찜찜한 여운을 남겼다. 순박한 드레턴 부인조차도 그런 식으로 말했고.

렌트만 부인은 어쩔 수 없이 말해야 할 때 말고는, 새로 온 의사 이야기를 단 한 번도 꺼내지 않았다. 착한 애나는 그런 점이 몹시도 이상하고 불쾌했으며 참고 넘기기 힘들었다.

애나의 속을 썩이는 일들이 한꺼번에 몰려왔다.

렌트만 부인의 집에서는, 음산하고 불길하고 비밀스러운, 어쩌면 악한일지 모르는 남자가 정체를 드러냈고, 숀젠 의사의 집에서는 어떤 여자가 의사의 마음을 사로잡은 낌새가 나타나기 시작했다.

페더너 부인은 가여운 애나에게 숀젠 의사에 대한 이야기도 수시로 했다. 그 의사가 머잖아 결혼할 것이 틀림없어 보인다고, 요즘 그가 웨인가트너 씨의 집을 쥐구멍 드나들 듯 하는데 그 집 딸이 의사와 사랑에 빠졌다는 말이 파다하다고.

이즈음 애나에게 이복 오빠 집의 거실은 고문실이나 다름없었다. 무엇보다 심기 불편한 일은 애나의 올케가 하는 말이 상당한 근거가 있다는 사실이었다. 숀젠 의사는 곧 결혼할 것이 확실해 보였고, 렌트만 부인은 이상야릇하게 굴었다.

딱한 애나. 애나는 하루하루가 암흑 속 같았고, 견뎌 내기가 힘겨웠다.

숀젠 의사의 문제가 먼저 표면 위로 떠올랐다. 의사는 약혼을 했고, 조만간 결혼하게 될 것이라고 애나에게 직접 털어놓았다.

착한 애나는 이제 어떻게 해야 하는 걸까? 숀젠 의사는 물론 애나가 계속 같이 살기를 바랐지만, 애나는 이런저런 생각으로 슬픔에 잠겼다. 의사가 결혼하게 되면 그 집에 계속 머물기가 녹록지 않을 것임을 알았지만, 단호하게 결정을 내리고 떠날 기운이 없었다. 결국 애나는 계속 머무르겠노라 대답했다.

의사는 얼마 지나지 않아 결혼했다. 애나는 그의 집을 더없이 깔끔하고 보기 좋게 관리하면서 잘 지낼 수 있기를 진심으로 바랐다. 하지만 그런 바람은 오래가지 못했다.

숀젠 부인은 거만하고 무례한 여자였다. 끊임없이 시중을 들고 떠받들어 주기만 바랄 뿐 부리는 사람에게 고맙다는 말 한마디 하는 법이 없었다. 얼마 지나지 않아 의사의 집에서 오랫동안 일해 온 사람들이 모두 떠나고 말았다. 애나는 의사에게 가서 그 이유를 밝혔고, 일을 돕는 사람들이 그가 맞아들인 아내를 어떻게 생각하는지 말했다. 그러고는 애나도 안타까운 작별 인사를 남기고 그 집을 떠났다.

그 뒤 애나는 어떻게 해야 할지 막막했다. 그때까지도 애나가 절실히 필요하다고 구구절절 편지를 보내는 메리 워드 스미스 양이 있는 쿠르덴으로 갈 수도 있었지만, 사사건건 참견하고 간섭하는 제인을 떠올리면 애나는 넌더리가 났다. 또한 그 이유가 아니더라도 아직은 브리지포인트를, 그리고 렌트만 부인을 떠날 수 없었다. 비록 이제는 이곳이 생지옥이나 다름없다고 해도.

그러던 차에 애나는 슌젠 의사의 친구를 통해 머틸다 양에 대한 이야기를 전해 듣게 되었다. 하지만 머틸다 양이라는 사람을 위해 일하는 것이 어떨지 판단이 서지 않았다. 이제는 여자를 위해 일하기가 선뜻 내키지 않았다. 메리 양과 함께 지냈을 때는 꽤 만족스러웠지만 그런 여주인이 많을 거라는 보장이 없었다.

여자들 대부분은 자신들 방식을 고집하면서 애나가 하는 일에 간섭했다.

애나가 듣기로 머틸다 양은 체구가 꽤 큰 여자였다. 예전의 메리 양만큼은 아니라도 제법 뚱뚱하다고 했다. 착한 애나는 마른 여자들보다 몸집이 큰 여자들을 좋아했다. 작은 체구에 호리호리하고 빠릿빠릿해서 틈만 나면 사사건건 참견하고 일하는 모습을 지켜보는 여자들은 좋아하지 않았다.

애나는 무엇이 최선의 선택일지 좀처럼 결단을 내릴 수 없었다. 바느질 솜씨가 웬만하니 삯바느질로 생계를 이어 갈 수도 있었지만, 그다지 내키지 않았다.

렌트만 부인은 애나에게 머틸다 양의 집에 들어가 일하라고 부추겼다. 그러면 나중에 잘했다는 생각이 들 거라고 장담했다. 하지만 착한 애나는 쉽게 결정을 내리지 못했다.

렌트만 부인이 말했다. "애나, 있잖아. 우리 이렇게 해 보면 어떨까. 내가 같이 가 줄 테니까 점치는 여자한테 한번 가 보자. 점쟁이 말을 들어 보면, 애나가 어떻게 하는 게 제일 좋은 선택일지 알 수 있을지 몰라."

점을 치러 가는 것은 결코 바람직한 일이 아니었다. 애나는 독일 남부 출신의 독실한 가톨릭 신자였는데, 성당에서 독일 사제들이 미신을 믿고 점을 보러 다니는 일은 절대 하면 안 된다고 늘 말했다. 하지만 작금의 착한 애나가 달리 어쩔 수 있겠는가? 애나는 머릿속이 뒤죽박죽이었고, 아무리 최선의 선택을 하며 살아가려 애써도 자꾸 어긋나기만 하는 삶이 몹시도 고달팠다. 애나는 마침내 대답했다. "좋아요, 렌트만 부인. 부인하고 거기 한번 가 보는 게 좋겠어요."

점을 치는 여자는 영매로, 읍내에서 비교적 하층민이 사는 구역에 살고 있었다. 렌트만 부인과 착한 애나는 그 여자의 집을 찾아갔다.

영매가 직접 문을 열고 두 여자를 맞았다. 다부지지 못한 몸에 칙칙하고 단정치 못해 보이는 여자가 기름기로 번들거리는 머리를 한 채 재촉하듯 의도적으로 끌어들이는 태도를 보였다.

두 사람은 여자를 따라 집 안으로 들어갔다.

미국 남부의 작은 집들이 보통 그렇듯, 길가로 난 문을 들어서자 곧바로 거실이 나왔다. 거실 바닥에는 두툼한 꽃무늬 카펫이 깔려 있고, 먼지가 뽀얗게 내려앉은 수제품이 너저분하게 널려 있었다. 비슷한 것들이 벽에도, 의자에도, 의자 등받이 위에도, 탁자 위에도, 가난한 사람들이 즐겨 설치하는 크고 작은 장식 선반 위에도 그득했다. 그리고 곳곳에 깨지는 재질의 작은 물건들이 널려 있었는데, 그중 많은 것들이 이미 깨진 채로 널브러져 있어 거실이 아주 지저분하고 답답해 보였다.

무릇 거실을 점치는 장소로 쓰는 영매는 없다. 그들이 접신하는 곳은 늘 식사를 하는 공간이다.

이런 집들에서 식사하는 공간이 겨울에는 생활 공간이 된다. 그곳에는 한가운데 둥근 식탁이 있고, 그 위에 모직 천이

덮여 있었다. 그 모직 천은 수없이 식사를 하며 흘린 음식물의 기름기에 절어 있었다. 식탁보를 제때 갈아 씌우는 대신 식탁보 위에 다른 천을 펼쳐 놓은 듯했다. 천을 씌운 의자들도 낡은 데다 거뭇거뭇 지저분했다. 카펫은 식탁에서 떨어진 음식 찌꺼기와, 신발을 문질러 대는 바람에 떨어진 흙먼지와, 세월이 흐르면서 찌든 먼지로 거무스름했다. 그리고 칙칙한 녹색 벽지는 연기에 그을려 회색에 가까워 음산한 분위기를 자아냈고, 양파와 기름진 고기 덩어리로 만든 수프 냄새가 배어 있었다.

식사를 하는 방으로 들어가기 전에 렌트만 부인과 애나에게 무엇이 알고 싶어서 왔느냐고 물었던 영매는, 모두 식탁 앞에 둘러앉자마자 곧바로 접신하는 단계로 들어갔다.

처음에 영매는 눈을 감았다가 다시 동그랗게 떴다. 그 눈에는 맥아리가 하나도 없어 보였다. 그러고는 연달아 심호흡을 하더니 몇 차례 숨을 꾹꾹 참다가 마른침을 꿀꺽 삼켰다. 그리고 이따금 한 손을 흔들어 대면서 단조로운 어조로 느릿느릿 말하기 시작했다.

"그래…… 보여…… 나한테 그렇게 몰려들지 마…… 보여…… 보인다…… 형상이 너무 많아…… 너무 모여들지 말라니까…… 그래…… 알겠어…… 당신은 뭔가를 고민 중이야…… 그 일을 하고 싶은 건지 어떤 건지 본인 마음을 모르는군…… 그래…… 알겠어…… 너무 몰려들지 말라니까…… 보여…… 알겠어…… 당신은 갈피를 못 잡는군…… 그래…… 보여…… 나무에 둘러싸인 집이…… 어두워…… 저녁이야…… 그래…… 보여…… 당신이 그 집으로 들어가…… 보여…… 당신이 나오는 게 보여…… 괜찮을 거야…… 그 집에 가서 일해…… 확신이 서지 않아도 해…… 다 잘될 거야……
그게 최선이야. 당신은 그 일을 해야 해."

영매가 말을 멈추고, 침을 꿀꺽꿀꺽 삼키는 소리를 내더
니 눈을 굴려 흰자위를 드러내고 마른침을 삼켰다. 그러고는
이전의 칙칙하고 맥 빠진 모습으로 돌아왔다.

"당신이 알고 싶어 하는 걸 심령이 얘기해 주던가요?" 영
매가 물었다. 렌트만 부인은 그렇다고, 옆에 있는 친구가 너무
너무 알고 싶어 하던 것을 콕 짚어 얘기해 줬다고 대답했다.
애나는 미신 때문에, 사제에 대한 두려움 때문에, 찌든 먼지와
기름때로 인한 구역 때문에, 그 집에 있는 것이 불편해서 견딜
수 없었다. 하지만 그래도 최선의 선택지를 알게 된 것은 더없
이 만족스러웠다.

애나는 영매에게 복채를 지불한 뒤 렌트만 부인과 함께
그곳을 나왔다.

"거봐, 애나, 내가 뭐랬어. 영매도 나랑 똑같은 말을 하잖
아. 머틸다 양의 집에 들어가서 일해야 한다고. 말했지만, 그
게 지금 상황에서 애나가 할 수 있는 최선의 선택이야. 오늘
저녁에 당장 그 여자가 사는 곳에 가 보자. 애나, 내가 이리로
데려와 줘서 고맙지? 이제 어떻게 해야 할지 알았잖아."

그날 저녁, 렌트만 부인과 애나는 머틸다 양을 만나러 갔
다. 머틸다 양은 정말로 나무들에 둘러싸인 집에서 친구와 함
께 지내고 있었다. 하지만 머틸다 양이 집에 없어서 직접 얘기
를 나누어 볼 수는 없었다.

그때가 저녁 시간이 아니었더라면, 그렇게 어둡지 않았더
라면, 그 집이 나무들에 빙 둘러싸여 있지 않았더라면, 그날
영매가 말한 대로 애나가 그 집에 들어갔다 나오는 자신의 모

습을 깨닫지 못했더라면, 그 모든 일이 영매가 말한 것과 똑같지 않았더라면, 착한 애나는 절대로 머틸다 양의 집에서 일하기로 마음먹지 않았을 것이다.

머틸다 양을 만나지 못했지만 대신 이것저것 캐묻는 그녀의 친구가 애나는 영 마음에 들지 않았다.

그 친구는 가무잡잡한 피부에 상냥하고 다정한 얼굴을 한 작은 체구의 어머니뻘 여자로, 자신의 일에 만족하는 느긋한 성격이었고 집에서 부리는 사람들에게도 친절했다. 하지만 그녀의 젊은 친구, 다시 말해 무심한 머틸다 양을 대신하면서는 꼼꼼하고 신중하게 애나를 뜯어보았다. 어긋나는 조건은 없는지, 애나가 힘닿는 한 최선을 다해 일할 사람으로 보이는지 말이다. 그래서 애나에게 어떤 방식으로 집안 살림을 할 것인지 물었고 마음가짐에 대해서까지 물었다. 생활비는 얼마만큼 쓸 것인지, 외출은 얼마나 자주 할 것인지도 물었고, 빨래하고 요리하고 바느질을 할 수 있는지에 대해서도 물었다.

착한 애나는 이를 악물고 참느라 거의 대답을 하지 못했고, 렌트만 부인이 나서서 이야기를 거들었다.

착한 애나는 화가 치밀어 씩씩거렸고, 머틸다 양의 친구는 애나에게 일을 맡기면 안 되겠다고 생각했다.

그렇지만 머틸다 양은 기꺼이 애나를 맞아들이고자 했고, 애나로 말하자면 영매로부터 머틸다 양의 집에 들어가 일해야 한다는 말을 들은 터였다. 렌트만 부인 역시 그래야 한다면서 그러는 것이 애나에게 최선의 선택이라고 장담했다. 그래서 애나는 결국 머틸다 양이 자신을 원한다면, 일을 해 보겠노라 답을 보냈다.

그렇게 애나는 머틸다 양을 뒷바라지하는 새로운 삶을 시작했다.

애나는 머틸다 양과 살게 된 아담한 빨간 벽돌집을 손봐서 쾌적하고 깨끗하고 살기 편한 곳으로 만들었다. 기르던 개 베이비와 앵무새를 데리고 그 집으로 들어가서는 허드렛일을 할 리지를 들였고, 이내 모두 만족스러워했다. 단 앵무새를 제외하고. 머틸다 양은 앵무새의 날카로운 울음소리를 좋아하지 않았다. 베이비는 그 집에서 지내는 데 아무 문제 없었지만, 앵무새는 그러지 못했다. 그 무렵 앵무새에 대한 사랑이 조금도 남아 있지 않던 애나는 드레턴 부인의 딸들에게 그 새를 주었다.

애나는 친절한 독일 신부에게 자신이 어떤 일을 했는지, 그 일이 얼마나 부적절했는지 고백한 다음 다시는 그러지 않겠다고 다짐한 후에야 비로소 머틸다 양과 지내는 것에 진심으로 만족할 수 있었다.

애나는 혼신의 힘을 다해 믿음을 지켰다. 그때까지 어떤 종교든 믿음을 가진 사람들 집에서 일할 행운은 없었지만, 그렇다고 속 태운 적은 없었다. 그녀는 항상 주인들을 위해 기도했고, 그들 모두 좋은 사람들이라고 믿어 의심치 않았다. 신을 믿지 않는 숀젠 의사는 그녀를 놀리는 데 재미를 들였고, 머틸다 양 또한 그러기를 즐겼지만, 애나는 가톨릭 신자답게 관대한 마음으로 그들이 그러는 것을 나쁘게 생각하지 않았다.

안 좋은 일이 생길 때 그 이유를 밝혀내기는 쉽지 않다고 애나는 생각했다. 하지만 어쩌다 그녀의 안경이 깨지면, 자신이 교회에 가서 마땅히 해야 할 의무를 다하지 않았기 때문이라고 생각했다.

가끔 애나는 일이 너무 고되어서 미사를 보러 가지 않았다. 그러면 꼭 무슨 일이 생겼다. 별일 아닌 것에 발끈하며 성질을 부리게 됐고 마음이 불안해졌고 정신이 산란해졌다. 그러면 다들 참기 힘들어 했고, 그러다 애나의 안경이 깨지는 일이 생겼다. 고치려면 돈이 꽤 들기 때문에 안경이 깨지는 것은 정말 달갑지 않은 일이었다. 하지만 한편으로는 깨진 안경이 애나의 불안을 잠재웠다. 그간 일어난 일이 자신이 해야 할 도리를 다하지 못해서였음을 깨닫게 되었으므로. 애나가 잔소리로 끝낼 수 있는 한, 그 일은 그저 주의를 기울이지 않아서 생긴 것일 수 있었다. 하지만 안경이 깨지면 그런 일이 생긴 이유가 명확해졌다. 깨진 안경은 다름 아닌 애나 자신 때문에 그런 일이 일어났다고 믿는 계기가 되었다.

그렇다. 해야 할 일을 하지 않는 것은 애나에게 아무런 도움이 되지 않았다. 그러면 언제나 일이 잘못됐고, 제자리로 돌리는 데 결국 돈이 들어갔으니까. 착한 애나는 그런 상황을 무엇보다 참기 힘들어 했다.

애나는 거의 언제나 본분을 다했다. 그래야 할 때마다 고해 성사를 했고 전도도 했다. 물론 고해 성사를 할 때 사람들이 잘되기를 바라는 마음으로 한 거짓말이나, 조금이라도 더 싼 값에 물건을 사려고 상인들에게 했던 말까지 털어놓지는 않았다.

애나는 익살이 가득한 눈으로 숀젠 의사에게, 나중에는 그녀가 소중히 여긴 머틸다 양에게, 고해 성사 때 했던 말을 미주알고주알 전하면서, 이제는 진짜 죄가 되지 않은 일에 대해서는 신부에게 일일이 고백하지 않는다고 덧붙였다.

하지만 점쟁이를 찾아간 것은 애나가 해서는 안 되는 일이었다. 신부에게 그대로 고하고 속죄해야 하는 일이었다.

그래서 애나는 그렇게 했고, 그런 후 머틸다 양과 함께하게 된 새로운 삶을 편히 받아들일 수 있게 되었다.

그렇다, 머틸다 양을 보살피며 착한 애나는 모질고 고된 일생 중 가장 행복한 나날을 보냈다.

애나는 머틸다 양과 함께 살며 모든 일을 다 했다. 집 관리도 했고, 머틸다 양이 착용하는 옷과 모자도 챙겼으며, 언제 무슨 일을 해야 하는지도 일러 주었다. 머틸다 양은 하나부터 열까지 모든 일을 애나의 손에 맡겼고, 애나가 그 일을 해내면 그저 좋아했다.

애나는 잔소리를 하고, 요리를 하고, 바느질을 하고, 알뜰하게 살림해서 돈을 아꼈다. 그 덕에 생긴 여윳돈으로 머틸다 양이 이것저것 사들이는 바람에 애나와 허드렛일을 하는 아이가 할 일이 자꾸 늘어났고, 그러면 애나는 끊임없이 잔소리를 해 댔다. 하지만 잔소리를 하면서도 애나는 소중히 여기는 머틸다 양의 높은 안목과 대단한 소유물을 자랑스럽게 여겼고, 아는 사람들 모두에게 그런 것을 떠벌렸다.

그렇다. 이때가 애나의 일생에서 가장 행복한 시절이었다. 비록 친구들 때문에 슬픔도 컸지만. 하지만 슬픔도 세월에 묻혀 희미해지면서 더는 착한 애나에게 아픔이 되지 않았다.

머틸다 양은 착한 애나에게 연모의 대상은 아니었지만, 애나는 그녀에게 지극한 애정을 쏟았고, 그로 인해 애나의 삶은 충만해졌다.

머틸다 양과 함께하는 삶이 그토록 만족스러운 것은 착한 애나에게 참으로 다행이었다. 이즈음 렌트만 부인이 완전히 딴사람으로 변해 있었기 때문이다. 그녀가 알고 지냈던 그 의사는 정체도 알 수 없거니와 아주 나쁜 남자였다. 그는 산파 일을 하는 과부 렌트만 부인을 마음대로 휘둘렀다.

그 무렵 애나는 렌트만 부인을 전혀 만나지 못했다.

렌트만 부인이 돈을 좀 더 빌려 가며 그에 대한 차용증을 주고 간 뒤로, 애나는 그녀를 본 적이 없었다. 애나도 렌트만 부인의 집에 발길을 끊었고. 멋대가리 없이 큰 키에, 착하지만 아둔한 금발의 줄리아가 자주 애나를 보러 왔지만, 그 애가 어머니에 대해 할 수 있는 말은 별로 없었다.

렌트만 부인은 이제 아예 딴사람이. 된 것 같았다. 이는 착한 애나에게 큰 슬픔이었다. 머틸다 양이 애나에게 소중한 사람이 되었기 망정이지, 그러지 않았더라면 그 슬픔이 감당하기 힘들 터였다.

렌트만 부인의 처지는 갈수록 나빠졌다. 정체를 알 수 없는 사악한 의사가 옳지 않은 일을 하며 곤경에 빠졌기 때문이다.

렌트만 부인 또한 그 일에 연루되어 있었다.

말할 수 없이 나쁜 상황에 빠졌던 그 의사와 렌트만 부인은 가까스로 위기에서 벗어났다.

모두들 렌트만 부인을 안타깝게 여겼다. 그 의사를 만나기 전까지 렌트만 부인은 정말 괜찮은 여자였다. 물론 이때도 나쁘지만은 않았지만.

애나가 렌트만 부인을 전혀 만나지 못한 채로 어느덧 몇 년이 흘렀다.

그사이 애나는 끊임없이 새로운 사람들을 만나 친구가 되었다. 가진 건 없지만 정이 많은 사람들이 그러듯 애나는 그들에게 저축한 돈을 다 내주고는 갚겠다는 약속만을 받았다. 애나는 그런 사람들이 잘될 거라고는 결코 생각하지 않았다. 하

지만 사람들이 마땅히 해야 할 도리를 하지 않을 때, 자신에게
빌려 간 돈을 갚지 않을 때, 아무리 신경을 써 줘도 나아지는
법이 없을 때, 그럴 때면 애나는 세상살이가 쓸쓸했다.

그렇다. 그들 중 올바로 살아가는 길에 대해 조금이나마
생각하는 사람은 없었다. 그래서 애나는 절망하고 또 절망
했다.

가난한 사람들은 가진 것을 나누는 데 후하다. 늘 그들이
가진 것을 나눈다. 하지만 그들과 주고받는 일은, 그들이 베푼
사람에게 빚을 지는 것이라는 생각을 불러일으키지 못한다.

독일 출신의 검소한 애나도 아끼고 아껴 모은 돈을 필요
로 하는 사람에게 내주는 데 주저함이 없었다. 그래서 애나가
나중에 병이 들거나 늙어서 일할 수 없게 되었을 때, 앞가림을
할 수 있다고 장담할 수 없었다. "아껴라, 그러면 아낀 돈을 손
에 쥐게 될 것이다."라는 말은 알뜰한 독일 여자 애나한테조
차 저축하는 날에만 해당되었다. 그녀가 노년에 대비해서 저
축한 돈을 지킬 확실한 방법은 없었다. 모은 돈을 잘 간수한다
는 것은 결코 믿을 수 없는 말이다. 그런 돈은 언제나 은행의
낯선 직원 손에 들어가거나 빌려 달라는 친구 손에 들어갔으
므로.

어느 날 누군가가 다른 가난한 노동자에게 생활비나 도움
을 청할 때, 조금이라도 모아 둔 돈이 있는 여자가 도와줄 수
없다고 말할 방법이 없었다.

그리하여 친구든, 모르는 사람이든, 아이들이든, 개나 고
양이든, 자신에게 도움을 청하거나 자신의 손길을 필요로 하
는 누구한테든, 착한 애나는 가지고 있는 모든 것을 내주었다.

길모퉁이를 돌아선 곳에 사는, 어찌된 일인지 허구한 날

빚에 허덕이는 이발사와 그의 아내를 애나가 돕게 된 것도 이런 식이었다. 그들 부부는 열심히 일했고, 검소했고, 악한 면이라고는 없었다. 하지만 그 이발사는 절대로 돈을 모을 수 없는 사람들 중 하나였다. 그에게 빚이 있는 사람들은 하나같이 갚지 않았고, 좋은 일자리가 생길 때면 하필 병이 나서 그 일을 할 수 없게 되었다. 그가 겪는 어려움은 결코 그의 탓이 아니었지만, 여하튼 뭐 하나 제대로 되는 일이 없었다.

이발사의 아내는 체구가 작고 금발에 비쩍 마르고 안색이 창백한 독일 여자로, 아이들을 낳으면서 산고가 심했는데 몸조리를 못하고 일찍 일을 시작하는 바람에 결국 병이 들고 말았다. 그녀 또한 하는 일마다 제대로 되는 적이 없었다.

그들 이발사 부부는 끊임없는 도움과 인내를 요구했고, 착한 애나는 언제나 그들에게 그 두 가지를 다 주었다.

다른 사람들에게 인정을 베푸느라 곤경에 처한 또 다른 여자도 착한 애나는 외면할 수 없었다.

이 여자에게는 인정이 아주 많은 시동생이 있었는데, 그가 일하는 가게에 결핵을 앓고 있는 보헤미안 남자가 있었다. 그 남자의 병세는 병원에 입원할 정도는 아니었지만 갈수록 나빠져 일을 할 수 없게 되었다. 그러자 이 여자는 병에 걸린 보헤미안 남자를 자신의 집에서 살게 했다. 한데 그 남자는 좋은 사람이 아니었고, 하물며 여자가 베풀어 준 친절을 고마워할 줄도 몰랐다. 그는 그녀의 두 아이들에게 화를 냈고, 늘 그녀의 집을 난장판으로 만들었다. 그래도 의사가 그에게 이것저것 잘 먹어야 한다고 했다는 말을 듣고, 여자는 시동생과 함께 그에게 먹을 것을 주었다.

이 여자는 돌봐주고 있는 보헤미안 남자에게 친구로서의

정도 애정도 하다못해 좋아하는 마음조차 없었다. 같은 고향 사람도 아니었고 친척의 부탁이 있던 것도 아니었다. 그런데도 없는 사람들이 물색없듯, 이 여자는 자신이 가진 모든 것을 나눴고, 집안을 끔찍한 난장판으로 만들었다. 그것도 받은 것을 고마워할 줄도 모르는 남자를 위해.

아니나 다를까, 이 여자 자신도 궁색한 처지가 되었다. 시동생은 결혼을 했고, 남편은 직장을 잃었다. 그녀는 집세도 내지 못할 형편이 되었고, 착한 애나에게 모아 놓은 돈을 좀 빌려 달라고 손을 내밀었다.

이런 일이 계속 이어졌다. 어떤 때는 어린 여자애가 어려움에 처했고, 또 다른 때는 어른이 힘든 상황에 빠졌다. 그러면 애나는 그들 얘기를 듣고 거처할 곳을 찾아 주었다.

애나는 떠돌이 개나 고양이도 내쫓는 법 없이 데리고 있다가 새집을 찾아 주었다. 새 주인을 찾아 줄 때는 동물을 함부로 대하는 사람이 아닌지 세심하게 알아보는 것도 잊지 않았다.

길을 잃고 헤매는 떠돌이 개 중에 어린 피터와 생기발랄한 쪼꼬미 랙스가 있었는데, 애나는 왠지 이 둘을 떠나보내고 싶지 않았다. 이 둘은 착한 애나가 모시는 머틸다 양의 식구가 되었다.

피터는 멍청하고 어리석고 사람의 손길을 좋아하고 겁이 많은 별 쓰잘머리 없는 수캐였다. 뒷마당에서 껑충껑충 뛰어다닐 때 담장 너머에서 다른 개가 짖는 소리가 들리면 사납게 담벼락으로 뛰어 올랐지만, 아주 조그만 강아지가 담장 안으로 들어와 쳐다보기만 해도 슬금슬금 뒷걸음쳐 애나의 치맛자락 사이에 숨는 꼴을 보고 있자면 어처구니가 없었다.

피터는 아래층에 혼자 남겨지면 목을 길게 빼고 울어 댔다. 녀석이 "나 여기 혼자 있어요!"라고 구슬픈 소리를 내면, 착한 애나는 어쩔 수 없이 내려가서 피터를 데리고 올라와야 했다. 전에 그다지 멀지 않은 어떤 집에 가서 며칠 밤 묵게 되었을 때, 애나는 피터를 줄곧 안고 갔다. 피터는 집 밖 거리에 나가기만 하면 무서워서 벌벌 떨었기 때문이다. 크기가 상당한 피터가 길바닥에 주저앉아 울어 대는 바람에, 착한 애나는 그 개를 두 팔에 안고 갈 수밖에 없었다. 이 피터라는 녀석은 겁쟁이이긴 했지만 착하고 순해 보이는 눈과 콜리 종답게 잘생긴 얼굴을 갖고 있었으며, 씻기고 나면 탐스러운 흰색 털이 아주 근사했다. 피터는 이제 길을 잃고 떠도는 일이 없었고, 순한 눈을 하고 있었고, 쓰다듬어 주는 손길을 좋아했다. 그리고 사람이 가 버리면 그 사람을 잊었고, 무슨 소리만 들리면 짖어 댔다.

피터는 강아지였을 때, 밤사이 마당 안에 들여 놓여 있었다. 애나가 피터에 대해 알 수 있는 것은 전혀 없었다. 하지만 착한 애나는 피터를 몹시 예뻐했고, 마음 약한 독일 어머니들이 아들을 응석받이로 키우듯 피터의 응석을 다 받아 주었다.

쪼꼬미 랙스는 피터와 성격이 딴판이었다. 솜털을 뭉쳐 놓은 듯 복슬복슬한 랙스는 엷은 다갈색의 생기발랄한 개로, 걸핏하면 공중으로 뛰어오르고 이리저리로 쏜살같이 내달렸다. 그러다 어리숙한 피터 아래로 뛰어들기도 했고, 눈이 거의 안 보여서 점잖게 앉아 졸고만 있는 뚱뚱한 베이비한테 달려들기도 했고, 길고양이를 정신없이 뒤쫓기도 했다.

랙스는 활기차고 흥이 넘치는 작은 몸집의 개였다. 착한 애나는 랙스를 예뻐했지만, 어리바리한 잘생긴 겁쟁이 피터에게 쏟는 만큼 큰 사랑을 주지는 않았다.

베이비는 오랫동안 애나와 함께한 할머니 개로 애나에게 지나간 사랑과의 오랜 인연을 이어 주는 끈이었다. 피터는 애나의 중년기에 함께한 잘생긴 응석받이 청년 개였고, 랙스는 항상 장난감 같은 존재였다. 애나는 랙스를 예뻐했지만, 랙스가 애나의 마음속 깊이 자리한 적은 없었다. 여하튼 랙스도 어느 날 길을 잃고 헤매다 들어왔는데, 녀석을 데려다 키울 집이 얼른 나타나지 않아서 그냥 눌러살게 되었다.

착한 애나와 샐리, 늙은 베이비와 젊은 피터와 흥이 넘치는 쪼꼬미 랙스는 부엌에서 오순도순 살아가는 행복한 한 가족이었다.

앵무새는 애나의 삶에서 잊혔다. 그 앵무새를 진심으로 좋아한 적이 없던 애나는 이제 드레턴 가족을 만나러 가서도 앵무새에 대해 물어볼 생각조차 하지 않았다.

드레턴 부인은 애나가 일요일에 외출할 때마다 찾아가는 친구였다. 하지만 과부 친구인 렌트만 부인에게서 조언을 얻었던 것과 달리 드레턴 부인한테서는 조언을 들을 수 없었다. 드레턴 부인은 수더분하고 항상 지쳐 있는 데다 소극적이어서 남에게 이래라저래라 하거나 이끌어 가는 것을 좋아하지 않았다. 그렇지만 힘겹게 일하며 살아가는 이 두 독일 여자는 서로 스스럼없이 고달픈 신세타령을 하고 넋두리를 늘어놓을 수 있었다. 드레턴 부인은 세상살이가 얼마나 고달플 수 있는지 너무나도 잘 알았다.

그즈음 드레턴 집안은 사정이 여의치 않았다. 아이들은 다 착했지만, 아버지란 사람이 성미가 불같고 돈을 써 대기만 해서 제대로 되는 일이 없었다.

여전히 종양으로 고생하는 가여운 드레턴 부인은 이제는 어떤 일도 벅차했다. 드레턴 부인은 늘 지친 상태로 매 순간을 견뎌 내는 거구의 독일 여자로, 남편 비위를 맞추느라 번듯한 아들딸들을 낳아 기르느라 앉을 틈도 없이 종일 서서 일하느라 누렇게 뜬 순박한 얼굴에 주름이 자글자글했고, 제대로 된 치료 한번 받은 적이 없었다.

드레턴 부인의 병세가 갈수록 나빠지자, 의사는 종양을 제거하는 수술을 할 수밖에 없다는 결론을 내렸다.

드레턴 부인은 더 이상 숀젠 의사에게 치료받으러 다니지 않았다. 이제 그곳 사람들 모두 잘 알고 있는 친절한 독일 노의사에게로 갔다.

애나가 말했다. "있잖아요, 머틸다 양. 독일에서 온 나이든 사람들은 이제 아무도 숀젠 의사한테 치료받으러 가지 않아요. 저는 인내심이 한계에 이를 때까지, 그 의사 집에서 일했어요. 한데 이제 그는 가난한 사람들이 가기엔 너무 먼 부촌으로 떠났죠. 그 의사 아내는 오만하기 이를 데 없고 그저 과시할 요량으로 돈을 얼마나 써 젖히는지 몰라요. 그래서인지 그 의사도 이제 우리 같은 가난뱅이들은 신경 쓸 겨를이 없나 보더라고요. 딱한 사람이죠. 언제고 돈 벌 궁리에 빠져 있어야 하니까요. 전 그 의사가 너무 안쓰러워요, 머틸다 양. 하지만 드레턴 부인이 아파서 고생하는 데 야멸차게 외면하는 걸 본 뒤로는 저도 더는 그 의사를 찾지 않기로 했어요. 소탈하고 친절한 독일 노의사, 허먼 선생님은 절대 그러지 않으실 거예요. 머틸다 양, 내일 드레턴 부인이 수술받으러 병원에 가기 전에 잠깐 들러서 인사를 드리고 싶대요. 병원에 가기 전에 머틸다 양이 해 주는 말을 들으면 마음이 훨씬 편해질 것 같다고요."

애나의 친구들 모두가 착한 애나가 떠받드는 머틸다 양을 경외시했다. 그러지 않고 어떻게 착한 애나와 친구로 지낼 수 있었겠는가? 머틸다 양은 실상 애나의 친구들과 만날 일이 좀처럼 없었지만, 그들은 애나를 통해 수시로 꽃과 찬사를 전했다. 간혹 애나는 조언을 구하고자 하는 친구를 머틸다 양에게 데려가곤 했다.

놀랍게도 가난한 사람들은 자신들보다 우위에 있는 친절한 사람들로부터, 책을 많이 읽고 덕망 있는 사람들로부터 조언을 얻기를 참으로 좋아한다.

드레턴 부인을 만난 머틸다 양은 병원에 가서 나서 수술받기로 했다니 잘됐다고, 수술을 받고 나면 틀림없이 아주 좋아질 거라고 말했고, 그 말에 유순한 드레턴 부인은 마음을 편히 가졌다.

드레턴 부인의 종양은 깨끗하게 제거되었다. 실은 이후에도 그녀는 평생 온전히 건강을 되찾지는 못했지만, 그래도 한결 편하게 서서 일할 수 있었고 너무 쉽게 지치지는 않게 되었다.

애나는 변함없는 삶을 이어 갔다. 옷가지며 소지품이며 모든 것을 챙기며 머틸다 양을 뒷바라지했고, 도움을 청하거나 도움이 필요해 보이는 사람 누구에게나 덕을 베풀었다.

이즈음 애나는 서서히 렌트만 부인과 화해의 물꼬를 트기 시작했다. 두 사람은 결코 이전과 같은 관계로 돌아갈 수 없었다. 렌트만 부인은 이제 다시 착한 애나 일생의 연모의 대상이 될 수 없었다. 하지만 두 사람은 다시 친구가 될 수 있었고, 애나는 도움을 필요로 하는 렌트만 부인 가족을 도울 수 있었다. 서서히 그렇게 되었다.

렌트만 부인은 자신에게 골치 아픈 온갖 문제를 떠안겼던 정체 모를 사악한 남자와 헤어졌다. 또한 임대했던 널찍한 새 집도 포기했다. 옳지 않은 일에 연루되어 곤경을 치른 이후로 그녀를 산파로 찾는 사람이 부쩍 줄었기 때문이다. 그래도 그녀는 그럭저럭 잘 지냈고, 착한 애나에게 돈을 갚겠다는 말을 하기 시작했다. 하지만 이런 상태는 오래가지 않았다.

애나는 이제 렌트만 부인을 꽤 자주 만났다. 렌트만 부인의 곱슬곱슬하던 까만 머리는 반백으로 희끗희끗해졌고, 가무잡잡하니 팽팽하던 매끈한 얼굴은 축 늘어져 얼굴선이 무너져 내렸고 수척해 보였다. 몸은 더 뚱뚱해져 옷맵시가 예전 같지 않았고. 평소 깊은 생각 없이 행동하고 주의력이 산만한 점은 예나 다르지 않았지만, 간간이 어떤 위험이 도사리고 있지는 않은지 불안해하고 두려워하고 주저하는 기색을 보였다.

렌트만 부인은 애나에게 지난 일에 대해 입도 벙긋하지 않았다. 하지만 과거 겪은 일에서 편해질 수 없을뿐더러, 그 기억에서 완전히 벗어나지 못하는 것이 분명해 보였다.

렌트만 부인은 정말 괜찮은 여자였다. 그래서 모든 사람들이 잘못된 일로 알고 있고 또 그렇게 생각하는 일을 했다는 사실은, 이 괜찮은 독일 여자 스스로도 받아들이기가 쉽지 않았다. 렌트만 부인은 강인하고 용감했지만, 그래도 그런 과거는 견디기 힘든 것이었다. 착한 애나조차 그녀에게 거리낌 없이 그 얘기를 꺼낼 수 없었다. 렌트만 부인의 연애 사건에는 시종 미심쩍고 찜찜한 구석이 남아 있었다.

그런데 이번에는 금발의 멍청하고 분별없는 딸 줄리아에게 문제가 생겼다. 어머니의 관심을 전혀 받지 못한 몇 년 동안, 줄리아는 읍내에 있는 상점 어디선가 점원으로 일하는 젊은이와 교제를 하게 되었다. 그는 그냥저냥 둔한 편의 청년으로 돈을 많이 벌지도 못했거니와 나이 든 어머니를 부양하느라 저축은 아예 엄두도 못 내는 형편이었다. 그 젊은이와 줄리아는 몇 년째 만남을 이어 왔고, 이제 결혼을 생각해야 할 때가 되었다. 하지만 그들이 어떻게 결혼을 할 수 있었겠는가? 그 남자는 새 가정을 꾸리고 계속 나이 든 어머니를 부양할 만큼 벌이가 시원치 않았다. 일을 많이 안 해 본 줄리아는 찰리의 지저분하고 심통 사나운 노모와는 같이 살 마음이 없음을 분명하게 밝혔고, 렌트만 부인은 가진 돈이 없었다. 그녀는 이제 겨우 다시 일어서려는 참이었다. 그것도 물론 착한 애나가 모아 둔 돈을 유용해서.

그렇지만 멀대같이 크고 아둔하며 제 분수를 모르는 줄리아와 빠릿빠릿하지는 않지만 착하고 끈기 있는 찰리에게 잔소리를 하고 구슬려 가며, 둘의 결혼을 성사시키는 일은 애나에게 보람을 안겼다. 애나는 살림살이를 값싸게 장만하고 새 보금자리를 꾸미는 일을 사뭇 좋아했다.

줄리아와 찰리는 얼마 후 결혼했고, 별문제 없이 잘 살았다. 하지만 애나는 헤프게 돈을 쓰는 그들의 생활 방식이 영 탐탁지 않았다.

애나는 말하곤 했다. "머틸다 양, 요즘 젊은 애들은 나중에 필요할 때를 대비해 한 푼이라도 아껴 저축할 생각을 전혀 안 해요. 줄리아나 찰리도 그래요. 요전에 제가 그 집에 갔었어요, 머틸다 양. 그런데 새 대리석 탁자가 떡 하니 있고, 그 위에 플러시 천으로 된 새 앨범이 있더라고요. 그래서 줄리아한테 '그 앨범은 어디서 났니?'라고 물었죠. 그랬더니 '아, 찰리가 제 생일 선물로 줬어요.' 하더라고요. 그래서 또 제가 앨범 값은 다 치른 거냐고 물었더니, 조금 남았는데 금방 갚을 거라지 뭐예요. 머틸다 양, 어떻게 생각하세요? 그 애들을 그냥 둬도 될까요? 그 집에 그것 말고도 외상으로 들여놓은 물건들이 있거든요. 한데 줄리아의 생일이랍시고 또 뭘 새로 사고 그러는데도, 그 애들 일이려니 생각하고 보고만 있어야 할까요? 줄리아는 아무 일도 안 하고 빈둥거리면서 돈 쓸 궁리만 해요. 찰리도 한 푼이나마 아낄 생각을 안 하고요. 전 정말 요즘 젊은 애들을 이해하지 못하겠어요. 머틸다 양. 돈 무서운 줄을 조금도 모르는 것 같다니까요. 줄리아랑 찰리는 애들이 생기면, 제대로 키울 여유가 조금도 없을 거예요. 머틸다 양, 줄리아가 제 남편이 사 줬다면서 어처구니없는 물건들을 내보이기에, 제가 자식이 생기면 어떻게 키울 거냐고 했더니, 줄리아 고것이 칠푼이처럼 히죽거리면서 뭐라고 했는지 아세요? 애를 낳지 않을 거래요. 그래서 창피한 줄도 모르고 그런 말을 한다고 한소리 하긴 했는데 저도 잘 모르겠어요, 머틸다 양. 요즘 젊은 애들이 어떻게 살아가야 할지 아무 고민이 없는 걸 보면, 애를 안 갖는 게 낫겠다 싶기도 해요. 아, 그리고 렌트만 부인도 마찬가지예요. 돈이 한두 푼 들어가는 것도 아닌데 갓난아기 자니를 덜컥 입양한 거 아시죠? 자기 친자식들도 제대로 키우지 못하면서 말이에요. 아휴, 정말 모르겠어요. 어쩜 그렇게들 막무가내로 살 수 있는지 전 도무지 이해가 안 돼요, 머틸다 양. 요즘 사람들은 뭐가 옳고 그른지 아예 생각이 없는 것 같아요. 신중하지 못하고 늘 자기들 생각만 하고 자기들만 즐거우면 그만이죠. 모르겠어요, 머틸다 양, 사람들이 어떻게 계속 그렇게 살 수 있는지 전 모르겠어요."

착한 애나는 세상 사람들의 조심성 없고 부적절한 태도를 이해할 수 없었고, 그런 것을 생각하면 늘 마음이 착잡해졌다. 정말이지 그런 사람들 중 누구도 올바로 살아가는 길이 무엇인지에 대해 아무런 의식이 없었다.

바야흐로 애나의 지난 삶이 막바지를 향하고 있었다. 장님이 된 늙은 개 베이비가 시름시름 앓으면서 오늘내일했다. 베이비는 애나가 메리 워즈스미스 양을 위해 일했던 지난 시절 처음 만나 가까이 지냈던 과부 친구 렌트만 부인에게서 받은 첫 번째 선물이었다.

우여곡절 많았던 그 오랜 세월 내내, 베이비는 착한 애나 곁에서 늙어 갔고 뚱뚱해졌고 눈이 침침해졌고 움직임이 굼떠졌다. 한창 때 베이비는 민첩한 쥐잡이 개였지만, 그런 것은 과거가 되었고, 근래 몇 년 동안 베이비는 자신의 따뜻한 바구니 안에서 먹이만 기다렸다.

애나는 바쁜 와중에도 다른 개들, 즉 피터와 까불대는 쪼꼬미 랙스의 욕구를 들어주었지만, 옛사랑과의 인연을 이어 주는 끈인 베이비를 언제나 최우선으로 생각했다. 팔팔한 개들이 가여운 베이비를 밀어내고 바구니를 차지하려고 하면, 애나는 가차 없이 혼쭐을 냈다. 베이비는 몇 년째 눈이 거의 안 보였고, 개들이 늙어 가면서 그러듯 움직임이 적어졌다. 그리고 갈수록 약해졌고 뚱뚱해졌고 숨 가빠 했으며 오래 서 있지도 못했다. 애나는 베이비에게 밥을 챙겨 준 뒤 활기찬 녀석들이 뺏어 먹지 못하도록 늘 지켜보았다.

베이비는 병으로 죽지는 않았다. 그저 점점 늙어 가면서 앞을 못 보고 기침을 해 대고, 그러고는 갈수록 조용해지더니 어느 화창한 여름날 스르르 숨을 거두었다.

동물들에게 늙는 것보다 비참한 일은 없다. 털은 윤기를 잃고, 살가죽은 늘어지고, 눈은 침침해지고, 이빨은 썩어 쓸모 없게 되고, 어쨌든 모든 것이 안 좋아진다. 사람은 나이가 들어도 더 젊고 더 생생했을 때의 삶과 묶어 주는 듯 보이는 어떤 끈을 거의 늘 가지고 있다. 아이들이나 지난 시절 해 온 일들에 대한 기억이 있잖은가. 하지만 삶의 투쟁에서 완전히 밀려난 늙은 개는 죽지 않고 살아 있을 뿐 죽느니만 못한 상태로 쓸쓸하게 연명해 가는 스트럴드브러그⁴와도 같다.

그렇게 살다 어느 날 늙은 베이비는 죽었다. 착한 애나에게 그 일은 슬프기보다 쓸쓸했다. 그 가여운 늙은 개가 안 보이는 눈으로 밭은기침을 해 가며 근근이 비참하게 목숨을 이어 가기를 그녀는 바라지 않았다. 하지만 이 죽음은 애나에게 지독한 허전함을 남겼다. 위안을 줄 어리숙한 청년 개 피터와 흥이 넘치는 쪼꼬미 랙스가 있었지만, 잊지 않고 기억할 유일한 개는 베이비밖에 없었다.

착한 애나는 베이비에게 번듯한 무덤을 만들어 주고 싶었지만, 기독교 나라에서는 그런 것이 허용되지 않았다. 그래서 애나는 오랜 세월 함께했던 벗을 깨끗한 천에 싸서 남모르게 한적한 곳에 묻어 주었다.

착한 애나는 가여운 늙은 개 베이비를 떠나보내며 울지 않았다. 아니, 슬픈 일이 겹쳐 오는 바람에 허전함을 느낄 시간조차 없었다. 이제 더는 머틸다 양을 위해 집안일을 할 수 없게 된 것이었다.

---

4 조너선 스위프트의 『걸리버 여행기』에 나오는 종족으로, 늙으면 인간다운 삶을 살아갈 수 없는데 죽지도 않는다.

맨 처음 머틸다 양의 집에서 일하게 되었을 때, 애나는 몇 년 정도 있겠거니 생각했다. 머틸다 양은 여기저기 많이 돌아다녔고, 거처를 자주 옮겼으며, 새로운 곳들을 찾아내 살러 갔기 때문이다. 그때 애나는 이런 점에 대해 깊이 생각하지 않았다. 처음 머틸다 양의 집을 찾았을 때 그곳에서 일하는 것을 좋아하게 되리라 생각하지 않았고, 그래서 머무르는 문제에 대해 걱정하지 않았다. 그 뒤 행복한 몇 년을 함께하면서 애나는 그 문제를 까맣게 잊고 지냈다. 머틸다 양과 헤어질 날이 다가오고 있음을 알게 된 이 마지막 해에는, 그날이 오지 않을 거라고 생각하려 안간힘을 썼고.

머틸다 양이 그 이야기를 하려고 할 때마다 애나는 말하곤 했다. "지금 그 얘기를 뭐 하러 해요, 머틸다 양. 아마 그때쯤엔 우리 둘 다 죽을 텐데." 혹은 이렇게도 말했다. "만일 우리가 그때까지 산다면, 아마도 머틸다 양은 계속 여기서 살고 계실걸요."

어이할꼬, 애나는 이런 일이 실제 일어날 일인 양 이야기할 수 없었다. 또다시 낯선 사람들에게 떠넘겨지는 것은 너무 지치는 일이었다.

착한 애나도 그녀의 소중한 머틸다 양도 헤어지는 날이 정말로 오지는 않을 거라고 생각하려 애썼다. 애나는 머틸다 양이 그대로 머무르게끔 하는 일을 사명으로 여기며 온갖 일을 다 했고, 머틸다 양은 애나가 자신을 따라나서게 할 방법을 찾으려 온갖 궁리를 다 했다. 하지만 어떤 작전도 어떤 계획도 그다지 성공적이지 못했다. 머틸다 양은 떠나기로 했다. 그것도 애나는 너무 외로워서 살 수 없을 머나먼 낯선 나라로.

이 둘이 헤어지는 것 말고 달리 할 수 있는 일은 없었다.

착한 애나가 아마 그때쯤에는 우리 둘 다 죽을 거라고 되풀이 해 말했지만, 그런 일마저 일어나지 않았다. "만일 우리가 그때까지 산다면"이 더 맞는 말이 되었다. 늙어서 앞이 안 보였던 가여운 베이비를 제외하고, 그들 모두 그때까지 살아 있었고, 헤어지는 수밖에 없었다.

가여운 애나, 가여운 머틸다 양. 마지막 날, 두 사람은 서로를 쳐다볼 수 없었다. 애나는 도무지 일이 손에 잡히지 않았다. 그저 들락날락하면서 이따금 잔소리를 했다.

장차 무슨 일을 하며 살아갈지 마음을 정할 수 없던 애나는, 그들이 살았던 작은 빨간 벽돌집을 당분간 지키겠다고 말했다. 그녀는 하숙을 쳐 볼까 하는 생각도 있었지만 확실하지는 않아서, 그것에 대해서는 나중에 편지로 머틸다 양에게 이야기하기로 했다.

음울한 시간이 힘겹게 흘러가는 사이 준비가 끝났고, 머틸다 양은 기차역으로 출발했다. 애나는 그들이 살던 자그마한 빨간 벽돌집 앞의 하얀 돌계단 위에 서서 피로에 지친 창백한 얼굴로 눈물을 삼켰다. 머틸다 양이 마지막으로 들은 것은 착한 애나가 어리버리한 피터에게 작별 인사를 하라면서 머틸다 양을 잊어서는 안 된다고 하는 말이었다.

3 착한 애나의 죽음

머틸다 양에 관해 아는 사람들은 너나없이 애나가 그들 집에 들어와서 살기를 바랐다. 애나가 사람들은 물론 옷가지나 물건들까지 얼마나 잘 관리할 수 있는지 모두들 알기 때문이었다. 애나는 또한 쿠르덴에 있는 메리 워드스미스 양에게도 언제든 갈 수 있었다. 하지만 애나는 이도 저도 내키지 않았다.

애나는 이제 더는 렌트만 부인과도 가까이 하고 싶지 않았다. 이제 애나가 중요하게 고려할 사람은 아무도 없었지만, 새로운 사람 밑에 가서 일하고 싶은 마음은 결단코 없었다. 애나에게는 그 누구도 소중했던 머틸다 양 같을 수 없었으므로. 애나 뜻대로 하도록 떠맡기는 사람은 없을 터이므로. 모든 일을 피곤에 지친 애나가 생각하기에 모든 설비가 갖춰진 그 작은 빨간 벽돌집에서 그대로 지내며 하숙을 쳐 생계를 유지하는 편이 나을 것 같았다. 애나가 그것들을 쓸 수 있도록 머틸다 양이 허락했기 때문에 하숙을 시작하는 데 따로 돈이 들어갈 일은 없었다. 하숙을 치면 그럭저럭 먹고살 것 같았다. 무슨 일이든 그녀가 최선이라고 생각하는 대로 할 수도 있을 테고. 또 변화를 받아들이기에 애나는 너무 지쳐서 그저 살기 위해 해야 하는 일 말고 다른 것은 할 수 없었다. 그래서 그녀는 살던 집에서 그대로 지내며, 남자 하숙인을 몇 명 구했다. 그 집의 방을 쓰며 하숙할 사람들로 여자들은 받아들이고 싶지 않았다.

얼마 후 애나가 느끼는 적적함이 옅어지기 시작했다. 애나는 하숙인들에게 평판이 아주 좋았다. 그들은 그녀의 잔소리도, 그녀가 만든 음식도 다 좋아했다. 그리고 재미있는 농담도 했고, 큰 소리로 웃기도 하면서 뭐든 늘 애나가 원하는 대로 했다. 착한 애나는 이내 그 일을 무척 좋아하게 되었다. 그렇지만 머틸다 양과 함께하기를 바라는 마음은 변함이 없었다. 애나는 여전히 한두 해쯤 지난 뒤에 머틸다 양이 돌아와서 같이 살자고 하기를, 그래서 머틸다 양을 정성껏 보살피게 되기를 바랐고, 기다렸고, 그리되리라 확신했다.

애나는 머틸다 양의 모든 세간을 최상의 상태로 건사했다. 머틸다 양의 식탁에 작은 흠집이라도 하나 내면, 하숙인들은 귀가 아프도록 잔소리를 들어야 했다.

하숙인들 중에 다정하고 친절한 독일 남부 출신이 몇 있었는데, 애나는 늘 그들이 미사에 참석하게끔 했다. 또 의사가 되기 위해 브리지포인트에서 공부하는 활기찬 독일 학생한테는 각별한 정을 쏟으며 그가 잘되기를 바라는 마음으로 잔소리를 했다. 예전에 숀젠 의사에게 그랬던 것처럼. 쾌활한 이 젊은이는 머틸다 양처럼 씻으면서 늘 노래를 흥얼거렸다. 애나가 필요로 하는 모든 것을 되돌려 주는 듯한 이 젊은 하숙생 덕분에 애나의 마음은 다시 훈훈해졌다.

이렇듯 이즈음 애나의 삶이 불행하기만 한 것은 아니었다. 애나는 여전히 일을 했고 잔소리를 했다. 그녀의 손길을 바라고 필요로 하는 사람들과 떠돌이 개들과 고양이들이 있고, 그녀의 잔소리를 달가워하고 또 그녀가 뚝딱 만들어 내는 음식을 맛있게 먹는 다정한 독일 하숙인들이 있었다.

그렇다, 이즈음 착한 애나의 삶은 불행하지만은 않았다. 너무 바빠서 옛 친구들을 자주 만나지 못했지만, 가끔 일요일 오후에 짬을 내서 드레턴 부인을 만나러 가기도 했다.

애나의 유일한 문제는 생계가 여의치 않은 것이었다. 하숙비를 아주 적게 받으면서 하숙인들에게 상당히 좋은 음식을 만들어 주다 보니 적자를 면하기 어려웠다. 애나가 힘든 일이 생겨 찾아갈 때마다 흔쾌히 하소연을 들어 주는 친절한 독일 신부는 하숙비를 좀 올려 받으라고 조언했다. 머틸다 양 역시 편지로 그러라고 당부했고. 하지만 착한 애나는 어쩐지 그러기가 쉽지 않았다. 하숙인들 모두 좋은 사람들이지만 여유롭지 않다는 것을 알았기 때문에 하숙비를 올려 받을 수 없었다. 새로 들어오는 사람들 또한 하숙비가 얼마인지 미리 알고 오는 터라 더 많은 돈을 요구할 수 없었고. 그래서 결국 처음에 정한 하숙비를 그대로 받을 수밖에 없었다. 애나는 낮에는 온종일 쉴 새 없이 일했고, 밤이면 잠 못 이루며 돈을 아낄 묘책을 궁리했다. 그렇게 밤낮으로 애쓰며 근근이 살아갔다. 조금이라도 저축할 만큼 돈을 충분히 벌지 못했다.

여윳돈이 없다 보니 모든 일을 애나 혼자 해야 했다. 월급을 줄 수 없어 어린 샐리마저 데리고 있을 수 없었다.

어린 샐리도 내보내고 달리 일을 도와줄 사람도 들이지 않아서, 애나는 외출하기가 여간 어렵지 않았다. 집을 비워 놓고 나가는 것은 생각도 할 수 없었다. 공장에서 일하게 된 샐리가 일요일에 어쩌다 한 번씩 와서 집을 봐 주면, 착한 애나는 나가서 드레턴 부인과 오후 시간을 보내곤 했다.

이처럼 애나는 옛 친구들을 자주 만나지 못했다. 가끔 이복 오빠와 올케와 두 조카딸을 보러 갔고, 그들 또한 애나의 생일이면 거르지 않고 선물을 들고 찾아왔다. 이복 오빠는 명절을 맞아 단골들에게 건포도가 든 빵을 돌릴 때 애나를 빼놓는 일이 없었다. 하지만 이런 친척들은 착한 애나에게 별다른 의미가 없었다. 애나는 늘 그들 모두에게 해야 할 도리를 했고, 이복 오빠를 무척 좋아했으며, 그가 주는 건포도가 든 빵을 이제는 다른 무엇보다 반가이 받았고, 자신의 대녀인 조카와 그 아이 언니에게 멋진 선물을 주었다. 하지만 이 가족 중 누구도 애나의 마음속 깊이 자리한 적은 없었다.

애나는 렌트만 부인도 거의 만나지 않았다. 쓰라린 환멸이 있던 옛 우정 위에 새로이 우정을 쌓기란 쉽지 않다. 이 두 여자 모두 다시 친하게 지내려 최선을 다했지만, 결코 서로를 친밀하게 대할 수 없었다. 둘 사이에는 말할 수 없는 것들이 너무 많았다. 아직껏 해명된 적이 없거나 용서받지 못한 것들이. 그래도 여전히 착한 애나는 어리석은 줄리아를 위해 최선을 다했고 이따금 렌트만 부인을 만났지만, 이 가족 또한 이제는 애나에게 큰 영향을 미치지 못했다.

이제 애나는 드레턴 부인을 제일 가까운 친구로 생각했다. 이들은 서로의 슬픔을 나눌 뿐 그 이상 다른 이야기는 하지 않았다. 이들이 항상 나눈 이야기는 앞으로 드레턴 부인이 어떻게 하는 것이 최선인가 하는 문제였다. 가여운 드레턴 부인은 무엇보다 술고래 남편 때문에 속을 썩었는데, 사실 이제 그녀가 딱히 할 수 있는 일이 없었다. 묵묵히 참고 일하며 자식들에게 애정을 쏟는 수밖에는. 짜증이 많은 애나가 지쳐 녹초가 된 몸을 이끌고 찾아가서 옆에 앉아 이런저런 걱정을 이야기하면, 드레턴 부인은 언제나 어머니처럼 애나의 마음을 달래 주었다.

착한 애나가 브리지포인트에서 이십 년을 보내며 알게 된 모든 사람들 중 마음 놓고 하소연할 만큼 가까운 친구는 친절한 신부와 참을성 많은 드레턴 부인뿐이었다.

애나는 일하고 생각하고 한 푼이라도 아끼고 잔소리를 하면서 하숙인들은 물론 피터와 랙스와 다른 떠돌이개들까지 보살폈다. 애쓸 일이 끝없이 이어지면서 애나는 갈수록 지쳐 갔고, 안색이 나빠졌고, 야윈 얼굴에 피로와 수심이 깊어졌다. 때로는 건강이 안 좋은 정도가 아니라 병색이 드러났고, 그래서 드레턴 부인을 수술했던 허먼 의사에게 치료를 받으러 가기도 했다.

애나에게 진정 필요한 것은 가끔이라도 쉬고 다시 기운을 차릴 만큼 잘 먹는 것이었지만, 그렇게 하기란 너무나도 힘든 일이었다. 애나는 쉴 겨를이 없었다. 어떻게든 빚을 지지 않으려면 여름에도 겨울에도 끊임없이 일에 묻혀 살아야 했다. 허먼 의사가 기운이 나는 약을 처방해 주었지만, 그런 약도 별효과가 없었다.

애나는 갈수록 쉽게 지쳤고, 심한 두통이 더 자주 찾아오는 바람에 거의 항상 통증에 시달렸다. 밤에도 제대로 잘 수 없었다. 개들이 짖는 소리가 신경을 거슬렀고 온몸 구석구석 그녀를 고통스럽게 하는 것 같았다.

의사도 친절한 신부도 애나에게 자신의 건강부터 챙겨야

한다고 누누이 말했다. 드레턴 부인 또한 그녀에게 잠깐이라도 일을 내려놓지 않으면 건강을 되찾기 어렵다며 걱정했다. 그러면 애나는 신경을 쓰겠다고, 좀 더 오래 침대에 누워 쉬겠다고, 기운 차리도록 더 많이 먹겠다고 약속했다. 하지만 항상 음식을 만들면서 식사 준비를 절반도 하기 전에 그것에 질리는데, 애나가 어떻게 잘 먹을 수 있겠는가?

이제 애나에게 남은 친구는 드레턴 부인뿐이었는데, 그녀는 너무 순하고 너무 잘 참아서, 완고하고 헌신적인 독일 여자 애나가 자기 자신을 위한 일을 먼저 하게끔 할 수 없었다.

두 번째로 맞은 겨울 내내 애나의 건강은 하루가 다르게 나빠졌다. 여름이 되었을 때, 의사는 애나에게 그렇게는 계속 살 수 없으니 병원으로 와서 수술을 받아야 한다고 말했다. 그러면 건강하고 강해져서 다가오는 겨우내 부지런히 일할 수 있을 거라고.

애나는 한동안 의사의 말을 들으려 하지 않았다. 그녀가 집 구석구석을 관리해야 하는데 두고 갈 수 없어서 의사 말에 따를 수 없었다. 결국 한 여자가 집에 들어와서 하숙인들 뒤치다꺼리를 해 주기로 한 다음에야 애나는 수술을 받으러 가겠다고 말했다.

애나는 수술을 받으러 병원으로 갔다. 드레턴 부인은 자기도 건강이 안 좋았지만, 친구로서 착한 애나와 함께 병원으로 가서 곁을 지켜 주기로 했다. 그래서 드레턴 부인의 수술을 성공적으로 해낸 의사가 있는 병원으로 두 여자는 함께 갔다.

병원에서는 며칠간 애나를 준비시킨 뒤 수술을 했다. 그러고 나서 강인했지만 지칠 대로 지쳐 체력이 쇠잔한 애나는 죽었다.

드레턴 부인은 머틸다 양에게 애나의 죽음을 알렸다.

머틸다 양께

애니 씨가 어제 병원에서 힘겨운 수술을 받고서 세상을 떠났습니다. 애니 씨는 당신과 의사 선생님과 메리 워드스미스 양에 대해 줄곧 이야기했죠. 그리고 당신이 다시 미국으로 돌아와 살게 되면, 피터와 쪼꼬미 랙스를 맡아 주기를 바란다고 했습니다. 돌아오실 때까지 두 녀석은 제가 데리고 있겠습니다. 머틸다 양. 애니 씨는 머틸다 양께 애정 어린 인사를 남기고 편히 눈을 감았습니다.

멀랜사

모두가 그녀일지도

로즈 존슨은 아주 어렵게 아기를 낳았다.

로즈 존슨의 친구인 멜랜사 허버트는 여자로서 할 수 있는 일을 다 하면서 그녀를 보살폈다. 퉁명스럽고, 어린아이 같고, 겁이 많은 까무잡잡한 피부의 로즈가 툴툴거리고 호들갑을 떨고 악다구니를 써 대며 짐승처럼 볼썽사납게 굴었지만, 멜랜사는 고분고분 인내하며 지칠 줄 모르고 그녀를 진정시켰다.

아기는 태어난 직후에는 건강했지만 오래 살지 못했다. 로즈 존슨은 조심성이 없고 게으르고 이기적이었다. 그래서인지 멜랜사가 집을 비운 며칠 사이에 아기가 죽고 말았다. 로즈 존슨도 아기를 끔찍이 예뻐하기는 했다. 한데 아마도 잠시 아기를 잊었던 모양인지 아기가 죽었고, 로즈와 그녀의 남편 샘은 몹시 슬퍼했다. 하지만 그 시절 브리지포인트의 흑인 사회에서 그런 일은 흔했기에, 그들 중 누구도 그 일을 오래 마음에 담아 두지는 않았다.

로즈 존슨과 멜랜사 허버트는 그때까지 몇 년 동안 친구로 지내 왔다. 얼마 전, 로즈는 연안 증기선의 갑판원으로 그 런대로 괜찮고 정직하며 친절한 남자 샘 존슨과 결혼했다.

멀랜사 허버트는 결혼한 적이 없었다.

로즈 존슨은 피부색이 아주 까맣고, 키가 컸으며, 체격이 좋았고, 성격은 뚱하고 아둔한 편인 데다 유치했지만, 외모는 반반한 흑인 여자였다. 그녀는 기분이 좋으면 웃었고, 성가신 일이 있으면 투덜대며 언짢은 기색을 드러냈다.

로즈 존슨은 피부색이 아주 까만 흑인 여자였지만, 백인 부부의 손에서 그들의 친자식처럼 자랐다.

로즈는 기분이 좋으면 웃었다. 하지만 그녀의 웃음은 검 은 햇살의 따스한 빛이 넘쳐흐르는 환한 웃음이 아니었다. 로 즈는 땅에서 태어난 흑인들이 무한한 기쁨을 드러내듯 즐거 워하는 법이 없었다. 그냥 보통 여자가 지을 법한 웃음을 지 었다.

로즈 존슨은 조심성이 없고 게을렀지만, 백인 부부의 손 에 자라서 웬만큼 안락한 삶을 필요로 했다. 백인의 손을 탔어 도 습성만 바뀌었을 뿐 타고난 본성은 그대로였다. 흑인들의 단순하며 문란한 부도덕성을 로즈도 갖고 있었다.

여자 둘이 가까울 때 흔히 그렇듯, 로즈 존슨과 멀랜사 허 버트도 호기심을 불러일으킬 만큼 대단한 단짝이었다.

멀랜사 허버트는 기품 있고 지적이고 매력적인, 옅은 노 란색 피부의 흑인 여자였다. 로즈처럼 백인 부부의 손에 자라 지는 않았지만, 그녀의 몸에는 진짜 백인의 피가 흐르고 있 었다.

그녀와 로즈 존슨, 이 둘은 브리지포인트에서 그래도 비 교적 나은 부류의 흑인들이었다.

"절대 난 보잘것없는 검둥이가 아니야. 백인 부부의 손에 자랐으니까. 그리고 멀랜사, 그 애도 하찮은 검둥이가 아니지. 학교에서 많은 걸 배워서 아주 똑똑하니까. 샘 존슨 같은 남자 하고 결혼한 나와 달리 멀랜사는 아직 혼자지만."

로즈 존슨은 말했다.

섬세하고 똑똑하고 매력적이며 절반은 백인의 피를 타고 난 멀랜사 허버트 같은 여자가 왜 상스럽고, 별 볼 일 없이 평범하고, 뚱하고, 원숙하지 못한 까만색 피부의 로즈를 좋아하고, 도와주고, 시중까지 들면서 스스로 위신을 떨어뜨릴까? 또 왜 이 부도덕하고 문란하고 야심이 없는 로즈는 예사롭지 않게도 흑인들 중에서 꽤 괜찮은 남자와 결혼한 반면, 백인의 피가 섞여 있고 매력적이며 적당한 신분에 대한 욕망이 있는 멀랜사 허버트는 아직 결혼하지 못했을까?

이따금 자신의 세상이 어떻게 이루어져 있나 생각하면, 복잡하면서도 야심적인 멀랜사는 절망감에 휩싸였다. 그녀는 이토록 우울한 상태로 어떻게 계속 살아갈 수 있을까 하는 생각에 곧잘 빠져들었다.

어느 날, 멀랜사는 로즈에게 알고 지내던 여자가 우울을 견디지 못하고 자살했다는 이야기를 했다. 그러면서 그녀 자신 또한 때로는 그런 선택이 최선이 아닐까 생각한다는 말을 덧붙였다.

로즈 존슨은 멀랜사와 생각이 전연 달랐다.

"멀랜사, 어떻게 단지 우울하다는 이유로 자기 목숨을 끊을 수 있는 건지 난 도통 이해가 안 돼. 난 절대 우울하다는 이유만으로 자살하진 않을 거야. 너무 우울해서 다른 누군가를 죽일망정, 멀랜사, 내가 내 목숨을 끊는 일은 결코 없을 거야.

만일 내가 자살하는 일이 생긴다면, 멀랜사, 그건 사고야. 그리고 만일 사고로 내 목숨을 잃게 된다면, 멀랜사, 난 원통해서 못 견딜 거야."

로즈 존슨과 멀랜사 허버트는 어느 날 밤 교회에서 처음으로 만났다. 로즈 존슨은 종교에 별 관심이 없었다. 부흥 집회에 감동할 만큼 감성적이지도 않았다. 멀랜사 허버트는 아직 종교를 활용하는 법을 몰랐다. 그녀의 머릿속은 여전히 욕망으로 복잡했다. 그렇지만 여느 흑인처럼 로즈와 멀랜사는 친구들과 어울려 자주 흑인 교회에 나갔고, 점차 서로를 알게 되었다.

로즈 존슨은 백인 부부의 하녀가 아니라 그들의 친자식이나 다름없이 자랐다. 그 백인들의 집에서 가장 신뢰받는 하녀였던 친모는 로즈가 아기였을 때 세상을 떠났다. 로즈는 눈길을 끌 만큼 귀엽고 예쁘장한 검은 피부의 여자애였고, 그 백인 부부에게는 자식이 없었다. 그래서 로즈를 그들 집에서 키웠다.

로즈는 나이가 들면서 백인 부부로부터 멀어져 흑인들에게로 돌아갔고, 그들 집에 머무는 시간이 서서히 줄었다. 그러다 백인 부부가 다른 도시로 이사를 가면서, 브리지포인트에 홀로 남았다. 그래도 백인 부부가 얼마간의 돈을 남긴 덕분에 로즈는 일정 기간마다 그 돈을 받아 앞가림을 할 수 있었다.

가난한 사람들이 흔히 그러듯이 로즈는 한 여자의 집으로 들어가 같이 살았다. 그러다 별다른 이유 없이 또 다른 여자의 집으로 옮겨 가서 살았다. 그렇게 사는 내내 로즈는 이런저런 흑인 남자들과 교제를 했고 약혼을 했다. 로즈는 행실을 바로 해야 한다는 의식이 나름 강해서 교제를 하면 반드시 결혼을 약속했다.

"절대로 난 아무 남자하고나 어울리는 저속한 검둥이가 아니야. 멀랜사, 너도 그러면 안 돼." 어느 날, 로즈는 자신이 따라야 할 올바른 길이 무엇인지 이야기하면서, 생각이 복잡하고 확신이 없는 멀랜사에게 말했다. "절대로 멀랜사. 난 그런 저속한 검둥이가 아니야. 왜냐하면 난 백인의 손에 자랐거든. 너도 잘 알잖아, 멀랜사. 난 언제나 그 남자들하고 약혼을 했어."

이처럼 로즈는 늘 속 편하게, 적당히 체면을 차리면서 몹시 게으르게, 그러면서도 아주 만족하며 살아갔다.

한동안 이런 식으로 살던 로즈는 정식으로 결혼을 하면 자신의 처지가 나아질 거라고 생각했다. 그녀는 얼마 전 어디선가 만난 샘 존슨을 마음에 들어 했고 그가 괜찮은 남자임을 알아보았다. 매일 출근하는 일정한 직장도 있고, 월급도 꽤 괜찮게 받았으므로. 샘 존슨도 로즈를 무척 좋아해서 기꺼이 결혼하고자 했다. 어느 날, 그들은 성대한 결혼식을 올리고 부부가 되었다. 그리고 바느질을 비롯해 손재주가 있는 멀랜사 허버트의 도움을 받아 자그마한 빨간 벽돌집을 아늑하게 꾸몄다. 그 뒤 연안 증기선의 갑판원인 샘은 일터로 나갔고, 로즈는 집에 남아서 하릴없이 친구들을 불러 모아서는 결혼해서 남편하고 사는 것이 얼마나 좋은지 떠벌렸다.

그해 그들의 삶은 마냥 순조롭게 흘러갔다. 로즈는 게을렀지만 지저분하지는 않았고, 샘은 꼼꼼했지만 까다롭지 않았다. 게다가 멀랜사가 매일 찾아가 그들 집을 말끔하게 정리해 주기도 했고.

로즈는 출산일이 가까워지자, 빨래 일을 하는 마음씨 좋은 덩치 큰 흑인 여자와 멀랜사가 함께 살고 있는 집으로 거처를 옮겼다.

로즈가 그리로 간 이유는 아기를 낳을 때 근처에 있는 병원 의사의 도움을 받을 수 있는 데다, 몸이 회복되는 동안 멀랜사의 보살핌을 받을 수 있기 때문이었다.

로즈의 아기는 그 집에서 태어났고, 그 집에서 죽었다. 그후 로즈는 샘과 함께 살던 집으로 돌아갔다.

멀랜사 허버트는 로즈 존슨처럼 단순하게 살아가지 못했다. 원하는 삶과 현실을 조화롭게 맞춰 가는 일이 그녀에게는 쉽지 않았다.

멀랜사 허버트는 항상 눈에 보이는 모든 것을 원하다가 갖고 있는 것마저 잃었다. 그녀가 다른 사람들을 떠나지 않아도 늘 혼자 남겨졌고.

멀랜사 허버트는 언제나 너무 강렬하게, 그리고 너무 자주 사랑했다. 그녀는 항시 신비로움, 미묘한 움직임, 거부, 모호한 불신, 복잡한 환멸로 가득 차 있었다. 그러다 돌연 충동적으로 어떤 신념에 걷잡을 수 없이 빠져들었다가 다시 억압된 본능 속에서 고통스러워하곤 했다.

멀랜사 허버트는 항상 안정되고 평온한 삶을 추구했지만, 번번이 곤경에 빠지는 새로운 방식을 찾아낼 뿐이었다.

멀랜사는 지독하게 우울할 때면 그저 목숨을 이어 가는 삶이 무슨 의미가 있을까 하는 의문을 자주 품었다. 그리고 스스로 목숨을 끊는 것이 자신이 할 수 있는 최선일지 모른다고 생각했다.

멀랜사 허버트의 어머니는 딸이 신앙심을 갖도록 키웠지만, 멀랜사는 어머니를 그다지 좋아하지 않았다. 이웃 사람들이 미스 허버트라고 부른 멀랜사의 어머니는 상냥하고 기품 있고 사근사근한, 옅은 노란색 피부의 흑인 여자였다. 미스 허버트는 언제나 왠지 종잡을 수 없고 속을 알 수 없는 불분명한 태도를 보였다.

멀랜사도 어머니처럼 옅은 노란색 피부를 가졌고 속내를 드러내지 않으며 쾌활한 편이었지만, 건장한 체구에 불퉁스럽고 참아 내기 힘든, 까만 피부색을 가진 아버지로부터 물려받은 성격이 두드러졌다.

멀랜사의 아버지는 멀랜사가 어머니와 함께 살고 있는 집에 이따금 한 번씩 찾아오곤 했었다.

이제는 수년째 연락이 끊겨 멀랜사는 아버지가 무슨 일을 하는지도 몰랐고, 얼굴을 본 적도 소식을 들은 적도 없었다.

멀랜사 허버트는 예나 지금이나 까만 피부의 아버지를 증오했지만, 아버지로부터 물려받은 강인한 면은 다분히 좋아했다. 사실상 그녀의 성정은 옅은 피부색의 사근사근한 어머니보다 까만 피부의 거친 아버지와 비슷했다. 멀랜사는 어머니로부터 물려받은 것들을 결코 대단하게 여기지 않았다.

멀랜사 허버트는 어린 시절 스스로를 사랑한 적이 없었다. 그녀의 어린 시절은 온통 쓰라린 기억뿐이었다.

멀랜사 허버트는 아버지도 어머니도 사랑하지 않았고, 그녀의 부모는 멀랜사 같은 딸을 둔 것을 골치 아파했다.

멀랜사의 어머니와 아버지는 정식으로 결혼했다. 멀랜사의 아버지는 체격이 크고 남성적인 까만 흑인이었다. 그는 이따금 멀랜사가 어머니와 함께 살고 있는 집을 찾았다. 그래도 사근사근하고 상냥해 보이지만 속을 알 수 없고 종잡을 수 없이 애매한 태도를 취하는 옅은 피부색의 여자는, 큰 체구에 남성적인 까만 피부의 남편을 두둔하며 그를 따랐다.

그냥저냥 평범한 흑인 노동자인 제임스 허버트가 하나뿐인 딸을 난폭하고 거칠게 대한 면도 있었지만, 사실 그 무렵 멀랜사는 다루기가 몹시도 골치 아픈 아이였다.

어린 멀랜사는 아버지도 어머니도 사랑하지 않았고, 담력이 대단했으며, 말버릇은 고약하기 짝이 없었다. 그 당시 학교에 다니던 멀랜사는 뭐든 배우는 속도가 아주 빨랐는데, 그렇게 습득한 지식을 이용해 일자무식한 부모에게 상처를 주는 방법을 훤히 꿰고 있었다.

멀랜사 허버트는 예나 지금이나 담력이 두둑했다. 그 무렵 멀랜사는 말을 굉장히 좋아했다. 격렬한 것을 좋아하는 그녀는 말 타기도, 말의 기를 꺾어 길들이기도 좋아했다.

어렸을 때 멀랜사는 어렵지 않게 말을 가까이 할 수 있었다. 멀랜사와 어머니가 함께 사는 집 근처에 항상 멋진 말들을 키우는 부잣집 비숍 댁의 마구간이 있었기 때문이다.

비숍 댁의 마부인 존은 멀랜사를 무척이나 예뻐해서, 그녀가 언제든 말 옆에서 시간을 보내게 허락했다. 존은 점잖은 편의 혈기 왕성한 물라토[5]로, 번듯한 집에서 아내와 함께 아이들을 키우며 살았다. 존의 아이들보다 나이가 많은 멀랜사는 그즈음 열두 살로 어엿한 여자 티를 내기 시작했다.

멀랜사의 아버지 제임스 허버트는 비숍 댁의 마부인 존을 잘 알았다.

어느 날, 아내와 딸이 사는 집을 찾아온 제임스 허버트가 노발대발 화를 냈다.

---

5 백인과 흑인 부모 사이의 혼혈인.

"당신의 그 잘난 딸년 멀랜사 어디 있어? 만약에 지금 또 비숍 댁 마구간에서 그 존이란 작자하고 같이 있다면, 내 맹세코 그 계집애를 죽여 버리고 말겠어. 애 좀 잘 단속할 수 없어! 당신이 그 애 엄마잖아!"

제임스 허버트는 체구가 크지만 몸이 다부지지는 못했고, 포악하고 험상궂고 화를 잘 내는 흑인이었다. 허버트는 유쾌한 얼굴을 하는 법이 없었다. 다른 남자들과 술을 마실 때조차도. 그는 툭하면 술을 마셨는데, 그럴 때조차 흥겨워하지 않았다. 한창 젊어서 마음껏 하고 싶은 대로 하며 살던 시절에도, 그는 결코 검은 햇살의 환한 빛을 퍼뜨리는 호탕한 웃음을 짓지 않았다.

그의 딸 멀랜사 허버트도 나중에 진심에서 우러난 웃음을 짓기 어려워했다. 성격이 강하면서도 다정했지만, 정말로 심각한 문제에 빠졌을 때도 온 힘을 다해 그 문제에 맞서 싸워야 할 때도 웃음을 이용하지 않았다. 가여운 멀랜사는 정녕코 문제에 빠지기를 싫어했지만 걸핏하면 문제에 빠지곤 했다. 멀랜사 허버트는 언제나 평화롭고 조용한 삶을 추구했다. 그런데 번번이 감정의 소용돌이에 빠져 버리는 새로운 길을 찾을 뿐이었다.

제임스 허버트는 툭하면 화를 내는 흑인이었다. 거칠고 뚝뚝한 그는, 배운 것을 내세워 무식한 아버지의 속을 고약하게 긁어 대는 멀랜사에게는 당연히 자주 화를 낼 수밖에 없다고 생각했다.

제임스 허버트는 비숍 댁의 마부인 존과 자주 어울려 술을 마셨다. 심성이 착한 존은 때로 멀랜사에 대한 허버트의 감정을 누그러뜨리려 애썼다. 멀랜사가 존에게 집안에서 일어난 이야기를 하거나 아버지에 대한 불평을 늘어놓은 적은 없었다. 아무리 힘든 상황에 처해도 멀랜사는 누구한테도 자신이 당한 일을 하소연하지 않았다. 언제든 그러는 법이 없었다. 하지만 멀랜사를 진정으로 사랑하고 너그럽게 봐주는 법을 깨달은 사람이나 알 만했음에도, 멀랜사를 아는 모든 사람들이 그녀가 얼마나 시달리는지를 알았다. 멀랜사를 진정으로 사랑하는 사람이나 그녀를 넉넉히 이해했을 터였다. 그녀는 한 번도 불평하거나 슬픈 얼굴을 하는 법 없이 언제나 당당하고 기운찬 모습을 보였다. 그런데도 사람들은 언제나 그녀가 얼마나 고통받는지 알았다.

그녀의 아버지 제임스 허버트 또한 누구에게도 제 문제를 말하지 않았다. 사람들 또한 그가 워낙 거칠고 뚝뚝해서 감히 물어볼 생각조차 하지 않았고.

이웃 사람들이 미스 허버트라고 부르는 멀랜사의 어머니도 남편이나 딸에 대해 말하는 일이 일절 없었다. 그녀는 늘 사근사근하고 상냥해 보였지만 속을 내비치는 일 없이 모호하고 종잡을 수 없는 태도를 취했다.

허버트 가족은 그들이 안은 문제에 대해 입도 벙긋하지 않았지만, 어쨌거나 그들을 아는 사람들은 그들에게 일어난 일을 항상 다 알았다.

허버트가 저녁에 마부 존을 만나 술을 마시기로 한 어느 날 아침, 멀랜사는 한껏 들뜬 마음으로 신이 나서 마구간으로 향했다. 멀랜사에게 좋은 친구였던 존은 그날 아침, 그녀가 얼마나 착하고 사랑스러운지, 또 한편으로 그녀가 얼마나 고초를 겪는지를 여실히 느꼈다.

존은 꽤 점잖은 흑인 마부였다. 그는 멀랜사를 마치 자신의 맏딸처럼 여겼다. 실제로 그는 그녀가 지닌 여자로서의 힘을 강렬하게 느꼈다. 존의 아내도 한결같이 멀랜사를 좋아했고, 즐겁게 해 주려고 늘 할 수 있는 일을 다 했다. 일생 동안 멀랜사는 친절하고 선하고 사려 깊은 사람들을 사랑했고 존경했다. 언제나 평화롭고 온화하고 선한 삶을 사랑했고 원했다. 그렇건만 가여운 멀랜사는 번번이 난처한 상황에 빠져드는 새로운 길만을 찾을 뿐이었다.

이날 저녁 존과 허버트는 한동안 어울려 술을 마셨다. 그 후 인정 많은 존이 그 아버지에게 참으로 괜찮은 아이를 딸로 두었다는 이야기를 하기 시작했다. 어쩌면 존이 술을 너무 많이 마셨는지도 모르겠고, 또 어쩌면 그때 존이 멀랜사에 대해 한 말 속에 친절한 어른으로서의 감정을 넘어서는 들쩍지근한 어떤 기미가 있었는지도 모르겠다. 아무튼 존은 술을 꽤 많이 마신 데다 그날 아침 멀랜사가 풍기는 여자로서의 힘을 강하게 느낀 터였다. 제임스 허버트는 항시 거칠고 의심이 많고 농담을 할 줄 모르는 흑인이었다. 그가 치미는 화를 억누르며 몹시 불쾌한 얼굴로 앉아서 듣는 동안, 존은 한편으로는 그 자신에게 한편으로는 그 아버지에게 멀랜사가 얼마나 장점이 많고 사랑스러운지 모른다며 침이 마르도록 칭찬했다.

그러다 갑자기 그들 사이에 지독한 욕설이 오가더니 두 흑인의 손에서 날카로운 면도칼이 번쩍거렸다. 그 둘은 흑인들의 방식으로 칼끝이 뒤로 가게 잡고는 몇 분 동안 칼을 휘둘렀다.

존은 웬만큼 점잖고 유쾌하고 선한 담갈색 피부의 흑인이었지만, 칼을 제대로 휘둘러 피바람을 일으킬 줄 알았다.

같은 곳에서 술을 마시던 다른 흑인들이 그 둘을 뜯어말려 떼어 놓았을 때, 존은 별 상처를 입지 않았지만 제임스 허버트는 오른쪽 어깨에서 시작해 가슴팍을 가로지르는 꽤 심한 상처를 입은 채였다. 면도칼 싸움으로 생기는 상처는 그다지 깊지는 않지만, 피범벅이 되므로 끔찍해 보이기 마련이었다.

다른 흑인들이 허버트를 잡고 피를 닦아 낸 다음 붕대를 감아 주고 나서, 술기운도 풀리고 싸우면서 입은 상처도 가라 앉도록 침대로 데려가 재웠다.

그다음 날 허버트는 아내와 딸이 사는 집을 찾아와서 길길이 뛰었다.

그는 아내를 보자마자 다그쳤다.

"당신 딸년 멀랜사 어디 있어? 만에 하나 비숍 댁 마구간에 가서 존이란 누렁이 놈하고 같이 있는 거라면, 내 그것을 가만두지 않겠어. 조신한 딸년이 되도록 말이지. 당신은 왜 그 계집애를 단속하지 못해! 당신이 그 애 엄마 아니야!"

멀랜사 허버트는 늘 모든 면에서 조숙했고, 일찌감치 여자로서 지닌 힘을 이용할 줄 알았다. 그렇지만 타고나길 아주 지혜로웠음에도 죄악에 대해서는 정말이지 무지했다. 주변에서 수시로 들려오는 이야기들이 무슨 의미인지 아직 이해하지 못했고, 이제 막 그녀의 마음속에서 요동치기 시작한 감정들도 이해하지 못했다.

아버지가 사납게 몰아세우기 시작했을 때, 멀랜사는 그가 그토록 화를 내며 받아 내려는 말이 무엇인지 정말로 몰랐다. 그는 분노에 휩싸인 채 생각해 낼 수 있는 온갖 방법을 동원해서, 딸이 제대로 알지도 못하는 뭔가를 말하게 하려고 윽박질렀다. 배포가 아주 두둑한 데다 시커먼 아버지를 몹시 싫어하는 멀랜사는 끝까지 버티며 아버지가 묻는 어떤 말에도 대답하지 않았다.

난리 법석이 가라앉고 난 뒤에 멀랜사는 제 힘을 깨닫기 시작했다. 너무나 자주 그녀의 마음속에서 꿈틀거리던 힘을. 그 힘을 이용해 더 강해질 수 있다는 것을 이제 깨달았다.

제임스 허버트는 딸과의 이런 싸움에서 이겨 내지 못했다. 그는 존과 벌였던 칼부림으로 끔찍한 상처를 입은 일을 이내 잊으면서 얼마 후 딸과의 싸움도 잊어버렸다. 멀랜사는 내면에 있음을 알게 된 힘에 관심을 쏟으면서 아버지에 대한 증오심을 잊었고.

멀랜사는 이제 더는 존이나 그의 아내는 물론, 멋진 말들마저 보러 가는 일을 즐기지 않았다. 그런 삶은 너무 잔잔하고 익숙해서 이제 그녀에게 흥미도 설렘도 불러일으키지 못했다.

멀랜사는 이제 정말로 여자로서의 삶을 시작했다. 그럴 준비가 된 그녀는 길거리나 으슥한 모퉁이를 찾아다니며 남자들을 만났고, 그들의 본성과 일하는 다양한 방식을 알아 가기 시작했다.

그렇게 몇 년 시간을 보낸 뒤, 멀랜사는 삶의 지혜에 이르는 여러 방법을 터득했다. 그런 방법들을 알아 가면서 어렴풋이 지혜를 깨달았다. 지혜를 깨우쳐 간 이 몇 년 동안 비록 멀랜사는 정말로 나쁜 일을 하거나 의도한 적이 없음에도, 금방 문제에 처하곤 했다.

주의와 감시 속에서 자란 여자아이라도 항시 세상 속으로 달아날 순간을 찾을 수 있고, 거기서 지혜에 이르는 길을 알아 갈 수 있다. 멀랜사처럼 자란 여자아이에게 그런 탈출은 언제나 아주 간단했다. 그녀는 대개 혼자서, 때로는 비슷한 또래와 함께 철도역 주변이나 부둣가, 혹은 수많은 남자들이 일하고

있는 건설 현장을 얼씬대거나 서성였다. 그러다 세상에 어둠
이 내려앉으면 이 남자 저 남자를 알아 가기 시작했다. 그녀가
다가가면 남자들은 반응을 보였고, 그러면 그녀는 애매한 태
도로 움찔하며 발을 빼고는 했다. 그녀 스스로도 실제 자신을
가로막는 것이 무엇인지 몰랐다. 어떤 때는 남자들에게 넘어
갈 뻔도 했지만, 실체를 알 수 없는 그녀 내면의 어떤 힘이 가
까워지려 애쓰는 평범한 남자를 밀어냈다. 무지와 알 수 없는
힘과 욕망이 뒤얽힌 묘한 경험이었다. 멀랜사는 자신이 절실
히 원하는 것이 무엇인지 몰랐다. 그녀는 두려웠다. 그렇다고
하더라도 그녀 자신이 왜 그때 겁쟁이가 되는지 알 수 없었다.

멀랜사에게 남자아이들은 별 의미가 없었다. 남자아이들
은 그녀를 만족시키기에 항상 너무 어렸다. 멀랜사는 어떤 유
형이든 성공에 이르는 힘을 대단하게 생각했다. 옅은 피부의
상냥해 보이는 어머니보다 남성적이고 참아 내기 힘들고 까
만 피부의 아버지를 감정적으로 더 가깝게 느끼는 이유도 그
래서였다. 그녀는 어머니한테서 물려받은 것들을 결코 대단
하게 여기지 않았다.

아이 티를 갓 벗은 이즈음, 멀랜사가 생각하기에 지식과
힘이 있는 위치에 오른 이들은 남자들뿐이었다. 하지만 멀랜
사가 진정으로 그런 힘을 이해하게 된 것은 남자들을 통해서
가 아니었다.

열두 살부터 열여섯 살이 될 때까지 멀랜사는 끊임없이
지혜를 얻고자 헤맸지만, 어렴풋이 헤아릴 뿐이었다. 이 시기
에 멀랜사는 계속 학교에 다녔다. 그녀는 대부분의 다른 흑인
아이들보다 더 오래 학교에 다녔다.

멀랜사는 지혜를 얻고자 헤매는 일을 항상 남모르게 잠깐

씩 해야 했다. 그때는 살아 있던 그녀의 어머니, 미스 허버트가 감시의 눈길로 지켜보기도 했고, 멀랜사가 아무리 담력이 대단하다고 해도 그 무렵 자신과 어머니가 사는 집에 수시로 찾아오던 아버지의 귀에 행여 말이 들어갈까 두려웠기 때문이다.

이즈음 멀랜사는 다양한 부류의 남자들과 어울려 서성대거나 같이 걸으면서 이야기를 나눴지만, 그런 남자들에 대해 깊이 알게 된 것은 없었다. 남자들은 모두 그녀가 세상을 알고 경험도 있을 거라고 지레 짐작했다. 그녀가 이미 다 알 거라고 여기면서 아무것도 말해 주지 않았고, 그녀가 그들에 대한 판단을 이미 내렸다고 생각하면서 아무것도 요구하지 않았다. 그래서 그토록 여기저기 돌아다니면서도 멀랜사는 정말로 안전했다.

세상을 배우려고 했던 이 무렵, 멀랜사가 안전하게 돌아다닐 수 있던 것은 굉장한 경험이었다. 멀랜사 자신은 그 경험이 대단함을 깨닫지 못했고, 자신에게 아무런 가치도 없는 일이라고 생각했지만 말이다.

멀랜사는 평생 실제 경험에 대해 예민하게 의식했다. 그녀는 자신이 애타게 원하는 것을 얻지 못하고 있음을 알았다. 하지만 남달리 담력이 두둑하면서도, 세상을 알아가는 일에서는 겁쟁이였기 때문에 제대로 이해하는 법을 배울 수 없었다.

멀랜사는 여기저기 돌아다니다가 철도 조차장 옆에 서서 철도 인부를 비롯해 엔진이며 스위치가 분주히 돌아가는 모습을 지켜보기를 좋아했다. 철도역 구내는 흥미로운 일이 끊임없이 벌어지는 곳이다. 그곳은 온갖 성향의 사람들을 만족

시킨다. 피가 아주 천천히 흐르는 게으른 사람에게는 강한 동
력을 느끼도록 하면서 차분하게 마음을 달래 주는 움직이는
세상이다. 그 사람은 일을 하지 않아도 그런 힘을 깊이 느낀
다. 그 안에서 일하는 사람이나 그곳을 소유하고 있는 사람
보다 훨씬 더 강하게 그런 힘을 느낀다. 또한 아무런 수고로
움 없이 감동을 느끼고 싶어 하는 사람에게는 오가는 사람들
을 지켜보거나 기관차가 덜커덕거리며 달리는 모습을 보거나
길게 울리는 기적을 들으면서 목이 울컥 메는 뭉클함과 가슴
이 벅차오르는 감동을 느끼기에 아주 좋은 곳이다. 철도역 담
벼락에 난 구멍으로 안을 들여다보는 아이들에게는 역동적인
움직임과 신비로움이 가득한 놀라운 세상이고. 아이들은 그
곳에서 들려오는 모든 소리를 좋아한다. 어둠 속에 모습을 감
추고 소리만 내던 기차가 터널 밖으로 불쑥 튀어나와 덜커덕
거리며 달려 들어오기 직전 숨죽이는 바람 소리도, 불꽃이 뒤
섞인 파란 연기가 둥그런 모양으로 피어오르는 모습도 아이
들은 몹시 좋아한다.

멀랜사에게 철도역 구내는 수많은 남자들의 열기로 가득
한 곳이면서 자유롭게 소용돌이치는 미래였는지도 모른다.

멀랜사는 자주 이곳으로 발길을 돌려 분주한 인부들과 바
삐 돌아가는 모든 것을 지켜보았다. 그러면 인부들은 예외 없
이 짬을 내서는 "어이, 아가씨, 내 엔진 위에 한번 타 보고 싶
지 않아?"라든가 "어이, 거기 예쁘장한 노랑이 아가씨! 이리
와서 요리하는 남자 한번 볼래?"라고 소리쳤다.

흑인 차장들은 너나없이 멀랜사를 좋아했고, 흥미진진한
이야기를 들려주었다. 서부에서 숨이 콱 막히는 긴 터널을 가
까스로 통과한 이야기, 터널 밖으로 나와서 높이 솟은 가늘고

긴 교각을 달려 거대한 협곡 언저리를 굽이굽이 돌아간 이야기, 깜깜한 곳에서 위를 올려다보면 저승사자며 온갖 기괴한 악령이 나타나 자신들의 얼굴을 내려다보며 낄낄거렸다는 이야기를 해 주었다. 또 기차가 아찔하게 가파른 산길을 덜커덕거리며 내려갈 때 큰 돌덩이들이 굴러떨어져 기차에 쾅 부딪치기도 하고 사람들이 맞아 죽은 일도 있다고 떠벌리기도 했다. 이런 이야기를 할 때, 짐꾼의 번들번들하니 둥글넓적한 까만 얼굴은 사뭇 진지해졌다. 무섭고 기괴한 이야기를 할 때는 말하면서도 떨리는지 시커먼 기름때가 묻은 얼굴이 잿빛으로 창백해졌고 두 눈은 희번덕거렸다.

수심에 잠긴 얼굴을 한 차분하고 덩치가 큰 황갈색 피부의 차장이 하나 있었는데, 멀랜사가 말귀를 잘 알아듣고 맞장구를 잘 쳐 준다며 자주 이야기를 해 주었다. 그는 아주 멀리 떨어진 남부에서 백인들이 자신을 어떻게 죽이려 했는지 떠벌렸다. 술에 취한 백인이 그에게 빌어먹을 검둥이라고 하면서 검둥이한테는 자리 값을 내지 않겠다고 버티기에 달리는 기차에서 내리게 했고, 그 일로 백인들이 그가 다시 그곳에 나타나기만 하면 기필코 죽여 버리겠다고 이를 악물어서 그곳에는 발길을 끊을 수밖에 없었다고.

멀랜사는 이 진지하고 수심에 잠긴 얼굴을 하고 있는 황갈색 피부의 흑인을 아주 좋아했다. 평생을 두고 온화하고 선량한 사람을 원하고 존중한 멀랜사에게, 그 남자는 늘 유익한 충고를 해 주었고 진심 어린 친절을 베풀었다. 멀랜사는 이를 가슴 깊이 느꼈다. 하지만 그런 것은 그녀에게 별 도움이 되지 못했고, 걸핏하면 문제에 빠지는 그녀의 습성을 바꿀 수도 없었다.

멀랜사는 날이 저물기 전까지 수하물 짐꾼들이나 힘겹게 일하는 다른 남자들과 어울려 많은 시간을 보냈다. 하지만 어두워지면 늘 대상이 달라졌다. 멀랜사가 보기에 신사다운 계층이라고 할 수 있는 남자와 어울렸다. 점원, 자세히 말하면 급행열차에서 일하는 판매원을 알고 지내게 되었고, 그와 함께 서성대거나 잠깐씩 같이 거닐었다.

멀랜사는 남자들과 어울리다 늘 몸을 뺐지만, 그러기가 어려울 때도 자주 있었다. 그녀는 자신이 절실히 원하는 것이 무엇인지 알지 못한 데다 담력이 크다고 해도 이런 일에는 겁쟁이였다. 그래서 그녀는 세상을 이해하는 법을 배울 수 없었다.

멀랜사는 저녁이면 어떤 남자와 서성이며 이야기를 나누곤 했다. 어떤 때는 여자와 함께 남자를 만나기도 했는데, 그러면 계속 그 자리에 머무르거나 빠져나오기가 훨씬 쉬웠다. 그 여자와 같이 가야 한다는 핑계를 댈 수도 있고, 그 여자와 말이나 웃음을 주고받으면서 남자가 지나친 관심을 보이는 것을 막을 수 있기 때문이었다.

하지만 멀랜사 혼자일 때는, 그런 때가 더 많았는데, 지혜에 이르는 길의 마지막 단계에 접어들 뻔한 적도 가끔 있었다. 멀랜사와 이야기를 나눔으로써 많은 것을 알아내는 남자도 있었지만, 그런 이야기가 전적으로 사실인 적은 없었다. 멀랜사는 평생 온전히 있는 그대로 이야기하는 법을 몰랐으므로. 작정하고 그러는 것은 아니었지만, 언제나 중요한 부분들을 빠뜨려서 이야기가 사뭇 달라졌다. 멀랜사는 일어났던 일이나 했던 말, 혹은 그녀가 정말로 했던 행동에 대해 이야기할 때, 결코 제대로 기억할 수 없었다. 어떤 때는 남자가 가까이 다가와서 팔을 잡고 못 가게 막거나 노골적으로 농담을 던지는 적도 있었다. 그러면 멀랜사는 매번 몸을 뺐다. 멀랜사가 실은 세상 이치를 안다고 생각하는 남자는 자신의 뜻을 명확히 밝히지도 않고, 그녀가 자신과 함께하기로 결정했다고 지레짐작하고 어물쩍거리다가, 끝내 그녀가 그 자리를 피해 달아나면 잡을 도리가 없었다.

그래서 멀랜사는 늘 지혜 언저리에서 헤맸다. "이봐, 아가씨. 여기서 조금만 더 있다 가는 게 어때?" 남자들은 그녀에게 묻고는 그녀를 붙잡고 대답을 요구했다. 그러면 그녀는 웃으면서 좀 더 머무는 때도 있었지만, 언제나 너무 늦지 않게 몸을 뺐다.

멀랜사 허버트는 많은 것을 알고 싶어 하면서도 한편으로는 알게 되는 것을 두려워했다. 나이가 들면서 남자들과 더 오래 함께 있는 일이 잦아졌고, 때로 밀고 당기는 균형 맞추기 싸움이 버거웠지만, 그녀는 언제든 몸을 뺐다.

철도 조차장 옆에 짐을 싣고 내리는 부두가 있었는데, 멀랜사가 배회할 때 제일 즐겨 찾은 곳이 거기였다. 흔히 그녀 혼자였지만, 가끔은 꽤 괜찮은 다른 흑인 여자와 함께 한참 그곳을 서성이며 짐을 내리는 남자들을 지켜보기도 했고, 증기선에 석탄 연료를 싣는 모습을 구경하기도 했으며, 자유롭고 활기 넘치는 흑인들이 질러 대는 소리를 벅차오르는 마음으로 귀 기울여 듣곤 했다. 그들이 힘차면서도 유연한 몸으로 내달리거나 어린애들처럼 거침없이 소리를 질러 대거나 배에서 내린 큼지막한 짐짝을 밀고 끌고 당기면서 창고로 옮기를 모습을 눈으로 좇으면서.

남자들은 "어이, 아가씨. 조심해. 안 그러면 우리 손에 잡힐 거야."라든가 "어이, 거기, 노랑이 아가씨, 이리 와! 우리랑 같이 배 타고 나가는 거 어때?"라고 소리치곤 했다. 멀랜사는 거기서 또한 진지한 얼굴로 온갖 신기한 얘기를 들려주는 외국 선원을 몇 알게 되었고, 요리사도 한 명 알게 되었다. 그 요리사는 이따금 그녀와 친구들을 배로 데려가서 자신이 음식을 만드는 곳이며 뱃사람들이 자는 곳을 보여 주었고, 배 안에 있는 상점들도 보여 주었으며, 항해 중에 그들이 일하는 방식을 두루 알려 주었다.

멀랜사는 그 어두침침하고 퀴퀴한 냄새가 나는 곳을 구경하기를 좋아했다. 열심히 일하는 남자들을 지켜보고 그들과 이야기를 나누고 그들의 말을 듣는 것을 늘 좋아했다. 하지만 멀랜사는 절대로 그런 거친 남자들을 통해 지혜에 이르는 방법을 배우려 하지 않았다. 그녀는 낮이면 거친 남자들과 이야기를 나누면서 그들이 살아가는 이야기나 하는 일이나 다양한 행동 방식에 대한 이야기를 즐겨 들었지만, 어둠이 내려앉으면 그녀가 지켜보았던 사무원이나 선박 판매원을 만나 서성이며 이야기를 나누었다. 그러면서 이해하는 법을 배우려고 했다.

그다음으로 멀랜사가 즐겨 구경한 곳은 새 건물을 짓는 현장이었다. 거기서 인부들이 건축 자재를 들어 올리고 땅을 파고 톱질을 하고 돌을 자르는 모습을 재미있게 지켜보았다. 멀랜사는 거기서도 낮에는 늘 평범한 인부들과 말을 주고받았다. "어이, 아가씨. 조심해! 저 바위가 아가씨 위로 떨어지면 아가씨는 산산조각 나고 말 거야. 아가씨라고 맛있는 젤리가 될 줄 아는 건 아니겠지?" 인부들은 이렇게 소리치고는 한바탕 웃음을 터뜨렸다. 자신들의 농담이 꽤 재미있다는 듯이. 그러고는 실없는 말을 이어 갔다. "거기, 예쁘장한 노랑이 아가씨, 아가씨는 오금이 저려서 내가 있는 이 꼭대기엔 못 올라올 걸? 용기 있으면 한번 올라와 봐. 내가 안아 줄 테니. 아가씨는 그냥 사람들이 들어 올리고 있는 바위 위에 가만히 앉아 있기만 하면 돼. 바위를 타고 여기 올라오면 내가 꽉 안아 줄게. 그러면 하나도 안 무서울걸."

가끔 멀랜사는 그런 남자들과 어울려 위험한 행동을 서슴지 않았고, 그러면서 자신의 힘과 대단한 담력을 과시했다. 한번은 높은 데서 미끄러져 떨어진 일도 있었다. 인부 한 명이 받아 줘서 죽음을 면했지만, 왼쪽 팔에 심한 골절상을 입었다.

인부들이 모두 그녀 주위로 우르르 몰려들었다. 그들은 팔이 부러졌는데도 고통을 참아내는 멀랜사를 보며 그녀의 담대함에 혀를 내둘렀다. 다들 그녀를 대단하며 의사에게 데려갔고, 다시 그녀의 집으로 데려다주었다. 그러는 내내 그들은 시끌벅적하게 멀랜사가 비명 한번 안 질렀다고 추켜세웠다.

그날 제임스 허버트는 아내가 사는 집에 와 있었다. 인부들과 멀랜사를 본 그가 노발대발 욕을 퍼부으며 인부들을 쫓아내는 바람에 하마터면 싸움이 벌어질 뻔했다. 그는 멀랜사를 보살피러 온 의사마저 집 안으로 들이려 하지 않으며 말했다. "당신, 저 애 좀 제대로 단속할 수 없어! 엄마란 사람이 뭐 하는 거야!"

제임스 허버트는 이제 더는 딸하고 끝까지 싸우지 않았다. 그는 딸의 말솜씨와 학교에서 배운 지식과 일자무식인 거친 흑인 남자에게 쏟아붓는 아주 못된 말버릇을 두려워했다.

멀랜사는 여성으로서 삶이 시작되고 사 년을 이렇게 살았다. 그동안 수많은 일이 일어났지만, 그 어떤 일도 그녀를 세상의 지혜에 이르는 올바르고 확실한 길로 이끌어 주지 못했음을 그녀는 잘 알았다.

멀랜사 하버트는 열여섯 살에 제인 하든을 처음 만났다. 제인은 흑인이었지만, 피부색이 희디희어서 누구든 그녀가 흑인이라고는 짐작도 할 수 없을 정도였다. 제인은 상당한 교육을 받은 흑인이었다. 좋지 못한 행실로 퇴학을 당하기 전까지 흑인 대학을 이 년간 다녔다. 그녀는 멀랜사에게 많은 것을 가르쳐 주었다. 지혜에 이르는 길로 가는 법도 가르쳐 주었다.

이즈음 제인 하든은 스물세 살로 세상 경험이 많았다. 멀랜사는 이런 제인에게 크게 이끌렸고, 제인과 알고 지내는 것을 매우 자랑스럽게 여겼다.

제인 하든은 알아가기를 두려워하지 않았다. 실제 경험을 예민하게 의식하는 멀랜사는 제인이 알아가는 법을 터득한 여자라고 생각했다.

제인 하든에게는 나쁜 버릇이 몇 있었다. 술을 너무 많이 마셨고, 너무 여기저기 헤매고 다녔다. 그렇게 돌아다니면서도 그녀는 안전해지고 싶은 마음이 들 때는 무사히 자신을 지킬 수 있었다.

얼마 지나지 않아 멀랜사는 항상 그녀와 함께 배회했다. 그러면서 술도 마셔 보았고, 제인의 습성을 따라해 보았지만 계속 따라 하고 싶은 마음이 크게 들지 않았다. 하지만 진정으로 알아가고 싶다는 욕구는 나날이 강해졌다.

이제 이 둘은 낮에도 배회하다 알게 된 거친 남자들을 통해 세상의 지혜를 배우려 하지 않았다. 그리고 멀랜사가 생각하는 나은 계층의 수준도 높아졌다. 이제 급행열차에서 일하는 판매원이나 점원이 아니라 장사를 하는 남자들이나 외판원, 심지어 그보다 나은 부류의 남자들과 알고 지냈다. 제인과 멀랜사는 수시로 그런 남자들과 어울려 이야기를 나누었고, 산책을 했고, 웃었고, 그러고는 그들에게서 벗어났다. 남자들과 어울리다 번번이 꽁무니를 빼는 일은 이전과 다를 바 없었지만, 여하튼 멀랜사는 그런 일이 다르게 느껴졌다. 늘 비슷한 일이 있었지만 색다른 묘미가 있었다. 이제 멀랜사 혼자가 아니라 지혜가 있는 여자와 함께였고, 또 이제 멀랜사도 어렴풋이 자신이 이해해야 하는 것이 무엇인지 깨닫기 시작했기 때문이다.

멀랜사가 지혜를 습득한 것은 남자들을 통해서가 아니었다. 멀랜사가 삶의 지혜를 알아가도록 이끈 사람은 언제나 제인 하든이었다.

제인은 나약한 여자가 아니었다. 그녀는 힘이 있었고, 그 힘을 쓰기 좋아했다. 백인의 피가 많이 섞여 있어서 깨끗해 보였고, 술을 많이 마셔서 무모해졌다. 그녀의 몸에는 강력한 힘을 발휘하는 백인의 피가 흘렀고, 거기 더해 담력도 참을성도 용기도 있었다. 아무리 어려운 상황에 처할지라도 그녀는 항상 투지가 넘쳤다. 그녀는 멀랜사를 좋아했다. 멀랜사가 자신과 비슷한 면을 갖고 있는 데다 어리고 상냥했기 때문에. 또 자신이 경험에서 우러나와 하는 이야기에 귀를 기울여 들으면서 이해하려 했고, 공감하면서 관심을 보였기 때문에.

제인은 갈수록 멀랜사를 좋아하게 되었다. 이내 두 여자는 남자들을 만나 그들이 일하는 다양한 방식을 배우기 위한 목적보다 둘이 함께하기 위해 돌아다니기 시작했다. 그러다 둘은 돌아다니기를 그만두었다. 멀랜사는 제인의 방에서 그녀의 발치에 앉아 그녀의 이야기에 귀를 기울였고, 그녀의 힘과 강렬한 애정을 느끼면서 긴 시간을 보냈다. 그러면서 서서히 지혜에 확실하게 이를 수 있는 어떤 길이 그녀 앞에 있음을 분명히 깨닫기 시작했다.

그 끝에 이르기 전에, 그러니까 멀랜사가 학교나 집에서 보내는 시간을 제외하고 모든 시간을 제인 하든과 함께 보내던 이 년의 시간이 종말에 이르기 전에, 그 이 년의 시간이 끝나기 전에, 멀랜사는 세상에 지혜를 주는 것이 무엇인지 분명하게 이해하고 깨닫게 되었다.

제인 하든은 늘 얼마간의 돈이 있었고, 아랫마을에 방을 하나 가지고 있었다. 제인은 한때 흑인 학교에서 아이들을 가르쳤는데, 좋지 않은 행실 때문에 그 학교 또한 그만둘 수밖에 없었다. 그녀가 겪는 모든 문제의 원인은 항상 술이었다. 음주는 결코 숨길 수 없잖은가.

음주로 인해 제인의 상황은 계속 안 좋아졌다. 멀랜사도 술을 즐겨 보려 했지만, 술에 별 매력을 느끼지 못했다.

제인 하든과 멀랜사 허버트가 어울린 첫 해에는 둘 중에서 제인이 훨씬 강한 쪽이었다. 제인은 멀랜사를 사랑했고, 멀랜사가 똑똑하고 과감하고 상냥하고 유순하다는 것을 늘 알았으며, 제인도 그런 모습이고자 했다. 그리고 그 첫 해가 지나기 전, 제인은 세상의 많은 사람들에게 지혜를 주는 것이 무엇인지를 멀랜사에게 가르쳐 주었다.

제인은 다양한 방식으로 이런 가르침을 주었다. 그녀는 멀랜사에게 많은 것들을 말해 주었고, 멀랜사를 깊이 사랑했으며, 멀랜사가 그 사랑을 깊이 느끼게끔 했다. 그녀는 다른 사람들과도, 남자들과도, 멀랜사와도 어울렸다. 그리고 모든 사람들이 원하는 것이 무엇인지를, 힘을 가진 사람이 그 힘으로 무엇을 하는지를 멀랜사에게 알려 주었다.

이 무렵 멀랜사는 몇 시간씩 제인의 발치에 앉아 제인의 지혜를 느꼈다. 멀랜사는 제인을 사랑하게 되었고, 그런 감정을 아주 깊이 느끼게 되었다. 또한 이즈음 어느 정도 기쁨을 알게 되었고, 얼마나 아프게 고통을 느낄 수 있는지도 배웠다. 그런 고통은 멀랜사가 어머니나 견디기 힘든 아버지 때문에 어쩌다 받게 되는 고통과는 전연 달랐다. 부모와의 관계에서 그녀는 맞서 싸웠고, 고통 속에서 강인하고 단호해질 수 있었다. 하지만 제인 하든과의 관계에서는 먼저 갈망했고, 고통을 느끼며 굴복했고 애원했다.

몹시 급격한 변화가 뒤따른 혼란스러운 한 해였지만, 멀랜사는 이 시기에 분명 진정으로 알아 가기 시작했다.

모든 면에서 멀랜사는 제인 하든으로부터 지혜를 얻었다. 제인이 그녀와 나누는 행동, 감정, 사고, 대화에는 좋은 것도 나쁜 것도 없었다. 때로는 그 가르침이 혹독했지만, 어떻든 멀랜사는 항상 그럭저럭 견디어 냈다. 그리고 아주 서서히, 하지만 끊임없이 힘과 감정이 강해지면서, 멀랜사는 정말로 이해하기 시작했다.

점차 두 사람의 관계가 달라지기 시작했다. 이제 서서히 멀랜사 허버트가 더 강한 쪽이 되었다. 그리고 차츰 그 둘은 서로에게서 멀어지기 시작했다.

멀랜사 허버트는 제인 하든에게 가르침을 받았다는 것을 결코 잊은 적이 없었다. 하지만 이제 멀랜사가 더는 필요로 하지 않는 여러 가지를 제인은 했다. 그런 데다 멀랜사 편에서는 자신이 무엇을 했는지, 무슨 일이 있었는지를 제대로 기억하는 법이 없었다.

바야흐로 멀랜사와 제인이 다투는 일이 가끔씩 생겼고, 둘은 더 이상 같이 어울려 다니지 않았다. 또 멀랜사는 이따금 제인 하든 덕분에 너무나도 많은 것을 배웠다는 사실을 잊기도 했다.

이제 멀랜사는 자신이 세상의 지혜를 얻었다고 생각하기에 이르렀다. 물론 자신에게 가르침을 준 사람이 제인임을 알았지만, 갈수록 깊어지는 그들 사이의 문제에 그런 사실이 가려지기 시작했다.

제인 하든은 나약한 여자가 아니었다. 한때는 아주 강한 사람이었다. 하지만 이제 술 때문에 모든 면에서 힘이 약해졌다. 멀랜사도 술을 마시려고 해 봤지만, 술을 마시고 싶은 마음이 별로 생기지 않았다.

제인의 강하고 거칠어진 성격에 더해 음주벽을 눈감고 넘기기가 갈수록 힘들어지면서, 멀랜사는 이제 더는 그녀를 필요로 하지 않게 되었다. 이제 강한 쪽은 멀랜사였고, 제인이 멀랜사에게 기대는 처지가 되었다.

어느덧 열여덟 살이 된 멀랜사는 옅은 피부색의 우아하고 아름답고 지적이고 매력적인 흑인 여성이 되었다. 그녀는 신비에 싸인 듯했고, 착하고 상냥했으며, 언제나 기꺼이 사람들을 위해 이런저런 일을 하고자 했다.

멀랜사는 이때 이후로 제인 하든을 거의 만나지 않았다. 제인은 그런 점을 탐탁지 않게 여겼고, 때로 멀랜사를 욕했다. 하지만 이내 술이 모든 것을 덮어 버렸다.

멀랜사의 성격상 실제로 제인 하든에 대해 아무런 생각도 하지 않은 것은 아니었다. 멀랜사는 살아생전 제인이 어떤 문제에 처하든 기꺼이 도와주려는 마음이었다. 그리고 나중에 제인이 정말로 무너져 내렸을 때, 멀랜사는 언제나 그녀를 돕기 위해 할 수 있는 모든 일을 했다.

그렇지만 멀랜사 허버트는 이제 스스로 배워 나갈 준비가 되어 있었다. 이제는 원하는 건 뭐든 할 수 있었다. 이제 사람들이 원하는 것을 그녀는 알았다.

멀랜사는 남자들과 함께하는 자리에서 좀 더 오래 머무르는 방법을 이미 터득했다. 정말로 더 오래 머물고 싶은 때를 스스로 결정해야 한다는 것을 깨우쳤고, 그 자리를 피하고 싶을 때 빠져나오는 방법도 알게 되었다.

그래서 멀랜사는 또다시 돌아다니기 시작했다. 이제 그녀의 배회는 전과는 달랐다. 이제 거친 남자들과는 절대 이야기를 나누지 않았고, 자신보다 나은 계층의 백인 남자들과 알고 지내고 싶어 안달하지도 않았다. 멀랜사는 이제 좀 더 진실한 무엇인가를 원했다. 그녀에게 깊은 감동을 줄 뭔가를, 이제 그녀의 내면에 자리한 지혜와 함께 그녀 자신을 충만하게 채워 줄 뭔가를, 정말로 온전하게 그녀를 채워 줄 뭔가를 갈망했다.

이즈음 멀랜사는 아주 폭넓은 지역을 배회했다. 이제 그럴 때는 늘 혼자였다. 이제는 도움을 받지 않고도 좀 더 오래 남자와 함께하는 법도, 자신의 마음에 따라 자리를 피하는 법도 알고 있었으므로.

이 무렵 멀랜사는 정말로 마음에 드는 남자를 만나기 전까지 수많은 남자들을 만나 보았다. 그렇게 일 년 가까이 여기저기 배회하다 한 물라토 청년을 만나게 되었다. 막 개업한 의사로 장차 성공할 가능성이 아주 높은 젊은이였다. 하지만 멀랜사가 그런 이유 때문에 그에게 관심을 둔 것은 아니었다. 그녀가 보기에 그는 착하고 강인하고 점잖고 무척 똑똑했다. 멀랜사는 언제나 착하고 사려 깊은 사람을 좋아했고 만나고 싶어 했다. 그런데 처음에 그 남자는 멀랜사를 믿지 않았다. 멀랜사를 밀어냈고, 그녀가 원하는 것을 통 알아채지 못했다. 그래서 멀랜사는 더욱더 절실히 그를 원하게 되었다. 두 사람이 조금씩 서로를 알아 가면서, 그들 사이 감정이 강렬해지기 시작했다. 그를 간절히 원하는 멀랜사는 더 이상 여기저기 배회하지 않았다. 그저 이때 감정에 충실했다.

멀랜사 허버트는 이제 브리지포인트에서 혼자였다. 그녀는 이 흑인 여자와 살다 또 저 흑인 여자와 살았으며, 바느질일도 했고, 때로는 흑인 학교에서 선생을 대신해 잠깐씩 아이들을 가르치기도 했다. 멀랜사는 집도 없었고, 일정하게 하는 일도 없었다. 멀랜사 스스로 살아가야 하는 삶이 막 시작된 참이었다. 그녀에겐 젊음이 있었고, 배워서 터득한 지혜도 있었다. 그녀는 기품이 있었고, 옅은 노란색 피부를 가졌으며, 아주 유쾌했고, 언제든 사람들을 기꺼이 도와주려 했다. 거기다 그녀의 태도에는 신비로운 면이 있어서 사람들로부터 더 많은 관심을 이끌었다.

제퍼슨 캠벨을 만나기 전 한 해 동안 멀랜사는 다양한 부류를 만났지만, 그들 누구에게도 별다른 흥미를 느끼지 못했다. 그냥 남자들을 만났고, 남자들과 어울려 시간을 보냈고, 그러다 남자들을 떠났다. 어쩌면 그다음에는 좀 더 흥미로운 만남이 있지 않을까 기대했지만, 매번 조금도 진지하지 않은 만남이었음을 깨닫게 될 뿐이었다. 그녀는 이제 뭐든 원하는 대로 할 수 있었고, 모두들 원하는 것이 무엇인지 알았지만, 그런 것이 조금도 즐겁지 않았다. 그런 남자들과 어울리며 배울 것은 없음을 그녀는 깨달았다. 멀랜사는 깊이 있는 가르침을 줄 수 있는 사람을 원했다. 그리고 이제 드디어 그런 남자를 찾았다고 확신했다. 그렇다, 깊은 가르침을 줄 수 있는 남자인지 알아봐야겠다는 생각을 하기도 전에, 멀랜사는 이미 그가 원하던 남자임을 확신했다.

그해, 이웃 사람들이 미스 허버트라고 부른 옅은 피부색을 가진 멀랜사의 어머니가 병이 깊어지더니 해를 넘기지 못했다.

그렇게 되기 전 마지막 몇 년 동안, 멀랜사의 아버지는 아내와 딸이 살고 있는 집에 발길을 끊다시피 했다. 멀랜사는 아버지가 아직 브리지포인트에 있는지 다른 데로 떠났는지조차 몰랐다. 이제 어머니를 돌보는 사람은 멀랜사뿐이었다. 항상 멀랜사는 어려움에 처한 사람 누구에게나 친절을 베풀었다.

멀랜사는 정성껏 어머니를 보살폈다. 여자로서 할 수 있는 모든 일을 했다. 옅은 노란색 피부를 가진 어머니의 시중을 들었고, 위로하고 도왔으며, 어머니가 편히 죽음을 맞도록 살뜰히 간병했다. 하지만 이때도 여전히 멀랜사는 어머니를 별로 좋아하지 않았다. 그녀의 어머니는 다루기 힘든데다 걸핏하면 고약한 말을 쏟아 내던 딸에게 깊은 애정을 보인 적이 없었고.

멀랜사는 여자로서 할 수 있는 최선을 다했다. 결국 그녀의 어머니는 죽었고, 그녀 혼자 장례식을 치렀다. 아버지한테서는 어떤 소식도 없었다. 이후 살아생전 멀랜사는 아버지를 본 적도 소식을 들은 적도 없고, 아버지가 뭘 하고 사는지도 몰랐다.

죽음을 눈앞에 둔 병든 어머니를 간호할 때, 멀랜사를 도와준 사람이 바로 젊은 의사 제퍼슨 캠벨이었다. 제퍼슨 캠벨은 전에 멜랜사 허버트를 본 적이 있었지만, 그녀를 그다지 좋아하지 않았고, 조금이나마 괜찮은 여자로 생각하지도 않았다. 그녀가 어떻게 배회하고 다녔는지 적잖이 이야기를 들은 터였다. 그는 또 제인 하든에 대해 웬만큼 알았는데, 제인의 친구로 같이 배회하고 다닌 이 멜랜사 허버트가 결코 괜찮은 여자일 리 없다고 확신했다.

제퍼슨 캠벨은 진지하고 성실하고 선하고 젊고 유쾌한 의사였다. 그는 모든 사람을 돌보는 일을 좋아했고, 같은 흑인을 애틋하게 생각했다. 제프 캠벨로 살아가는 일은 어려울 것이 없었고, 모두들 그와 함께하는 삶을 달가워했다. 그는 선하고 인정이 많았으며 아주 성실하고 유쾌했다. 그리고 행복할 때는 노래를 불렀고 웃음을 지었다. 그의 웃음은 검은 햇살의 따스하고 환한 빛을 퍼뜨리는 자유롭고 거리낌 없는 웃음이었다.

제프 캠벨은 그때까지 살아오면서 진정 힘든 일을 겪어본 적이 없었다. 제프의 아버지는 선량하고 친절하고 점잖고 신앙심이 깊은 사람이었다. 아주 견실하고 이해심이 많고 품위 있는 황갈색 피부의 백발 흑인이었다. 그는 집사로 일하면서 수십 년 동안 캠벨 가족을 부양했고, 그보다 앞선 그의 아버지와 어머니도 자유로운 신분으로 가족을 위해 열심히 일한 사람들이었다.

제프 캠벨의 아버지와 어머니는 당연히 정식으로 결혼한 부부였다. 제프의 어머니는 상냥했고, 자그마한 체격에 옅은 갈색 피부를 가진 점잖은 여자로 선량한 남편을 받들어 순종했다. 그리고 착하고 성실하며 유쾌한 의사로서 열심히 살아가는 외동아들을 한껏 사랑하고 존중하고 우러러보았다.

제프 캠벨은 독실한 부모 밑에서 자랐지만 종교에 큰 관심을 둔 적은 없었다. 제프는 참으로 선했다. 부모를 사랑했고, 부모 마음을 아프게 하는 일은 결코 하지 않았으며, 부모가 바라고 기뻐하는 일이라면 언제든 뭐든 다 하려고 했다. 하지만 그가 진정으로 가장 좋아하는 것은 과학과 실험과 이런저런 배움을 얻는 일이었다. 그래서 일찍이 의사 되기를 꿈꾸었고, 흑인들 삶에 늘 깊은 관심을 가졌다.

캠벨 집안사람들은 제프를 애지중지했고, 그가 꿈을 이루도록 뒷바라지했다. 제프는 열심히 공부해 흑인 대학에 간 뒤 의사가 되기 위한 배움의 길로 들어섰다.

제프 캠벨이 의사로 일을 시작한 지는 이삼 년쯤 되었는데, 모두들 그를 좋아했다. 그는 아주 강인하고 친절하고 쾌활하고 이해심이 많았다. 그리고 순수하게 기쁜 마음으로 웃었고, 그와 같은 흑인들을 항상 기꺼이 도왔다.

제프 캠벨은 의사로서 심각한 문제에 처했던 제인 하든을 보살핀 적이 있어서 그녀에 대해 속속들이 알았다. 또한 멜랜사에 대해서도 알았지만 그녀의 어머니가 병들기 전까지 만난 적은 없었는데, 병든 어머니를 간병하던 멜랜사로부터 도와 달라는 요청을 받았다. 제프 캠벨은 멜랜사가 살아가는 방식을 탐탁지 않게 여겼고, 어떻든 그녀가 괜찮은 여자일 리는 없다 생각했다.

제프는 의사로서 제인 하든이 아주 심각한 문제에 빠졌을 때 보살펴 준 일이 있었다. 그때 제인은 그에게 이따금 멜랜사에 대한 험담을 했다. 제인 하든에게 하나부터 열까지 다 신세를 졌음에도 자신을 버리고 다른 남자들에게 가 버린 멜랜사 허버트는 도리를 모르는 여자라고. 한편 멀랜사 허버트는 누구에게든 어떻게 행동해야 하는지 딱히 생각해 본 적이 없었다. 멀랜사는 머리가 좋았다. 제인도 그런 면을 결코 부인하지 않았다. 하지만 멀랜사는 예의 바른 일을 하는 데 그 좋은 머리를 쓰는 법이 없었다. 하기는 짐승과도 같은 까만 피부색의 검둥이 아버지를 둔 멀랜사에게 무엇을 기대할 수 있겠는가? 멀랜사는 툭하면 아버지를 험담했지만 아버지를 쏙 빼닮았고, 속으로는 아버지를 동경해 마지않았다. 그 아버지란 사람은 누구한테 어떤 신세를 지든 제대로 처신할 줄 몰랐는데, 멀랜사 또한 그런 아버지를 꼭 빼닮았고, 그런 면을 내심 당당하게 여겼다. 그런데도 멀랜사는 항상 자신은 그러지 않는다는 듯 말했고, 제인은 그런 말을 듣는 데 진력이 났다. 제인 하든은 좋은 머리를 발휘하지 않는 사람들을 싫어했다. 한데 멀랜사는 좋은 머리를 써서 예의를 지키는 법이 없으면서도, 사람들과 잘 어울리고 싶은 마음에 그녀 자신이 아버지처럼 되고 싶어 한다는 말을 결코 입 밖으로 내지 않았다. 멀랜사가 그토록 아버지를 쏙 빼닮았고 속으로는 그런 점을 좋아하면서도 아버지에 대해 욕하는 것은 어리석기 그지없는 짓이었다. 그러니 제인 하든이 멀랜사를 싫어할 수밖에. 아, 그런 줄도 모르고 멀랜사는 허구한 날 그녀를 찾아와서 친절을 베풀었다. 멀랜사는 늘 그러려고 했다. 정말로 그녀 스스로 누군가를 떠난 적이 없었다. 그런 일을 서슴없이 하는 데 머리를 쓰지는 않았다. 멀랜사 허버트는 머리가 좋았고, 제인은 결코 그 점을 부인하지 않았다. 하지만 두 번 다시 멀랜사 허버트를 보고 싶어 하지 않았고, 그녀에 대한 이야기도 듣고 싶어 하지 않았다. 그래서 멀랜사 허버트가 더는 찾아오지 않기를 바랐다. 제인이 멀랜사를 싫어한 것은 아니었다. 하지만 제인 자신에게는 아무런 의미도 없건만, 멀랜사가 시도 때도 없이 자기 아버지에 대해 구구절절 늘어놓는 말은 듣기 싫어 했다. 제인 하든은 이제 그런 이야기라면 넌더리가 났다. 그녀는 이제 멀랜사를 조금도 필요로 하지 않았다. 그러므로 만일 의사인 캠벨이 멀랜사를 만난다면, 그녀에게 제인이 더는 보고 싶어 하지 않는다고 언질을 주는 편이 나았을 것이다. 그러면 멀랜사도 믿고 속내를 털어놓을 다른 사람을 찾았을 테니까. 그러면 제인 하든이 멀랜사를 볼 일이 뜸해지면서 이전 자신의 삶도 멀랜사도 기억에서 지워질 테고, 다시 술을 마시면서 술로 모든 걸 덮었으련만.

　제프 캠벨은 이런 이야기를 자주 들었지만, 그것에 별다른 관심이 일지 않았다. 멀랜사라는 여자를 더 알고 싶은 마음이 전혀 들지 않았다. 제인 하든을 살피러 갔을 때, 그는 집 밖에서 멀랜사가 또 다른 여자와 나누는 이야기를 들은 적이 있는데, 그때도 별 신경을 쓰지 않았다. 제인 하든이 멀랜사를 두고 했던 험담에 대해서도 별로 개의치 않았다. 멀랜사에 대해 어떤 이야기가 들려오든, 그가 더 관심을 둔 쪽은 제인이었다. 그는 제인 하든이 똑똑하고 능력 있고 참으로 많은 일을 할 수 있지만, 술 때문에 그런 면이 모두 가려졌다고 여겼다. 제프 캠벨은 그런 제인을 지켜볼 때면 언제나 심히 유감스러웠다. 반듯한 여자는 아니어도 제프는 그녀가 강인하고 장점이 많다는 것을 알았고, 여전히 좋게 생각했다.

　제프 캠벨은 제인 하든을 위해 최선을 다했다. 멀랜사에게는 별 관심이 없었다. 그는 멀랜사에 대해 별 감정이, 아니 아무런 감정이 없었다. 그 여자에게 일말의 관심도 없음을 스스로 알았다. 그가 보기에는 그 여자보다 제인 하든이 훨씬 강한 여자였다. 그런 데다 제인은 머리가 아주 좋았고, 그 좋은 머리로 많은 일을 했다. 술에 찌들어 망가지기 전까지는.

캠벨 의사는 아픈 어머니를 보살피는 멀랜사를 돕게 되었다. 그러면서 몇 시간씩 멀랜사를 보게 되는 일이 잦아졌고, 때로는 둘이서 많은 이야기를 나누었다. 하지만 멀랜사는 그에게 제인 하든에 대한 말을 일절 하지 않았다. 그냥 일상의 문제나 약에 관한 이야기, 혹은 우스운 이야기 말고는 다른 어떤 말도 그에게 하지 않았다. 멀랜사는 그에게 많은 질문을 했고, 그가 자신에게 하는 모든 이야기를 언제나 귀기울여 들었다. 또 그가 의사로서 한 모든 말을 늘 기억했다. 그녀는 다른 사람에게서 들어서 알게 된 것을 잊는 법이 없었다.

제프 캠벨은 멀랜사의 이야기에 별다른 관심이 생기지 않았다. 멀랜사를 자주 만나게 된 후에도 그녀에 대한 감정이 조금이나마 좋아지지 않았고, 멀랜샤를 특별하게 생각하지 않았다. 그녀가 제인 하든처럼 똑똑하다고 믿지도 않았다. 그는 여전히 제인 하든을 더 좋아했고, 그녀에게 나쁜 술버릇이 없더라면 얼마나 좋을까 안타까워했다.

멀랜사 허버트 어머니의 병이 갈수록 깊어졌다. 멀랜사는 여자로서 할 수 있는 모든 일을 했다. 그래도 그 어머니는 딸을 조금도 더 좋아하지 않았다. 그녀, 미스 허버트는 결코 말을 많이 하지 않았지만, 그녀가 딸을 소중히 여기지 않는다는 사실을 누구나 알 수 있었다.

캠벨 의사가 미스 허버트를 살피기 위해 오랜 시간 그녀의 집에 머물러야 하는 일이 자주 생겼다. 어느 날 미스 허버트가 위중해지자, 캠벨 의사는 그녀가 그날 밤을 넘기지 못할 거라고 판단했다. 그는 멜랜사가 누구든 같이 있어 줄 사람을 필요로 한다면, 자신이 같이 밤을 지새우며 멜랜사를 도와 미스 허버트를 지켜봐 주겠노라 말했고, 말한 대로 그날 밤늦게 다시 그 집을 찾아갔다. 멜랜사 허버트와 제프 캠벨은 그날 밤을 같이 보냈다. 미스 허버트는 죽지 않았다. 그다음 날 오히려 병세가 조금 나아졌다.

멜랜사가 어머니와 함께 살던 그 집은 빨간 벽돌로 지어진 자그마한 이층집이었다. 그 집에는 가구가 별로 없었고, 창문 몇 개는 깨진 채였다. 그 무렵 멜랜사는 집에 쓸 돈이 없었으므로. 그래도 늘 도움을 주었던 인정 많은 이웃집 여자 덕에 용케 어머니를 보살피면서 집을 꽤 깨끗하고 깔끔하게 유지했다.

멜랜사의 어머니는 아래층에서 계단을 올라가면 바로 이어지는 이층 방에 누워 있었다. 이층에는 방이 두 개뿐이었다. 멜랜사와 캠벨은 그날 밤 같이 계단에 앉아 신경을 곤두세우고 멜랜사의 어머니를 지켜보았다. 멜랜사의 어머니가 무슨 소리라도 내면 가 볼 수 있도록. 그리고 등불을 켜 놓아서 원한다면 책을 읽을 수도 있었고, 미스 허버트에게 방해가 되지 않도록 나직하게 이야기를 나눌 수도 있었다.

캠벨 의사는 항상 책 읽기를 좋아했다. 한데 그날 밤은 깜박 잊고 책을 챙겨 가지 않았다. 주머니에 읽을 책을 넣어 가서, 그 집 계단에 앉아 미스 허버트를 지켜보는 동안 무료하지 않게 시간을 보낼 작정이었는데 말이다. 미스 허버트를 살펴보고 나온 캠벨이 멜랜사가 앉아 있는 계단 바로 위 칸에 앉았다. 그러고는 깜박 잊고 책을 가져오지 않았다고 말했다. 멜랜사는 집에 지난 신문이 좀 있다면서, 어쩌면 그 신문들 속에서 시간을 보내는 데 도움이 될 만한 기사를 찾을는지 모른다고 말했다. 캠벨은 아무것도 안 하고 우두커니 앉아 있느니 지난 신문이라도 읽는 것이 낫겠다고 답했다. 그러고 나서 멀랜사가 가져다준 지난 신문들을 읽기 시작했다. 재미있는 기사가 있으면 소리 내서 멀랜사에게 읽어 주기도 했다. 그러면 멀랜사는 조용히 들었다. 캠벨 의사는 그녀의 반응에 조금씩 신경을 쓰기 시작하면서, 어쩌면 그녀도 꽤 좋은 머리를 갖고 있겠다고 짐작했다. 아직은 그렇다고 확신할 수 없었지만, 어쩌면 그녀도 머리가 좋을지 모른다고 생각하기 시작했다.

캠벨은 언제나 누구에게든 자신이 하는 일에 대해서, 자신이 흑인을 위해 할 수 있다고 생각하는 일에 대해서 말하기를 좋아했다. 멀랜사 허버트는 그런 일들에 대해 캠벨 의사처럼 생각해 본 적이 없었다. 그런 일들을 어떻게 생각하는지 길게 이야기한 적도 없었다. 캠벨 의사는 선하고 착실하게 살아야지 줄곧 짜릿한 일만 좇으려 해서는 안 된다고 항상 말했지만, 멀랜사는 그와 생각이 달랐다. 하지만 제퍼슨 캠벨은 모든 사람들이 자신과 같은 생각대로 살기를 원했고, 모두들 지혜롭고 행복해지기를 바랐다. 멀랜사는 언제나 경험을 통해서 배워야 한다는 생각이 강했다. 멀랜사 허버트는 진정한 지혜에 이르는 캠벨 의사의 방식을 대수롭게 생각하지 않았다.

얼마 후 캠벨 의사는 지난 신문 읽기를 그만두고, 그가 평소 생각하는 것들에 대해 이야기했다. 무엇이 사람들을 고통스럽게 하는지 이해할 수 있는 일을 하고 싶다고, 그저 흥분되는 일만 좇고 싶지는 않다고 말했다. 또 누구나 부모를 사랑해야 하고, 일생 동안 착실하게 살아야 하며, 항상 새로운 것만 원하거나 쾌락을 좇으려 해서는 안 되고, 언제든 자신의 위치와 자신이 원하는 것을 알아야 하며, 언제나 있는 그대로 모든 것을 다 이야기해야 한다고 믿는다고 했다. 그런 삶이 그가 알고 믿어 온 유일한 삶이라면서 제프 캠벨은 재차 말했다.

"아뇨. 전 항상 쾌락을 좇으면서, 그리고 온갖 경험을 다 해 보려 하면서 시간을 낭비하진 않아요. 조용히 제 가족과 함께 착실하게 살면서 제 일을 해왔고, 사람들을 보살피고 세상을 이해하려 하면서 많은 경험을 했어요. 전 여기저기 배회하고 다니는 것은 별 도움이 안 된다고 생각해요. 흑인들이 그러고 다니는 것은 보기 좋지 않다고 생각하고요. 전 흑인으로 태어났어도 유감스럽지 않아요. 제가 바람직하다고 생각하는 대로 흑인들이 선하게 잘 사는 모습을 보고 싶어요. 착실하게 살면서 열심히 일하고, 그러면서 세상을 알아 가기를 말이에요. 제대로 된 사람이라면 그런 삶에서도 충분한 기쁨을 느낄 테니까."

어느새 제프 캠벨의 목소리에 노기가 서려 있었다. 멀랜사에게 화를 낸 것은 아니었다. 멀랜사를 염두에 두고 그런 말을 한 것도 아니었고. 그저 그 자신이 원하는 삶을, 흑인들이 살아갔으면 하는 삶의 방식을 말한 것이었다.

멀랜사 허버트는 그가 하는 이 모든 말을 귀 기울여 들었고, 그가 무슨 뜻으로 하는 말인지 알았지만, 그다지 수긍이 가지는 않았다. 그리고 언젠가는 그도 그런 것이 진정한 지혜의 전부는 아님을 알리라 확신했다. 멀랜사는 진정한 지혜를 갖는다는 것이 어떤 것인지 아주 잘 알았다. 멀랜사가 제프 캠벨에게 말했다.

"하지만 제인 하든은 어때요? 제가 보기에 캠벨 선생님은 제인의 내면에 대단한 게 있다고 생각하시는 것 같아요. 자주 제인이 사는 집에 가서 많은 이야기를 나누시는 걸 보면 말이에요. 선생님이 바라 마지않는다는 부류, 그러니까 가족과 함께 집에서 조신하게 지내는 여자들하고보다 제인하고 훨씬 더 많은 이야기를 나누시잖아요. 캠벨 선생님, 선생님이 하는 말과 행동에는 일관성이 별로 없어요. 선하게 살아가려 한다는 말과도 맞지 않고요." 멀랜사가 말을 이었다. "선생님은 교회에 나가는 것에 별 관심이 없으면서도, 사람들한테는 그것을 대단히 중요하게 생각한다는 말을 늘 하시죠. 캠벨 선생님, 제가 보기엔 선생님도 우리 같은 사람들하고 마찬가지로 즐거운 시간을 보내고 싶어 하세요. 그러면서도 계속 착하게 살아야 한다느니, 흥분되는 일만 좇으면 안 된다느니 말씀하시죠. 실제로는 그런 삶을 원치 않으면서 말이에요. 캠벨 선생님, 당신도 저나 제인 하든하고 크게 다르지 않아요. 안 그런가요, 캠벨 선생님? 제 생각에 선생님은 스스로를 잘 모르는 게 분명해요. 무슨 뜻인지도 모르면서 말씀하시는 것 같아요."

제프는 이야기를 시작한 후로 변함없이 차분하게 말을 이어 왔다. 그런데 멀랜사의 대답을 듣고 나서는 목소리가 좀 높아졌고 설핏 웃기도 했다. 곤히 잠든 미스 허버트를 방해하지 않을 만큼은 낮은 목소리였다. 그는 유쾌하게 대화를 이어가려 밝은 얼굴로 멀랜사를 보고는, 마음을 가라앉히고 대답했다.

"그래요. 당신이 그렇게 말하는 걸 보니, 제가 무슨 뜻인지도 모르면서 말한 것 같네요. 멀랜사, 하지만 당신이 그렇게 말하는 건 제 말뜻을 제대로 이해하지 못해서예요. 제 말은, 모든 부류의 사람을 다 알고 싶지는 않다는 말이 결코 아니에요, 멀랜사. 다양한 부류의 사람들이 있다는 걸 부정하는 말도 아니고, 제가 알고 지내면서 이야기를 나누기에 제인 하든만큼 좋은 사람을 찾지 못했다는 말도 아니에요. 제가 제인 하든을 좋아하는 이유는 그분이 강한 면을 지니고 있기 때문이에요. 그분이 쾌락을 좋아해서 좋아하는 게 아니에요. 저도 그분의 좋지 못한 행실에 대해서는 안 좋게 생각해요. 멀랜사, 하지만 제인 하든은 강한 여자예요. 전 그런 면을 대단하게 생각해요. 그래요, 당신이 제 말을 믿지 않는다는 걸 알아요, 멀랜사. 하지만 진심이에요. 당신이 제 말을 믿지 않는 건 제가 한 말을 제대로 이해하지 못해서예요. 종교에 관해 답하자면, 제가 선하게 살도록 이끌어 주는 것이 종교는 아니라는 말이에요, 멀랜사. 하지만 많은 사람들이 선하고 조화로운 삶을 이끌어 가는 데 좋은 길잡이가 되는 것이 종교죠. 사람들이 믿음을 가지면 선한 삶을 사는 데 도움이 되잖아요. 믿음 안에서 정직해진다면 전 사람들이 그런 믿음을 가졌으면 좋겠어요. 그래요, 멀랜사. 제가 좋아하지 않는 건, 그저 쾌락을 얻으려 줄곧 새로운 걸 찾는 흑인들을 너무 많이 보는 거예요.”

제퍼슨 캠벨이 이야기를 멈추었다. 멀랜사 허버트는 아무런 대꾸도 하지 않았다. 두 사람은 말없이 그대로 앉아 있었다.

곧이어 제프 캠벨은 다시 지난 신문을 읽기 시작했다. 멀랜사가 앉아 있는 계단 바로 위 칸에 앉아 신문을 읽으면서 이따금 고개를 끄덕였고, 때로는 신문을 보며 그가 원하는 일들에 대해 생각해 보았다. 그러다 가무잡잡한 손등을 입에 대고는 문질렀다. 그러는 중간중간 생각을 하면서 이맛살을 찌푸렸고, 생각을 떠올리려 애쓰며 머리를 긁적거렸다. 멀랜사는 그저 가만히 앉아서 등불이 타는 것을 지켜보았다. 이따금 바람에 등불이 흔들리면서 그을음이 피어오르면, 등불을 약하게 줄였다.

제프 캠벨과 멀랜사 허버트는 한참 말없이 계단에 앉아 있었다. 그들은 함께 있는 것을 대수롭잖게 생각하는 듯했다. 그렇게 앉아 있은 지 한 시간쯤 지났을 때, 제퍼슨은 멀랜사와 단둘이 계단에 앉아 있다는 사실을 차츰 의식했다. 멀랜사 허버트도 둘이서 거기 앉아 있는 것을 의식하는지 어떤지는 알 수 없었다. 제퍼슨의 마음속에서 호기심이 고개를 들었다. 서서히 그는 둘 다 같은 생각을 하고 있음에 틀림없다고 느꼈다. 그녀도 분명 그와 같은 감정을 갖고 있음을 안 것은 그에게 아주 중요했다. 두 사람은 아무 말 없이 한참 그곳에 앉아 있었다.

마침내 제퍼슨이 등불에서 어떻게 냄새가 나는지, 무엇 때문에 등불에서 냄새가 나게 되는지 설명하기 시작했다. 멀랜사는 그의 말을 막지 않았고, 아무 반응도 보이지 않았다. 그러자 그가 말을 멈추었다. 이윽고 멀랜사가 자세를 바로 고쳐 앉은 뒤 그가 했던 말을 반박하기 시작했다.

"조금 전에 하신 말씀 말인데요, 캠벨 선생님. 착실하게 살아야 한다 뭐 그런 말 있잖아요. 그 말이 무슨 뜻인지 전 잘 모르겠어요. 당신은 선한 사람들하곤 좀 다른 것 같아요, 캠벨 선생님. 당신이 늘 말하는 선한 사람들하고 거리가 좀 있어 보여요. 저도 선한 사람들을 알아요, 캠벨 선생님. 그런데 당신은 선하고 독실한 믿음을 지닌 사람들하고는 좀 달라요. 당신은 그냥 여느 남자들처럼 더없이 자유롭게 편하게 살고 있지 않나요, 캠벨 선생님. 그리고 제인 하든하고 어울리기를 좋아하시는데, 제인은 아주 부도덕한 사람이에요. 그런데도 당신은 제인을 낮잡아 보시지도 않고, 제인은 안 좋은 사람이란 말도 절대 안 하시죠. 전 당신이 제인을 친구처럼 좋아한다는 걸 알아요, 캠벨 선생님. 그래서 방금 전에 하신 말씀이 무슨 뜻인지 정말 이해가 안 돼요. 솔직한 마음을 얘기하셨다는 건 알아요, 캠벨 선생님. 당신을 믿어 보려 애쓰지만, 당신이 선하면서 진정으로 독실해지고 싶다고 한 말이 무슨 뜻인지 알겠다고는 말씀드리지 못하겠어요. 왜냐하면 전 당신이 그런 부류하고는 거리가 멀다고 확신하거든요, 캠벨 선생님. 그리고 당신은 별난 사람들하고 어울리는 걸 조금도 부끄러워하지 않잖아요. 당신이 하는 행동하고 당신이 늘 하는 말이 일치한다고 생각하시는 것 같은데, 캠벨 선생님, 전 선생님 말이 무슨 뜻인지 정말 모르겠어요."

캠벨은 미스 허버트를 깨울 수도 있을 만큼 큰 소리로 웃었다. 멀랜사가 대놓고 이런 말을 하는 상황이 재미있었다. 어쩌면 멀랜사도 진짜 똑똑할지 모른다는 생각이 그의 머리를 스쳤다. 그는 이제 마음껏 스스럼없이 웃었다. 멀랜사의 화를 돋우려던 것은 아니었다. 그는 그녀에게 호의적인 웃음을 지어 보이고 나서, 머리를 긁적이며 진지한 얼굴로 생각에 잠겼다.

이윽고 그가 말했다.

"알아요, 멀랜사. 제가 방금 전 한 말이 무슨 뜻인지 이해하기 어려울 수도 있다는 걸. 그리고 아마 제가 좋아하는 선한 사람들 중에도, 선하게 살고 싶다면서 제가 취하는 태도에 대해 멀랜사처럼 좋게 생각하지 않는 사람들이 있을 거예요. 하지만 그건 중요하지 않아요, 멀랜사. 제가 방금 전 한 말의 뜻은요, 멀랜사. 그저 쾌락만을 얻기 위해 하는 일들은 전혀, 조금도 옳다고 생각하지 않는다는 거예요. 멀랜사도 알겠지만,

139

너무나도 많은 흑인이 그렇게 살아가잖아요. 부지런히 일하고, 하는 일에 관심을 쏟고, 가족들과 함께 착실하게 살고, 버는 돈을 저축하고, 그래서 아이들을 좀 더 잘 키우려고 하는 대신에, 착실하게 살고 일하면서 웬만큼 괜찮은 삶에서 새로운 모든 것들을 얻으려 하는 대신에, 그냥 여기저기 돌아다니면서 술을 마시고 떠올릴 수 있는 온갖 나쁜 짓을 다 하고 다니는 흑인들이 있잖아요. 그것도 그런 나쁜 짓을 좋아해서 하는 게 아니라 그저 쾌락을 얻고 싶어 그러고들 다니죠. 그런 건 안 돼요, 멀랜사. 아시다시피 저도 흑인이지만, 흑인이라서 유감스럽진 않아요. 전 흑인들이 선하게, 신중하게, 언제나 솔직하게, 될 수 있는 한 착실하게 살아가는 모습을 보고 싶어요. 전 믿어 의심치 않아요, 멀랜사. 누구나 그렇게 살면서 즐겁고 행복한 시간을 보낼 수 있고, 도리를 지키면서 열심히 살아갈 수 있다는 걸 말이에요. 끊임없이 쾌락을 얻으려 새로운 걸 찾아다니고, 허구한 날 나쁜 행동을 할 필요가 없어요. 그래요, 멀랜사. 전 분명 모든 것이 반듯하고 평온한 삶을 좋아해요. 그리고 당연히 그런 삶이 우리 흑인들 모두가 따라야 할 가장 좋은 길이라고 생각해요. 그래요, 멀랜사. 전 단지 그런 뜻으로 말한 거였어요. 다른 뜻은 없었어요. 진정으로 선한 삶에 대해 제가 하는 말은 그런 뜻이에요. 멀랜사, 꼭 종교를 가져야 하고, 모든 부류의 사람을 다 좋아해서는 안 된다는 말이 아닙니다. 저와 다른 부류의 사람들이 제 삶에 끼어들 때는 언제고 그런 사람들에 대해 알고 싶어 해서는 안 된다는 말이 아닙니다. 제가 늘 하는 말의 의미는요, 멀랜사. 그냥 여기저기 돌아다니면서 아무나 알고 지내면서 쾌락을 얻으려 해서는 안 된다는 거예요. 제가 늘 탐탁하지 않게 보는 건 그런 방식의 삶이에요. 그런 태도는 우리 흑인 모두한테 안 좋아요. 제가 아까 한 말이 무슨 뜻인지 이제 좀 이해가 되는지 모르겠네요. 아무튼 이제 제가 하는 말이 늘 말 그대로라는 건 알겠죠?"

"네. 그렇게 말씀하시니 확실히 알겠어요, 캠벨 선생님. 저한테 늘 하신 말씀이 무슨 뜻인지 이제 이해가 돼요. 누군가를 사랑하는 건 옳지 않다고 믿는다는 뜻임을 분명히 알겠어요, 캠벨 선생님."

"저런, 그런 게 아니에요. 저는 정말로, 멀랜사…… 저는 정녕코 사랑을 굳게 믿어요. 모든 이를 선하게 대하고, 사람들이 필요로 하는 것을 이해하려 하고, 도와주려 애쓰는 것이 옳다고 믿죠."

"아! 저도 그렇게 사랑하는 방식을 알아요, 캠벨 선생님. 하지만 제가 말한 사랑은 당연히 그런 종류의 사랑이 아니에요. 전 진실하고 강렬하고 열렬한 사랑을 말한 거예요, 캠벨 선생님. 사랑하는 사람을 위해서라면 뭐든 하게끔 하는 그런 사랑 말이에요."

"전 그런 사랑은 아직 잘 모릅니다, 멀랜사. 아시다시피 전 늘 이래요, 멀랜사. 항상 제가 하는 일에 대한 생각으로 정신이 없어서 빈둥거리는 일에 쓸 시간이 없어요. 그런 데다 멀랜사도 알겠지만, 전 강렬한 감정에 빠지는 걸 좋아하지 않아요. 그런데 그런 격렬한 사랑을 하게 되면 늘 강렬한 감정에 휩싸이는 것 같더군요. 그런 사랑에 빠진 사람들을 보면 늘 그렇다는 생각이 들었어요, 멀랜사. 그런 사랑은 저 같은 남자한테는 결코 어울리지 않지요. 멀랜사도 알다시피 전 아주 평온한 부류의 사람이에요. 모든 흑인을 위한 평온한 삶이 바람직하다고 생각하죠. 그래요, 멀랜사. 전 분명 그런 문제에 휘말린 적이 한 번도 없었어요."

멀랜사가 말했다.

"네. 저도 그걸 확실히 알겠어요, 캠벨 선생님. 바로 그 이유 때문에 제가 당신에 대해 제대로 알 수 없게 만든다는 걸요. 당신이 늘 했던 말이 정말로 말 그대로의 뜻이라는 것도 분명히 알겠고요. 캠벨 선생님, 당신은 마음속 깊이 있는 것들을 진정으로 느끼기를 두려워하고 있어요. 캠벨 선생님이 원하는 것은 그저 선한 삶에 대해 이야기하고, 사람들하고 어울려 좋은 시간을 보내는 거죠. 그러면서 항상 문제에 빠지지 않으려 하고요. 캠벨 선생님, 제가 보기에는 그렇게 사는 것이 훌륭한 삶은 아니에요. 그런 게 정말 멋진 삶은 아니라고 생각해요. 저한테는 이제 더는 그렇지 않아요. 선생님은 자신의 마음속 깊이 있는 감정들을 느끼기를 겁내는 게 분명해요. 저한테 늘 하는 말이 말 그대로라는 걸 받아들인다면, 그렇다고 생각할 수밖에 없어요, 캠벨 선생님."

"글쎄요. 멀랜사. 전 물론 제 마음속 깊숙이 있는 감정들을 느낄 수 없다고 생각하진 않는데요. 비록 제가 점잖고 조용한 감정들을 갖고 싶어 하는 건 분명하다고 해도요. 하지만 위험에 빠져 죽고 싶지는 않다는 생각이 확고한 사람이 위험을 피하는 것은 해가 되지 않는다고 봐요. 그런데 제가 아는 한 누군가와 강렬한 사랑에 빠지는 것보다 지독한 위험은 없어요, 멀랜사. 전 병에 걸리거나 현실적인 문제에 빠지는 건 개의치 않고, 그런 문제에 빠졌을 때 제가 뭘 할 수 있나 하는 얘기는 하고 싶지 않아요. 다만 멀랜사도 어느 정도 알겠지만, 전 정말 감정의 소용돌이에 휩싸이는 그런 지독한 위험에는 빠지고 싶지 않아요. 정말이에요, 멀랜사. 제가 아는 사랑의 방식은 두 가지뿐이에요. 제가 볼 때 그중 한 가지는 제 할 일을 다 하고 항상 선하고 착실하게 살면서 가정 안에서 평온한 감정을 얻는 것이고, 다른 한 가지는 거리에서 몰려다니는 본능에 따르는 동물처럼 하는 사랑이에요. 전 그런 사랑을 그다지 좋게 보지 않아요, 멀랜사. 그렇다고 누구든 그런 사랑을 바라는 게 옳지 않다는 말은 아니에요. 제가 아는 사랑의 종류는 그게 다예요. 저는 곤경에 처할 수 있는 사랑에 얽혀 들고 싶은 마음이 당연히 별로 없어요."

제퍼슨이 말을 그쳤다. 멀랜사는 잠시 생각에 잠겼다.

"캠벨 선생님, 방금 하신 말을 들으니 제가 한동안 당신에게 가졌던 의문이 풀리네요. 전 당신이 어쩜 그토록 빈틈없을 수 있는지 정말 궁금했어요. 당신은 모든 일은 물론 모든 사람을 다 알고, 항상 뭐든 자신 있게 말하고, 모두들 한결같이 당신을 굉장히 좋아하는 걸로 보였거든요. 또 늘 생각하는 것처럼 보였고요. 하지만 당신은 누구도 제대로 안 적이 없어요. 정말로 이해한 적도 없던 거고요. 캠벨 선생님, 그 이유는 여차하면 선한 면을 쉽게 잃을까 지나치게 겁내기 때문이에요. 제가 보기에 그런 유형의 선함은 그리 대단한 게 아니에요, 캠벨 선생님."

제퍼슨이 대답했다.

"어쩌면 당신 말이 맞을지도 몰라요, 멀랜사. 그렇다고 당신 말이 옳지 않을 수도 있다는 건 절대 아니에요. 그런 면에 대해서는 제가 좀 더 알아야 할 것 같네요, 멀랜사. 그러면 제가 흑인을 돌보는 데 도움이 될지도 모르죠. 멀랜사의 말을 부인하는 건 결코 절대로 아니에요. 만일 정말 좋은 선생님을 만난다면, 머잖아 저도 여자들에 대해 많은 걸 배울 수 있지 않을까요."

　바로 그때, 잠이 들었던 미스 허버트가 몸을 뒤척였다. 멀랜사가 계단에서 일어나 침대 맡으로 가서 어머니를 살폈다. 캠벨도 가서 도왔다. 잠에서 깬 미스 허버트는 상태가 좀 나아진 듯 보였다. 어느덧 아침이 되었고, 캠벨은 멀랜사에게 의사로서 몇 가지 지시를 내린 뒤 그 집을 떠났다.

　멀랜사 허버트는 일생토록 선하고 친절하고 사려 깊은 사람들을 좋아했고, 그런 사람들과 함께하기를 원했다. 제퍼슨 캠벨은 멀랜사가 원했던 모든 면을 갖춘 남자였다. 강인하고 체격이 좋고 잘생기고 유쾌하고 똑똑하고 선한 물라토였다. 그런데 처음에 그는 멀랜사를 굳이 알려 하지 않았다. 그녀를 알았을 때도 그다지 좋아하지 않았고. 그는 그녀가 조금이라도 괜찮아질 여지가 있다고 생각하지 않았다. 그런데 제퍼슨 캠벨은 참으로 점잖은 사람이었다. 이제는 멀랜사의 눈에 추악해 보이기 시작한 것들을 하는 다른 남자들과 달리 그는 그런 것을 결코 하지 않았다. 그리고 제퍼슨 캠벨은 멀랜사가 진심으로 원하는 것이 무엇인지 잘 모르는 듯했다. 이런 모든 이유 때문에, 멀랜사는 자신의 마음속에서 그가 차지하는 자리가 점점 넓어짐을 느꼈다.

　캠벨 의사는 매일 미스 허버트를 살펴보러 갔다. 그와 멀랜사가 함께 밤새워 지켜본 이후로, 미스 허버트는 다소 호전되었지만, 워낙 위독해서 머잖아 죽음을 맞을 것이 분명했다. 멀랜사는 쉼 없이 여자로서 할 수 있는 모든 일을 했다. 그러는 동안에도 멀랜사에 대한 제퍼슨의 생각은 조금도 나아지지 않았다. 그가 그녀의 내면에서 찾고자 한 것은 어머니에게 잘하는 모습이 아니었다. 멀랜사는 항상 누구에게든 잘하지만 그런다고 그녀가 좋은 사람이 되는 것은 아니라고 했던 제인 하든의 말이 옳다는 사실을 제퍼슨은 알고도 남았다. 그런데다 미스 허버트 또한 살아 있는 마지막 날까지 멜랜사에게 조금도 더 애정을 주지 않았다. 그래서 멜랜사가 쉴 새 없이 어머니를 위해 애쓰는 것을 제퍼슨은 결코 대단하게 생각하지 않았다.

이제 제퍼슨과 멜랜사는 하루가 멀다 하고 만났다. 이제 항상 두 사람은 함께 보내는 시간을 좋아했고, 이제 항상 이야기를 나누면서 즐거운 시간을 보냈다. 여전히 그들이 나누는 이야기는 대부분 세상 일들이나 그들이 생각하는 주제에 대해서였다. 그들의 감정에 대해서도 순간순간 말하기는 했지만, 그런 일은 자주 있지도 않았고 깊이 있는 이야기도 아니었다. 제퍼슨은 여전히 자신이 옳다고 생각하는 것들에 대해 말하기를 즐겼다. 그래서 멜랜사는 가끔 제퍼슨을 슬쩍 놀리며 이미 들은 이야기임을 드러냈지만, 대개는 그의 말에 귀를 기울였다. 멜랜사는 갈수록 제퍼슨 캠벨이 더 좋아졌고, 제퍼슨은 멜랜사의 똑똑함을 알아보기 시작하면서 그녀의 진정한 다정함을 조금씩 느끼기 시작했다. 미스 허버트에게 잘하는 모습을 보고 그렇게 느낀 것이 아니었다. 제퍼슨의 눈에 그런 것은 대단해 보이지 않았다. 제퍼슨은 이제 멜랜사와 함께할 때, 그녀의 타고난 성격이 아주 다정하다고 느끼기 시작했다.

미스 허버트의 병세는 갈수록 악화되었다. 어느 날 밤, 캠벨 의사는 다음 날 아침이 오기 전 그녀가 분명 죽음을 맞을 것이라고 판단했다. 캠벨 의사는 어머니를 병구완하는 멜랜사를 도와주러 다시 오겠다면서, 미스 허버트가 좀 더 편히 죽음을 맞도록 할 수 있는 일은 뭐든 하겠노라고 말했다. 그날 저녁, 캠벨 의사는 다른 환자들의 진료가 끝난 뒤, 다시 미스 허버트를 찾아가서 편하게 해 준 다음, 멀랜사가 지쳐 보이는 얼굴로 등불 옆에 앉아 있는 계단 바로 위 칸에 가서 앉았다. 캠벨 의사 또한 몹시 피곤한 얼굴이었다. 두 사람은 조용히 아무 말도 하지 않고 계단에 앉아 있었다.

얼마 후 멀랜사가 다정한 목소리로 나지막이 말했다.

"오늘 밤은 유난히 피곤해 보이시네요. 가서 눈 좀 붙이시는 게 어떠세요? 캠벨 선생님, 당신은 늘 모든 사람에게 너무 잘하려고 애쓰세요. 오늘 밤 당신이 여기서 제 어머니를 돌봐 주시면 저야 좋지만, 항상 모든 사람을 위해 그토록 많은 일을 하는 당신을 잡아 두는 건 올바른 처사가 아니에요. 캠벨 선생님, 친절하게 다시 와 주셔서 고마워요. 하지만 오늘 밤은 당신 없이도 저 혼자 어머니를 돌볼 수 있어요. 도움이 필요하면 이웃 사람한테 도움을 청할 수도 있고요. 캠벨 선생님, 그러니까 집에 가서 좀 주무세요. 잠을 주무셔야 할 것 같아 보여요."

제퍼슨은 한동안 말없이, 언제나처럼 부드러운 눈길로 멀랜사를 바라보았다.

"당신이 이토록 다정하고 생각이 깊은 줄은 정말 몰랐어요, 멀랜사."

멀랜사는 더욱 다정한 목소리로 대답했다.

"캠벨 선생님, 저도 당신이 저에 대해 좋은 감정을 갖게 되실 줄은 몰랐어요. 저한테 좋은 면이 있는지 알아보고 싶어 하시리라곤 꿈에도 생각 못 했고요."

두 사람은 몹시 피곤했지만 그대로 앉아서 더없이 평온하고 조용한 시간을 보냈다. 이윽고 멀랜사가 차분한 목소리로 나직하게 제퍼슨 캠벨에게 말했다.

"캠벨 선생님, 당신은 정말 좋은 남자예요. 날마다 당신을 볼수록 그런 느낌이 새록새록 들어요. 캠벨 선생님, 당신처럼 좋은 사람하고 꼭 친구가 되고 싶어요. 이제 당신을 아니까요. 캠벨 선생님, 당신은 절대로 다른 남자들처럼 행동하지 않아요. 항상 제가 추악하다고 생각하는 그런 행동을 하지 않죠. 솔직하게 말해 주세요, 캠벨 선생님. 저하고 변함없는 친구가 되는 것을 어떻게 생각하는지 말이에요. 저는 당신이 좋은 남자라고 확신해요. 그리고 저랑 친구가 되면, 수많은 부류의 남자들이 자신들을 좋아하게 된 여자들한테 하듯 저를 저버리는 일은 결코 없으리라 생각하고요. 솔직하게 말해 줘요, 캠벨 선생님. 친구가 되어 주실 건가요?"

캠벨이 천천히 대답했다.

"아니, 멀랜사. 제가 당신한테 그런 걸 솔직하게 말하지 못할 거라고 생각해요? 분명 멀랜사 당신도 알겠지만, 우리가 늘 함께하는 친구가 된다면, 저는 정말 기쁠 거예요. 하지만 멀랜사도 알다시피, 비록 제가 사람들한테 이러니저러니 말은 성급히 하지만, 어떤 태도를 취하는 데는 아주 느린 편이에요. 그래서 당신한테 있는 그대로 진심을 말하고 싶을 때까지는, 제가 당신에 대해 확실하게 더 많은 걸 알게 될 때까지는, 또 제가 당신을 얼마나 좋아하는지 진심으로 당신에게 더 잘하고 싶은 마음인지 알게 때까지는, 누구한테든 그런 것을 드러내 놓고 말할 수 없어요. 제 말이 무슨 뜻인지 알죠, 멀랜사?"

"감탄하지 않을 수 없을 만큼 솔직하게 말해 주시네요, 캠벨 선생님."

"아, 전 항상 솔직합니다, 멀랜사. 언제든 솔직하게 제 속을 보이는 일이 저는 조금도 어렵지 않아요, 멀랜사. 항상 제가 생각하는 걸 그대로 말하면 되니까요. 누구한테든 솔직하게 말하지 못할 이유가 제겐 없어요."

그들은 조용히 앉아 있었다. 잠시 후 제프 캠벨이 말을 꺼냈다.

"정말 궁금한 게 있어요, 멀랜사. 우리가, 그러니까 당신하고 내가 서로의 생각을 제대로 알고 있는지 정말 궁금해요. 우리가 줄곧 주고받는 말의 의미를 제대로 이해하고 있는 걸까요?"

"그 말은 그러니까 당신이 하는 말의 속뜻은 나를 나쁜 여자로 생각한다는 건가요, 캠벨 선생님?"

"아이쿠, 아니에요, 멀랜사. 제 말은 그런 뜻이 아니에요. 전혀요. 당신도 저만큼 잘 알잖아요, 멀랜사. 요즘 제가 당신을 만날 때마다 당신을 더 좋게 생각하고, 언제든 당신하고 이야기 나누기를 좋아한다는 걸 말이에요. 전 진심으로 우리 둘이 함께 시간을 보내면서 대화를 나누는 게 좋습니다. 또 당신은 언제나 누구한테든 아주 친절하고 다정한 사람이란 느낌이 점점 커지는걸요. 하지만 제가 누구하고든 말은 아주 빨리 트지만, 생각하는 건 좀 많이 더뎌요. 그래서 그래요, 멀랜사. 저 자신도 확실하게 모르는 말을 당신한테 하고 싶지는 않아요. 그리고 전 당신이 늘 저한테 하는 말이 무슨 뜻인지 잘 모르겠어요. 멀랜사, 그래서 당신이 저한테 물었을 때 그렇게 대답하는 거예요."

"캠벨 선생님, 솔직하게 말해 준 것에 다시 한번 감사드려요. 전 이만 일어나야겠어요, 캠벨 선생님. 다른 방에 가서 좀 쉬어야겠어요. 제가 떠나면, 그러니까 아마도 제가 여기 없으

면 당신도 눈을 좀 붙이고 쉴 수 있겠죠. 좀 주무세요. 나중에
도움이 필요하면 부를게요. 편히 쉬세요, 캠벨 선생님."

멀랜사가 자리를 떠난 뒤에도 제프 캠벨은 그대로 앉아
조용히 생각에 잠겼다. 그는 멀랜사가 늘 자신에게 하는 말이
무슨 뜻인지 통 알 수가 없었다. 자신이 실제로 멀랜사 허버트
에 대해 얼마나 아는지도 잘 몰랐다. 계속 그녀와 함께 많은
시간을 보내야 하는 걸까 의문이 들었다. 이제 그녀와 함께 무
엇을 해야 하나 싶기도 했고, 제퍼슨 캠벨은 모든 사람을 다
좋아하는 남자였고, 또한 많은 이들이 그와 함께하기를 무척
좋아했다. 여자들도 그를 좋아했다. 그는 아주 강인하고 친절
하고 이해심 있고 순수하고 의지가 굳고 그러면서 부드러웠
으므로. 때로 여자들은 그와 만나 데이트하기를 간절히 바라
는 듯 보였다. 그래서 그와 함께하게 되면, 여자들은 항상 그
를 피곤하게 만들었다. 제퍼슨도 때로는 여자들하고 어울렸
지만, 강렬한 감정을 느껴 본 적이 없었다. 그런데 멀랜사 허
버트와 함께하면서는 모든 것이 달라 보였다. 제퍼슨은 이 시
점에서 자신이 원하는 것이 무엇인지 알고 있다고 자신할 수
없었다. 멀랜사가 원하는 것이 무엇인지도 잘 모르겠다는 생
각이 들었고. 다만 멀랜사와 함께하는 시간이 장난에 불과한
거라면, 그런 장난을 하고 싶지 않다는 마음만은 확실했다. 그
는 자신이 마음속 깊은 곳에 있는 감정을 느낄 줄 모른다고 했
던 그녀의 말을 떠올렸다. 그가 자신의 진정한 감정을 알게 되
는 것을 두려워한다고 했던 그녀의 말도 떠올랐다. 무엇보다
그가 제대로 이해하지 못한다고 했던 그녀의 말이 머릿속을
떠나지 않았다. 그 말이 줄곧 제퍼슨의 마음을 날카롭게 후벼
팠다. 그는 제대로 이해하고 싶은 마음이 간절했다. 멀랜사가

한 말의 의미를 제퍼슨이 좀 더 잘 알았더라면 좋으련만. 제퍼슨은 자신도 여자를 어느 정도는 안다고 생각해 왔다. 그런데 이제 실은 아무것도 모르고 있음을 깨달았다. 그는 멀랜사에 대해 아는 것이 거의 없었다. 그녀와의 관계에서 자신이 어떻게 해야 옳은 것인지 판단이 서지 않았다. 그들이 어울리는 것이 그냥 장난에 불과할까 하는 생각이 들었다. 장난이라면 계속하고 싶지 않았다. 하지만 그가 정말로 잘못 이해한 거라면, 멀랜사 허버트와 함께 진정으로 이해하는 법을 배워 갈 수 있다면, 그렇다면 겁쟁이가 되고 싶지 않은 것은 분명했다. 제퍼슨은 그 자신이 원하는 것이 무엇인지 알아내기가 너무 어려웠다. 생각하고 또 생각했건만, 그가 원하는 것이 무엇인지 조금도 선명해지지 않았다. 마침내 그는 이런 생각을 접고, 멀랜사와의 관계는 장난일 뿐이라고 결론지었다. '안 돼, 이렇게 장난삼아 어울리는 건 안 될 일이야.' 이런 생각으로 매듭을 지은 그는 급기야 소리 내서 중얼거렸다.

"분명 장난은 그만두고, 내 일에 대해, 그리고 미스 허버트와 같은 사람들이 겪는 문제를 계속 생각해야 해."

그러고 나서 제퍼슨은 주머니에서 꺼낸 다소 어려운 과학책을 등불 가까이로 다가앉아 읽기 시작했다.

제퍼슨이 멀랜사의 말이 무슨 뜻일까 고민하던 일을 잊고 거기 앉은 채로 한 시간쯤 책을 읽었을 때, 미스 허버트가 숨을 제대로 쉬지 못해 힘겨워했다. 제퍼슨 캠벨은 그녀에게로 가서 편히 숨 쉴 수 있도록 조치를 취했다. 멀랜사도 다른 방에서 나와 그의 지시에 따라 이것저것 했다. 그 둘 덕분에 좀 더 편하고 수월하게 숨을 쉬게 된 미스 허버트는 이내 다시 깊은 잠에 빠졌다.

캠벨 의사는 앉아 있었던 계단으로 돌아갔다. 멀랜사도 뒤따라가서 잠시 그 옆에 서 있다가 앉았다. 그리고 책을 읽는 그를 지켜보았다. 얼마 후 그들은 이야기를 나누기 시작했다. 제프 캠벨은 어쩌면 그들의 관계가 조금 전 생각과는 전혀 다를 수 있다고 느꼈다. 어쩌면 멀랜사는 장난이 아닐지도 몰랐다. 어쨌거나 그녀가 옆에 같이 있는 것이 그는 참으로 좋았다. 그는 방금 전 읽은 책에 대해 이야기했다.

멀랜사는 늘 똑똑한 면을 드러내는 질문을 했다. 이제 그녀가 똑똑하다는 사실을 제퍼슨은 분명히 알았다. 두 사람은 나란히 앉아 이야기꽃을 피우면서 즐거운 시간을 보냈다. 그러고는 다시 조용해졌다.

"다시 와서 나하고 얘기를 나누다니 당신은 정말 다정한 사람이에요, 멀랜사."

이윽고 제퍼슨이 입을 열었다. 그녀가 장난하고 있는 것이 아니라고 이제 그는 확신했다. 멀랜사는 정말로 괜찮은 여자였다. 똑똑했고, 진정 상냥했고, 그에게 분명 가르침을 줄 수 있었다.

"아, 전 늘 당신하고 얘기하는 걸 좋아했어요, 캠벨 선생님. 얘기를 나눌 때만은 저한테 솔직하니까요. 전 언제든 남자가 저를 진심으로 솔직하게 대할 때가 좋아요."

멀랜사가 말을 받고 난 뒤 둘은 다시 조용해졌다. 계단에 앉아 있는 둘 사이에 놓인 등불에서 그을음이 피어올랐다. 멀랜사가 제프 쪽으로 몸을 기울이고 두 손으로 그의 손을 잡았다. 아무 말도 하지 않고서. 그저 묵묵히 손을 잡고는 그에게 좀 더 가까이 다가앉았다. 제퍼슨은 움찔했을 뿐 달리 아무런 반응도 보이지 않았다. 결국 멀랜사가 날카롭게 내뱉었다.

"흥!"

제프가 천천히 입을 열었다.

"생각을 좀 하고 있었어요. 궁금한 게 있어서요."

멀랜사가 그의 말을 가로채고 다소 언짢은 기색으로 물었다.

"어떤 감정을 느끼는 동안만이라도 생각 좀 멈추면 안 돼요, 제프 캠벨?"

제프 캠벨이 느릿느릿 대답했다.

"모르겠어요. 그럴 수 있을지 잘 모르겠어요, 멀랜사. 아뇨. 생각을 멈추지 못하겠어요, 멀랜사. 만일 내가 생각을 멈춰야 감정을 느낄 수 있는 거라면, 난 결코 그런 감정을 제대로 느낄 수 없을 것 같아서 두려워요, 멀랜사. 물론 당신은 내가 제대로 충분히 느끼지 못해도 걱정하지 않겠지만요. 나도 분명 어느 정도는 느낀다고 생각해요, 멀랜사. 비록 생각을 멈추는 법을 모르는 채 느끼는 감정이지만 말이에요."

"정말 유감이지만 난 당신의 그런 감정은 별게 아니라고 생각해요, 캠벨 선생님."

"아니, 당신이 분명 잘못 생각하는 거예요, 멀랜사. 당신이 나에 대해 어떤 감정을 느끼는 만큼 나도 분명 멀랜사 당신에 대해 많은 감정을 느끼고 있어요. 정말이에요. 내게 그런 말을 하는 걸 보면 당신은 나를 제대로 모르는 것 같아요. 나에 대해 얼마나 많은 관심을 갖고 있는지 솔직하게 말해 줘요, 멀랜사."

멀랜사가 천천히 대답했다.

"제프 캠벨, 당신한테 관심이 있냐고요? 물론 당신한테 관심이 있어요, 제프 캠벨. 당신이 늘 생각하는 만큼은 아니지만, 당신이 알고 있는 것보다 훨씬 더 많은 관심을 당신한테 갖고 있어요."

제프 캠벨은 바로 답을 하지 못하고, 조용히 멀랜사가 한 말의 뜻을 헤아렸다. 두 사람은 얼마 동안 말없이 그대로 앉아 있었다.

"저기요, 제프 캠벨."

멀랜사가 말문을 열었다.

"아."

캠벨이 반응하며 몸을 약간 움직였다. 그러고는 두 사람은 다시 한동안 침묵을 지켰다.

"나한테 할 말이 없어요, 제프 캠벨?"

"아, 네. 우리가 무슨 얘기를 하고 있었죠? 멀랜사도 알다시피 난 아주 조용하고 생각하는 게 느린 사람이에요. 당신이 늘 내게 하는 말이 무슨 뜻인지 난 정확히 이해한 적이 없는 것 같아요. 하지만 정녕 당신을 아주 많이 좋아해요, 멀랜사. 당신이 예나 지금이나 아주 좋은 면을 갖고 있다고도 확신하고요. 부디 내 말을 믿어 줘요, 멀랜사."

"네, 당신 말을 믿어요, 제프 캠벨."

멀랜사는 짤막하게 대답하고 입을 다물었다. 그 침묵에서 서글픔이 묻어났다.

"전 다시 가서 좀 누워야겠어요, 캠벨 선생님."

"나만 두고 가지 말아요, 멀랜사."

"아니, 왜요? 나한테 원하는 게 뭐예요, 제프 캠벨?"

멀랜사가 묻자 제프 캠벨이 천천히 대답했다.

"그게…… 당신하고 계속 얘기하고 싶어요. 난 당신하고 무슨 얘기든 하는 게 정말 즐거워요. 당신도 그런 걸 모르지 않잖아요, 멜랜사."

"당신 혼자 생각할 시간을 가지도록 난 다시 가서 눈 좀 붙여야겠어요. 오늘 밤은 유난히 피곤하네요. 당신도 좀 편히 쉬어요."

멜랜사는 부드럽게 말하고 나서, 앉아 있는 그의 위로 몸을 숙여 잘 쉬라는 인사를 했다. 그러곤 재빨리 갑작스럽게 키스하고는 그를 두고 떠났다.

캠벨은 그대로 가만히 앉아서 생각에 잠겼다. 막 시작된 감정을 이따금 느끼면서. 그는 그렇게 동이 틀 때까지 혼자 앉아 있다가 그 집을 떠났다. 그리고 다시 그 집에 가서 멜랜사의 도움을 받아 미스 허버트가 좀 더 편히 죽음을 맞을 수 있도록 했다. 미스 허버트는 그다음 날 오전 10시쯤까지 사경을 헤매다 큰 고통 없이 서서히 죽음을 맞았다. 제프 캠벨은 마지막 순간까지 멜랜사와 함께 그녀의 어머니가 편히 세상을 떠나도록 도왔다. 미스 허버트가 마침내 숨을 거뒀을 때, 그는 이웃에 사는 흑인 여자를 불러들여 뒷일을 처리하는 멜랜사를 돕도록 한 뒤에야 다른 환자들을 보러 갔다. 그러고는 얼마 후 다시 멜랜사에게 가서 그녀 어머니의 장례식을 도왔다. 그 후 멜랜사는 인심 좋은 이웃집 여자와 함께 살게 되었다. 멜랜사는 여전히 제프 캠벨을 자주 만났고, 두 사람의 사이는 더욱 가까워졌다.

제프 캠벨과 함께가 아니라면 멜랜사는 이제 결코 돌아다니지 않았다. 이따금 그녀와 그는 오래도록 여기저기 거닐었다. 제프 캠벨은 자신이 늘 생각하는 모든 것에 대해 이야기하는 습성을 버리지 못했다. 이제 둘이 함께 있을 때면, 멜랜사는 별 말을 하지 않았다. 때로 제프 캠벨은 말이 없는 그녀에게 말 좀 하라며 보채기도 했다.

"멀랜사, 난 당신이 말이 많은 사람인 줄 알았어요. 제인 하든도 그러고 다들 그렇다고 했거든요. 내가 당신을 처음 만났을 때도, 말은 줄곧 당신이 하고 난 들었지요. 멀랜사, 사실대로 말해 줘요. 왜 이제 내게 별 말을 하지 않는지. 나 혼자 말을 너무 많이 해서 당신이 말할 기회가 없는 거예요? 아니면 내가 너무 많이 말하는 걸 듣다 보니 말이 많은 게 별로 안 좋다는 생각이 들어서 그래요? 솔직하게 말해 줘요, 멀랜사. 왜 나한테 별 말을 않는지."

"당신도 잘 알잖아요, 제프 캠벨. 당신은 분명 이미 알고 있어요, 제프. 자신이 내 얘기를 그다지 좋아하지 않는다는 걸. 당신은 모든 것에 대해 나보다 훨씬 더 많이 생각하죠. 그리고 내가 무슨 말을 하든 별로 신경 쓰지 않아요. 당신이 진정 솔직하다면, 지금 내가 하는 말을 부정하지 못할 거예요. 난 당신이 솔직할 때가 좋아요."

제프가 웃으며 애정 어린 눈길로 그녀를 보았다.

"당신이 그렇게 말하니, 당신 말이 틀렸다고 할 수가 없네요, 멀랜사. 당신은 모든 사람이 당신한테 듣고 싶어 할 거라 생각하는 말만 하는 경향이 있어요. 솔직히 말하면, 멀랜사, 당신이 그럴 때, 난 정말 당신 말을 듣는 게 불편해요. 하지만 당신이 실제로 생각하고 있는 걸 얘기할 때, 그럴 때는 당신이 하는 얘기를 듣는 게 참 좋아요."

멀랜사가 그에게 사랑스럽기 그지없는 웃음을 지어 보였다. 그녀는 자신의 힘을 깊이 느꼈다.

"난 누군가를 정말로 좋아할 때는 말을 많이 하지 않아요, 제프. 있잖아요, 제프. 여자는 속으로 느끼는 것을 주절주절 얘기할 필요가 별로 없다고 생각해요. 당신도 진정으로 느끼게 되면, 차츰차츰 그런 걸 잘 알 거예요, 제프. 그러면 당신도 자신의 생각을 항상 밝히려고 하지는 않을 거예요. 제프, 내가 하는 말이 맞는지 틀리는지 두고 봐요."

"멀랜사, 당신이 늘 옳지 않다고 생각하는 건 아니에요. 어쩌면 내가 늘 생각하는 건 사실 제대로 이해하지 못 해서인지도 몰라요. 당신이 내게 하는 말들이 틀렸다고 생각하지는 않아요, 멀랜사. 이제는 전혀, 조금도 그러지 않아요. 당신이 늘 내게 하는 말이 무슨 뜻인지 정말로 이해하게 되면, 아마도 그때는 당신이 하는 모든 말을 전혀 다르게 받아들이게 될 거예요."

"당신은 언제나 참으로 다정하고 좋은 사람이에요, 제프 캠벨."

"사실 난 당신한테 좋은 사람이 못 돼요, 멀랜사. 내가 너무 많은 말로 당신을 괴롭히는 건지 모르겠지만, 난 진심으로 당신을 많이 좋아해요, 멀랜사."

"나도 당신을 좋아해요, 제프 캠벨. 당신은 항상 내게 어머니이고, 아버지이고, 오빠이고, 언니이고, 아이이고…… 전부 다예요. 당신이 내게 얼마나 좋은 사람인지 말로는 다 할수 없어요. 제프 캠벨, 내게 신경을 써 주는 당신을 만나기 전까지, 추악한 일들을 하는 법 없이 친절했던 남자는 단 한 명도 알고 지낸 적이 없어요. 잘 가요, 제프. 내일 일이 끝나면 나를 만나러 와요."

"물론이죠, 멀랜사. 그러리란 걸 알잖아요."

제프 캠벨은 대답하고 나서 그녀를 뒤로하고 떠났다.

제프 캠벨에게 이즈음 몇 달은 갈피를 잡을 수 없는 시간이었다. 그는 자신이 멀랜사를 얼마나 많이 알고 있는지 몰랐다. 이제 그녀를 아주 자주 만났고, 만나면 오랜 시간을 함께했다. 또 만날수록 그녀를 좋아하는 마음이 커졌다. 그렇지만 그녀에 대해 많이 알고 있다는 생각이 들지 않았다. 그녀 내면의 선함은 믿을 만하다는 느낌이 들기 시작했다. 하지만 언제든 진정으로 그녀에 대해 확신할 수는 없었다. 그가 확신하지 못하도록 하는 면이 멀랜사에게는 항상 있었다. 그럼에도 그는 그녀를 아주 가깝게 느꼈다. 그는 이제 더는 이 모든 감정을 말로 정리하려 하지 않았다. 모순되는 감정들이 마음속에서 서로 싸우도록 내버려 두었다. 시도 때도 없이 마음속에서 일어나는 이런 싸움에 그는 결코 끼어들지 않았다.

제프는 이제 언제든 멀랜사와 함께하는 시간을 좋아했다. 그러면서도 매번 그녀를 만나러 가기가 망설여졌다. 그녀에게 가야 할 때가 되면 괜스레 겁이 났다. 겁쟁이가 되지는 않으리라 마음을 다잡았지만. 그녀와 함께 있을 때는 이런 두려움이 전혀 느껴지지 않았다. 같이 있을 때 두 사람은 항상 서로에게 진실했고, 가깝게 느꼈다. 하지만 그녀를 만나러 갈 때가 되면, 제프는 늘 무슨 일이든 일어나서 그녀에게서 좀 더 멀리 떨어져 있기를 바랐다.

제프 캠벨에게 이즈음 몇 달은 갈피를 잡을 수 없는 시간이었다. 그는 자신이 정말로 원하는 것이 무엇인지 잘 몰랐다. 또한 멀랜사가 원하는 것이 무엇인지도 모른다고 생각했다. 제프 캠벨은 일생토록 항상 사람들과 어울리기를 좋아했고, 평생 언제나 생각하기를 좋아했다. 하지만 그는 덩치만 큰 아이에 불과했다. 제프 캠벨은 그랬다. 그는 그때까지 이런 묘한 감정을 느껴 본 적이 없었다. 어느 날 저녁, 멀랜사를 만나러 갈 시간이 됐을 때, 그는 아무나 자신의 시간을 빼앗을 만한 사람을 붙잡고 이야기를 나누었다. 그래서 꽤 늦은 시각이 되어서야 멀랜사가 기다리고 있는 집에 마침내 도착했다.

제프는 멀랜사가 기다리고 있는 곳으로 가서, 모자와 두툼한 코트를 벗고는 의자 하나를 끌어당겨 난롯가에 앉았다. 그날 밤은 몹시 추웠다. 제프는 불가에 앉아서 언 손을 녹이려 비벼 댔다. 멀랜사한테는 "잘 지냈어요?"라는 인사뿐 다른 말은 한마디도 하지 않은 채로. 멀랜사도 거기 난롯가에 앉아 있었다. 아주 조용히. 난롯불의 열기에 옅은 노란색의 매혹적인 그녀 얼굴이 분홍빛으로 발그레해졌다. 나지막한 의자에 앉아 있는 멀랜사가 폭발하기 직전의 감정을 억누르고 있는 듯, 무릎 위에 가지런히 내려놓은 그녀의 길쭉한 손가락들이 파르르 떨렸다. 제프 캠벨을 기다리느라 지칠 대로 지친 멀랜사는 아무 말 없이 앉아 그를 지켜보기만 했다. 제프는 건장하고 가무잡잡하고 건강하고 쾌활한 흑인이었다. 그의 두 손은 단단하고 다정하고 차분해 보였다. 그는 항상 그 큼직한 두 손으로 여자들을 진단했다. 오빠처럼. 그에게서는 언제나 남부의 햇살처럼 따스한 빛이 흘러 넘쳤다. 그는 미심쩍은 구석이 없는 사람이었다. 열려 있는 사람이었고 유쾌했고 쾌활했다. 그리고 멀랜사가 전에 그랬던 것처럼, 그도 이제 항상 진정으로 이해하고 싶어 했다.

그날 저녁, 제프는 의자에 앉아 한동안 말없이 따스한 불에 몸을 녹였다. 지켜보고 있는 멀랜사에게 눈길 한 번 주지 않고 가만히 앉아 불만 들여다보았다. 솔직해 보이는 거무스름한 그의 얼굴에 처음으로 웃음이 감돌았다. 그는 애써 웃음 띤 얼굴을 하고, 황갈색 손등을 입가에 대고 문지르며 생각에 잠겼다. 이맛살을 찌푸린 채 머리를 긁적거리면서 생각에 빠졌다. 그러다 다시 웃음 지었지만, 그때의 웃는 얼굴은 왠지 다정해 보이지 않았다. 웃음 속에 경멸의 빛이 어른거렸다. 그의 웃는 얼굴이 점점 변하더니, 기분이 완전히 바닥으로 가라앉아 모든 게 넌더리가 난다는 표정으로 바뀌었다. 그의 얼굴은 갈수록 어두워졌고, 웃고 있지만 쓸쓸해 보였다. 그는 불에서 시선을 돌리지도 않은 채, 긴장한 얼굴로 자신을 지켜보는 멀랜사에게 말했다.

"멀랜사 허버트, 이때껏 당신을 알고 지냈는데 당신에 대해 아는 게 거의 없다는 생각이 들어요. 그래요, 그런 느낌이 들어요."

제프는 미간을 찌푸리고 생각에 잠긴 얼굴로 불길을 응시했다.

"지금 내 생각은 그래요, 멀랜사. 어떤 때는 당신이 이런 여자구나 싶은데, 또 어떤 때는 전혀 다른 여자처럼 느껴져요. 그 두 가지 모습이 서로 너무 다르죠. 아무튼 당신 안에 어떻게 그토록 다른 모습이 동시에 있을 수 있는지 이해를 못 하겠어요. 연결점이 거의 없어 보이는 두 가지 모습을 어떻게 다 갖고 있는지 말이에요. 어떤 때 내가 보기에 당신은 결코 신뢰할 수 없는 여자예요. 그런 데다 과하게 웃어서 당황스럽기도 하고, 아주 나쁜 습관들도 있죠. 다른 의도가 있어서 그러는 건 아니라고 생각하지만, 아무튼 당신은 그런 모습을 자주 보여요. 그런 모습이 당신 어머니나 제인 하든이 늘 생각했던 당신이고, 또 내가 당신한테 가까이 다가가기를 꺼리도록 만드는 원인이지요. 그런데 또 어떤 때 보면 말이에요, 멀랜사. 당신은 정말 완전히 다른 사람이에요. 그럴 때는 당신한테서 진정한 아름다움이 번져 나와요. 멀랜사, 당신의 그런 모습은 말로는 표현할 수 없을 만큼 사랑스럽기 그지없어요. 그럴 때 당신의 모습 속엔 순백의 꽃보다 순수한 아름다움이 있고, 햇살보다 부드러운 온화함이 있고, 여름처럼 따스한 다정함이 있고, 알고 싶어 하는 의지가 있어요. 그런 모든 면이 다 어우러져 있죠. 그런 모습이 지속되는 잠깐은 그 모습이 진짜 당신인 것 같아요. 내가 분명하게 볼 수 있는 잠깐은요. 그리고 그런 모습을 보면 당신을 정말로 신뢰할 수 있다는 느낌이 들어요. 그런 느낌으로 내 마음이 벅차오를 때, 당신은 전혀 다른 모습을 드러내고, 그러면 또 그 모습이 진짜 당신인 것처럼 보여요. 그렇다 보니 당신을 만나러 오기가 괜스레 겁이 나고, 당신이 신뢰할 수 있는 사람이라는 생각이 전혀 안 들어요. 내가 당신에 대해 아는 것이 전혀 없는 것처럼 느껴지고요. 멀랜사 허버트, 난 정말 당신이 어떤 사람인지 모르겠어요. 당신하고 얘기하고 싶은 마음도 더는 들지 않아요. 솔직하게 말해 줘요, 멀랜사. 조금의 거짓도 없이 진실한 당신 자신일 때, 진짜 당신은 어떤 모습인가요? 멀랜사, 말해 줘요. 너무나도 알고 싶어요."

멀랜사는 어떤 대답도 하지 않았다. 잠시 후 제프는 그녀를 쳐다보지도 않고 말을 이었다.

"멀랜사, 그리고 또 어떤 때 당신은 아주 잔인해 보여요. 사람들이 상처를 받든 곤경에 처하든 무심한 듯 보이죠. 때로는 내가 진짜 불안해질 만큼 매정해 보이는 면도 있어요. 아무튼 미스 허버트하고 있을 때 당신은 가끔 그런 모습을 보였죠. 물론 당신이 여자로서 할 수 있는 모든 일을 다 했다는 걸 알아요, 멀랜사. 진심으로 하는 말인데, 다른 어떤 사람도 병

간호를 그보다 잘할 수는 없었어요. 그렇지만 어떻게 표현해야 할지 모르겠지만, 멀랜사, 당신 태도에는 지독하게 냉정한 느낌을 줄 때가 있어요. 내가 항상 선한 사람들에게서 느꼈던 것하고는 아주 다른 느낌이죠. 그런 느낌이 강하게 들 때 제인 하든이나 미스 허버트가 이래서 당신을 두고 차갑다고 했구나 싶어요. 멀랜사, 그렇다고 해도 여하튼 난 당신하고 참으로 가깝다고 생각해요. 누가 뭐래도 당신한테는 아주 멋지고 대단한 상냥함이 있죠. 난 정말 확실하게 알고 싶어요, 멀랜사. 내가 정말 두려워할 것이 있는지. 한때 난 모든 부류의 여자들에 대해 어느 정도 알고 있다고 자신했어요. 한데 이제 내가 아는 사실은 확실하게 아는 게 없다는 것뿐이에요, 멀랜사. 당신하고 그토록 오래, 그토록 많은 시간을 함께했는데도 말이에요. 난 여전히 당신하고 함께 있는 게 말할 수 없이 좋아요. 내가 생각하는 건 뭐든 늘 당신한테 말할 수 있으니까요. 내가 좀 더 잘 이해할 수 있으면 정말 좋겠어요. 내 진심은 그래요, 멀랜사."

제프가 말을 멈추고 전보다 더 뚫어지게 불을 바라보았다. 생각을 돌이켜보는 듯했던 그의 얼굴이 넌더리나도록 해온 생각을 남김 없이 다 토해 낸 표정으로 바뀌었다. 그는 한참 말없이 그대로 앉아 있었다. 그러다 서서히, 웬일인지 옆에 있는 멀랜사 허버트가 바들바들 떨면서 그 모든 걸 너무 고통스럽게 느끼고 있다는 생각이 밀려들었다.

"아니, 멀랜사."

제프 캠벨이 소리치고는 일어나서 오빠처럼 한 팔로 그녀를 안았다. 멀랜사가 흐느끼면서 비통한 심정을 드러냈다.

"지금까지는 가까스로 참았지만 더는 못 참겠어요, 제프.

제프, 당신한테 조금이라도 기쁨을 줄 수 있다면, 난 당신이 무슨 말을 하든 다 들을 각오가 돼 있어요. 당신은 나에 대해 하고 싶은 모든 말을 할 수 있고요, 그러면 난 그걸 참아내려 애쓸 거예요. 당신이 분명 그러기를 바랄 테니까요. 제프, 하지만 당신은 내게 너무 잔인했어요. 당신이 한 여자를 얼마나 고통스럽게 하는지 조금이라도 안다면, 그 여자한테 잠깐이라도 숨 돌릴 겨를을 줘야 해요. 이따금 한 번이라도. 어떤 여자라도 이런 말을 수시로 듣고 견딜 수는 없어요, 제프. 난 정말 견딜 수 있는 한 참았어요. 그러기를 당신이 바라니까요. 하지만 이제…… 아, 제프. 당신은 오늘 밤 너무 길게 얘기했어요. 당신이 이런 식으로 하는 말을 더는 한순간도 못 참겠어요, 제프. 한 여자를 진정으로 알고 싶다면, 그렇게 잔인해서는 안 돼요. 여자가 얼마든지 참을 수 있다고 생각해서는 안 돼요. 당신은 항상 너무 모질게 몰아붙여요, 제프."

"아, 멀랜사." 제프 캠벨이 기겁을 하며 소리쳤다. 그러고는 아주 부드럽게, 다정하고 강인하고 온화한 오빠처럼 그녀를 진정시키려 했다.

"아이코, 이거 참. 멀랜사, 방금 당신이 한 말이 무슨 뜻인지 난 모르겠어요. 아휴, 멀랜사. 가여운 아가씨. 내가 당신에게 큰 고통을 안길 줄 알면서 한 말이라고 믿는 건 설마 아니죠? 아니, 멀랜사, 나를 인디언이나 다를 바 없다고 생각했다면, 어떻게 나를 좋아할 수 있었어요?"

멀랜사가 그에게 안기며 대답했다.

"난 몰랐어요, 제프. 당신이 나랑 같이하기를 바라는 이유가 뭔지 정말 몰랐다고요. 그래도 당신이 하고 싶은 대로, 원하는 대로 뭐든 하면서 내가 당신을 더 이해할 수 있도록 해 주기를 바랐어요. 난 정말 참으려고 무진 애를 썼어요, 제프. 당신이 나한테 하고 싶은 건 뭐든 할 수 있게 하려고 말이에요."

"세상에, 맙소사! 멀랜사! 난 정말 당신에 대해 아무것도 모르겠어요. 멀랜사, 이 가여운 아가씨."

제프 캠벨이 소리 높여 말하고 나서, 더 가까이 그녀를 끌어안으며 말을 이었다.

"그렇지만 난 정말 당신을 높이 평가하고, 이제 당신을 전적으로 믿어요. 정말이에요. 내가 당신한테 줄곧 해 온 말들이 당신을 아프게 하는 줄은 꿈에도 몰랐어요. 멀랜사, 가엽게도 사랑스러운 아기처럼 떨고 있네요. 마음 풀어요, 멀랜사. 당신 마음을 그토록 아프게 했다니 너무 미안해서 말도 못 하겠어요, 멀랜사. 당신을 아프게 할 뜻이 전혀 없었다는 걸 보여 주기 위해서라면 내가 할 수 있는 일은 뭐든 하겠어요, 멀랜사."

멀랜사가 그에게 매달리며 속삭였다.

"알아요, 알아요. 당신이 좋은 사람이란 걸 알아요, 제프. 당신이 나를 아무리 아프게 해도, 난 늘 당신이 좋은 사람인 걸 알았어요."

"내가 정말로 당신 마음을 아프게 하려고 그토록 심하게 했다고 생각했다면…… 멀랜사, 어떻게 그렇게 생각할 수 있는지 도저히 이해가 안 돼요."

"쳇, 당신은 덩치만 큰 아이예요, 제프 캠벨. 그래서 진짜 마음 아픈 게 어떤 건지 아직 아무것도 몰라요."

눈물을 흘리며 말하던 멀랜사가 웃음을 머금은 얼굴로 그를 보며 덧붙였다.

"있잖아요, 제프. 지금까지 내가 만나 온 사람들 중에, 속

163

속들이 다 알고 나서도 존경심을 품을 수 있는 사람은 한 명도 없었어요. 그런데 이제 비로소 당신을 정말로 잘 알게 됐어요, 제프."

"그 말이 무슨 뜻인지 이해를 못 하겠어요, 멀랜사. 난 다른 많은 흑인들보다 조금도 나을 게 없는 사람이에요. 나를 만나기 전에 그런 사람을 못 만난 건 단지 운이 없어서일 거예요, 멀랜사. 난 정말 그렇게 좋은 사람이 아니에요, 멀랜사."

"쉿, 당신은 자신이 어떤 사람인지 아무것도 몰라요, 제프."

"어쩌면 당신 말이 맞을지도 몰라요, 멀랜사. 앞으로 더는 당신이 내게 하는 말이 옳지 않다고 하지 않을게요."

제퍼슨이 한숨을 쉬고 나서 웃었다. 그 뒤 두 사람은 한동안 말없이 있다가 좀 더 다정하게 서로를 대했다. 그리고 늦은 밤에 이르러 헤어졌다.

이즈음 몇 달 동안 제프 캠벨은 인자한 어머니에게 멀랜사 허버트에 대해 아무런 얘기도 하지 않았다. 어쩌다 보니 그즈음 그녀를 부쩍 자주 만나는 일은 비밀이 되었다. 멀랜사 또한 다른 친구들 누구에게도 그를 만나고 있다는 얘기를 하지 않았다. 이들 둘 다 서로 많은 시간을 함께하는 걸 비밀로 했지만, 사실 두 사람의 만남을 어떻든 더 힘들게 할 사람은 아무도 없었다. 제프 캠벨은 어쩌다 그들이 만나는 일이 그렇게 비밀스러워졌는지 영문을 알 수 없었다. 멀랜사가 그러기를 원하는지도 몰랐고. 제프는 멀랜사와 그런 얘기를 해 본 적이 없었다. 그냥 이심전심으로, 두 사람이 그토록 많은 시간을 함께하는 사실을 아무도 알아서는 안 된다고 여기게 된 듯했다. 언제나 그들 둘이서만 있어야 한다고, 그래서 두 사람이 늘 서로에게 하는 말의 의미를 함께 알아가야 한다고.

제퍼슨은 멀랜사에게 자주 그의 인자한 어머니에 대해 얘기했다. 그렇지만 자신의 어머니를 만나 보고 싶지 않느냐는 말은 단 한 번도 꺼낸 적이 없었다. 제퍼슨은 그들이 만나는 일이 어쩌다 그처럼 비밀스럽게 됐는지 결코 알지 못했다. 멀랜사가 정말로 그러기를 원하는지도 알 길이 없었고. 그저 그의 성격대로, 멀랜사가 그러기를 바라겠지 생각하며 비밀로 했다. 그렇게 계속 둘이서만 만나 함께하는 사이, 바야흐로 봄이 찾아왔고, 두 사람은 야외로 나가 여기저기 돌아다녔다.

두 사람은 많은 날을 함께하며 아주 행복한 시간을 보냈다. 제프는 날이 갈수록 멀랜사를 좋아하는 마음이 커져 갔다. 이제 확실히 그의 마음속에서 진정 깊은 감정이 싹터 올랐다. 그리고 여전히 그는 멀랜사에게 제 생각을 말하기를 좋아했다. 또 그런 모든 얘기를 하는 게 얼마나 좋은지, 그녀와 함께하며 언제든 자신의 생각을 얘기하는 게 얼마나 좋은지 즐겨 얘기했다. 어느 날, 제프는 돌아오는 일요일에 멀랜사와 함께 눈부신 들판으로 나가 온종일 둘이서만 행복한 시간을 보내기로 계획을 세웠다. 그런데 그 바로 전날, 제인 하든에게서 왕진을 와 달라는 요청이 왔다.

제인 하든은 종일 심하게 앓았다. 제프 캠벨은 그녀가 낫도록 할 수 있는 모든 걸 했다. 얼마 후 제인은 좀 편해졌는지 제프에게 멀랜사에 대한 얘기를 시작했다. 제인은 제프가 멀랜사를 자주 만나고 있다는 사실을 몰랐다. 그즈음 멀랜사를 만난 적이 없기 때문에. 제인은 멀랜사를 처음 알게 됐을 때 얘기부터 시작했다. 그 당시 멀랜사가 얼마나 분별력이 없었는지부터. 그때 멀랜사는 어렸어도 꽤 똑똑했다. 제인 하든은 멀랜사가 결코 똑똑하지 않다고 말하지는 않았지만, 그 당시 멀랜사는 분명 사리 분별을 제대로 못 했다. 제인은 제프 캠벨에게 자신이 하나부터 열까지 멀랜사를 어떻게 가르쳤는지 떠벌리기 시작했다. 그러고 나서는 멀랜사가 그런 모든 것을 얼마나 열심히 배워 갔는지 세세하게 말했다. 그 둘이 얼마나 배회하고 다녔는지도 빼놓지 않았고. 그런 다음 멀랜사가 예전에 제인 하든 자신을 얼마나 사랑했었는지 모른다는 얘기로 옮겨 가서는, 멀랜사가 그녀와 함께 써먹었던 온갖 부적절한 방식을 속속들이 얘기했다. 듣기로는 멀랜사가 자신을 떠난 후에도 계속 그러고 다녔다는 얘기도 했고. 제인 하든은 멀랜사가 만난 각양각색의 남자들, 백인들과 흑인들에 대해서도 얘기했다. 멀랜사는 그처럼 특별히 가리는 게 없었다면서 지나가는 말로 멀랜사가 나쁜 여자였다는 말은 아니라고, 심성은 좋았다고 덧붙였다. 제인 하든은 멀랜사가 머리가 안 좋다는 말을 결코 하지 않았지만, 자신에게 배운, 세상을 알아 가는 모든 방식을 늘 써 보고자 했고, 언제든 모든 것을 알고 싶어 했으며, 사람들은 그녀에게 가르침을 주는 방법을 알았다고 말했다.

　제인으로 인해 제프 캠벨은 더욱 분명하게 깨닫기 시작했다. 제인 하든은 이 모든 얘기로 사실상 그녀가 무슨 일을 하고 있는지 몰랐다. 제프가 어떤 감정을 느끼고 있는지 몰랐다. 제인은 얘기할 때 언제든 숨기는 법이 없었다. 이번에도 그냥 멀랜사 허버트와 함께했던 지난 시절의 얘기를 시작한 것뿐이었다. 제프는 제인이 하는 말이 다 사실임을 알았다. 제프 캠벨은 이제 명확하게 이해하기 시작했다. 속이 울렁거렸다. 이제 그는 멀랜사가 아직 자신에게 알려 주지 않은 많은 것들을 알게 되었다. 속이 울렁거리고, 심장이 내려앉았다. 그리고 멀랜사가 추악해 보였다. 제프는 마침내 깊은 감정을 갖는다는 것이 어떤 건지 알아 가기 시작했다. 그는 좀 더 제인 하든을 돌봐 주고 나서, 다른 환자들을 보러 갔다. 그러고는 집으로 돌아간 뒤 방에 들어가 앉아서야 생각을 멈추었다. 마음이 아프고 무거웠다. 기운이 빠지고, 온 세상이 음울해 보였다. 그는 이제 마침내 그가 느끼는 감정을 확연히 알았다. 마음에 입은 상처를 통해 그 감정을 알게 되었다. 이제 드디어 정말로 분별력을 갖게 되기 시작했음을 알았다. 그다음 날은 그가 멀랜사와 단둘이 봄이 찾아온 들녘을 거닐며 오래도록 행복한 시간을 보내기로 한 날이었다. 그는 갈 수 없다는 짤막한 편지를 써서 멀랜사에게 보냈다. 아픈 환자가 있어서 그 사람 집에 가야 한다고. 그 후 사흘 동안 그는 멀랜사에게 아무런 기별도 하지 않았다. 이 무렵 내내 그는 참으로 괴롭고, 마음이 너무나 무거웠다. 그리고 이제 마침내 깊은 감정을 갖는다는 것이 어떤 건지 잘 알게 되었다.

며칠 후 제프는 멀랜사로부터 편지를 받았다.

당신이 지금 나한테 하는 행동을 도무지 이해하지 못하겠어요, 제프 캠벨. 요 며칠 왜 나를 멀리하는지 전혀 이해할 수 없지만, 선한 삶을 추구하며 갑자기 자책에 빠져들곤 하는 당신의 그 별스러운 버릇이 또 나왔으리라 능히 짐작이 가요. 선한 제프 캠벨이 되고자 당신이 취하는 태도를 높이 산다는 말은 물론 아니에요. 캠벨 선생님, 미안하고 참으로 유감이지만, 당신이 내게 보이는 태도를 이제 더는 못 참겠습니다. 내가 누구하고든 함께하기에 조금도 부족함이 없는 사람처럼 여기는 듯하다가, 돌연 내가 아주 형편없는 사람인 양 걸핏하면 무시하는 태도를 더는 참을 수가 없어요. 캠벨 선생님, 정말 유감이지만 그런 걸 더는 못 참겠어요. 툭하면 변하는 당신 태도를 더는 참을 수가 없어요. 정말 유감이지만 당신은 누군 가로 하여금 늘 함께하고 싶은 마음이 사뭇 들게끔 하는 그런 남자 가 못 돼요. 캠벨 선생님, 정말 심히 유감이지만 난 이제 다시는 당 신을 보고 싶지 않아요. 잘 지내요, 늘 행복하기를 바랍니다.

　제프 캠벨은 편지를 다 읽은 뒤, 한참 동안 꿈쩍도 않고 그 의 방에 앉아 있었다. 가만히 앉아 있자니 처음에는 화가 치밀 었다. 그토록 괴로운 마음이 무엇 때문인지 전혀 모르는 것처 럼. 멀랜사가 진정으로 원하는 게 뭔지 몰랐을 때도 그녀와 함 께하고 싶은 마음이 강렬했지만, 마치 그렇지 않았던 것처럼 화가 났다. 그는 화가 나는 것이 당연하다고 생각했다. 실은 자신이 겁쟁이가 아니었음을 알았으니까. 그가 용서하기 힘 든 많은 일들을 멀랜사가 저질렀음을 알았으니까. 그가 최선 을 다해 그녀에게 친절했고, 그녀를 믿었고, 그녀한테 충실했 음을 아주 잘 알았으니까. 그리고 이제…… 문득, 멀랜사가 너 무나 큰 상처를 받았던 어느 날 밤이 제프의 머릿속에 떠올랐 다. 그리고 그녀의 사랑스러움도 다시 생각났다. 그러면서 제 프는 자신이 늘 그녀를 용서한다는 것을 깨달았다. 그녀에게 상처를 주면 후회뿐임을 깨달았다. 곧장 달려가서 그녀를 위 로하고 싶었다. 제프는 제인 하든이 멀랜사에 대해 했던 말이, 그녀의 부도덕한 행실에 대해 했던 말이 사실임을 모르지 않 았다. 그럼에도 멀랜사와 함께하고 싶은 마음이 간절했다. 그 가 그런 일을 제대로 포용하도록 그녀가 이끌어 줄지도 몰랐 다. 어떻게 그런 일이 전부 사실일 수 있는지 알려 줄지도 몰 랐고, 그럼에도 그가 그녀를 믿고 신뢰할 방법을 가르쳐 줄지도 몰랐다.

제프는 앉아서 멀랜사에게 답장을 쓰기 시작했다.

멀랜사에게,

당신이 보낸 편지를 막 읽었어요. 물론 당신이 편지에서 한 말이 다 맞다고 생각하진 않아요. 내가 항상 당신을 믿고 신뢰하기 위해 지속적으로 감내해야 하는 모든 고통을, 당신이 제대로 안다거나 이해하고 있다고도 물론 생각하지 않아요. 나처럼 늘 생각에 잠기는 남자 입장에서, 당신이 몹시도 부도덕한 행위를 수없이 저질렀다는 생각을 하지 않기가 얼마나 힘든지를 기억할 만큼, 당신이 항시 공정하다고도 물론 생각하지 않고요. 멀랜사, 당신이 보낸 편지를 받고 화가 치밀어 올랐을 때, 그런 내가 옳지 않았다는 생각도 물론 하지 않아요. 멀랜사, 난 겁쟁이가 결코 아니었음을 이제 잘 압니다. 당신과 함께하는 일에 있어서는요. 나로서는, 당신이 정말로 원하는 게 뭔지 알아내기도, 당신이 늘 내게 하는 말이 무슨 뜻인지 이해하기도 참으로 어렵습니다. 달리 뭐라고 말한 적은 없지만 참 어렵죠. 그렇다고 어느 쪽이든 당신이 늘 이끌어 가는 길로 빨리 따라가지 못하는 나를 참아내는 당신은 힘들 게 없을 거란 말은 아니에요. 멀랜사, 잘 알겠지만, 내가 피치 못하게 당신 마음을 아프게 할 때는 내 마음도 지독히 아파요. 하지만 난 항상 당신한테 솔직할 수밖에 없었어요. 내가 당신과 함께하려면 다른 방법이 없으니까요. 내가 당신이 바라는 길로 빨리 따라갈 수 없을 때는, 그런 나 때문에 나 역시도 괴로워요. 난 당신한테 겁쟁이가 되고 싶지 않아요, 멀랜사. 내가 당신한테 의미 없는 사람이라고 말하고 싶지도 않고요. 멀랜사, 만일 내가 솔직하기를 바라지 않는다면, 그러면 난 당신하고 대화할 수 없어요. 그리고 다시는 나를 보고 싶지 않다고, 당신이 말한 대로 되겠죠. 하지만 내가 늘 당신한테 어떤 감정을 느껴 왔는지를 당신이 진정으로 의식하고 있다면, 내가 당신한테 맞춰 생각하고 느끼려고 얼마나 애써 왔는지를 당신이 올바로 의식하고 있다면, 그렇다면 기꺼이 당신을 만나러 가서 당신과 다시 시작하겠어요. 멀랜사, 당신을 만난 이후로 이번 주 내내 내 마음이 얼마나 안 좋았나 하는 얘기는 하지 않을게요. 그런 얘기를 해 봐야 소용없으니까요. 멀랜사, 내가 당신한테 최선을 다한다는 게 내가 아는 전부예요. 내가 세상을 이해할 수 있도록 가르쳐 주는 당신의 방식이 옳다고 생각되는 한, 거짓 없는 마음으로 되도록 빨리 따라가는 것 외에, 내가 달리 뭔가를 할 수 있다는 말은 아니에요. 결코 아니에요. 멀랜사, 그러니까 내가 걸핏하면 변덕을 부린다는 어리석은 말은 하지 말아요. 난 절대 변덕스럽지 않아요. 내 생각에 옳은 일을 하고, 나 자신에게 솔직하려 했을 뿐, 절대로 말을 바꾼 적이 없어요. 내가 늘 그러려고 한 걸 당신도 언제나 충분히 알았잖아요. 내일 내가 당신을 만나러 가서, 당신과 데이트하기를 바란다면, 기꺼이 그렇게 할게요, 멀랜사. 내가 당신을 위해 어떻게 하길 바라는지 곧바로 알려 줘요, 멀랜사.

진심을 담아, 제퍼슨 캠벨.

내게 와 줘요, 제프.

멀랜사는 짧은 답장을 보냈다. 제프는 기쁘면서도, 여전히 괜스레 꾸물거리며 멀랜사에게 갔다. 기다리고 있던 멀랜사는 그의 모습이 보이자 쏜살같이 달려 나와 그를 맞았다. 두 사람은 함께 집으로 들어갔다. 그리고 다시 만난 것을 기뻐하며 서로에게 더없이 다정하게 대했다.

두 사람이 얘기를 나누기 시작했을 때, 제프 캠벨이 멀랜사에게 말했다. "멀랜사, 이번엔 정말로, 당신이 다시 나를 보고 싶어 하는 마음이 전혀 없구나 생각했어요. 당신 편지를 보고 어쩌면 이번엔 정말로 다 끝난 걸지 모른다는 생각이 들었어요. 난 다시는 당신과 함께할 수 없을 거라고 말이에요. 그래서 미치도록 화가 나고, 또 너무 미안했어요, 멀랜사."

"뭐, 당신이 분명 나한테 좀 심하긴 했죠, 제프 캠벨."

멀랜사가 다정스럽게 말했다.

"당신 말이 틀릴 수도 있다는 말은 정말이지 다시는 하지 않을게요."

제프가 대답하고는 그제야 밝게 웃었다.

"정말 더는 그런 말을 하지 않을게요, 멀랜사. 당신 말이 옳지 않다는 걸 안다고 해도. 하지만 아직도 실은, 멀랜사, 솔직히 당신이 나를 안 보겠다고 할 만큼, 내가 당신한테 그렇게 심하진 않았다고 생각해요."

제프가 멀랜사를 끌어안고 키스했다. 그러고는 한숨을 쉬고 나서 아무 말도 하지 않았다. 이윽고 그가 다시 웃음을 띠고 말했다.

"저기, 멀랜사. 있잖아요, 멀랜사. 어쨌든 다시는 나를 보지 않겠다는 말을 해선 안 돼요. 우리가 진정한 친구로 함께하려고 힘겹게 애써 온 걸 부정할 순 없어요. 그렇게 말하면 결코 안 돼요. 우리가 진심으로 그걸 받아들일 수 있으면, 우리는 마땅히 만남을 이어 가게 될 거예요."

"우린 정말 힘겹게 애써 왔어요, 제프. 당신 말이 틀렸다고 말할 순 없죠. 결코 그 말을 부정할 순 없어요. 당신으로 인해 떠안게 된 온갖 고민 때문에 지칠 대로 지쳤지만요. 당신은 나쁜 남자예요, 제프."

멀랜사가 웃다가 한숨을 지었다. 그러고는 침묵을 지켰다.

마침내 제프가 떠나야 할 때가 되었다. 그들은 한참 계단에 서서 작별을 아쉬워했다. 마침내 제프가 작별 인사를 했다. 그런 다음 발걸음을 돌려 계단을 내려가서 떠났다.

그들은 그다음 일요일에 야외로 나들이를 가서 여유롭고 행복한 하루를 보내기로 했다. 제인 하든의 말 때문에 지난번 놓쳤던 시간을 다시 갖기로 한 것이다. 제프가 멀랜사 허버트에게 제인 하든이 한 말을 털어놓지는 못했지만.

제프는 이제 매일 멀랜사를 만났다. 이즈음 내내 제프의 마음 한편엔 불안이 자리했다. 그가 아주 떠나고 싶은 마음까지 들게 했던 일에 대해 아직 멀랜사에게 얘기를 못 했기 때문이다. 제프는 그녀에게 말하지 않는 건 옳은 일이 아니라고 생각했다. 그가 솔직하게 사실대로 얘기를 했을 때 비로소 그들 사이에 진정한 평화가 올 수 있음을 모르지 않았다. 제프는 돌아오는 일요일에는 꼭 그녀에게 얘기하리라 다짐했다.

일요일, 두 사람은 온종일 이리저리 거닐며 행복한 시간을 보냈다. 함께 먹을 것도 준비해 갔다. 그들은 햇빛이 눈부신 들녘에 앉아 있어도 행복했고, 숲속을 헤매고 다녀도 행복했다. 제프는 늘 이렇게 다니는 걸 좋아했다. 자라나는 모든 것을 살펴보기를 언제나 좋아했다. 관목 숲과 대지 위에 펼쳐진 모든 색도 좋아했고. 축축한 땅에서, 그가 즐겨 눕곤 하는 풀밭에서 부지런히 찾아낸 반짝이는 빛깔의 작고 신기한 벌레들도 좋아했다. 제프는 움직이는 것이든 한자리에 붙어 있는 것이든, 색깔과 아름다움과 생명력을 가진 모든 것을 좋아했다.

제프는 둘이서 이리저리 거닐며 보내는 시간이 마냥 좋았다. 여전히 그의 마음 한편을 짓누르는 문제를 잊을 정도였다. 제프는 멀랜사 허버트와 함께하는 시간이 그저 좋았다. 그녀는 언제나 그와 한마음으로 그가 찾아낸 모든 것을 함께 보고, 그가 말해 주는 모든 얘기에 귀를 기울이고, 그가 이 모든 것에서 얻는 즐거움을 같이 느꼈다. 다른 뭔가를 원한다는 말을 단 한 번도 하지 않았다. 처음으로 종일 여기저기 거닐며 함께한 활기차고 행복한 하루였다.

나중에 지쳤을 때, 멀랜사는 땅바닥에 주저앉았고, 제프는 그녀 옆에 몸을 쭉 펴고 드러누웠다. 말없이 누워 있던 제프가 그녀의 손을 잡고 키스하며 속삭였다.

"멀랜사, 당신은 분명 좋은 사람이에요."

멀랜사는 대답 없이 그 말을 가슴 깊이 느꼈다. 제프는 한참 동안 그대로 누워 하늘을 올려다보았다. 위로 보이는 작은 나뭇잎들을 세어 보기도 하고, 흘러가는 조각구름을 눈으로 쫓기도 했다. 하늘 높이 날아가는 새들을 지켜보기도 했고. 그러는 내내 제프는 일주일 전에 제인 하든에게 듣고 알게 된 것을 멀랜사에게 말해야 한다고 생각했다. 그 얘기를 분명 해야 한다는 것을 제프는 잘 알았다. 쉽지 않은 일이지만, 제프가 잊으려면 얘기를 해야만 했다. 진정으로 멀랜사를 알 수 있는 유일한 길은, 그가 그녀를 알기 위해 얼마나 애써 왔는지 밝히고, 그녀에게 그의 문제를 좀 더 잘 이해할 수 있도록 도와 달라고 말하고, 어떻든 다시는 그녀를 의심하지 않게 되는 것뿐이었다.

제프는 한참 말없이 누워 하늘을 올려다보면서, 이제 멀랜사와 아주 가깝다고 느꼈다. 이윽고 그가 고개를 돌려 그녀의 손을 더 힘주어 잡고, 더욱 강렬하게 친밀함을 느끼면서 아주 천천히, 몹시도 하기 힘든 말이었기에, 천천히 그녀에게 얘기를 시작했다. 뜸을 들이며 천천히.

"멀랜사. 멀랜사, 지난주에 내가 왜 연락을 끊고, 다시는 당신을 못 보게 될 뻔했는지 말해야만 할 것 같아요. 제인 하든이 아파서 치료해 주러 왕진을 갔는데, 제인이 당신에 대해 아는 얘기를 다 했어요. 내가 이제 당신을 얼마나 잘 아는지 몰랐던 거죠. 난 얘기를 그만하라고 막지 않고, 당신에 대해 하는 말을 다 들었어요. 물론 그런 얘기를 듣기가 쉽진 않았어요. 제인 하든이 당신에 대해 하는 말이 모두 사실이란 걸 알았으니까요. 멀랜사, 난 당신이 방종하게 살았다는 걸 알게 됐어요. 흑인들이 쾌락을 좇으며 사는 건 언제든 보고 싶지 않은데, 당신이 그렇게 살았다는 걸 알게 됐죠. 제인 하든한테 얘기를 듣기 전까지는 당신이 그렇게 부도덕했다는 걸 몰랐어요, 멀랜사. 제인 하든의 말을 들으면서 속이 울렁거렸어요. 나도 어쩌면 멀랜사, 당신한테 그런 남자들 중 하나일지 모른다고 생각하니 견디기 힘들었어요. 당신을 믿지 못한 내 탓일 수 있지만, 그 얘긴 너무 추악해 보였어요. 난 지금 솔직해지려고 하는 거예요, 멀랜사. 당신이 늘 내가 그러길 바란다고 말한 대로."

멀랜사는 제프 캠벨에게서 손을 뺐다. 그대로 앉아 있는 그녀의 노기 서린 얼굴에 짙은 냉소가 드리워졌다.

"제프 캠벨, 그저 이기적일 뿐 시답잖은 사람이 아닌 다음에야 나한테 그런 얘기를 이런 식으로 할 생각은 하지 않았을 거예요."

제프는 잠시 선뜻 대답을 못하고 머뭇거렸다. 멀랜사가

한 말의 힘 때문에 대답을 못 한 건 아니었다. 그 말에 대해서는 답할 수 있었다. 그는 멀랜사가 뿜어내는 분위기의 힘에 눌려 대답하지 못했다. 마침내 그가 위압감을 떨쳐 내고, 서서히 대항할 의지를 굳히며 대답했다.

"멀랜사, 내 말은, 제인 하든한테 얘기를 그만하라고 막고 당신한테 가서, 내가 당신을 전혀 몰랐을 때 당신이 어떤 사람이었는지 직접 말해 달라고 하지 않은 것이 잘했다는 말은 아니에요. 그렇게 하지 않은 게 옳았다는 말이 아니라고요. 전혀, 절대로. 그런 뜻이 아니에요. 하지만 의문의 여지 없이 내가 확실하게 아는 게 있어요. 당신이 어떤 사람인지, 어떻게 살아왔는지, 어떤 방법으로 세상을 배워 왔는지, 배운 것을 어떻게 쓰려고 했는지를 알 충분한 권리가 내게 있다는 거예요. 난 멀랜사, 당신에 대해 그런 사실들을 알 권리가 있어요, 그건 분명한 사실이에요, 멀랜사. 누차 얘기하지만, 제인 하든의 말을 끊고 당신한테 가서 직접 사실대로 말해 달라고 부탁했어야 할 필요가 없었다는 말도 아니에요. 다만 당신한테 직접 얘기를 들으면 내 마음이 얼마나 더 아플지 몰라서 그러고 싶지 않았던 것 같아요. 당신 입으로 직접 나한테 그런 얘기를 하면, 당신이 너무 큰 상처를 받게 될까 봐, 그러고 싶지 않았던 것 같기도 하고요. 나도 잘 모르겠어요. 당신이 상처받지 않게 하기 위해서였는지, 내가 상처를 덜 받기 위해서였는지. 어쩌면 내가 겁쟁이라 곧바로 당신한테 가서 말해 달라고 하지 않고, 제인 하든이 하는 말을 끝까지 듣고 있었는지도 몰라요. 하지만 누가 뭐래도 분명한 건, 나는 당신에 대한 사실들을 알 권리가 있다는 거예요. 멀랜사, 당신에 대해 그런 것들을 알 권리가 나한테 없다고는 결코 생각하지 않아요."

멀랜사가 귀에 거슬리는 소리로 웃었다.

"제프 캠벨, 나한테 그런 얘기를 해 달라고 했어야 하나 하는 걱정은 조금도 할 필요가 없었어요. 당신이 나한테 그런 걸 말해 달라고 했어도, 난 아무런 상처도 받지 않았을 테니까요. 난 절대로 당신한테 아무 얘기도 하지 않았을 거예요."

"글쎄요, 그건 장담할 수 없어요, 멀랜사. 난 분명 당신이 나한테 말했을 거라고 생각해요. 당신이 나한테 말하는 게 옳다고 느끼도록, 내가 설득할 수 있다고 생각하거든요. 내가 잘못한 건, 제인 하든이 얘기하도록 놔둔 것뿐이라고 생각해요. 그리고 그녀가 말해 준 걸 알게 된 것은, 결코 내 잘못이 아니란 걸 분명히 하고 싶어요, 멀랜사. 내가 당신한테 갔다면, 당신은 나한테 전부 다 얘기해 줬을 거예요. 분명히 그랬을 거라 생각해요."

제프가 말을 그쳤다. 그들 사이에 이런 격렬한 싸움의 불씨가 도사리고 있었다. 그들 사이에 언제나 계속될 것이 분명한 싸움이었다. 그들의 생각과 마음이 항상 다른 방향으로 움직이면서, 그들 사이에 끊임없이 계속될 것이 분명한 싸움이었다.

마침내 멀랜사가 그의 손을 잡고 몸을 굽혀 키스했다. 그리고 속삭였다.

"내가 정말 당신을 많이 좋아하나 봐요, 제프 캠벨."

그러고 얼마 동안은 제프 캠벨과 멀랜사 허버트 사이에 아무 문제가 없었다. 그들은 자주 만났고, 만나면 몇 시간씩 함께했다. 그리고 두 사람 모두 함께하는 것에 큰 기쁨을 느꼈다.

바야흐로 여름이 되었고, 그들은 따스한 햇볕 아래서 이리저리 돌아다녔다. 여름이 되면서 제프 캠벨은 야외로 나가 거니는 시간이 더 많아졌다. 흑인들이 여름에 병이 나는 일이 별로 없기 때문이었다. 여름이 되고, 온 사방에 정겨운 적막이 흐르기도 하고, 온갖 정겨운 소리 또한 그들 주변에서 들려오면서, 따사로운 나날을 함께 즐기는 그들에게 기쁨을 더했다.

이즈음 둘은 서로 많은 얘기를 나누지 않았다. 제프 캠벨과 멜랜사 허버트는. 하지만 이때 그들이 나누는 얘기는 날이 갈수록 점점 더 진짜 연인들의 대화 같아졌다. 이제 제프는 전처럼 늘 했던 생각에 대해 별말을 하지 않았다. 때로는 멜랜사와 함께하기 위해 자신만의 생각에서 막 빠져나온 듯했지만, 실은 오랜 시간 줄곧 그녀와 함께 있었음을, 어떤 생각도 하고 있지 않았음을 깨닫곤 했다.

이 따뜻한 여름날, 제프는 때로는 멜랜사와 다정하게 여기저기 거닐며 얘기를 나누면서 마냥 즐거웠고, 또 어떤 때는 강렬한 감정에 휩싸였다. 이제 정말 자주, 아니 언제나 그는 자신의 감정에서 더 큰 기쁨을 느꼈고, 어떻게 생각했는지 무엇을 생각했는지를 아예 잊어버린 자신을 깨달았다. 멜랜사는 언제나 그가 자신의 감정을 느끼도록 하는 것을 굉장히 좋아했다. 그녀는 이제 항상 웃음 띤 얼굴로, 전에는 언제나 생각에 잠겨 있던 그가 이제는 항상 감정이 이끄는 대로 그녀에게 더없이 다정하게 대한다며 놀렸다. 그러고는 능숙하게, 거리낌 없이, 순수하면서도 강렬한 손길로, 이제는 그녀가 아주 잘 아는 사랑을 그에게 모두 쏟아부었다. 그가 아무리 많은 사랑을 원해도 언제나 채워 주었다.

제프는 이제 사랑을 그대로 받아들였다. 사랑을 즐겼고, 이 모든 사랑의 기쁨을 강렬히 느꼈으며, 사랑이 부풀어 올라 그의 마음을 가득 채웠다. 그러면 그는 그 사랑을 다시 그녀에게 모두 쏟아부었다. 자유롭게, 부드럽게, 기쁨에 취해, 다정한 오빠처럼 어루만지면서. 그리고 멀랜사는 그렇게 해 주는 그를 사랑했다. 이전에 그녀가 알았던 모든 남자들이 항상 그랬던 것과 달리, 결코 추악하게 굴지 않는 제프 캠벨을 그녀는 사랑했다. 너무도 따뜻하고 긴 여름날, 그들은 이처럼 새롭게 싹튼 감정을 품고, 언제나, 갈수록 점점 더 그것을 즐겼다. 이제 그들은 늘 함께했다. 이 둘은 더욱더 서로를 소중히 여겼다. 둘이서 거니는 여름날 저녁, 활기 넘치는 거리에서 들려오는 소리, 오르간 소리, 흥겨운 춤사위, 사람들과 개들과 말들의 푸근한 냄새, 강렬하고 달콤 쌉쌀하고 우중충하고 습하고 따스한 흑빛 남부의 여름을 즐기면서.

이제 날마다 제프는 진정한 사랑에 조금씩 가까워지는 듯 보였다. 이제 날마다 멀랜사는 더 거리낌 없이 그에게 사랑을 모두 쏟아부었다. 이제 나날이 그들의 강렬하고 진실한 감정이 점점 더 커지는 듯했다. 이제 날마다, 점점 더, 그들은 서로를 느끼는 감정이 어떤 것인지 더욱 분명하게 알아 가는 것 같았다. 이제 날마다 점점 더 제프는 자신의 마음속에서 신뢰감이 쌓이는 걸 느꼈다. 이제 날마다 점점 더, 제프는 늘 하는 생각을 말하려 하지 않았다. 이제 날마다 점점 더, 멀랜사는 제프에게 자신의 진실하고 강렬한 감정을 드러냈다.

어느 날, 두 사람은 새로운 감정이 싹튼 이후 그 어느 때보다 더 큰 기쁨에 젖어 있었다. 그날 종일 두 사람은 따뜻한 햇볕 속을 돌아다녔다. 그러고 나서 눈부신 햇살 아래 푸른 물결이 아른거리는 풀밭에 누워 쉬는 중이었다.

그런데 이때 그들에게 무슨 일이 생긴 걸까? 멀랜사가 무엇을 어쨌기에 그들 사이의 모든 것이 그토록 추악해진 것이었을까? 멀랜사의 분위기가 어땠기에 제프로 하여금 제인 하든에게 멀랜사가 세상을 이해하는 법을 어떻게 배웠는지 얘기를 들었을 때 느꼈던 모든 감정을 되살아나게 한걸까? 제프는 어떻게 자신에게 그런 감정이 일어났는지 몰랐다. 제프에게 그날은 마냥 푸르고, 따뜻하고, 아름다웠다. 그런데 이때 어쨌거나 멀랜사가 그 모든 것을 너무도 추악하게 만들었다. 멀랜사는 지금 그와 무엇을 하고 있는 걸까? 그는 자신은 물론 모든 흑인들이 항상 올바른 길을 따라야 한다고 생각했는데, 그 올바른 길이란 것은 대체 어떤 것일까? 왜 이때 멀랜사 허버트가 그에게 그토록 추악해 보인 걸까?

여하튼 멀랜사 허버트로 인해 그는 바로 그때 그녀가 그에게서 바라는 것이 무엇인지 강렬히 느끼게 되었다. 제프 캠벨은 이때 사람들이 세상을 알아가기 위해 필요로 하는 것이 무엇인지 직감했다. 그러고는 심한 역겨움이 밀려오는 것을 느꼈다. 그 옆에 있는 멀랜사 때문도, 그 자신에 대한 생각 때문도, 모든 사람들이 속으로 원하는 그것 때문도 아니었다. 그가 역겨움을 느낀 이유는 진정으로 올바르게 세상을 이해하기 위해 자신이 원하는 것이 무엇인지 결코 알 수 없어서였다. 그가 역겨움을 느낀 이유는 자신이 예전에 믿었던 것들, 그 자신과 모든 흑인들을 위해 믿었던 것들을 알 수 없어서였다. 항상 새로운 것들을 원하면서 끊임없이 쾌락만을 좇으려고는 하지 않는, 온전한 삶을 이어 가려면 그가 늘 따라야 할 진정 올바른 길이 무엇인지 결코 알 수 없어서였다. 그러더니 전에 했던 모든 생각들이 그의 마음속에서 선명하게 되살아났다. 그 순간 그는 고개를 돌리고 멀랜사를 밀어냈다.

제프는 그때까지도 무엇이 자신의 마음을 돌렸는지 전혀 몰랐다. 그때까지도 멀랜사가 솔직하게 그녀 본연의 모습일 때 어떤 사람인지 정말로 알고 있다고 확신할 수 없었다. 알고 있다고 생각하다 보면, 꼭 이번처럼 정신이 번쩍 들어 모른다는 생각이 고개를 드는 순간이 찾아왔다. 그러면 그는 정말로 아무것도 알 수 없음을 깨달았다. 그러면 그는 그녀가 정말로 자신에게 원하는 것이 무엇인지 결코 알 수 없음을 깨달았다. 그러면 그는 마음속으로 느꼈던 감정이 무엇인지 결코 알 수 없음을 깨달았다. 머릿속이 뒤죽박죽이었다. 그가 아는 것이라고는 멀랜사가 거기, 자신의 옆에 있기를 간절히 바라면서도 한편으로는 그녀를 밀어내고 싶은 마음 또한 크다는 것뿐이었다. 그와 함께하며 멀랜사가 진정으로 원하는 것은 진정 무엇일까? 제프 캠벨 자신은 그녀가 자신에게 무엇을 주기를 바라는 걸까? 제프 캠벨은 속으로 중얼거렸다. '난 이제 내가 원하는 게 뭔지 제대로 알게 됐다고 믿었어. 이제 정말 멀랜사와 신뢰를 쌓아 가는 법을 안다고 생각했지. 멀랜사와 함께 그 많은 시간을 보내고 나니 이제 확실히 알게 됐다고 믿어 의심치 않았어. 그런데 지금 내가 분명하게 알 수 있는 건, 내가 멀랜사에 대해 진정 알아야 할 건 아무것도 모른다는 거야. 아, 하나님! 도와주세요! 저를 지켜 주세요!' 제프는 속으로 절규하며 풀숲 깊이 얼굴을 묻었다. 멀랜사 허버트는 말없이 그의 옆을 지키고 있었다.

제프가 고개를 돌려 그녀를 보았다. 그의 옆에 조용히 누워 있는 그녀의 얼굴 위로 쓰라린 눈물이 흘러내리고 있었다. 제프는 너무도 미안해졌다. 멀랜사가 자신에게서 깊은 상처를 받을 때면 언제나 그러듯이, 그는 미안한 마음에 사로잡혀 어쩔 줄 몰라 하며 다정하게 말했다.

"당신한테 또 이렇게 못되게 굴려는 의도는 없었어요, 내 사랑 멀랜사. 당신한테 이렇게 못되게 굴려는 마음은 정말 조금도 없었어요. 난 정말 모르겠어요, 멀랜사. 정녕 당신을 아프게 하고 싶은 마음이 조금도 없는데, 왜 가끔씩 당신한테 이런 행동을 하게 되는지. 그렇게 모질게 굴려고 의도하는 게 정말 아닌데, 내가 당신한테 무슨 짓을 하는 건지 깨닫기도 전에 불쑥 그러고 말아요. 당신한테 이토록 못되게 굴어서 정말 미안해요, 내 사랑 멀랜사."

멀랜사가 가라앉은 목소리로 씁쓸하게 대꾸했다.

"내가 생각하기에는요, 제프, 내 생각에는 언제나 당신은 우리 둘이 함께하는 것을 부끄러워해야 마땅하다고 생각하는 것 같아요. 그런데 내가 그렇게 느끼도록 할 방법이 전혀 안 보인다고 생각하는 게 분명해요. 그래서 그런 방법이 전혀 떠오르지 않을 때마다 나한테 그처럼 못되게 구는 거예요. 당신이 나를 대하는 방식을 내가 제대로 이해한 거라면, 그런 때 나한테 못되게 구는 거예요. 내가 지금 하는 말이 분명 맞아요, 제프 캠벨. 당신이 나한테 그토록 못되게 굴 때 보면, 당신은 어쨌든 이제 더는 나를 신뢰하지 않는 게 분명해요. 안 그래요? 지금 내가 제프, 당신한테 하는 말이 맞죠? 제프, 당신이 나를 전혀 몰랐을 때처럼, 왜 또 그때처럼 나를 신뢰하지 못하게 된 건지 묻고 있잖아요. 이제 그 이유를 말해 달라고 요구해야겠어요. 나를 전혀 신뢰할 수 없다는 생각이 들 때 심하게 굴었던 거 맞죠? 제프, 안 그래요?"

"그래요, 멀랜사."

제프가 천천히 대답했다. 멀랜사가 잠시 주저하다가 단호하게 말했다.

"이번엔 절대 당신을 용서할 수 없겠어요, 제프 캠벨."

제프 또한 곧바로 말을 하지 못하고 잠깐 생각에 잠겼다가 슬픈 어조로 말했다.

"멀랜사, 유감스럽게도 이제 다시는 정말로 나를 용서하지 않을 생각이군요."

그 뒤로 두 사람은 각자의 문제에 대해 골똘히 생각에 잠긴 채로 한동안 조용히 누워 있었다. 마침내 제프가 멀랜사에 대해 늘 어떻게 생각해 왔는지 말하기 시작했다.

"이제 정말 더는 멀랜사 당신이 내가 하는 말을 듣고 싶어 하지 않는다는 걸 분명히 알겠어요. 멀랜사, 하지만 알다시피 난 늘 이래요. 알다시피 난 언제나 이런 식이죠. 우리가 알게 된 지 얼마 되지 않았을 때, 내가 아는 삶의 방식은 두 가지뿐이라고, 언젠가 내가 했던 말 기억나요, 멀랜사? 한 가지는 가정 안에서 착실하게 살아가는 방식이고, 다른 한 가지는 동물이나 다름없이 언제나 그저 둘이서만 함께하는 방식이라면서, 흑인들 누구도 두 번째 방식만 좇으려 하지는 않았으면 좋겠다고 했잖아요. 멀랜사, 알다시피 난 그렇게 생각했었어요. 그런데 이제 당신이 가르쳐 준 덕분에 새로운 감정을 갖게 됐어요. 언젠가 당신이 말한 대로요. 내게는 마치 새로운 종교 같은 감정이죠. 그리고 진정으로 사랑한다는 것이 어떤 건지도 이제 알 것 같아요. 새로운 일도, 자질구레한 온갖 다양한 일도, 모든 걸 함께한다는 것이 어떤 건지, 전에는 나쁘게만 생각했지만, 모든 걸 함께하면서 하나의 엄청난 좋은 감정을 만들어 내는 것이 어떤 건지 알겠어요. 멀랜사, 내가 그런 감정을 깨닫게 된 건 당신 덕이에요. 이전에는 둘이 함께하면서 진정으로 아름다운 하나의 길을 만들어 가는 사랑이 여러 가지라는 것을 결코 몰랐어요. 이제 때로는 멀랜사, 당신이 분명하게 가르쳐 준 그 길을 알 것 같아요. 그럴 때 난 당신을 마치 하나의 진정한 종교처럼 사랑해요. 그러다 돌연 사랑하는 멀랜사, 당신에 대해 진실로 아는 것이 없다는 생각이 밀려들어요. 그러면 또 갑자기 내가 잘못하는 건 아닐까 싶어지죠. 이런 길을 마냥 아름답게만 생각하고 있으니까요. 예전에 늘 했던 생각, 그러니까 나도 다른 모든 흑인들도 반듯하게 살아가기 위해 좇아야만 할 옳은 길이 무엇인지에 대해서는 더 생각하지 않고요. 그런 생각이 밀려들면 멀랜사, 당신이 실은 그냥 나쁜 여자가 아닐까 싶고, 나 역시 나쁜 짓을 하고 있는 건 아닌가 싶어져요. 줄곧 그저 흥분되는 감정을 얻기만을 갈망하니까요. 그런 걸 의식하게 되면, 내가 하고 있는 행동이 정말 싫어지고, 번번이 멀랜사, 당신에게 모질어져요. 그런 때는 나도 어쩔 수 없어요. 난 늘 올바른 삶의 길을 가고 싶거든요. 난 그래야만 해요. 난 정말이지 너무도 절실히 바로 살고 싶어요, 멀랜사. 난 올바른 길을 따르고 싶다는 마음뿐이에요. 그런데 전에 늘 생각했던 예전 방식이 올바른 길인지, 당신이 이따금 진정한 종교처럼 보이는 새로운 방식이 올바른 길인지, 어떤 길이 내가 늘 유념하고 따라야 할 진정 올바른 길인지 모르겠어요. 그러면 정말 지독히 유감스럽게도, 불쾌한 행동으로 당신한테 상처를 주고, 당신 마음을 고통 속에 빠뜨리죠. 멀랜사, 내가 이런 상황에서 벗어날 수 있도록 도와줄 수 없어요? 내가 어떻게 행동해야 하는지 제대로 알 수 있게 말이에요. 난 언제든 당신한테 겁쟁이가 되고 싶지 않아요. 내가 따라야 할 올바른 길이 뭔지 확실히 알기만 한다면. 정말이에요, 멀랜사.

어떻게 해야 하는지 확실하게 알기만 하면 그대로 한결같이 그 길을 따를 거예요, 멀랜사. 내가 정말로 제대로 알 수 있도록 도와줄 수 없어요, 내 사랑 멀랜사? 내가 어떻게 행동해야 하는지 너무나도 절실히 알고 싶어요."

"그럴 수 없어요, 제프. 당신이 늘 겪는 그런 문제에 대해, 난 별다른 도움을 줄 수 없어요. 지금 내가 할 수 있는 건, 당신이 변함없이 좋은 사람이라는 내 믿음을 잃지 않는 것뿐이에요, 제프. 당신이 비록 내 마음을 아프게 해도, 난 언제나 당신한테 강한 믿음을 갖고 있어요. 나한테 그토록 모질게 구는 행동에서 보이는 면보다 당연히 당신의 내면을 더 믿어요."

긴 부드러운 침묵 뒤에 제프가 말했다. "당신은 내게 정말 좋은 사람이에요, 내 사랑 멀랜사. 당신은 정녕 내게 다정하기 이를 데 없는데, 난 늘 당신한테 너무 못되게 굴죠. 나를 정말로 깊이, 언제나 사랑하는 거죠, 멀랜사?"

"늘, 언제나 사랑해요. 난 이제 당신 거예요, 믿어도 돼요. 아, 제프, 당신은 아무것도 모르는 어린애 같아요."

"멀랜사, 당신이 내게 그렇게 말해도, 이제 당신 말이 틀렸다고 할 수가 없네요."

"아, 제프. 난 언제까지나 당신을 사랑해요. 이제 당신도 모를 리 없어요. 분명히 알고 있어요. 만일 지금도 확실히 모르겠다면, 내가 지금 증명해 보일게요, 제프. 영원히, 언제까지나."

그 뒤 두 사람은 거기 누워 오래도록 사랑을 나누었다. 제프는 다시 자유롭고 행복한 기쁨에 빠졌다.

제프 캠벨이 웃으며 말을 꺼냈다. "당신이 내게 가르쳐 주는 걸 언제든 제대로 배우는 걸 보면 난 착한 아이가 분명해요, 내 사랑 멀랜사. 내가 당신이 가르치는 대로 잘 따라 배우는 훌륭한 학생이 아니라고 말하면 안 돼요, 멀랜사, 절대로. 날마다 기꺼이 당신을 만나러 올 마음이 있고, 농땡이를 피울 생각은 결코 못하니까요. 멀랜사, 이제 내가 언제나 열심히 배우고 공부하는 착한 아이가 아니라고는 못 하겠죠? 사랑하는 선생님만큼 똑똑해지려고 애쓰고 있잖아요. 안 그래요? 이제 내가 당신한테 좋은 학생이 아니라고는 말할 수 없어요, 멀랜사."

"학생이 알아서 좋지 않은 건 무슨 일이 있어도 가르쳐 주지 않는 나처럼 친절하고 인내심이 많은 선생에 비하면, 당신은 아직 멀었어요, 제프 캠벨. 제프, 알겠어요? 당신이 그토록 모질게 굴어도 매번 용서해 주고, 언제나 이처럼 힘겨운 수업을 참아내는 게 당신한테 잘하는 건 아니지 싶어요."

"그래도 당신은 언제나 나를 용서할 거죠? 멀랜사, 언제나 그럴 거죠?"

"늘, 언제나 그럴 거예요. 믿어도 돼요, 제프. 그런데 당신은 나한테 그렇게 못되게 굴고, 난 끝없이 당신을 용서하다 보면, 내가 당신을 용서하는 일에 이골이 날까 걱정돼요."

"아이코, 잠깐!" 제프 캠벨이 웃으며 소리쳤다.

"내가 항상 그렇게 못되게 굴진 않을 거예요. 분명 그러지 않을 거예요, 내 사랑 멀랜사. 그런다 해도 정말로 나를 용서해 줄 거죠? 나를 진심으로 사랑하는 거죠? 그렇죠, 멀랜사?"

"그럼요, 물론이죠. 제프, 지금도 그렇고 언제나 그럴 거예요. 이제 나를 믿어요. 정말로 믿어도 돼요, 제프. 언제나."

"나도 물론 그러기를 바라요. 온 마음을 다해서요, 내 사랑 멀랜사."

"내 마음도 같아요, 제프. 이제 당신도 사랑한다는 것이 어떤 건지 알게 됐으니까요. 그리고 당신이 절대 잊을 수 없도록 지금 내가 당신한테 증명해 보일게요, 제프. 내가 전에 당신한테 늘 했던 말을 이제 정말 정확하게 아는 거죠?"

"그래요, 내 사랑 멀랜사."

제프는 속삭이면서 행복감에 젖었다. 그렇게 두 사람은 남부의 정열적인 검은 햇살이 따사로운 대기 아래 누워 오래도록 휴식을 취했다.

그리고 꽤 오랫동안, 제프 캠벨과 멀랜사 허버트 사이에 더 이상 겉으로 드러나는 문제는 없었다. 그 당시 제프는 자신이 원하는 것이 무엇인지 숨김없이 말해서는 안 된다는 것을, 또 멀랜사가 원하는 것이 무엇인지 알고 싶다고 터놓고 말해서도 안 된다는 것을 깨닫게 되었다.

멀랜사가 줄곧 고조된 감정에 취해 있다 지쳤을 때, 제프가 그들 두 사람이 항시 어떻게 살아가야 바람직한지 장황하게 이야기를 늘어놓으면, 멀랜사는 때로 이성을 잃고 불쾌한 감정에 빠지는 듯했다. 가끔은 두 사람이 격정적으로 사랑을 나누고 있을 때, 제프의 마음속에서 묘한 감정이 치밀어올랐다. 그러면 멀랜사는 그런 감정이 곧 밖으로 터져 나올 것을 알아챘고, 불쾌한 감정에 빠져 이성을 잃고는, 마치 그들 둘이 뭘 하고 있는지 전혀 모르겠다는 듯 행동했다. 이제 서서히, 제프는 그 자신이 정말 제대로 이해하고 싶은 것이 무엇인지 이야기할 때 멀랜사가 또다시 그의 문제에 귀 기울여야 하면, 그가 생각조차 하고 싶지 않은 방식으로 그녀가 지독히 머리 아파 할 거라는 예감이 곧바로 들었다.

이제 제프는 올바른 길을 두고 자신과 벌이는 싸움을 멀랜사가 더는 참아 내지 못하리란 느낌을 지울 수 없었다. 이제 그녀와 함께 있을 때는 그의 생각 속에서 시도 때도 없이 일어나는 이런 싸움을 계속해서는 안 된다고 느꼈다. 제프 캠벨은 아직도 그 자신과 다른 모든 흑인들이 따르기에 올바른 삶의 길이 어떠한 것인지 깨닫지 못했다. 진정으로 이해할 수 있는 길에 계속해서 조금씩 가까워지기는 했지만, 그들이 진정으로 사랑하며 따라야 할 올바른 길이 무엇인지 그가 아직도 확신하지 못하고 있음을 계속 드러내는 한, 멀랜사가 그와 함께하기를 지극히 힘들어할 테고, 결국에는 그와 함께하지 않을 수도 있음을 제프는 알았다.

이제 제프는 멀랜사가 기다릴 필요 없이 그에게서 원하는 모든 것을 얻을 수 있도록 서둘러야 한다고 생각했다. 그리하여 이제 그는 결코 솔직할 수 없었다. 이제 더는 진정으로 이해하려 애쓸 수도 없었다. 멀랜사 허버트가 그로 인해 얼마나 괴로워하는지 모른다는 생각이, 이제 순간순간 그의 머릿속에서 선명해졌기 때문이다.

이즈음 제프는 자신에게 실제로 무슨 일이 일어나고 있는지 몰랐다. 그가 아는 것이라곤 이따금 변함없이 솔직해지려고 감정을 겉으로 드러낼 때면 그들의 감정이 격해졌고, 어찌된 영문인지 멀랜사가 그의 말을 듣지 않고 멍하니 그를 바라보며 머리가 아프다는 표정을 짓는다는 사실뿐이었다. 그러면 제프는 솔직해질 수 없었고, 어떻든 서둘러 멀랜사가 원하는 대로 해야 했다.

이즈음 제프는 솔직한 심정으로는 그런 것들이 그다지 탐탁지 않았다. 그는 이제 자신의 더딘 행동 방식을 참을 만큼 멀랜사의 내면이 강하지 않다는 것을 잘 알았다. 그가 자신의 감정에 솔직하지 못하다는 것도 알았고. 이제 그는 언제나 실제 느끼는 감정보다 멀랜사에게 과장되게 표현해야 했다. 이제 그녀는 그가 서두르도록 만들었고, 그는 그럴 때 자신의 감정이 진정한 것이 아님을 알았다. 그럼에도 자신의 미온한 감정 때문에 그녀를 아프게 할 수는 없었다.

제프 캠벨이 이런 모든 마음속 생각을 제대로 펼치기는 쉽지 않았다. 솔직할 수 없다면, 진정으로 정직할 수 없다면, 제프 캠벨은 결코 강한 내면을 지닐 수 없었다. 이제 멀랜사는 언제나 그로 하여금 그녀가 얼마나 좋은 사람인지, 그의 더딘 감정 때문에 그녀가 얼마나 괴로워하는지 느끼도록 하면서 그가 늘 급히 서두르도록 만들었다. 그러면 마음속 감정을 솔직하게 드러낼 수 없는 그는 약해질 수밖에 없었다. 이제 항상 그녀와 함께 있으면, 그는 그녀에 대한 감정이 더욱 강해졌다. 이제 항상 그녀와 함께 있으면, 언제나 그의 마음속에 그를 가로막는 무엇인가가 있었다. 이제 항상 그녀와 함께 있으면, 그는 자신의 감정을 실제보다 부풀렸다.

이즈음 제프 캠벨은 마음속에서 일어나고 있는 감정을 결코 제대로 알지 못했다. 그가 알 수 있는 것은 멀랜사와 함께 있을 때면 늘 마음이 불편하다는 사실뿐이었다. 그리고 또 멀랜사와 함께 있을 때 늘 불편한 이유는 그가 전처럼 제대로 이해하지 못해서가 아니라 그녀에게 솔직해질 수 없기 때문이었고, 그가 이제 항상 그녀의 격심한 고통을 느끼기 때문이었다. 그도 이제 그녀에 대해 의심 없이 좋은 감정을 갖게 됐지만, 그녀의 감정은 너무 앞서 갔고 그의 감정은 너무 더디었다. 그래서 제프가 있는 그대로 강렬한 감정을 그녀에게 보여 줄 기회가 결코 오지 않았다.

이런 모든 상황이 제프 캠벨은 갈수록 힘겨워졌다. 그는 강인한 상태를 유지하는 데 대단한 자부심이 있었다. 제프 캠벨은 그랬다. 멀랜사가 얼마 후 지독한 두통을 느낄 것이 분명하다는 것을 알면, 그는 멀랜사를 아프지 않게 하려고 매우 자상하게 대했다. 그는 이제 그녀에게 솔직할 수 없는 것이 싫었다. 그녀와 거리를 두고 혼자 그런 문제를 해결해 보고도 싶었지만, 그러면 그녀가 상처를 입을까 봐 걱정이 되었다. 이제 그는 그녀와 함께 있으면 언제나 마음이 불편했고, 그녀를 생각할 때도 마음이 편치 않았다. 이제 그녀를 온전히 사랑하는 강렬하고 확실한 감정을 갖게 되었음을 알았지만, 그렇다고 해도 그런 감정을 바탕으로 그녀에게 솔직해질 수는 결코 없었다.

　　이즈음 제프 캠벨은 그녀에 대한 그런 마음을 없애려면 어떻게 해야 하는지 몰랐다. 그 스스로 옳다고 생각하는 대로 그녀에 대해 생각하고 행동할 방법을 알지 못했다. 그녀는 그를 너무 성급하게 이끌었고, 그는 그녀에게 상처를 줄 엄두를 내지 못했다. 그는 이제 뭐든 그녀를 위해, 그녀가 늘 바라는 대로 빠르게 제대로 따라갈 수 없었다.

　　이즈음 제프 캠벨은 멀랜사와 함께하는 것이 그렇게 즐겁지만은 않았다. 그는 이제 그녀에 대한 자신의 생각을 말로 표현하려 하지 않았다. 그녀를 대하는 데 있어서 자신의 진짜 문제가 무엇인지 제대로 파악하지 못했다.

　　이따금 두 사람이 함께할 때, 제프가 이런 모든 문제를 잠시 잊고 있는 동안, 멀랜사는 제프와 함께 강렬하고 달콤한 사랑을 나누며 행복해했다. 그러고 나면 제프는 때로 진실한 사랑으로 가슴이 벅차 올랐다. 때로는 사랑하는 감정이 터질 듯 부풀어 오르기도 했다. 제프는 이제 항상 마음속에서 깊은 감정이 솟는 것을 느꼈다.

이제 항상 제프는 자신의 실제 감정보다 훨씬 앞서 가야 했다. 그래도 제프는 언제나 자신이 올바르고 강렬한 감정을 지니고 있음을 알았다. 이제 항상 제프가 궁금해하며 의심하는 것은 자신에 대한 멀랜사의 사랑이었다. 이제 그는 그녀에게 자신에 대한 사랑이 진실한지 묻는 일이 잦아졌다. 비록 아직은 의심이 강하지 않았지만, 왠지 그녀의 사랑이 미심쩍은 기분이 들어 자주 묻게 되었다. 그러면 멀랜사는 항상 이렇게 대답하고는 했다.

"그래요, 제프. 그럼요. 당신도 알잖아요. 언제나 사랑해요."

그래도 제프는 이제 늘 그녀의 사랑에 의심을 품었다.

이제 항상 제프는 자신의 마음속에서 깊은 사랑을 느꼈다. 항상 그는 멀랜사의 사랑이 진실한지 확신하지 못했다.

그러는 내내 제프는 갈피를 잡을 수 없었다. 잘못된 처신으로 두 사람이 심각한 문제에 빠지는 일이 없으려면, 어떻게 행동해야 하는지 몰라서 불안했다. 이제 항상 그는 멀랜사가 품고 있는 감정이 진실한 사랑인지 알아보기 위해 그녀의 깊은 속마음을 알아봐야 할 것만 같았다. 그렇지만 행여 그녀의 마음을 아프게 할까 두려워 매번 그런 마음을 억누르곤 했다.

제프는 이제 항상 그녀를 만나러 가야 할 때가 되면 발목을 잡는 일이 생기기를 바랐다. 이제 진정으로 그녀와 늘 함께하고 싶으면서도, 그녀와 함께하러 가는 일이 그다지 달갑지 않았다. 좋은 친구처럼 함께할 때조차 이제 항상 그는 그녀와 함께하는 시간이 오롯이 편하지 않았다. 이제 항상 그는 그녀와 함께 있을 때 진정으로 솔직해질 수 없다고 느꼈다. 그리고 자신의 모든 감정을 이야기하고 싶은 마음을 느낄 수 없을 때, 그는 그녀와 함께하면서 결코 행복해질 수 없었다. 이제 항상 나날이 제프는 그녀와 함께 시간을 보내기가, 그녀와 다투지 않으려 그의 감정을 묻어 두기가 갈수록 힘들어졌다.

그러던 어느 날 저녁, 느지감치 제프는 그녀에게 가야만 했다. 그는 그녀에게로 향하기 전에 괜스레 미적거렸다. 그날 밤은 필시 그녀의 마음을 아프게 할 것 같아 선뜻 발걸음이 떨어지지 않았다. 그녀와 다툴 것 같은 기분이 들 때는 영 가고 싶지 않았다.

그가 도착했을 때, 멀랜사는 화가 잔뜩 난 표정으로 앉아 있었다. 제프는 모자와 코트를 벗고, 그녀 옆 난롯가에 앉았다.

"제프 캠벨, 조금만 더 늦게 왔더라면 다시는 당신을 안 보려고 했어요. 두 번 다시 말도 안 섞으려고 했고요. 그리고 당신이 정말 겸손히 사과해야 한다고 생각했어요."

"멀랜사, 사과할게요."

제프가 그녀를 비웃듯 웃으며 말했다.

"사과할게요, 멀랜사. 난 그렇게 자존심이 세지 않아요. 멀랜사, 사과라면 얼마든지 할 수 있어요. 내가 신경 쓰는 건 오로지 당신한테 잘못된 행동을 하게 되면 어쩌나 하는 것뿐이에요."

"말로야 뭐가 어렵겠어요, 제프. 하지만 당신은 스스로 뿌듯해할 만큼 용감한 모습을 보여 준 적이 없어요."

"글쎄요, 그건 잘 모르겠어요, 멀랜사. 당신한테 해야 할 말이 있으면, 아무리 어렵더라도 말할 용기가 있어요."

"아, 그래요, 제프. 나도 잘 알아요. 나한테 그러는 걸. 하지만 내 말은 진정한 용기를 뜻한 거예요. 무슨 일이든 개의치 않고 달려들고, 어떤 곤경에 처하든 투지만만하게 부딪치는 자세 말이에요. 내가 말한 진정한 용기란 그런 거예요, 제프."

"아, 그래요, 멀랜사. 나도 그런 용기라면 잘 알아요. 흑인 남자들한테서, 또 멀랜사 당신이나 제인 하든 같은 여자들한테서 그런 용기를 자주 보니까요. 아무 상관도 없는 일에 달려들어 다치게 되면 소리치는 게 당연한데, 당신은 악 소리 한번 안 낸다고, 얼마나 요란스럽게 자랑스러워하는지 나도 잘 알아요. 또 당신 같은 사람들은 온갖 고통스러운 일도 아주 용감하게 버텨 내죠. 하지만 내가 환자들을 보고 다니면서 깨달은 바에 따르면, 그런 용기는 오만 가지 문제를 만들어 내기도 해요. 그런 용기를 고귀하게 쓸 줄 모르는 사람들은 늘 참는 데만 쓰다가 결국에는 제일 심한 상처를 입거든요. 그런 건 여기저기 떵떵거리고 돌아다니면서 가진 돈을 다 써 버리는 거나 다름없어요. 그러면 그 남자의 아내와 아이들은 굶주림에 시달려야 하는데, 용기 있다고 말할 수 있을까요? 그 가족은 그런 모든 고통을 전혀 바란 적이 없는데도 아무 말 못 하고 묵묵히 견뎌야 하는데 말이에요. 난 그런 걸 용기라고 하는 흑인을 정말 많이 봐요. 아무 상관도 없는 일을 굳이 하는 바람에 너무나도 큰 고통을 떠안게 될지라도 불평을 늘어놓지 않는 것이 대단한 용기일 수도 있겠죠. 하지만 단지 소리 지르지 않는다는 것을 보여 주기 위해 그런 문제를 찾아다니는 것은 결코 대단하게 생각할 수 없어요. 뭐, 하루하루 착실히 살아가면서 용기를 부리는 것은 괜찮아요. 짜릿한 감정을 얻고자 늘 새로운 길만을 따르려 하는 게 아니라면요. 난 흑인들이 그렇게 사는 건 보고 싶지 않아요. 그래요, 멀랜사. 아무 상관 없는 일인데도 단지 괜찮아 보이고 싶어 용기를 부리는 건 대단해 뵈지 않아요. 난 지금 여기서 당당하게 말할 수 있어요. 여기저기 문젯거리를 찾아 돌아다니면서 용기 있다는 걸 보여 주고 싶은 마음은 조금도 없다고요."

"그래요, 제프. 당신은 늘 이런 식이에요. 뭐든 제대로 이해하는 법 없이 늘 당신 마음속에서 느끼는 대로 받아들이죠. 새로운 것들을 찾기 위해 어떤 길로 어떻게 가느냐에 따라 달라질 수 있다는 걸, 사람들이 올바른 길을 가면서도 쾌락을 얻을 수 있다는 걸 당신은 제대로 이해하지 못해요."

"그래요, 멀랜사. 십중팔구 심각한 문제가 생길 법한 곳을 들쑤시지 않는 한, 문제에 빠지지 않을 거라고 믿을 권리가 누구한테나 있다는 걸 충분히 이해한다고는 말 못 하겠어요. 못해요, 멀랜사. 위험을 무릅쓴다느니, 투지만만하다느니, 절대 소리를 안 지른다느니 하는 이런저런 얘기는 듣기에는 물론 아주 그럴싸해요. 하지만 두 남자가 싸움을 한다면, 대개 강한 남자가 매서운 공격으로 싸움을 주도하게 되죠. 그리고 그런 공격을 받는 남자는, 내가 여태껏 봐 온 바로는, 결코 즐기지 못해요. 더구나 두 사람이 그렇게 얽혀 싸울 일이 전혀 아닌데 그런 싸움을 한다면, 어떤 고상한 방법을 쓰든 무슨 큰 차이가 있을까요. 난 별 차이가 없다고 봐요. 어디서든 그런 일이 일어나는 걸 볼 때마다 멀랜사, 난 정말 그렇게밖에 생각할 수 없어요."

"그렇게 단순하지만은 않은 건데, 당신이 뭔가 못 보는 게 있기 때문이에요, 제프. 그래서 누구나 다 그렇다고 항상 생각하는 거죠. 어떤 방식으로 얼마나 용감하게 행동하는지가 큰 차이를 만들어요, 제프 캠벨."

"그럴지도 모르죠. 멀랜사, 당신 말이 옳지 않다는 건 절대 아니에요. 난 그냥 늘 봐 온 그대로 솔직하게 말했을 뿐이에요. 만일 당신이 아무 상관도 없는 곳을 돌아다니다가 우뚝 서서 '난 아주 용감해. 어떤 일도 결코 내게 상처를 입힐 수 없어.'라고 말한다면, 그 순간 당신한테 상처를 줄 일은 아무것도 없을지 몰라요. 하지만 난 끝까지 그런 말대로 되는 걸 본 적이 없어요, 멀랜사. 달리 어떻게 표현해야 할지 모르겠지만, 난 언제든 당신한테 배울 준비가 되어 있어요. 그런데 누군가 벽돌을 던져 당신한테 아주 깊은 상처를 낸다고 해도, 그래도 당신은 절대로 아무 소리도 내지 않을 거란 말인가요? 당신이 틀렸다는 말은 아니에요, 멀랜사. 다만 마침 그런 자리에 있어서 보게 된 바로는 일이 늘 그렇게 되지는 않는다는 말이에요."

난롯가에 말없이 앉아 있는 두 사람이 절절히 사랑을 느끼는 듯 보이지는 않았다. 마침내 멀랜사가 차갑고도 긴 침묵을 깨고 꿈꾸듯 말했다.

"정말로 궁금해요. 왜 늘 내가 좋아하게 되는 사람은 존경스럽다는 생각이 들 만큼 훌륭한 면이 없을까요. 그게 참 궁금해요."

제프가 멀랜사를 돌아보았다. 그러고는 일어나서 방 안을 오락가락하다가 난롯가로 돌아와 앉았다. 그는 어두운 낯빛에 군은 표정으로 아무 말도 하지 않았다.

"아니, 제프. 왜 그렇게 침통한 표정을 짓고 있어요? 방금 내가 한 말은, 제프, 당신하고는 별 상관없는 말이었어요. 그냥 왜 항상 나한테 일어나는 일은 그런지 궁금했을 뿐이에요."

제프 캠벨은 어두운 표정으로 꼼짝 않고 앉아서 아무 대답도 하지 않았다.

"제프, 오늘 밤은 좀 다정하게 대해 주면 좋겠어요. 머리도 너무 아프고, 온갖 힘든 일을 하랴 생각하랴 너무 피곤하거든요. 도와주는 사람 하나 없이 살다 보니, 골치 아픈 일들이 끊일 새가 없어요. 오늘 밤은 다정하게 대해 줄 수도 있잖아요? 내가 하는 시시콜콜한 말에 화내지 말고요."

"당신이 이런저런 얘기를 한다고 내가 왜 화를 내겠어요, 멀랜사? 지금 난 그냥 당신이 방금 한 말이 무슨 뜻인지 생각 중이에요."

"제프, 당신이 늘 나한테 하는 말이 있잖아요. 사랑하는 데 있어서 당신은 내게 그저 부족할 뿐이라고, 잘해 주지도 못하고 이해심도 많지 않다고 늘 말하잖아요."

"그래요, 내가 늘 당신한테 그런 말을 하죠. 멀랜사, 당신한테 늘 그렇게 느끼니까요. 그런 말을 하면서 나 자신을 바로 잡고 싶은 마음도 있고요. 내가 그런 마음을 느끼는 거나 그렇다고 말하는 건 문제가 안 돼요. 마땅히 그렇게 생각할 수 있죠. 하지만 멀랜사, 당신이 그렇게 느끼는 건 옳지 않아요. 당신이 그렇게 느낀다면, 우리 사랑은 잘못될 수밖에 없어요. 난 그렇게 되는 걸 절대 참을 수 없어요."

두 사람은 한동안 말없이 난롯가에 그대로 앉아 있었다. 사랑의 감정은 느껴지지 않았고, 서로에게 눈길을 주며 사랑의 기운을 찾으려는 시도도 없었다. 멀랜사는 몸을 움찔거리며 불안한 기색을 드러냈다. 제프는 뚱하니 무겁고 어둡고 심각한 얼굴이었다.

"저어, 내가 방금 한 말은 그냥 잊어버릴 수 없어요, 제프? 정말 너무 피곤한데, 그 말 때문에 이러고 있자니 머리가 너무 아파요."

제프는 마음이 흔들렸다.

"알았어요, 멀랜사. 머리가 아파질 만큼 신경 쓰지는 말아요."

제프 또한 그 말을 흘려 넘기기로 했다. 그리고 머리가 아플 만큼 신경을 쓰는 멀랜사에게 다시 인내심 있는 의사로 돌아가서 말을 이었다.

"이제 괜찮아요, 멀랜사. 다 괜찮아요. 이제 좀 누워서 쉬어요, 내 사랑. 나는 여기 난롯가에 앉아서 책이나 좀 읽을게요. 당신이 편히 쉬는 데 필요한 게 있으면 가져다줄 수 있게 당신을 지켜보며 여기 있을게요."

그 뒤 제프는 좋은 의사로 돌아가 다정하고 부드럽게 그녀를 대했고, 멀랜사는 자신을 도와줄 수 있는 제프가 거기 있는 것을 참으로 좋아했다. 얼마 후 멀랜사는 잠이 들었고, 제프는 그때까지 곁을 지키다 난롯가로 돌아가 앉았다.

제프는 다시 생각에 잠겼다. 아무리 생각해도 분명해지는 것이 없었다. 아무리 애를 쓰고 생각을 해도 제대로 이해되는 것 없이, 모든 게 짙은 안개에 싸인 듯 답답하고 거북하게 느껴졌다. 그래서 몸을 좀 움직이고는 생각에서 빠져나오려 책을 집어 들었다. 언제나처럼 그는 책을 읽는 데 재미를 들였고 이내 그 책에 푹 빠졌다. 그래서 당최 이해할 수 없는 듯하던 것을 잠시나마 잊을 수 있었다.

제프는 한동안 책을 읽는 데 빠졌고, 멀랜사는 잠에 빠졌다. 얼마 후 멀랜사가 잠에서 깨 소리쳤다.

"아, 제프. 당신이 영영 내 곁을 떠난 줄 알았어요. 아, 제프. 이제 다시는 내 곁을 떠나지 말아요. 아, 제프, 반드시 언제나 내게 좋은 사람으로 있어 줘요."

이때부터 제프 캠벨의 마음속엔 압박감이 자리했다. 그는 결코 그런 무거운 마음을 떨쳐 내고 홀가분해질 수 없었다. 압박감을 털어내려고 늘 애썼고, 멀랜사가 그런 그의 마음을 알아내지 못하게 하려 애썼지만, 그의 가슴이 늘 뭔가에 짓눌리는 느낌이 떠나지 않았다. 그러면서 제프는 언제나 심각하고 어둡고 무겁고 뚱한 얼굴을 했으며, 멀랜사 옆에 앉아서 한참 옴짝달싹하지 않을 때가 종종 있었다.

"당신은 나를 결코 용서하지 않았어요. 그날 밤 내가 당신한테 했던 말을 말이에요. 그렇죠, 제프?"

두 사람이 저녁 늦게 만난 어느 날, 오랜 침묵 뒤에 멀랜사가 물었다.

"나한테 그때 그 말은 용서를 하니 마니 하는 문제가 아니에요, 멀랜사. 내가 중요하게 생각하는 건, 당신이 나에 대해 어떻게 느끼느냐 하는 거예요. 한데 그때 이후로 당신이 내게 보여 준 태도는, 더는 나를 좋은 사람으로 생각하지 않는다던 말이 그냥 한 말이 아니었음을 보여 줬어요. 진심으로 나를 배려하고, 나를 사랑하는 게 맞는다고 생각할 만한 어떤 태도도 당신은 보여 주지 않았어요."

"정말이지 당신 같은 남자는 처음 봐요, 제프. 왜 늘 사람들이 느끼는 감정을 말로 명확하게 표현하고 싶어 하죠? 내가 무심코 하는 말이 무슨 의미인지, 왜 항상 당신한테 설명해야 하는지, 도대체 모르겠어요. 그날 밤, 그렇게 피곤하다는데도 내가 한 말이 무슨 의미냐고 묻는 걸 보면, 당신에게는 나를 안쓰럽게 여기는 마음이 조금도 없어요. 난 내가 무슨 말을 했는지도 모르겠어요."

"하지만 멀랜사, 이제 와서 당신이 내게 했던 말이 별뜻 없었다고 하지는 말아요. 내가 분명히 들은 말은, 당신이 내게 했던 말은 당신 본심이었으니까."

"아, 제프, 당신은 늘 그렇게 추궁하는 말로 나를 괴롭히고 화를 돋우죠. 난 어쨌든 당신한테 했던 말이 전혀 기억이 안 나요. 두통이 끊이지 않아서 죽을 지경이에요. 마음이 아플 때면 심장이 너무 뛰어서 이러다 죽는 건 아닌가 싶을 때도 있고, 너무 우울해서 스스로 목숨을 끊고 싶다는 생각이 드는 때도 있어요. 게다가 늘 신경 써서 생각할 것도 할 일도 많아요. 걱정거리도 많고요. 그런데도 당신은 기껏 찾아와서는 내가 한 말이 무슨 뜻이었냐고 물어 대죠. 제프, 당신이 아무리 묻는데도 난 정말 몰라요. 내 보기에는, 때로 당신은 내게 세세하게 따져 물을 권리가 있다고 생각하는 사람 같아요." 제프가 어두운 얼굴을 찌푸리며 벌컥 화를 냈다.

"당신은 그렇게 말할 자격이 없어요, 멀랜사 허버트. 상처를 받아 아프다느니 통증이 있다느니 하는 말을 항시 무기처럼 사용해서, 내가 당신한테 마땅히 물어도 되는 말을 못 하게 할 수는 없어요. 걸핏하면 아픔을 드러내 보일 자격이 당신한테는 없다고요."

"그게 무슨 말이에요, 제프 캠벨?"

"물론 말 그대로예요, 멀랜사. 당신은 늘 우리가 서로 사랑하게 된 것에 대한 책임을 내가 다 져야 하는 것처럼 행동하잖아요. 여하튼 당신 마음을 아프게 하는 일이 생기면, 마치 그런 고통이 다 나로인해 시작된 것처럼 굴죠. 난 이제 겁쟁이가 아니에요. 알겠어요, 멀랜사? 나는 절대로 내 문제를 다른 사람한테 떠넘기지 않고, 다른 사람 탓으로 돌리지도 않아요.

언제든 내가 풀려고 애쓰죠. 멀랜사, 당신도 내 자신의 문제는 다 내가 감당한다는 걸 분명하게 알아야 해요. 단도직입으로 말할게요. 멀랜사, 난 당신이 사랑하게 되고, 또 그러면서 고통받게 된 이유가 나 때문이라고 생각하지 않아요."

"하지만 그렇게 느껴야 맞는 거 아닌가요, 제프 캠벨? 당신이 내게 원하는 대로 뭐든 하게 놔둔 것 말고 달리 내가 한게 있나요? 내가 당신이 나를 사랑하게 만들려고 애썼나요? 난 그냥 가만히 앉아서 당신 사랑을 받아들이려 했을 뿐 아무것도 안 했어요. 제프 캠벨, 난 결단코 당신을 내 사람으로 만들고 싶다는 양 한 적이 없어요."

제프가 멀랜사를 빤히 쳐다보았다.

"그러니까 당신은 그렇게 생각한다는 말이군요, 멀랜사. 뭐, 더 당신한테 할 말이 없네요. 한마디도. 멀랜사, 지금 당신이 한 말이 모두 솔직한 심정이라면요."

제프는 그녀를 향해 실소를 터트리고는 몸을 돌려서 그의 모자와 코트를 챙겨 영원히 그녀를 떠날 준비를 했다.

멀랜사는 두 손에 얼굴을 묻고 온몸을 떨었다. 제프가 멈춰서 슬픔이 가득한 얼굴로 그녀를 보았다. 제프는 그렇게 황급히 그녀를 두고 떠날 수가 없었다.

"아, 난 이제 정말 미쳐 버릴 거예요. 분명 그렇게 될 거예요."

멀랜사가 무너질 듯 힘이 다 빠진 절망적인 모습으로 앉아서 신음했다.

제프가 다가가서 그녀를 품에 안았다. 그때 제프는 더없이 다정했지만, 둘 중 누구도 예전에 함께했을 때와 같은 마음을 제대로 느끼지는 못했다.

이후로 제프는 지독한 고뇌에 빠졌다.

그날 밤 멜랜사가 그에게 했던 말은 진심이었을까? 그들 사이에 이 모든 문제를 일으킨 쪽은 정말 자신일까? 언제나 그릇된 태도를 보인 사람은 정말 그일까? 자나 깨나 제프의 마음속은 이런 생각들로 괴롭기만 했다.

제프는 이제 더는 어떻게 생각해야 하는지 알 수 없었다. 쉼없이 그의 마음을 괴롭히는 이런 문제를 어떻게 생각하고 풀어야 할지 종잡을 수 없었다. 그의 마음속에서 시도 때도 없이 혼란스러운 싸움이 벌어졌다. 멜랜사가 그날 밤 그런 말을 한 것은 잘못이라는 생각이 들다가, 또 다음 순간에는 어쩌면 그가 항상 제대로 이해하지 못하고 잘못해 왔다는 느낌이 들기도 했다. 그러고 나면 멜랜사의 사랑이 얼마나 감미로웠던가 하는 생각과 함께, 항상 생각하고 느끼는 것이 더딘 그 자신에 대한 미움이 울컥 밀려들었다.

제프는 분명히 알았다. 그날 밤 멜랜사가 자기에게 그런 말을 했던 것은 그녀 잘못이라는 것을, 항상 멜랜사는 줄곧 그에게 깊은 감정을 가져왔다는 것을, 항상 그는 자신의 감정을 알아가는 데 있어서 서투르고 느렸다는 것을. 제프는 멜랜사가 잘못 생각하고 있다는 것을 알았지만, 그의 마음속에 항상 깊은 의문이 똬리를 틀고 있다는 사실 또한 알았다. 감정을 깨닫는 데 그토록 느린 자신이 무엇을 알 수 있겠는가? 언제나 그저 생각으로 자신의 방식을 찾아가려 했던 자신이 무엇을 알 수 있겠는가? 진정으로 사랑하는 감정이 어떤 것인지를 배우는 데 그토록 오랜 시간이 걸렸던 자신이 무엇을 알 수 있겠는가? 이제 제프의 마음속에서 이런 고뇌가 끊이지 않았다.

이제 항상 멜랜사는 그와 함께 있을 때마다, 자기의 방식을 강력히 고집했다. 그에게 그저 자신의 방식을 보여 주기 위해 계속 그랬을까? 이제 더는 사랑하지 않아서 그랬을까? 그러는것이 그가 진정으로 사랑하도록 만들기 위한 그녀의 방식이었기 때문에 그랬을까? 제프는 이 모든 것이 어쩌다 그렇게 되었는지 결코 알지 못했다.

이제 멀랜사는 그들이 함께하면 늘 그랬다는 듯 행동했다. 이제 요구를 해야만 하는 쪽은 언제나 제프였다. 이제 다음번에는 언제 그녀를 만나러 와야 할지 물어야 하는 쪽은 언제나 제프였다. 이제 항상 그녀는 그에게 인내심을 갖고 잘해 주었고, 이제 언제나 그에게 친절했고 다정했으며, 언제든 제프가 요구하거나 바라는 것은 뭐든 들어 줄 만큼 호의를 베풀었지만, 이제 더는 그녀 자신이 행복해지기 위해 그에게 바라는 것은 이제 아무것도 없다는 느낌을 제프는 지울 수 없었다. 이제 멀랜사는 뭐든 자신의 남자 제프 캠벨을 기쁘게 하기 위해서, 그에게 친절을 베풀어야 할 필요가 있어서 그런다는 듯 행동했다. 이제 항상 둘 사이에서 애걸하는 쪽은 그였다. 이제 언제나 멀랜사는 사랑을 주었지만, 자신의 욕구에서가 아니라 그에 대한 후의에서였다. 이제 제프는 그런 것이 점점 더 힘들어졌다.

이따금 제프는 자기 앞에 놓인 상황에서 벗어나고 싶었고, 이제 굳어진 그런 상황에 맞서 싸우고 싶었고, 화를 내고 싶었다. 이제 항상 멀랜사는 그에게 대단한 인내심을 가졌다.

이제 제프의 마음속 깊은 곳에서 멀랜사의 사랑에 대한 의구심이 떠나지 않았다. 그렇지만 그가 그녀의 사랑을 확신하지 못하는 이유는 의심 때문이 아니었다. 그랬다면 제프는 결코 진정으로 사랑할 수 없었으리라. 이제 항상 제프가 의식하는 것은 마음속 감정이 아니라 그들의 사랑에 잘못된 무엇인가가 있다는 느낌이었다. 제프 캠벨은 멀랜사가 느끼는 사랑이 어떤 것인지 제대로 알아낼 방법이 없었다. 그녀의 사랑이 진실한지 알아내기 위해 그녀의 마음에 가닿을 어떤 방법도 이제 없었다. 이제 그들 관계에서 무엇인가 잘못되어 가지만, 이제 그는 예전처럼 그녀 덕에 마침내 이해하게 됐다고 느낄 수 없었다.

멀랜사는 그에게 너무 복잡한 여자였다. 이제 그녀가 실제로 그를 어떻게 느끼는지 알아낼 길이 없었다. 제프는 멀랜사에게 정말로 자기를 사랑하느냐고 걸핏하면 물었다. 그녀는 언제나 "그럼요, 제프. 물론이죠. 알잖아요."라고 대답했다. 그런데 이제 제프는 그 말에서 달콤하고 강렬하며 벅차오르는 사랑 대신, 인내심을 느낄 뿐이었다.

제프는 알지 못했다. 만일 느낌이 맞다면, 제프는 더는 멀랜사 허버트와 관계하고 싶지 않았다. 멀랜사가 그녀 스스로 필요로 하기 때문이 아니라 단지 자기를 위해서, 자기와 함께하기 위해서일 뿐이라고 생각하기는 정녕 싫었다. 그런 식의 사랑은 몹시 견디기 힘들 터였다.

"제프, 뭐 때문에 나한테 그렇게 이상하게 구는 거예요. 제프, 지금 당신은 분명 나를 질투하는 거예요. 확실해요, 요즘 내게 왜 그렇게 어리석은 모습을 보이는지 모르겠어요."

"내가 질투랑은 거리가 먼 사람으로 보였나요, 멀랜사? 그런 거예요? 그렇다면, 당신은 분명 나를 오해한 거예요. 이제 항상 나한테 이런 식이군요, 멀랜사. 당신이 나를 사랑한다면, 난 당신이 뭘 하든 누구한테 어떤 사람이었든 상관하지 않아요. 당신이 나를 사랑하지 않는다고 해도 당신이 뭘 하든, 당신이 누구한테 어떤 사람이든 더 상관하지 않을 거예요. 하지만 사랑해서 원하는 게 아니라 나한테 잘하려고 하는 거라면, 결코 나는 바라지 않아요. 당신이 내게 그런 친절을 보이는 것은 정녕 바라지 않아요. 당신이 나를 사랑하지 않는다면, 그건 참을 수 있어요. 하지만 친절로 내게 잘하길 바라지는 않아요. 나를 사랑하지 않는다면, 그렇다면, 당신과 나는 분명 이쯤에서 서로 늘 함께하고 싶다는 강렬한 모든 감정을 끝내야 해요, 멀랜사. 당신과 함께할 때, 난 절대 다른 사람을 생각하지 않아요. 멀랜사, 당신한테 지금 하는 말 그대로 정말 그래요. 내가 신경 쓰는 게 있다면, 그것은 나에 대한 당신의 사랑뿐이에요, 멀랜사. 그러니까 나를 진정 사랑하지 않는다면, 반드시 그렇다고 확실하게 나한테 말해 줘야 해요. 그러면 내가 당신을 괴롭히는 일도 없을 테고, 고민에서 벗어나는 데도 도움이 될 거예요. 조금이라도 날 걱정할 필요는 없어요, 멀랜사. 솔직하게 당신이 느끼는 그대로 말해 줘요, 멀랜사. 난 틀림없이 잘 견딜 수 있어요. 정말이에요, 멀랜사. 그리고 절대로 그러한 이유나 다른 어떤 것도 알고 싶어 하지 않을게요. 사랑은 내게 그냥 삶이에요, 멀랜사. 지금 내게 진정으로 사랑을 느끼지 못한다면, 멀랜사, 우리 사이에는 아무것도 없는 거예요. 멀랜사, 그렇지 않아요? 지금 내가 당신에게 느끼는 솔직하고 거짓 없는 심정이 그래요. 아, 내 사랑 멀랜사, 나를 사랑하나요? 멀랜사, 부디, 제발, 솔직하게 말해 줘요. 말해 봐요, 나를 정말 사랑해요?"

"아, 왜 이렇게 아무것도 모르는 어린애처럼 굴어요, 제프. 물론 언제나 당신을 사랑해요. 늘 언제나요, 제프. 그래서 항상 당신한테 더없이 잘하는 거예요. 아, 어쩜 이렇게 바보 같아요! 그렇게 나랑 좋은 시간을 함께하고도 모르다니. 아, 사랑하는 제프, 오늘 밤은 정말 너무 피곤해요. 나 좀 그만 괴롭혀요. 네, 사랑해요, 제프. 얼마나 자주 말해 주기를 바라요? 아, 제프, 참으로 둔한 사람. 그래요, 그래도 당신을 사랑해요. 이제 오늘 밤은 그만 말할래요. 알겠죠? 제프, 이제 내 생각 좀 해 줘요. 그렇지 않으면 정말 화날 거예요. 네, 당신을 분명히 사랑해요, 제프. 비록 내 사랑을 받을 만한 사람이 아니지만. 네, 네, 사랑해요. 네, 제프, 잠이 들 때까지 말할게요. 네, 사랑해요, 제프. 그러니 이제 그만 좀 보채요. 아, 정말 바보 같은 남자, 제프 캠벨. 난 분명 당신을 사랑해요. 아, 바보 멍청이 내 남자, 제프 캠벨. 네, 당신을 사랑해요. 오늘 밤에는 정말 이걸로 끝이에요, 알겠어요?"

그랬다. 제프 캠벨은 그녀의 말을 알아들었고, 그녀를 믿으려 애썼다. 사실 그녀를 의심하지는 않았지만, 아무튼 멜랜사가 사랑한다는 말을 그런 식으로 하는 건 옳지 않았다. 제프는 이제 항상 멜랜사가 당혹스러웠다. 이제 그녀의 마음속에 적당치 않은 어떤 감정이 있음을 그는 알았다. 이제 늘 그녀의 마음속에 있는 무엇인가로 인해 전에 그가 그녀와 함께 할 때면 어김없이 느꼈던 감정은 흩어지고 괴로움만 커졌다.

이제 항상 제프는 멜랜사가 자기를 사랑하는지 의심했다. 이제 항상 그는 그들의 모든 관계를 시작한 쪽이 자신이었다는 멜랜사의 말이 맞는지 생각했다. 그들이 겪었거나 지금도 그들 사이에 남아 있는 모든 문제에 대한 실질적 책임이 자신에게 있다는 멜랜사의 말이 맞는 걸까? 만일 그녀가 맞는다면, 자신은 줄곧 얼마나 짐승처럼 행동해 왔다는 것인지! 만일 그녀가 맞는다면, 자신으로 인해 그토록 자주 쓰디쓴 고통을 떠안고 견뎌 냈던 그녀는 얼마나 대단한 사람인지. 하지만 그렇지 않았다. 분명 그녀가 그 고통을 참아 왔던 것은 그를 위해, 그를 행복하게 하기 위해서가 아니라 그녀 자신을 위해서였다. 오랜시간 생각을 거듭하며 살아온 그는 분명 그토록 뒤틀린 사람이 아니었다. 그들이 오래도록 사랑을 나눈 모든 날에 있었던 일을 그는 분명 제대로 기억할 수 있었다. 멀랜사는 늘 그를 형편없는 겁쟁이로 생각하는 듯 보였지만, 그는 아니었다. 분명히, 확실히. 그의 고뇌는 순간순간 점차 깊어져 갔다.

어느 날 밤 제프 캠벨은 침대에 누워 생각에 잠겼다. 이제 그는 밤이면 생각에 빠져 뜬눈으로 지새웠다. 그날 밤 그는 갑자기 침대에서 일어나 앉았다. 모든 생각이 선명해졌다. 홀로 있던 그는 주먹으로 베개를 내리치며 소리치듯 내뱉었다.

"나는 멀랜사가 말하는 그런 짐승 같은 남자가 아니야. 내가 생각하고 걱정했던 것은 다 쓸데없는 일이었어. 우리는 한마음으로 시작했어. 한쪽이 다른 한쪽을 위해서가 아니라, 우리 서로를 위해서 둘이 같이 원하는 시작을 한 거야. 멀랜사 허버트도 나랑 똑같았어. 얼마든지 참고 견딜 만큼 우리 만남을 마냥 좋아했어. 우리가 진심으로 나눈 사랑을 다르게 생각하는 건 큰 잘못이야. 그녀의 사랑이 지금도 진실하고 참된 건지 난 이제 정말 모르겠어. 그녀가 지금도 변함없이 내게 진심이고 진정인지 알아낼 길이 없어. 내가 그녀를 내몰아 우리 관계를 시작하지는 않았다는 사실만 명확할 뿐이지. 내가 나 자신의 문제를 견뎌 내고 있는 것처럼 멀랜사도 자기 자신의 문제를 견뎌 내야 해. 누구든 문제에 빠지면 스스로 견뎌 내야만 해. 내 성화로 우리 관계가 시작됐고, 나로 인해 문제가 생겼다는 말은 분명 잘못된 거야. 맹세코 잘못된 기억이야. 난 그녀에게 겁쟁이도 짐승 같은 남자도 아니야. 솔직히 난 그렇게 느꼈어. 지금 우리 사이도 다를 게 없어. 사람은 누구나 언제든 자신의 문제는 스스로 견뎌 내야 해. 이번에는 틀림없이 내 생각이 맞아."

그리고 제프는 다시 누워 마침내 편히 잠이 들었다. 오랫동안 그를 괴롭혀 온 의문의 굴레에서 벗어나서.

다음에 멀랜사와 단둘이 오래도록 이야기를 나누게 됐을 때, 제프 캠벨이 말했다.

"있잖아요, 멀랜사. 가끔 난 당신이 대담한 행동이나 아무 소리도 지르지 않는 것에 대한 얘길 그토록 좋아하는 이유가 뭘까 생각하거든요. 그런데 소리를 지르지 않는다는 게 무슨 뜻인지 잘 모르겠어요. 내 생각엔 공격을 당하고도 그 자리에서 아무 소리도 내지 않고 참는 것만을 용감하다고 여겨서는 안 될 것 같거든요. 한때 싸움에서 상처를 입은 충격으로 나중에 병이 나는 일이 생기고, 몇 년 동안이나 보살핌을 받게 되고, 가족이 그로 인해 고통받게 되고, 그런 모든 일이 생겨도 당신은 분명 참고 비명을 지르지 않을 거란 말인가요? 그런 걸 진정 용감하다고 보는 거고요?"

"제프, 무슨 말을 하는 거예요?"

"내 말은, 내가 생각하기에는, 정말 소리를 지르지 않는다는 것은 상처를 받았다는 것을 보여 주지 않을 만큼 강인하다는 거예요. 그러니까 당신 문제로 머리가 아프다고 그걸 드러내는 것은 '아, 아, 당신 때문에 너무 아파요. 제발 나를 아프게 하지 말아요.'라고 말하는 것보다 조금도 용감하지 않다는 말이에요. 많은 사람들이 우리 모두 항상 견뎌 내는 것을 견딜 뿐인데 스스로 아주 용감하다고 생각하는 것처럼 보인다는 거죠. 누구나 견디는 일인데 말이에요. 물론 우리 중 누구도 그런 걸 좋아하진 않죠. 그렇지만 대부분이 그저 견뎌 내는 일을 견뎌 낸다고 해서 용감하다고 생각할 수는 없어요."

"지금 나한테 무슨 뜻으로 그런 말을 하는지 이제 알겠어요, 제프 캠벨. 당신은 언제든 나한테 지독히 잔인하게 굴고 싶은데, 내가 이제 그걸 참지 않는다고 이 난리 법석을 피우는 거죠? 혹시 궁금하다면 말해 주죠, 당신은 늘 그런 식이에요, 제프 캠벨. 내가 끝없이 당신을 용서해 왔는데도 조금도 고마워할 줄 몰라요."

"전엔 농담 삼아 한 말이었지만, 멀랜사, 지금은 정말 진심이에요. 당신은 상관없는 일에 끼어들 권리가 있다고 생각하고는 '난 너무 용감해서 아무것도 나를 아프게 할 수 없어.'라고 말하죠. 그러다 항상 그러듯이, 당신을 아프게 하는 일이 생기면, 누구나 다 볼 수 있도록 그 상처를 내보이면서 '난 아주 용감해서 어떤 일에도 아파하지 않았어. 그럴 권리가 전혀 없는 그가 내게 상처를 줬을 때 말고는. 내가 얼마나 고통받는지 좀 봐. 그래도 난 결코 비명을 지르진 않아. 감정이란 게 있는 사람이라면 내가 고통스러워하는 걸 보고 나를 보살피려고 하겠지. 하지만 그때 말고는 누구도 내게 손끝 하나 댈 수 없어.'라고 말하죠. 가끔 난 정말 잘 모르겠어요, 멀랜사. 어떻게 그런 것이 그냥 소리를 질러 대는 것보다 그저 일상적인 불평을 하는 것보다 훨씬 더 용감하다는 건지."

"됐어요, 제프 캠벨, 그렇게 말하는 걸 보니 그 이상 더 잘 이해하기는 틀린 것 같네요."

"아니에요, 멀랜사, 그건 당신도 마찬가지예요. 항상 당신은 고통을 견뎌 내기 위해 뭐든 할 수 있는 사람은 당신뿐이라고 생각하죠."

"뭐, 고통을 견뎌 내는 법을 아는 쪽은 항상 나 아니던가요. 맞아요, 제프 캠벨. 난 진정 그럴 만한 가치가 있는 사람은 누구든 기꺼이 사랑해요. 하지만 그렇게 해도 이 세상에서 그런 남자는 결코 찾을 수 없나 봐요."

"그래요, 그런 식의 생각으로는, 멀랜사 당신은 어쨌거나 그런 남자를 결코 찾을 수 없을 거예요. 멀랜사 당신과 오랫동안 온전하게 사랑을 이어 갈 수 있는 남자는 아무도 없다는 걸 모르겠어요? 멀랜사, 분명 당신 마음속에는 지극히 충실하고 진실한 감정이 없어요. 그래서 열정을 가졌던 순간이 휙 지나고 나면, 그 무엇도 당신이 이전 감정을 그대로 유지하도록 하지 못 하죠. 알겠어요, 멀랜사? 당신은 사실 그런 사람이에요. 자신이 어떻게 해 왔는지, 다른 누군가와 어떤 감정을 나눠 왔는지 제대로 기억하는 법도 없고요. 멀랜사 당신은 자신이 해 온 일이나, 자신에게 일어난 일에 관한 한, 결코 제대로 기억 못 해요."

"제프 캠벨, 말을 너무 막하네요. 당신은 곧이곧대로 기억하겠죠. 무슨 일이든 집에 가서 곰곰이 되새기기 전까지는 아무것도 기억하지 않으니 그럴 수밖에요. 하지만 난 그런 식의 제대로 된 기억은 대수롭게 생각하지 않아요, 제프 캠벨. 내 생각에 정말 제대로 된 기억은, 무슨 일이 생기는 순간 바로 인식하는 거예요. 그래서 당신이 늘 내게 하는 식으로는 행동하지 않을 만큼 마땅한 감정을 갖는 거죠. 그런데 제프 캠벨, 당신은 집에 도착해서 생각하기 시작해요. 그러면 당신이 그 생각에 호의적이고 너그러워지기가 아주 쉽죠. 그건 아니에요, 제프 캠벨. 내 생각에 그런 것은 기억하는 방식이 아니에요. 난 사람들을 늘 고통스럽게 만들지는 않는 것이 제대로 된 기억이라 생각하고, 당신이 그런 기억을 하게 되길 기다려왔어요. 여름 그날처럼, 당신 방식의 기억이 갑작스럽게 떠오르는 바람에 나를 밀쳐 냈을 때, 보기에는 제프 캠벨인데 그렇게 느껴지지 않을 만큼 비열하고 경멸스러운 남자로 보였어요. 그래요, 제프 캠벨. 내가 생각하는 진정한 기억은 떠올리는 순간 진정으로 느끼는 거예요. 당신 방식의 기억으로는 어떤 모습이 진짜 제프 캠벨인가 싶을 만큼 아무것도 알 수 없어요. 그래요, 제프. 당신과 함께하면서 그런 것을 참아야 하는 쪽은 항상 나였어요. 당신이 늘 집에 가서 기억을 되살리는 동안 고통을 겪어야 했던 쪽도 늘 나였고요. 그래요, 진정으로 느끼려면 무엇이 필요한지, 당신은 아직도 아무 개념이 없어요, 제프. 그래요, 우리 두 사람을 위해 항상 제대로 기억하는 쪽은 언제나 나였어요, 제프 캠벨. 내가 늘 어떻게 생각하는지 알고 싶어요, 제프 캠벨? 나는 우리 사이가 정말 그랬다고 생각해요."

"멀랜사, 이런 이야기를 하면서는 참 진중하군요. 정말 그래요, 멀랜사."

제프 캠벨이 웃으며 말을 이었다.

"멀랜사, 가끔 난 자부심이 상당하다고 생각해요. 내가 참 오지랖이 넓다는 생각도 하고, 내가 꽤 똑똑하다는 생각도 하고, 나와 관계를 맺고 있는 사람들 대부분보다 낫다고도 생각하죠. 하지만 멀랜사 당신이 하는 말을 들으니 난 사실 진중한 남자라는 생각이 드네요."

"진중하다고요!"

멜랜사가 발끈하며 말을 이었다.

"제프, 웃으면서 자신이 그렇다고 말하다니 정말 이상한 사람이군요."

"뭐, 그야 당신이 어떤 일을 두고 생각하느냐에 달려 있겠죠. 내가 정말 진중하다고 생각한 적은 별로 없는데, 당신 말을 듣고 보니 내가 정말 그렇다는 걸 알겠어요. 정도 차이는 있을지 몰라도, 나만큼 선하게 살아가는 사람들이 많다고 나는 항상 생각해요. 만일 내가 당신이 하는 말뜻을 제대로 알아들은 거라면, 멜랜사 당신은 알고 지내는 사람들 누구도 그렇지 않다고 생각하는 거 아닌가요?"

"나 역시 정말로 진중할 수 있어요, 제프 캠벨 내가 속속들이 알고 나서도 계속 존경할 수 있는 사람을 만난다면요. 하지만 나는 아직 그런 사람을 만난 적이 없어요, 제프 캠벨. 사실을 밝히자면 그래요."

"그래요, 멜랜사. 당신이 생각하는 방식으로는 그런 사람을 만나게 될 성싶지 않아요, 멜랜사. 당신이 바로 그 순간 느끼는 감정 말고는 다른 아무것도 기억하지 못하는 한은 말이에요. 그리고 당신이 그러듯 다른 사람들이 소리 지르지 않아서, 당신이 다른 사람이 느끼는 감정을 이해하지 못하는 한은 말이에요. 없어요, 멜랜사, 늘 그렇게 생각하는 한 여하튼 당신이 존경할 수 있는 사람을 만날 가능성은 없어요."

"아니에요, 제프 캠벨. 난 당신이 줄곧 말하는 그런 사람이 아니에요. 나는 무언가를 얻으면, 그것이 내가 원하던 것인지 항상 알거든요. 원하는 걸 손에 넣을 때까지 기다렸다가 얻은 것을 내팽개치고는 나중에 돌아와서 '내가 실수했어, 그건 내가 생각했던 게 절대 아니야, 내가 몹시 원하는 건 내 자신이 원하지 않는다고 생각했던 거야.'라고 하지 않지요. 난 내가 원하는 걸 똑바로 알아요. 그래서 그 사람을 다 알고 나서도 계속 함께하고 싶은 사람이 없었다고 말하는 거예요. 다시한번 말하는데, 당신이 늘 기억하는 방식을, 당신이 진정으로 원하는 것이 무엇인지 모른 채 모두를 고통스럽게 하는 방식을 나는 대수롭게 생각하지 않아요. 그래요, 제프. 나는 우리두 사람 중 누가 더 낫고 누가 더 강한지 하는 의문의 여지가별로 없다고 생각해요, 제프 캠벨."

"좋을 대로 생각해요, 멀랜사 허버트."

제프 캠벨이 소리치고 흑인들이 쓰는 욕을 내뱉으며 벌떡일어섰다. 이제 영영 그녀를 떠나려는 듯 거친 기세였다. 그러더니 똑같이 거친 기세로 그녀를 끌어안았다.

"당신은 정말 바보 멍청이에요, 제프 캠벨."

멀랜사가 다정하게 속삭였다.

제프가 쓸쓸한 목소리로 말을 받았다. "아, 맞아요. 어릴적 놀이를 할 때도 나는 아무한테도 불같이 화를 내지 못했어요. 기껏해야 가끔 울기나 했죠. 누구나 다 그러는 대로 한동안 미친 듯 화난 채로 있을 수는 없었어요. 그래 봐야 무슨 소용이겠어요, 하물며 당신한테 계속 화낼 수는 없어요, 멀랜사, 사랑하는 내 사람. 당신이 내게 한 말이 맞는다고 생각해서 이러는 거라고 생각하지는 말아요. 솔직히 그렇게 생각하지 않으니까요, 마땅히 내야 하는 화를 낼 수는 없지만요. 그래요, 멀랜사, 사랑스러운 아가씨. 내 진심을 밝히자면, 당신이 그렇게 생각하는 것은 옳지 않아요. 멀랜사, 난 분명하게 그렇다는걸 알아요. 하는 말이나 생각을 미루어 보면, 멀랜사 당신은 나를 정당하게 평가하지 않는 게 틀림없어요. 안녕, 멀랜사.

그래도 당신은 언제까지나 내 사랑스러운 여자예요."

작별 인사를 하고 나서 두 사람은 잠시 서로에게 아주 다정했다. 그런 뒤 제프는 그녀에게서 떠나갔다.

멀랜사는 그즈음 다시 배회하기 시작했다. 아직 항시 돌아다니지는 않았지만 이제 잠깐씩이라도 다른 사람을 찾아 돌아다닐 필요가 있었다. 이제 다시 멀랜사는 웬만큼 수준 있는 부류의 흑인 여자들과 어울리기 시작했고, 이따금 그들과 함께 배회했다. 그럴 때, 다시 멀랜사 혼자여야 할 일은 아직 없었다.

제프 캠벨은 멀랜사가 다시 배회하기 시작한 것을 몰랐다. 이제 자신이 그녀와 자주 함께할 수 없다는 사실만 알 뿐이었다.

제프는 어쩌다 그렇게 되었는지 알 길이 없었다. 하지만 이제 그는 무턱대고 멀랜사 허버트를 만나러 갈 생각을 결코 하지 못했다. 먼저 자기와 함께할 시간을 낼 수 있는지 멀랜사에게 물어보기 전까지는. 그러면 멀랜사는 잠깐 생각하다 대답하곤 했다.

"글쎄요, 제프, 내일 시간이 되느냐 이 말이죠? 제프, 당신도 알겠지만 요즘 내가 정말 굉장히 바빠요. 이번 주는 계속 바쁠 것 같아요, 제프. 아무튼 시간을 정할 수는 없겠네요. 물론 나도 얼른 당신을 만나고 싶어요, 제프. 한데 할 일이 좀 더 있어요. 일이 없을 때, 당신이 청한다고 당신과 함께하는 데 시간을 너무 썼나 봐요. 해야 할 일이 밀려서 이번 주에도 당신을 만날 수는 없겠어요, 제프."

"알겠어요, 멀랜사. 나도 당신이 나를 확실하게 원할 때만 오고 싶어요, 멀랜사."

대답은 이렇게 해도 제프는 몹시 화가 났다.

"있잖아요, 제프, 이제는 그저 당신을 만나려고 다른 사람들 만나는 일을 계속 뒷전으로 미룰 수 없어요. 다음 주 화요일에 나를 만나러 와요, 제프. 알았죠? 화요일은 그다지 바쁠 것 같지 않으니까요."

그 뒤 제프는 그녀를 뒤로하고 떠나 왔지만 기분도 상하고 몹시 화도 났다. 제프 캠벨처럼 자존심이 강한 남자가 비렁뱅이만도 못한 기분이 드는 것은 참기 힘든 일이었으므로. 그럼에도 어김없이 그녀가 자기를 만나겠다고 정한 날에 찾아 갔다. 그리고 변함없이 제프 캠벨은 그때까지도 멀랜사가 원하는 것이 무엇인지 제대로 이해하지 못했다. 항상 멀랜사는 그에게 물론 그를 사랑한다고, 그도 분명 그것을 알지 않느냐고 말했다. 항상 멀랜사는 언제나처럼 그를 사랑한다고 말했지만, 그가 확실하게 아는 사실은 그녀가 이제 해야 할 일이 많아서 정말 바빠 보인다는 것뿐이었다.

제프는 멀랜사가 무엇을 해야 했는지 무슨 일 때문에 그토록 항상 바쁜지 몰랐지만, 멀랜사에게 그런 걸 물어보고 싶지는 않았다. 게다가 제프는 그런 일에 관한 물음에 멀랜사 허버트가 사실대로 대답해 줄 리 없다는 것을 알았다. 멀랜사가 간단하게 대답할 줄 몰라서 그런 것인지 제프로서는 알 수 없었지만. 그러니 제프가 그녀에게 중요한 일이 무엇인지 어찌 알 수 있었으랴. 언제나 제프 캠벨은 실질적인 어떤 일에 있어서도 멀랜사에게 간섭할 권리는 자기에게 없다는 생각이 확고했다. 그런 점에서 그들은 서로에게 어떤 것도 묻지 않았다. 언제든 그들이 서로의 일에 신경 쓸 권리는 없다고 생각하면서. 이제 제프 캠벨은 그 어느 때보다 멀랜사가 생각하는 올바른 삶은 무엇을 어떻게 하며 살아가는 것인지 알아야 한다고 주장할 권리가 자신에게 없다고 느꼈다. 제프가 물어볼 권리가 있다고 생각한 것은 그녀의 사랑에 대한 감정뿐이었다.

제프는 이제 날마다 뼈저리게 자신이 얼마나 고통스러울 수 있는지 알게 되었다. 때로는 마음이 너무 아파서 혼자 있을 때면 뒤늦은 눈물이 흘러내렸다. 하지만 이제 나날이 자신의 마음이 얼마나 더 아플 수 있는지 알게 되면서, 제프 캠벨은 자신이 한때 멜랜사의 감정에 대해 항시 느꼈던 깊은 경외심을 잃었다. 고통은 결국 그렇게 대단한 것이 아니라고 제프 캠벨은 생각했다. 자신조차 느낄 수 있고, 그래서 마음이 아팠지만 말이다. 그가 이전에 멜랜사 마음을 아프게 했음을 알았을 때와 같이, 마음이 몹시 아팠지만, 그렇다 하더라도 자신 또한 고통스럽다며 아우성칠 수는 없었다.

타고난 성격이 온화해서 격렬한 감정을 느끼지 못하는 사람들은 고통이 엄습하면 보통 더 단단해진다. 고통을 겪는다는 것이 어떠한지 모를 때 그런 사람들은 고통을 아주 지독하게 여기며, 고통을 겪어야 하는 사람은 누구든 도와주고 싶어하며 평소 고통을 견디는 법을 잘 아는 사람에게 깊은 경외심을 가진다. 하지만 그들이 실제로 고통을 겪게 되면, 그들은 이내 두려움, 온화함, 경이감을 잃기 시작한다. 자신 같은 사람조차 견뎌 낼 수 있을진대, 고통받는 것이 뭐 그리 대수겠는가 생각한다. 고통에 휩싸이고, 그것을 견뎌 내야 하는 일이 썩 유쾌하지는 않지만 또한 고통을 견뎌 낼 줄 안다고 해서 어쨌거나 다른 사람들보다 훨씬 더 지혜로운 것은 아니므로 대수롭잖게 여긴다.

마음속에 이는 감정을 예민하게 받아들이는 격정적인 사

람들은 고통을 받으면 어김없이 점차 온화해진다. 그런 사람들에게 고통은 늘 약이 된다. 온화하고 미온적이고 느긋한 성격을 가진 사람들은 고통을 겪으면 훨씬 강해진다. 고통을 겪어야 하는 사람들 모두에게 그들이 한때 가졌던 두려움, 경외, 놀라움은 사라지고 이제 그들 자신도 고통스럽다는 것이 어떠한지 알게 되기 때문이다. 여느 사람들과 마찬가지로 그들 또한 고통을 견뎌 내는 법을 알고 나면 더는 고통을 그렇게 끔찍하게 여기지 않는다.

이즈음 제프 캠벨에게도 고통이 찾아왔다. 제프는 이제 항상 정말 고통스럽다는 것이 어떤지 마음 깊이 알았고, 날마다 고통을 느끼면서 멀랜사를 좀 더 잘 이해하는 법을 알게 되었다. 제프 캠벨은 여전히 멀랜사 허버트를 사랑했고, 여전히 그녀를 진정으로 신뢰했고, 여전히 언젠가 그들이 다시 함께하게 되리라는 작은 희망을 품었다. 하지만 날이 갈수록 이런 희망이 계속해서 희미해져 갔다. 그들은 아직도 많은 시간을 함께했지만, 이제 더는 서로를 진심으로 신뢰하지 못했다. 전에 그들이 함께하던 때 제프는 멀랜사의 속마음을 잘 모르겠다고 느꼈지만 언제나 그녀에 대한 신뢰는 깊었다. 이제 그는 멀랜사 허버트를 더 잘 알았지만, 그녀를 결코 깊이 신뢰할 수 없었다. 이제 제프는 그녀에게 진심으로 솔직해질 수 없었다. 그녀가 자기에게만 한결같다는 것을 믿어 의심하지 않았지만, 어쩐지 멀랜사의 사랑을 정말 깊이 믿을 수는 없었다.

제프가 물으면 멀랜사 허버트는 이제 화를 내기도 했다.

"제프, 전에 난 아무한테도 한 번 이상 기회를 준 적이 없어요. 그런데 당신한테는 어림잡아 100번은 기회를 줬어요, 제프. 알았어요?"

"멀랜사, 당신이 진정으로 나를 사랑한다면, 100만 번이라도 기회를 줘야 하는 거 아니에요?"

제프는 벌컥 화를 냈다.

"아무튼 당신이 나한테서 그런 기회를 받을 자격이 있을까요, 제프 캠벨?"

"멀랜사, 난 지금 자격을 따지는 게 아니라 사랑을 얘기하는 거예요. 그리고 나를 진정으로 사랑한다면 당신은 어쨌거나 그런 걸 절대 기회라고 말해서는 안 돼요."

"알았어요, 제프! 이제 정말 내 속마음까지 훤히 꿰뚫게 된 모양이네요. 안 그래요?"

"그런 말이 아니에요, 멀랜사. 당신을 질투하는 것도 아니고요. 당신이 늘 나를 대하는 태도를 봐서 확신하지 못할 뿐이에요."

"아, 그래요, 제프. 질투에 사로잡힌 사람들이 너나없이 그렇게 말하죠. 당신은 나한테 질투할 명분이 조금도 없어요. 그리고 이제 난 이런 얘기라면 정말로 신물이 나요, 알겠어요?"

그 뒤 제프 캠벨은 다시는 멀랜사에게 자기를 사랑하는지 묻지 않았다. 두 사람 사이는 점점 나빠져 갔다. 이제 제프는 멀랜사와 함께 있으면 말을 거의 하지 않았다. 이제 그녀에게 솔직하고 싶지도 않았고, 할 말도 별로 없었다.

이제 둘이 같이 있을 때면, 언제나 멀랜사가 대부분 이야기했다. 이제 그녀는 자주 다른 여자들을 집으로 불러들였다. 멀랜사는 제프 캠벨에게 늘 친절했지만, 이제 그와 둘이서만 있을 필요를 전혀 느끼지 못하는 듯했다. 그녀는 항상 제프를 제일 친한 친구처럼 대했고, 그에게 그런 사이인 건 변함이 없다고 말했다. 그러면서도 이제 그를 자주 만나고 싶은 마음은 전혀 없는 것 같았다.

제프 캠벨은 하루하루가 고역이었다. 이제 그는 멀랜사를 진정으로 사랑하는 법을 알게 되었건만, 그녀는 더 이상 자신을 필요로 하지 않는 듯했다. 제프는 그런 것을 온몸으로 느끼기 시작했다.

멀랜사가 다시 배회하기 시작했다는 사실을 제프 캠벨은 아직 몰랐다. 제프는 성급하게 멀랜사를 의심하지 않았다. 자기에 대한 그녀의 진실한 사랑을 믿을 수 없다는 것, 그것이 제프가 아는 전부였다.

제프의 마음속에는 이제 더는 아무런 의심도 남아있지 않았다. 그는 이제 자신이 멀랜사를 정말로 사랑한다는 것을 확실하게 알았다. 그녀가 더는 그에게 진정한 종교가 아님을 이제 분명하게 알았다. 이제 제프 캠벨은 자신의 마음 또한 아주 잘 알았다. 비록 그가 멀랜사를 열렬히 사랑했고, 그로 인해 고통을 뼈저리게 느끼고 있지만, 더는 그녀를 신뢰할 수 없다면, 그녀를 원해서도 안 된다고 생각하는 마음을.

나날이 멀랜사 허버트는 그에게서 점차 멀어졌다. 그와 함께할 때면 그녀는 언제나 상냥하게 말했지만, 어찌 된 일인지 그런 태도가 이제는 그에게 조금도 위로가 되지 않았다.

이제 항상 멀랜사 허버트의 주변에는 친구들이 많이 있었다. 제프 캠벨은 결코 그들과 함께하고 싶지 않았다. 멀랜사가 그것을 알아채고 그에게 몇 번이나 말했다. 이제 그와 둘만의 자리를 마련하기는 쭉 어렵다고. 때로 그녀는 그와 만나는 시간에 늦기도 했다. 그래도 제프는 언제든 참고 기다리려 애썼다. 제프 캠벨은 기억하는 법을 잘 알았고, 이제 그런 일을 견며 내는 것이 마땅하다고 생각했기 때문에.

그러더니 멀랜사는 어떻게든 그를 자주 만나지 않으려했고, 한번은 그를 만나기로 약속했던 곳에 아예 나타나지 않았다.

그때 제프는 머리끝까지 화가 치밀었다. 이제 다시는 그녀를 원해서는 안 된다고 생각했다. 이제 더는 그녀를 믿을 수 없다고 단정지었다.

제프 캠벨은 멀랜사가 그를 만나러 오지 않았던 이유를 전혀 알지 못했다. 멀랜사 허버트가 다시 배회하기 시작했다는 이야기가 그제야 제프의 귀에 조금씩 들려왔다. 제프 캠벨은 여전히 이따금 제인 하든을 찾아갔다. 의사로서 종종 그녀를 도와줘야 했기 때문이다. 제인 하든은 언제나 멀랜사에게 무슨 일이 있는지 훤히 알았다. 제프 캠벨은 제인 하든에게 멀랜사에 대한 어떤 이야기도 하지 않으려 했다. 제프는 언제나 멀랜사에게 충실했다. 자신이 멀랜사를 사랑한다는 것을 제인 하든에게 절대 밝히지 않으면서, 제인 하든이 자기에게 멀랜사에 대해 이러쿵저러쿵 입방아질 하도록 내버려 두지 않았다. 그럼에도 어쨌든 이제 제프는 멀랜사가 배회하는 것도, 멀랜사가 로즈 존슨과 자주 어울려 만나고 다니는 남자들에 대해서도 알았다.

제프 캠벨은 멀랜사를 의심하지 않으려 했지만, 자신의 마음이 그녀를 원하지 않음을 깨닫기 시작했다. 멀랜사 허버트는 여태껏 자신을 사랑한 적이 없었다. 제프는 이제 그것을 알았다. 한때는 그녀가 사랑을 느낄 수 있으리라 생각했었지만. 한때 그가 느꼈던 것보다 그녀는 그에게 더 대단한 존재였다. 이제 제프는 멀랜사 허버트를 꿰뚫어 알 수 있게 되었다. 제프는 자기를 진정으로 사랑할 수 없던 그녀에게가 아니라, 대단한 착각에 빠졌던 자신에게 씁쓸함을 느꼈다. 또한 그가 세상에서 무엇보다 진실하게 느꼈던 것을, 그의 세상을 언제나 아름다움으로 가득 채웠던 것을 이제 잃은 데 다소 씁쓸함을 느꼈다. 그에게 이 새로운 종교였던 것을 잃어서. 이미 알았어야 했을 진정으로 아름답고 선한 것을 얻기도 전에 잃어서.

이제 제프 캠벨은 멜랜사에게 언제나 자기한테 솔직해 달라고 애원했던 자신에게 화가 치밀었다. 그녀가 그를 진심으로 사랑하지 않은 것을, 그녀가 그에게 솔직하지 않은 것을 제프는 견딜 수 없었다.

제프 캠벨은 멜랜사를 만나지 못한 채 집으로 돌아갔다. 그의 마음은 쓰라렸고, 분노로 가득 찼다.

제프 캠벨은 어떻게 마음을 추슬러야 할지 몰랐다. 그래도 이제 강해져야 하고, 아픈 사랑에서 벗어나야 했다. 하지만 그가 지금 생각하는 것이 확실할까? 멜랜사 허버트가 그를 진정으로 깊이 사랑한 적이 없다는 것이 확실할까. 멜랜사는 그에게서 숭배받을 자격이 없다는 것이 확실할까. 이제 끊임없이 제프는 이런 고뇌에 빠졌지만, 멜랜사가 그에게 실로 깊은 마음을 갖고 있지는 않았다는 느낌이 이제 끊임없이 커졌다.

제프는 멜랜사로부터 어떤 기별이라도 오지 않을까 싶어 기다렸다. 멜랜사 허버트는 그에게 단 한 줄의 소식조차 보내지 않았다.

결국 제프는 멜랜사에게 편지를 썼다.

멜랜사에게,

당신이 나와 만나기로 약속하고 끝까지 나타나지 않았던 지난 주에 어쨌거나 당신이 아프지는 않았다는 걸 분명히 알고 있어요. 그런데 당신은 도저히 올바른 처사라고 생각할 수 없는 그런 행동에 대한 변명 한마디 전하지 않았죠. 제인 하든이 그날 당신을 봤다더군요. 당신이 요즘 어울리는 사람들하고 걸어가는 걸 봤답니다. 이제 더는 내 말을 오해하지 말아요, 멀랜사. 난 지금 당신을 사랑해요. 당신이 가르쳐 준 것을 더디 깨우쳐서 이제야 당신을 사랑하지만, 당신은 내게 진심 어린 감정을 가진 적이 전혀 없었음을 나는 이제 알아요. 난 이제 멀랜사, 당신을 진실한 종교처럼 사랑하지 않아요. 당신이 우리 모두와, 다른 사람들과 다를 게 없다는 것을 이제 알거든요. 이제 난 어떤 남자도 당신을 견딜 수 없다는 걸 알아요. 어떤 남자도 당신을 진정으로 믿을 수 없을테니까요. 또 나쁜 의도는 아니라고 해도, 멀랜사 당신은 결코 제대로 기억할 수 없고, 그래서 절대 솔직해질 수 없는 여자니까요. 그러니 이제 오해없이 내 말을 들어 주길 바라요, 멀랜사. 내가 당신을 믿지 못하는 것은 사랑하는 법을 모르는 게 결코 아니에요. 난 이제 정말로 당신을 사랑하는 법을 알아요, 멀랜사. 당신도 내가 그렇다는 것을 분명 알고 있어요. 언제든 나를 믿을 수 있다는 것도. 난 이제 멀랜사, 당신한테 솔직하게 말할 수 있어요. 진정한 감정에 있어서는 내가 당신보다 낫다고. 그래서 말인데 난 멀랜사, 당신에게 더는 성가신 사람이 되고 싶지 않아요. 내가 달리 결코 알 수 없는 것들을 당신은 분명히 바라보게 해 줘요. 내가 당신에 비해 진정한 감정을 느끼는 데서툴렀을 때, 당신은 내게 참으로 다정했고 무던히 인내했죠. 그런데 난 어떤 면에서든 단 한 번도 당신에게 그렇게 다정하지도 참을성 있지도 못했어요, 멀랜사. 나도 그런 것을 분명히 알아요. 하지만 멀랜사, 난 언제나 둘이 함께 잘해야 한다고 생각해요. 두 사람이 같은 마음으로 서로를 좋게 봐야 진정으로 바르게 사랑하는 것이라고 말이에요. 그리고 어떤 감정이든 한쪽은 주기만 하고 다른 한쪽은 받기만 해서는 결코 안 된다고 생각해요, 멀랜사. 당신이 지금까지 나를 제대로 이해하지 못한다는 것을 알지만, 어떻든 상관없어요. 이제 난 분명하게 당신에 대한 내 진실한 감정을 알아요, 멀랜사. 그래서 이제 영원한 작별을 고하려고 해요, 당신을 진정으로 신뢰할 도리가 없거든요. 그 이유는 아무한테도 진실한 감정을 동등하게 나누지 않고, 제대로 기억하는 법을 전연 모르는 당신 때문이에요. 사실 여러 면에서 당신을 깊이 믿고, 당신의 상냥하고 다정한 성품을 다분히 느껴요. 유일한 걸림돌은 나에 대한 당신의 사랑이죠, 멀랜사. 당신 마음은 내 마음과 결코 같을 수 없다는 걸 이제 더는 견딜 수 없어요. 그래서 이제 멀랜사 당신의 친구로 남으려고 해요. 나를 필요로 한다면 앞으로는 우리가 서로 만나 이야기를 나누는 일은 결코 없을 거예요.

편지를 쓴 뒤, 제프는 생각을 거듭했지만, 상황을 다르게 볼 여지는 전혀 없었다. 그래서 결국 그는 이 편지를 멀랜사에게 보냈다.

제프 캠벨은 이제 확실히 다 끝났다고 생각했다. 이제 정말 그는 멀랜사에 대해 조금도 더 알 수 없다고 생각했다. 그렇지만 어쩌면 멀랜사도 진정으로 그를 사랑하지 않았을까. 그렇다면 그가 어쨌거나 그녀를 두 번 다시 볼 수 없게 돼서 얼마나 마음 아파 할지 알게 될 테고, 어쩌면 그에게 한 줄의 편지라도 쓸지 모를 일이었다. 하지만 그것은 제프의 어리석은 기대에 불과했다. 멀랜사는 그에게 단 한 글자의 편지도 보내지 않았다. 이제 두 사람 사이의 관계는 완전히 끝났고, 제프는 그렇게 된 데 홀가분한 기분을 느꼈다.

여러 날 동안 제프는 이별을 마음속 고통을 덜어낸 일로 여겼다. 제프는 마음의 문을 닫고 아무런 말도 하지 않았다. 고통은 그의 마음속에 무겁게 내려앉았다. 이로 인한 아픔이 그의 마음속 깊숙이 가라앉은 이즈음은 그가 느낄 수 있는 마음속 싸움이 없는 평온하고 고요한 시기였다. 제프 캠벨은 이제 생각할 수도, 다른 어떤 감정을 느낄 수도 없었다. 주변에서 어떤 아름다움도 선함도 볼 수 없었다. 이제 그의 마음을 채운 것은 단조롭고도 편안한 고요함이었다. 제프는 이 단조로운 마음속 고요를 즐길 정도에 이르렀다. 멀랜사 허버트가 처음 그의 마음을 움직였던 이후로, 그 어느 때보다 자유롭다는 느낌이 들었기 때문이다. 그는 아직은 진정한 평온에 이르렀다고 생각하지 않았다. 그의 마음속에서 그토록 오래 요동치던 감정들을 정말로 잠재우지는 못했기에, 아직은 그에게 일어났던 일에서 아름다움과 진정한 선함을 보는 법을 터득하지 못했기에. 하지만 무기력에 빠져 있을지언정 평온했다. 제프 캠벨은 마음속에서 끊임없이 벌어지던 싸움이 그쳐서 참으로 좋았다.

그래서 제프는 조용히 하루하루를 이어 갔고, 일에 있어서도 신중을 기했다. 이제 주변에서 아름다움을 전혀 느끼지 못했고, 이제 항상 활력이 없고 마음이 무거웠지만, 그래도 올바른 길이라고 생각했던 삶으로 다시 돌아가 꾸준히 나아가고 있는 자신에게 만족했다. 자신은 물론 모든 흑인들이 항상 따랐으면 했던, 정연하고 평온한 삶에서 아름다움을 찾는 삶의 길로 돌아온 것에. 그가 한때 온몸으로 느꼈던 기쁨에 대한 감각은 잃었지만, 그래도 일할 수 있으니, 이제 더는 주변에서 볼 수 없는 아름다움에 대해 다시 참된 믿음을 가질 수 있음을 알 터였다.

그래서 제프 캠벨은 일을 계속했고, 저녁이면 언제나 집에 머물렀고, 다시 책을 읽기 시작했으며, 많은 이야기를 하지 않았다. 그의 마음속에 아무런 감정도 남아 있지 않은 듯했다.

제프는 어느 날은 자신이 정말로 잊어 가는지도 모른다고 생각했고, 또 어느 날은 정연하고 평온하던 예전 삶으로 돌아가 행복해질 수 있을 거라고 생각했다.

제프 캠벨은 마음속에서 겪었던 일에 대해 아무에게도 말한 적이 없었다. 이야기하기를 좋아했고, 솔직했지만, 그가 느끼는 감정을 입 밖에 내는 일은 없었다. 그가 입 밖으로 내는 말은 늘 하는 생각뿐이었다. 제프 캠벨은 언제나 자신의 감정을 숨길 수 있다고 자부했다. 속으로 느꼈던 감정을 떠올리면, 얼굴이 화끈 달아올랐다. 마음속 감정을 입 밖으로 꺼내도록 했던 사람은 멜랜사가 유일했다.

그래서 제프 캠벨은 단조롭고 잔잔하고 무겁고 평온한 마음으로 계속 지냈고, 어떤 감정도 느낄 수 없는 듯 보였다. 어쩌다 한때 느꼈던 감정이 떠오르면 수치심에 얼굴을 붉히며 전율할 뿐이었다. 그러던 어느 날, 그의 마음속에 잠들어 있던 감정이 예리하게 깨어났다.

바로 그 무렵, 의사인 캠벨은 죽음이 멀지 않아 보이는 병든 남자 곁을 몇 시간씩 지키고 있었다. 어느 날, 병든 남자가 휴식을 취하는 동안, 캠벨은 잠시 밖을 내다보며 기다리려고 창가로 갔다. 바야흐로 그곳 남부 지역에 이른 봄이 찾아와 있었다. 나무들이 새싹을 틔우면서 나뭇가지가 지그재그 모양으로 오톨도톨해지기 시작했고, 습기를 머금은 대기는 따스하고 쾌적했다. 촉촉하게 젖은 비옥한 땅에서 흙냄새가 풍겼고, 새들이 여기저기서 생기 넘치는 높은 소리로 울었으며, 잔잔한 바람이 살랑살랑 불어 댔다. 새싹, 길쭉한 지렁이, 흑인들, 크고 작은 아이들이 시시각각 새 봄으로, 물기 머금은 남부의 햇볕으로 나오고 있었다.

제프 캠벨의 마음속에서도 예전에 느꼈던 즐거움이 되살아나기 시작했다. 그의 마음속에서 고요한 평온이 깨지기 시작했다. 그는 창밖으로 몸을 쑥 내밀고 봄기운에 젖어 들었다. 그의 심장이 찌릿하더니 멎은 듯했다. 방금 스쳐 지나간 사람이 멀랜사 허버트였나? 그의 심장을 순간 멎게 한 사람이 멀랜사 허버트였을까, 다른 여자였을까? 뭐, 아무래도 상관없었다. 멀랜사는 그의 주변 세상 어디엔가 있었고, 그도 그것을 알고 있었으니까. 멀랜사 허버트는 항상 그와 같은 마을에 있는데, 그는 더 이상 그녀를 가까이 느낄 수 없었다. 그가 그녀를 밀어내다니, 얼마나 바보 같은 짓이었던가. 그녀가 그를 진정으로 사랑하지 않았다는 것을 그가 알았다고? 지금 멀랜사가 그 때문에 아파하고 있다면? 그녀가 그를 보고 반가워 마지않는다면? 그리고 그가 해 온 것들이 지금 그에게 의미 있기나 할까? 그가 그녀를 떨쳐 내다니, 얼마나 어리석었던가. 그렇다 해도 멀랜사 허버트가 그를 원했나? 그녀가 그에게 솔직했나? 멀랜사가 그를 사랑한 적이 있었나? 그래서 지금 그 때문에 아파하고 있을까? 아! 아! 아! 그의 마음속에서 다시한번 쓰라린 눈물이 솟구쳤다.

그 긴 하루 내내, 따스하고 촉촉한 새봄의 기운이 마음속에서 일렁이는 것을 느끼며 제프 캠벨은 일했고, 생각했고, 가슴을 쳤고, 이리저리 거닐었고, 큰 소리로 말하다 침묵했고,

확신하다가 의심에 빠졌고, 강렬하게 느끼다가 무감각해졌다. 그리고 걸어가다가 이따금 생각을 떨쳐 내려 달음박질치기도 했고, 아프고 피가 날 만큼 손톱을 물어뜯기도 했다. 그가 느끼는 감정을 확실히 알고 싶어서, 무엇이 옳은지 알 수 없어서, 이제 무엇을 해야 하는지 몰라서 머리를 쥐어뜯었다. 그러고 나서 그날 밤늦게, 그는 멀랜사 허버트에게 그 모든 것을 털어놓는 편지를 썼다. 그리고 행여 자신의 마음이 변할까 싶어 서둘러 그 편지를 보냈다.

오늘, 어쩌면 내가 지금 잘못 생각하고 있을지 모른다는 생각이 강렬하게 밀려들었어요, 멀랜사. 어쩌면 당신이 나와 함께하기를 간절히 원할지도 모른다는 생각이 들었죠. 내가 툭하면 그랬듯이 또다시 당신에게 상처를 줬을지 모른다는 생각도 들었어요. 멀랜사, 나는 정말, 그런 생각이 들면 이제 다시는 당신한테 잘못을 저지르고 싶지 않은 마음이 간절해져요. 오늘 내게 강렬하게 밀려든 생각처럼 당신도 그렇게 느끼고 있다면, 그렇다고 말해 줘요, 멀랜사. 그러면 다시 당신을 만나러 갈게요. 그렇지 않다면, 내게 아무 말도 하지 말아 줘요. 정말로 멀랜사, 당신한테 나쁜 사람이 되고 싶지 않으니까요. 당신한테 성가신 사람이고 싶은 마음도 전혀 없고요. 내 생각이 잘못된 거라고, 내가 찾아가는 것을 당신은 정말 원하지 않는다고 생각하면 견딜 수 없을 거예요. 말해 줘요, 멀랜사. 솔직하게 말해 줘요. 내가 다시 당신을 보러 가도 될까요?

네. 오늘 밤 집에서 기다리고 있을게요, 제프.

멀랜사에게서 답장이 왔다.

그날 저녁 느지감치, 제프 캠벨은 멀랜사 허버트를 만나러 갔다. 그녀에게 가까워질수록 제프는 자신이 정말로 그녀와 함께하고 싶은 걸까 하는 의문이 들었다. 자신이 그녀에게 원하는 것이 무엇인지 모르겠다는 생각이 들었다. 그들이 서로 간 문제를 터놓고 이야기할 수 없다는 것을 제프 캠벨은 알고도 남았다. 이제 와서 제프는 멀랜사 허버트에게 무슨 이야기를 하고 싶나? 지금 와서 제프 캠벨은 그녀에게 무슨 이야기를 할 수 있나? 이제 그가 그녀를 신뢰할 수 있게 된 것은 분명 아니었다. 제프는 멀랜사가 늘 마음속에 품고 있던 모든 생각을 확실히 잘 알았다. 그렇더라도 그녀를 다시 못 보는 것은 끔찍했다.

제프 캠벨은 안으로 들어가서 멀랜사에게 다가가 키스를 하고 안았다. 그러고는 그녀에게서 떨어져 가만히 서서 그녀를 바라보았다.

"왔군요, 제프!"

"그래요, 멀랜사!"

"제프, 뭐 때문에 내게 그랬던 거예요?"

"잘 알잖아요, 멀랜사. 당신은 나를 사랑하지 않는다고, 나를 다정하게 대하는 것은 친절일 뿐이라고 보는 내 생각이 늘 원인임을. 그런 데다 멀랜사 당신도 나를 만나기로 약속했던 그날 끝까지 나타나지 않았고, 왜 나를 만나러 올 수 없었는지 아무 변명도 하지 않았잖아요!"

"제프, 내가 언제나 당신을 사랑하는 것을 정말 그렇게도 모르겠어요?"

"그래요, 멀랜사. 난 정말 모르겠어요. 그렇다는 걸 안다면, 분명하고 확실하게 알 수 있다면, 당신을 괴롭히는 일은 절대 없을 거예요."

"제프, 난 정말 당신을 사랑하고, 그런 마음이 끊임없이 커지는데, 당신도 당연히 그걸 느꼈어야죠."

"확실해요, 멀랜사?"

"그래요, 어린애 같은 사람. 제프, 당신도 알잖아요."

"멀랜사, 그렇다면 왜 나한테 그렇게 행동했어요?"

"아, 제프. 당신이 나를 난처하게 만들었잖아요. 그날 난 어딘가에 가야만 했어요, 제프. 그리고 당신한테 아무 말도 하지 않을 생각이 아니었어요. 그런데 당신이 그런 편지를 써서 보낸 바람에 나한테 일이 좀 생겼어요. 정확히 어떻게 된 건지는 몰라요, 제프. 기절 비슷한 걸 했어요. 제프, 당신이 다시는 나를 보러 오지 않겠다는데, 내가 뭘 할 수 있었겠어요!"

"멀랜사, 당신이 알고 있었다고 해도 상관없지만, 당신한테 그렇게 하면서 나도 죽을 것 같았어요. 나한테 끝내 아무 말도 안 할 작정이었어요?"

"네, 물론이죠. 당신이 그런 편지를 보냈는데, 내가 어떻게 말할 수 있었겠어요. 나를 어떻게 생각하는지 제프 당신 마음을 알았지만, 아무 말도 할 수 없었어요."

"음, 멀랜사. 내가 자존심이 강하다는 걸 나도 알아요. 하지만 당신이 정말로 나를 사랑한다는 걸 어떻든 내가 조금이라도 알았더라면, 당신한테 절대 그렇게 굴지 않았을 거예요. 아니에요, 사랑하는 멀랜사. 당신하고 내가 느끼는 감정은 차이가 있어요. 어쨌든 난 당신을 정말 진심으로 사랑해요, 멀랜사."

"나도 사랑해요, 제프. 당신이 결코 내 말을 믿지 못하는 것처럼 보이지만."

"그래요, 당신이 그렇게 말해도 난 당신 말을 믿지 않아요. 어째서 그런지는 나도 모르겠어요. 분명히 당신을 신뢰하지만, 당신이 정말로 나를 사랑한다는 말만은 못 믿겠어요. 당신이 항상 나를 신뢰한다는 것을 잘 알아요. 다만 어쨌든 그 말은 곧이곧대로 받아들여지지 않아요. 달리 어떻게 말할지 모르겠어요, 멜랜사."

　"음, 내가 이제 항상 당신을 신뢰한다는 것은 맞는 말이지만, 더는 제프 캠벨 당신을 도울 방법이 없네요. 제프 캠벨 당신은 분명 내가 알 수 있는, 내게 최고의 남자예요. 어떻든 그런 사실이 달라질 수 있다고 생각해 본 적은 없어요."

　"그렇다면 나를 믿어요, 멜랜사. 난 진정 당신을 사랑해요, 멜랜사. 그리고 우리가 함께하기 위해 지금 이러는 것보다 당신도 나도 좀 더 충실했어야 한다고 생각해요. 당신도 분명 그렇게 생각하는 것 맞죠. 아무튼 당신이 정말로 나를 사랑하기를 바라요. 부디 한 점의 거짓 없이 솔직하게 말해 줘요, 사랑하는 멜랜사. 내가 언제나 확실히 알도록 말해 줘요. 정말로, 진심으로 나를 사랑해요?"

　"아, 바보 같은 사람, 어린애 같은 제프 캠벨. 사랑해요. 뭐 때문에 내가 매번 당신을 용서한다고 생각해요? 진심으로 변함없이 제프 당신을 사랑하지 않았다면, 당신이 걸핏하면 그렇게 나를 괴롭히도록 내버려 뒀겠어요! 이제 제발 다시는 내 앞에서 그런 말 하지 말아요. 알겠죠, 제프? 그렇지 않으면 언젠가 내가 정말 몹쓸 짓을 해서, 당신한테 큰 상처를 주고 말거예요. 제프, 이제 그만 내게 잘해 줘요. 내가 얼마나 간절히 그러길 원하는지 알잖아요. 당신은 이제 항상 내게 잘해야 해요!"

제프는 멀랜사에게 답할 수 없었다. 지금 그녀에게 무슨 말을 해야 할 것인가? 뭐라고 해야 두 사람의 마음이 조금이 라도 편해질 것인가? 제프 캠벨은 깊이 사랑할 줄 알게 되었다. 그는 이제 항상 그 사실을 알았다. 멀랜사는 언제든 신념을 잃지 않을 만큼 강해지는 법을 터득한 여자였다. 그는 그것 역시 마음으로 느꼈다. 다만 멀랜사는 그를 진정으로 사랑하지 않았다. 그는 그것 또한 언제나 강하게 느꼈다. 그런 생각이 항상 그의 마음속에 자리를 잡고 앉아 그들 사이에 끼어들었다. 그러니 이런 대화가 그들 관계에 도움이 될 리 없었다.

제프 캠벨은 더 이상 멀랜사를 들볶지 않았다. 그녀에게 별말을 하지 않았다. 제프는 멀랜사를 자주 만났고, 그녀에게 아주 다정했으며, 더는 그녀를 괴롭히지 않았다. 이제 제프에게는 그녀와 사랑을 나눌 기회가 많지 않았다. 그와 만날 때 멀랜사는 혼자 있는 법이 없었다.

제프 캠벨과의 문제로 가슴이 답답해졌을 때, 멀랜사 허버트는 교회에 갔고, 나중에 샘 존슨과 정식으로 결혼하게 될 로즈를 거기서 처음 만났다. 로즈는 반반한 외모에 웬만큼 괜찮은 부류의 흑인 여자로, 백인 부부의 손에 친자식처럼 자랐으나, 그 당시에는 흑인들과 지내고 있었다. 그 무렵 로즈가 함께 살던 사람은 허버트 부부와 그들의 딸 멀랜사를 알았던 흑인 여자였다.

로즈는 이내 멀랜사 허버트를 좋아하게 되었고, 멀랜사는 이제 항상 로즈와 함께하기를 바랐다. 그럴 수 있을 때면 언제나 멀랜사 허버트는 로즈를 위해, 로즈가 원한다고 생각되는 일은 뭐든 다 했다. 로즈는 언제나 자기를 위해 이것저것 해주려는 친절한 사람들과 함께하기를 좋아했다. 로즈는 통속적 관념이 강했고 게을렀다. 로즈는 아주 좋은 습성을 지닌 멀랜사 허버트를 좋아했다. 그리고 가끔씩 너무 우울해하고, 아주 많은 고난을 겪어 온, 섬세하고 다정하며 유순하고 똑똑한 멀랜사 허버트를 안타깝게 여기기도 했다. 멀랜사 허버트가 난처한 상황에 빠지지 않는 법을 전혀 모르는 것에 대해서는 잔소리도 했다. 로즈는 단순하고 이기적인 분별력으로 언제나 단호하게 정도에서 벗어나지 않으려 했다.

하지만 왜 사랑스러움과 힘과 지혜를 가진, 섬세하고 똑똑하며 매력적이고 반은 백인인 여자 멀랜사 허버트는 이 게으르고 어리석고 평범하고 이기적인 흑인 여자를 위해 일하고, 기분을 맞춰 주고, 잔소리를 들어 가며 스스로 위신을 떨어뜨리게 된 걸까? 멀랜사 허버트에게 있어서 이는 묘한 일이었다.

어쨌거나 이 새봄 날, 멀랜사는 로즈와 어울려 다시 배회하기 시작했다. 로즈는 돌아다닐 때 적당히 처신하는 법을 잘 알았다. 아주 잘 알았다. 로즈는 하잘것없는 부류의 흑인 여자가 아니었다. 백인 부부의 손에서 자랐으므로. 그리고 그녀는 어떤 남자하고든 줄곧 같이 어울리게 되면, 반드시 그 남자와 약혼했다. 로즈는 언제나 적절히 처신해야 한다는 의식이 강했다. 그래서 생각이 복잡하고 확고하지 못한 멀랜사에게 여자가 배회하고 다닐 때 지녀야 할 적절한 태도에 대해 수시로 이야기했다.

로즈는 멀랜사 허버트와 제프 캠벨의 사이에 대해 잘 몰랐다. 거의 모든 시간을 의사인 캠벨과 함께했던 멀랜사 허버트에 대해 로즈는 아는 것이 별로 없었다.

제프 캠벨은 멀랜사와 만날 때 함께 있는 로즈를 좋아하지 않았다. 제프는 피할 수만 있다면 로즈를 대면하지 않으려 했다. 로즈는 의사인 캠벨에 대해 별 생각을 하지 않았고, 멀 랜사도 그에 대한 이야기를 많이 들려주는 일이 없었다. 그는 이제 멀랜사에게 있어 중요한 사람이 아니었다.

멀랜사의 옛 친구 제인 하든을 본 로즈는 제인을 좋아하 지 않았다. 제인도 로즈를 별 볼 일 없고, 어리석고, 퉁명스러 운, 까만 피부의 여자라며 멸시했다. 멀랜사가 그런 흑인 여자 에게서 견뎌 낼 만한 어떤 점을 찾았는지 제인은 이해할 수 없 었다. 그 때문에 제인은 멀랜사를 보면 역겨움을 느꼈다. 그때 멀랜사는 좋은 머리를 가지고 있으면서도 그것을 이용하려는 생각이 별로 없었다. 비록 멀랜사는 여전히 언제나 제인에게 잘하려고 했지만, 제인 하든은 더는 멀랜사를 보고 싶어 하지 않았다. 그리고 로즈 또한 거만하고 무례하게 말하고 심술궂 은 술주정뱅이 제인 하든을 싫어했다. 멀랜사가 어떻게 그런 여자를 참고 만나 왔는지 로즈는 이해되지 않았다. 멀랜사는 늘 모든 사람에게 잘했고, 사람에 따라 어떻게 대응하는 것이 마땅한지 전혀 몰랐다.

로즈는 멀랜사와 제프 캠벨과 제인 하든에 대해 많이 알 지는 못했다. 부모와 함께 살던 시절의 멀랜사에 대해 알 뿐이 었다. 어머니, 아버지와 지독한 시간을 보냈고, 이제는 도움받 을 이 하나 없이 혈혈단신인 가여운 멀랜사를 로즈는 언제나 다정히 대하며 반겼다.

"멀랜사, 너한테 그 사람은 정말 끔찍한 흑인이었어. 내 손으로 그 남자를 붙잡아 혼쭐을 내 주고 싶을 정도야. 잘못한 걸 깨닫게. 정말 그러고 싶어, 멀랜사. 내 말 알겠지?"

이때 멀랜사에게 큰 위안을 준 것은 로즈의 이런 단순한 신념과 단순한 분노와 단순한 도덕적 행동 방식이었는지 모른다. 로즈는 이기적이고 어리석고 게을렀지만, 까다롭지 않았고 올바로 처신하려면 어떻게 해야 하는지 항시 알았으며 자신이 원하는 것을 알았다. 그리고 자신의 친구 멀랜사 허버트가 대단히 똑똑한 것에 감탄했고, 멀랜사가 늘 큰 고통에 시달리는 것을 가엾게 여겼고, 더 어려운 상황에 빠지지 않도록 잔소리를 해 댔다. 그리고 때로는 멀랜사 허버트가 마땅히 해야 하는 대로 하지 않고 다르게 하는 것을 알게 돼도 화를 내는 법이 없었다.

그래서 로즈와 멀랜사는 점점 더 많은 시간을 함께하게 되었고, 이제 제프 캠벨이 멀랜사와 단둘이 만나기는 갈수록 힘들어졌다.

한번은 제프가 다른 마을로 가서 아픈 사람을 돌봐야 하는 일이 생겼다.

"월요일에 돌아와서 저녁에 당신을 보러 갈게요, 멀랜사. 그때는 꼭 멀랜사, 당신 혼자 나를 기다리고 있어 줘요."

"그래요, 제프. 기쁜 마음으로 기다리고 있을게요!"

월요일, 제프 캠벨이 집에 돌아왔을 때, 멀랜사가 보낸 쪽지가 와 있었다.

"제프, 내일모레 수요일에 와 주겠어요?"

멀랜사는 그날 저녁에 외출할 일이 생겼다며 몹시 미안하다고 했다. 너무 미안하지만 화를 내지 않았으면 좋겠다고.

제프는 화가 나서 살짝 욕까지 했다. 그러고는 헛웃음을 지으며 한숨을 내쉬었다.

"불쌍한 멀랜사. 조금도 솔직할 줄 모르는군. 하지만 상관없어. 난 분명 그녀를 사랑하니까. 그녀가 나를 받아 주기만 해도 좋으니까."

수요일 밤에 멀랜사를 만나러 간 제프 캠벨은 그녀를 끌어안고 키스했다.

"약속했던 대로 월요일에 만나지 못해 정말 미안해요, 제프. 하지만 날짜를 다시 잡을 수밖에 없었어요."

제프는 그녀를 보며 얼핏 웃음을 보였다.

"정말로 지금 내가 그 말을 믿기를 바라요, 멀랜사? 좋아요, 당신이 그러기를 바란다면 믿을게요, 멀랜사. 당신이 원하는 대로 오늘 밤은 당신한테 정말 잘할게요. 내가 보고 싶었다는 당신 말을 믿어요, 멀랜사. 날짜를 바꿀 수밖에 없었다는 말도 믿고요."

"아, 제프. 당신한테 그런 것은 분명 내 잘못이에요. 당신에게 실례되는 행동을 했다고 말하려니 너무 힘들지만, 이번에는 내가 정말 제프 당신한테 잘못했어요. 무슨 일이었는지 말하기는 어렵지만, 약속대로 당신을 기다리지 않은 건 내 잘못이 분명해요. 하지만 늘 고약하게 군 쪽은 당신이었어요. 나를 몹시도 괴롭혀서 무슨 일이든 견디기 어렵게 만들었잖아요. 당신은 나쁜 남자예요, 제프. 이제 알겠어요? 그리고 지금까지 내가 누군가한테 내 잘못이었다고 말한 건 이번이 처음이에요, 제프. 알아요?"

"알아요, 멀랜사. 용서해 줄게요. 당신이 해서는 안 되는 적절치 못한 일을 했다고 인정하며 잘못했다고 하는 말은 나도 분명 처음 들었으니까요."

제프는 웃으며 말하고는 그녀에게 키스했다. 멀랜사도 웃으며 그의 사랑을 받았다. 그들은 잠깐 동안 행복한 시간을 가졌다.

서로의 품에 안겨 행복해하던 그들은 이내 조용해졌고, 그러고는 왠지 슬픈 기분에 빠졌다가 다시 침묵했다.

　　"그래요, 난 정말 당신을 몹시 사랑해요, 제프!"

　　멀랜사가 꿈결처럼 말했다.

　　"확실한 거죠, 멀랜사?"

　　"그래요, 제프, 확실해요. 하지만 지금 당신이 생각하는 그런 사랑은 아니에요. 당신에 대한 내 사랑은 점점 커지고 있어요. 끊임없이. 제프 당신을 알수록 믿음도 점점 더 커져 가고요. 사랑해요, 제프. 그래요, 정녕코. 하지만 제프 당신이 지금 내게 느끼는 그런 사랑이 아니에요. 이제 더는 내 마음속에 뜨거운 열정이 남아 있지 않아요. 내 안에 있던 그런 감정은 당신이 모두 죽였어요. 당신도 분명 그걸 알죠, 제프. 당신하고 사랑을 나눌 때, 난 이제 늘 그러니까요. 당신도 틀림없이 그걸 알아요. 당신이 정말로 좋아하는, 지금 내 안의 사랑은 그런 거예요. 이제는 당신한테 이런 말을 해도 괜찮죠, 제프?"

　　제프 캠벨은 마음이 아파서 죽을 것만 같았다. 그랬다, 그는 이제 진정으로 뜨거운 사랑을 품는 것이 어떤 것인지 알았지만 멀랜사의 말이 맞았다. 그는 그녀에게 그런 사랑을 받을 만한 사람이 아니었다.

　　"그래요, 멀랜사. 부인하지 않을게요. 언제든 난 당신이 원하는 것은 뭐든, 내 안에 있는 모든 것을 당신한테 줄 거예요. 당신이 이제 내게 주고 싶어 하는 마음이 어떠한 것이든 받을 거고요. 그래도 내 마음이 아프지 않다고 말할 수는 없지만, 어떻든 나에 대한 감정이 달라져야 한다는 말은 하지 않을게요, 멀랜사."

　　울컥 솟은 눈물이 흘러내리면서, 제프 캠벨은 목이 메어 말을 이을 수 없었다. 그는 무너지지 않으려 스스로를 다잡았다.

"잘 있어요, 멀랜사."

제프는 그녀 앞에서 초라함을 느꼈다.

"잘 가요, 제프. 당신에게 상처를 주려는 마음은 조금도 없었어요. 사랑해요. 당신을 알고 지내는 내내 나날이 점점 더 당신을 사랑했어요, 제프."

"알아요, 멀랜사. 알아요, 그런 사랑이 내게 아무 의미 없는 건 결코 아니에요. 당신도 어쩔 수 없었어요. 아무도 마음속 감정을 좌지우지할 순 없으니까. 이제 괜찮아요, 멀랜사. 정말이에요. 잘 있어요, 멀랜사. 이만 가 봐야겠어요. 안녕, 멀랜사. 그렇게 걱정스러운 얼굴 하지 말아요. 멀랜사, 조만간 꼭 다시 만나러 올게요."

그 뒤 제프는 비틀거리며 계단을 내려가서 급히 그녀를 떠나갔다.

이후 제프 캠벨의 마음속 고통이 점점 더 거세어졌다. 그는 신음했다. 마음이 아파서 견딜 수 없었다. 눈물이 나고, 심장이 고동치고, 열이 오르고, 기운이 빠지고, 속이 쓰라렸다.

이제 제프는 멀랜사를 사랑한다는 것이 어떠한지 아주 잘 알았다. 이제 제프 캠벨은 정말로 이해하게 되었음을 알았다. 이제 제프는 멀랜사에게 잘한다는 것이 어떤 것인지 알았다. 이제 제프는 그녀에게 항상 잘했다.

서서히 제프는 그토록 마음 아픈 것이, 멀랜사에게 항상 잘하는 것이 위안이 됨을 느꼈다. 이제 멀랜사는 그로 인한 문제들을 견뎌 내야 할 필요도, 그가 느낀 고통보다 심한 고통을 느낄 필요도 없었다. 이제 제프는 속이 단단해졌다. 이제 그의 마음은 모든 고통을 느끼면서도 평온했다. 이제 그는 자신이 이해하게 되었음을, 이제 마음속에 뜨거운 사랑을 품게 되었음을 알았다. 그래서 그런 사랑을 느끼도록 해 준 멀랜사 허버트에게 언제나 좋은 남자가 되었다. 이제 그는 자신이 좋은 남자가 될 수 있다는 걸, 열렬한 사랑을 감당하는 법을 가르쳐 달라고 소리쳐 도움을 청하지 않아도 된다는 걸 알았다. 날마다 제프는 자신이 더욱더 강한 남자가 되고 있음을 느꼈다. 한때 그가 진정한 자신의 모습이라고 생각했던 대로, 그가 알고 있는 강한 남자의 모습대로. 이제 제프 캠벨은 진정한 지혜를 갖게 되었고, 그 지혜로 인해 상처를 받아도 비통해하지 않았다. 이제 자신이 그런 고통을 견뎌 낼 만큼 정말로 강하다는 것을 온몸으로 알았으므로.

그래서 이제 제프 캠벨은 멀랜사를 자주 만날 수 있었고, 인내했으며, 그녀에게 항상 다정했다. 날이 갈수록 제프 캠벨은 멀랜사 허버트를 더 잘 이해했다. 그리고 그가 원하는 방식으로는 멀랜사가 자기를 사랑할 수 없다는 것을 끊임없이 확인했다. 멀랜사 허버트는 사실 기억할 줄을 전혀 몰랐다.

그리고 이제 제프는 멀랜사가 자주 만나는 남자가 있다는 사실을 알았다. 아마도 그녀는 이 남자가 자기에게 잘하도록 만들고자 했으리라. 그때 멀랜사 허버트가 원했을지 모를 남자를 제프 캠벨은 본 적이 없었다. 제프는 그냥 한 남자가 있다는 정도만 알았다. 그 밖에 멀랜사가 배회할 때 이제 늘 로즈와 함께하는 것도 알았고.

멀랜사에게 별말이 없던 제프 캠벨이 이제 더는 따로 시간을 내서 그녀를 만나러 오지는 않을 생각이라고 말했다. 우연히 만나게 되면 언제든 반가워하겠지만, 이제 더는 어디로

든 그녀를 만나러 오는 일은 없을 거라고. 그녀에 대한 깊은 사랑이 변하지 않을 것임을 그는 분명히 알았다. 그녀 역시 분명 그것을 알았다.

"그래요, 제프. 난 항상 당신을 믿어요, 제프. 나도 그걸 알고도 남아요."

제프 캠벨은 자신이 그녀를 비난하는 어떤 말도 결코 할 수 없을 것이라고 대답했다. 그가 자기를 사랑하는 법을 온전히 터득했음을 멜랜사는 알았다.

"그래요, 제프. 이제 정말 확실하게 알아요."

그녀는 이제 언제든 그를 신뢰할 수 있다고 생각했다. 제프는 이제 언제나 그녀에게 충실할 터였다. 이제 더 이상 그녀가 종교 같은 존재는 아니었지만, 그녀 내면의 진정한 다정함을 그는 결코 잊을 수 없었다. 어떻든 제대로 기억할 줄을 모르는 그녀가 어떤 남자든 영원히 진정으로 사랑할 수 있을 거라 믿을 수는 없지만, 제프는 언제든 그녀의 다정함을 기억할 것이 분명했다. 만일 그녀가 선의를 베풀어 줄 누군가를 필요로 한다면, 제프 캠벨은 언제든 그녀를 돕기 위해 뭐든 할 생각이었다. 그녀의 가르침 덕에 진정 이해하게 된 것을 결코 잊을 수 없지만, 이제 더 이상 그는 그녀를 보고 싶어 하지 않았다. 그녀가 필요로 하면, 언제나 그녀에게 오빠 같은 사람이 되리라, 항상 그녀에게 좋은 친구가 되리라 마음먹었다. 제프 캠벨이 다시는 그녀를 볼 수 없는 것은 안타까운 일이었지만, 그들이 이제 서로를 진실로 알게 된 것은 잘된 일이었다.

"잘 가요, 제프 당신은 언제나 내게 좋은 사람이었어요."

"잘 있어요, 멜랜사. 당신은 언제든 내게 의지해도 되는 사람이라는 거 알죠?"

"네, 알아요. 알아요, 제프. 정말로."

"이제 정말 당신을 떠나야겠어요, 멀랜사. 이번엔 정말 가요, 멀랜사."

제프는 돌아섰다. 이번에는 한 번도 돌아보지 않았다. 제프 캠벨은 그저 돌아서서 그녀를 뒤로하고 떠나갔다.

제프 캠벨은 평온하고 정연하게 생활하며, 자기 자신은 물론 모든 흑인들이 따랐으면 하는 올바른 태도로 모든 일을 할 만큼 강해졌다는 느낌이 참으로 좋았다. 얼마 동안 다른 마을로 가서 일하게 된 제프는 일에 매달렸다. 마음속에는 깊은 슬픔이 남아 있고, 때로는 눈시울이 뜨거워지기도 했지만, 그래도 열심히 일하면서 주변 세상의 아름다움에 다시 눈을 뜨기 시작했다. 제프는 올바로 처신하고, 마음속에 진정한 사랑을 품는 법을 배웠다. 그것은 마음속에 간직하기에 참으로 좋은 것이었다.

제프 캠벨은 멀랜사 허버트의 사랑스러움을 결코 잊을 수 없었고, 그녀에게 언제나 아주 다정했지만, 두 사람은 더 이상 서로에게 가까워지지 않았다. 제프 캠벨과 멀랜사는 점점 더 서로를 오롯이 알아 가는 일에서 멀어져 갔지만, 제프는 멀랜사를 결코 잊을 수 없었다. 그녀가 내면에 지닌 진정한 사랑스러움을 결코 잊을 수 없었지만, 제프는 이제 더는 그녀를 진정한 종교처럼 생각하지 않았다. 멀랜사 허버트가 예전에 그에게 보여 주었던 새로운 유형의 아름다움이 항시 그의 마음속에 강렬하게 남아 있었고, 그가 그 자신을 위해 그리고 모든 흑인을 위해 일하는 데 그것이 갈수록 도움이 되었다.

제프 캠벨과 완전히 작별을 고한 멀랜사 허버트는 마음껏 로즈와 어울렸고, 새로운 남자들을 만났다.

이제 로즈는 언제나 멀랜사 허버트와 함께했다. 로즈는 짜릿함을 얻기 위한 어떤 방법도 찾지 않았다. 로즈는 항상 멀 랜사 허버트에게 올바로 처신해야 한다고, 그래서 문제에 빠 져들지는 말아야 한다고 말했다. 하지만 멀랜사 허버트는 어쩔 수 없이 흥분하게 되는 새로운 방식을 늘 찾아냈다.

멀랜사는 이제 문제에 빠져드는 새로운 방식을 찾아내는 데 스스럼이 없었다. 그렇다고 멀랜사 허버트가 올바로 처신 하지 않으려 한 것은 결코 아니었다. 멀랜사 허버트는 언제나 평온하고 조용한 삶을 원했다. 그렇지만 늘 흥분하게 되는 새로운 방법을 찾아낼 뿐이었다.

로즈는 멀랜사에게 말하곤 했다.

"멀랜사, 너한테 이 말은 꼭 해야겠어. 그런 부류의 남자 하고 그렇게 처신하는 건 옳지 않아. 이제는 흑인 남자들하고 만 어울리는 게 좋아, 멀랜사. 내 말이 무슨 뜻인지 알지? 너도 알다시피 난 늘 그렇잖아. 너도 그대로만 해. 그치들은 정말 나쁜 남자들이야. 지금 내가 하는 말이 사실이야, 멀랜사. 내 말을 듣는 게 좋아. 난 진짜 좋은 백인들 손에 컸어. 그래서 백 인들이 하는 걸 보면 대번에 어떤 사람들인지 알 수 있어. 백 인 남자가 친절하다고 해도, 흑인 여자가 어울리기엔 좋지 않 아. 내가 항상 너한테 얼마나 좋은 의도로 얘기하는지 멀랜사 너도 이제 잘 알잖아. 백인의 손에 자란 나와 달리 멀랜사 넌 남자들하고 어울릴 때 제대로 처신하는 법을 잘 몰라. 난 이 제 네가 심각한 문제에 맞닥뜨리는 꼴을 다시는 보고 싶지 않 아, 멀랜사. 그러니 이제 내 말을 들어야 해. 난 잘 아니까. 멀 랜사 네가 어떤 백인 남자하고든 절대 어울려서는 안 된다는 말은 아니야. 내 생각엔 백인 남자랑 어울리는 게 흑인 여자가 할 수 있는 최선은 결코 아니라는 거지. 아니야, 멀랜사. 백인 남자들하고는 아예 상종도 하지 말아야 한다고 하는 말이 결코 아니야. 다만 내가 느끼기에 제대로 된 흑인 여자가 항상 그러는 건 절대 바람직한 태도가 아니라는 거지. 적절하지 않아. 그러니 내 말 들어. 멀랜사, 내가 볼 때 요즘 네가 늘 어울리는 그런 부류의 백인 남자들은 절대로, 그 누구도 안 돼. 내 말 알아들었지, 멀랜사? 정말 내 말을 들어야 해. 내가 아주 잘 알아서 하는 말이야, 멀랜사. 그리고 네가 제대로 처신하는 법을 전혀 모른다는 걸 알기 때문에 하는 말이기도 하고. 내가 봐 온 바로는 그런 부류의 백인 남자들은 함께 어울리게 된 괜찮은 여자들을 정중하게 대하는 법을 아예 몰라. 그러니까 이제 내가 하는 말을 들어야 해, 멀랜사."

그랬다. 멀랜사 허버트는 걸핏하면 문제에 빠져드는 새로운 길에 맞닥뜨렸다. 하지만 이번 문제는 그다지 심각하지 않았다. 로즈가 어울려서는 안 된다고 했던 백인 남자들은 멀랜사에게 별다른 의미가 없었다. 멀랜사가 그들과 즐겨 어울린 이유는 단지 그들이 좋은 말에 대해 훤히 알았고, 그들과 어울리면 턱없이 무모해진 듯한 느낌이 얼마간 좋았기 때문이다. 멀랜사가 이제 항상 같이 어울려 다니는 사람들은 대개 로즈와 괜찮은 부류의 다른 흑인 여자들과 흑인 남자들이었다.

바야흐로 여름이 되었고, 흑인들은 꽃이 만발한 햇살 속으로 나왔다. 그들은 격한 환희로 거리와 들판을 빛냈고, 검은 열기로 반짝였으며, 거리낌 없이 소리 높여 웃으며 환한 햇살을 마음껏 즐겼다.

이제 로즈를 비롯해 다른 흑인들과 함께하며 멀랜사 허버트는 여러모로 아주 즐거운 나날을 보냈다. 로즈가 그녀에게 항상 잔소리만 하지는 않았다.

로즈를 제외하고, 함께 어울리는 흑인들 중 누구도 멀랜사 허버트에게 별다른 의미가 없었다. 하지만 그들 모두 멀랜사를 좋아했고, 멀랜사가 이런저런 일을 하는 모습을 지켜보기 좋아했다. 멀랜사는 할 수 있는 일은 뭐든 언제나 호기 넘치게 해내는 데다 다정하고 친절해서 누가 무엇을 원하든 다 해 주려 했다.

이 쾌적한 여름날, 뜨거운 남부의 검은 햇살 아래서는 악의 없는 농담과 거침없는 환한 웃음이 끊이지 않았다.

"저기 멀랜사가 뛰어가는 것 좀 봐. 마치 날아가는 새 같지 않아. 어이, 거기, 멀랜사! 내가 쫓아가서 잡는다. 어이, 멀랜사! 내가 당신 꼬리에 소금을 쳐서 잡고 말 거야."

그러고서 그 남자는 그녀를 잡으려고 하다가 땅바닥에 벌렁 나자빠져서는 입을 크게 벌리고 배꼽이 빠지도록 웃어 댔다. 로즈는 멀랜사가 언제나 그러기를 바랐다. 함께하게 된 괜찮은 여자를 제대로 대할 줄 모르는 백인 남자하고 어울려 다니지 말고, 흑인 남자들과 훈훈하게 온정을 나누는 흑인끼리의 시간을 보내고, 괜찮은 흑인 남자와 결혼을 약속하기를 바랐다.

로즈는 갈수록 점점 더 멀랜사 허버트를 좋아했다. 멀랜사 허버트에게 잔소리를 해야 하는 일이 자주 있었지만, 그래서 좋아했다. 또한 멀랜사는 항상 로즈의 말에 귀를 기울였고, 언제든 로즈를 기쁘게 하기 위해 할 수 있는 모든 일을 했다. 그리고 멀랜사가 때로 너무 우울하다며, 누가 와서 자기를 죽여 줬으면 좋겠다고 할 때, 로즈는 멀랜사를 몹시 측은하게 여겼다.

멀랜사는 로즈가 자기를 구해 줄 거라고 기대하며 로즈에게 매달렸다. 로즈의 이기적이며, 통념에 따르는 기질의 힘을 멀랜사는 느꼈다. 그 힘은 멀랜사에게 아주 든든하고 명료하며 확실해 보였다. 멀랜사는 로즈에게 매달렸고 로즈가 잔소리하는 것을 좋아했으며, 언제나 로즈와 함께하고 싶어 했다. 그녀와 함께하면 멀랜사는 언제나 든든하고 안전한 느낌이 들었다. 로즈는 언제나 나름의 방식으로 아주 능숙하게 멀랜사가 그녀에게 애정을 갖도록 했다. 멀랜사는 사실 어떤 면에서도 로즈에게 성가신 존재가 될 리 없었다. 실질적인 힘을 쥐고, 로즈의 마음 가까이로 다가설 어떤 방법도 멀랜사에게는 없었다. 멀랜사는 언제나 로즈 앞에서 자신을 낮추었다. 언제나 멀랜사는 로즈가 원하는 일이면 뭐든 기꺼이 했다. 멀랜사는 언제나 선뜻 버팀목이 되어 주는 로즈를 절실히 필요로 했다. 로즈는 단순하고 통명스럽고 이기적인 까만 피부의 여자였지만, 실속을 차릴 줄 알았다. 처신을 잘해야 한다는 자의식이 강했고, 웬만큼 안락하게 살아야 한다는 생각도 강했다. 로즈는 자신이 원하는 것을 언제나 아주 잘 알았고, 원하는 모든 것을 얻기 위해 취해야 하는 적절한 태도가 무엇인지 아주 잘 알았으며, 자신을 난처한 상황에 빠뜨리는 어떤 문제도 일으키는 법이 없었다. 그래서 섬세하고 지적이고 매력적이고 절반은 백인의 피를 타고난 멀랜사 허버트는 이 속물적이고 어지간한 외모에 통명스럽고 평범하고 까맣고 원숙하지 못한 로즈를 사랑했고, 로즈가 바라는 일은 뭐든 하면서 자신의 품위를 떨어뜨렸다. 그리고 부도덕하며 마음 내키는 대로 하고 꿈도 야망도 없는 로즈는 이제 그런대로 괜찮은 흑인 남자와 결혼하게 된 반면, 백인의 피가 섞여 있고 매력적이고 적당한 위치에 오르고자 하는 욕망을 가진 멜랜사 허버트는 정식으로 결혼할 가능성이 없어 보였다. 생각이 복잡하고 야심이 있는 멜랜사는 이따금 자신의 세상이 어떻게 이루어졌는지를 생각하며 절망에 빠졌다. 너무 우울할 때는 앞으로 어떻게 계속 살아갈 수 있을까 하는 의문도 자주 들었다. 때로 멜랜사는 그냥 목숨을 끊고 싶다는 생각도 했다. 그것이 자신이 할 수 있는 최선책이라는 생각이 가끔 들었으므로.

로즈는 흑인들 중에서 꽤 괜찮은 남자와 결혼을 약속했다. 그의 이름은 샘 존슨으로 연안 증기선의 갑판원이었는데, 아주 착실했고 꽤 많은 급료를 받았다.

로즈는 멜랜사 허버트를 만났던 곳과 같은 교회에서 샘을 처음 만났다. 샘을 만나서 그가 좋은 남자이고 성실하며 월급을 꽤 받는다는 것을 알게 되었고, 그와 정식으로 결혼하면 자신의 형편이 아주 편해지고 좋아질 것이라고 생각했다.

샘 존슨은 로즈를 굉장히 좋아해서 그녀가 원하는 것은 뭐든 기꺼이 하려고 했다. 샘은 키가 크고 어깨가 떡 벌어졌고, 까다롭지 않고, 진지하고, 솔직하고, 단순하고, 친절한 흑인 노동자였다. 그 둘, 샘과 로즈는 결혼해서 사이좋게 잘 살았다. 로즈는 게을렀지만 지저분하지 않았고, 샘은 꼼꼼하지만 까다롭지 않았다. 샘은 친절하고 소박하고 성실하고 착실한 노동자였고, 로즈는 자극적인 일을 좇지 않고 평범하게 살면서, 원하는 것을 손에 넣으려면 자산이 있어야 하고, 자산을 마련하려면 저축을 해야 한다는 제법 괜찮은 사회적 통념을 갖고 있었다.

로즈와 샘 존슨은 서로 안 지 얼마 지나지 않아 정식으로 결혼했다. 때로 샘은 교회의 다른 젊은 사람들과 함께 교외로 나갔는데, 그럴 때면 로즈와 그녀의 친구 멀랜사 허버트와 많은 시간을 함께했다. 샘은 멀랜사 허버트에게 별다른 관심을 갖지 않았다. 그는 늘 로즈의 행동 방식을 더 좋아했다. 샘에게는 멀랜사의 신비스러운 면이 조금도 매력적으로 보이지 않았다. 샘은 일을 마친 뒤 지친 몸을 이끌고 돌아와 쉴 수 있는 아담한 집과, 그가 잘 돌봐 줄 수 있는 어린 아기를 원했다. 로즈가 결혼을 원했을 때, 샘 존슨은 당장이라도 그러고 싶은 마음이 있었다. 그래서 샘 존슨과 로즈는 어느 날 제법 호사스럽게 결혼식을 올리고 부부가 되었다. 그러고 나서 그들은 아담한 빨간 벽돌집에 세간을 완전하게 갖추었고, 그러고 난 뒤에 샘은 연안 증기선 갑판원의 일을 하러 갔다.

멀랜사가 얼마나 착한지, 멀랜사가 늘 얼마나 고통받는지, 로즈는 샘에게 종종 얘기했다. 샘 존슨은 멀랜사 허버트에 대해 전혀 관심이 없었지만, 로즈가 원하는 일이면 언제나 뭐든지 거의 다 했다. 그리고 순하고 친절해서, 로즈의 친구인 멀랜사에게도 아주 잘했다. 샘이 자신을 좋아하지 않는다는 것을 멀랜사 허버트는 알고도 남았다. 그래서 그녀는 말없이 조용히 있었고, 언제나 로즈가 자신을 대신해 이야기를 하도록 했다. 멀랜사는 언제나 성의를 다해 로즈를 도왔고, 로즈가 원하는 일은 뭐든 다 해 주려고 했으며, 샘이 자기에게 무슨 이야기를 할 때면, 언제든 조용히 귀 기울여 들었다. 멀랜사는 샘 존슨을 좋아했다. 멀랜사는 평생 선량하고 친절하고 사려 깊은 사람들을 무척 좋아했고, 또 원했다. 그리고 항상 사람들이 자신을 친절히 대하기를 바랐으며, 안정적이고, 자신의 마음이 평온하고 잔잔하기를 바랐다. 그런데 언제나 멀랜사는 궁지에 빠지는 새로운 길로 들어설 뿐이었다. 그래서 멀랜사는 자신을 믿어 주고, 자신의 의지가지가 되어 주는 로즈를 절실히 필요로 했다. 멀랜사가 한결같이 매달려 의지할 수 있는 사람은 로즈뿐이었다. 그래서 멀랜사는 이 평범하고 퉁명스럽고 피부가 까맣고 어리석고 유치한 여자에게 걸핏하면 잔소리를 들으면서도, 하인처럼 시중을 들며 스스로 위신을 깎아내렸다.

로즈는 샘에게 가여운 멀랜사를 늘 잘 대해 줘야 한다면서 수시로 말했다.

"있잖아요, 샘. 불쌍한 멀랜사한테 정말 잘해 줘야 해요. 그 애는 허구한 날 고통에 시달려요. 그 애가 아버지란 사람 때문에 얼마나 힘들게 지냈는지, 내가 말해서 당신도 알잖아요. 그 지독하게 까만 사람이 그 애한테 걸핏하면 얼마나 고약하게 굴었는지 말이에요. 단 한 번이라도 자상하게 그 애를 돌보기는커녕, 그 애 엄마가 그렇게 고생하다 죽었을 때도 불쌍한 멀랜사를 눈곱만큼도 도와주지 않았대요. 멀랜사 어머니는 살아생전 신앙심이 아주 깊었다는 걸 알죠, 샘. 멀랜사가 아주 어릴 때 어느 날, 엄마가 아버지한테, 열병으로 죽은 어린 아들 대신 왜 주님이 멀랜사를 데려가지 않았는지 모르겠다고 하는 말을 듣고 너무 슬펐대요. 엄마가 그렇게 말하는 걸 듣고 멀랜사가 얼마나 큰 상처를 받았겠어요. 그 애는 그 말을 끝까지 삭일 수 없었을 거예요. 샘, 그래서 난 그 이후로 엄마에 대한 감정이 조금도 더 좋아지지 않았다는 멀랜사를 조금도 비난하지 않아요. 그래도 멀랜사는 늘 그랬듯, 중병에 걸려 앓아누운 자기 엄마한테 한결같이 정말 잘했어요. 그 엄마가 그토록 고생하다 돌아가시고, 도와주는 이 하나 없는데도 멀랜사 혼자 장례까지 잘 치렀죠. 누구 하나 도와주러 오는 이 없이 모든 일을 혼자서 다 하는데도, 그 아버지라는 끔찍히도 못나고 시커먼 남자는 끝내 코빼기도 내밀지 않았다지 뭐예요. 샘, 내가 누누히 말했듯이, 멀랜사는 여태 그렇게 살고 있어요. 그 애는 항상 누구한테든 진심으로 잘하는데, 거기에 대해 그 애한테 고마워하는 사람이 아무도 없죠. 샘, 난 그 가여운 멀랜사처럼, 평생 지지리 운이 없는 사람은 본 적이 없어요. 그렇게 어렵게 사는 사람은 없을 거예요. 그런데도 그 애는 항상 아주 꿋꿋해요. 앓는 소리를 하거나 신세 한탄을 하는 법이 없어요. 그렇게 운이 없는 것에 대해 일언반구도 하지 않죠. 그 애한테 정말 잘해 줘야 해요, 샘. 이제 내 말 알겠죠? 당신하고 난 이제 결혼해서 함께 살고 있잖아요. 그 끔찍하고 시커먼 아버지라는 사람은 멀랜사에게 짐승이나 다름없이 정말 지독하게 굴었어요. 샘, 그래도 그 애는 얼마나 씩씩한지 다른 사람에게 그런 아픔을 하소연한 적이 없대요. 게다가 어찌나 다정하고 착한지 누가 뭐라도 원하기만 하면 항상 다 해 주려고 하죠. 사람들이 어떻게 그토록 끔찍하게 굴 수 있는지 모르겠어요, 샘. 내가 말했죠? 멀랜사 팔이 부러진 일이 있었는데 너무 아프고 고통스러워 죽을 지경인데도, 그 아버지란 사람이 의사마저 멀랜사 근처에 얼씬 못 하게 지독하게 굴었다는 얘기 말이에요. 그런데도 멀랜사는 얼마나 심한 상처를 받았는지 누구한테도 말하고 싶어 하지 않아요. 샘, 멀랜사는 예나 지금이나 그래요. 그애가 얼마나 힘겹게 상처받으면서 살아왔는지 제대로 아는 사람이 없어요. 내 말 알아들었죠, 샘? 이제 당신하고 난 정식으로 결혼해서 서로 함께하게 됐으니까, 당신도 늘 멀랜사한테 잘해 줘야 해요."

그러고 나서 로즈와 샘 존슨은 정식으로 결혼했고, 로즈는 집에 들어앉아 친구들에게 결혼해서 남편하고 사는 것이 얼마나 좋은지 떠벌렸다.

　로즈는 결혼하고 나서 멀랜사에게 함께 살자고 하지 않았다. 멀랜사와 로즈는 거의 모든 시간을 함께했지만, 이제 둘이 함께하는 것이 전과는 좀 달랐다.

　로즈 존슨은 결혼하고 나서 멀랜사에게 자기 집에 들어와 같이 살자고 말한 적이 한 번도 없었다. 언제든 멀랜사를 자기 집으로 불러들여 도움받기를 좋아했고, 멀랜사와 거의 늘 함께하기를 좋아했지만, 타고나길 단순하고 이기적인 로즈는 약삭빨라서 멀랜사에게 같이 살자고 청할 생각조차 하지 않았다.

　로즈는 실리적이었고, 사회 통념에 따랐고, 자신에게 필요한 것이 무엇인지 늘 알았다. 로즈는 멀랜사가 자기와 함께하기를 바랐고, 몸놀림이 빠르고 착한 멀랜사가 굼뜨고 게으르고 이기적인 까만 피부의 자기를 돕게끔 만들기를 좋아했다. 하지만 멀랜사가 자기를 위해 가사를 돌보도록 하면서도, 같이 살자는 말은 하지 않았다.

　샘은 로즈에게 멀랜사를 집으로 들이지 않는 이유를 묻는 법이 없었다. 로즈의 뜻에 따라 행동을 취하는 것이 자기가 가져야 할 올바른 태도라고 샘은 항상 생각했다.

　멀랜사는 로즈에게 같이 살게 해 달라고 말해야겠다는 생각조차 해 본 적이 없었다. 멀랜사는 로즈가 같이 살자고 해 줬으면 하는 생각도 해 본 적이 없었다. 로즈가 그러자고 해 줬으면 하고 바라는 마음조차 가져 본 적이 없었지만, 로즈 곁에 있을 때면 늘 안전한 느낌을 받는 멀랜사로서는 같이 살자고 청하면 받아들였을 것이다. 멀랜사 허버트는 이제 마음 편히 살고 싶은 마음이 간절했지만, 로즈는 자기와 함께하는 안전한 삶의 기회를 멀랜사에게 주려 하지 않았다. 로즈는 적당히 안락한 삶에 대한 의식이 강했고, 적절한 처신에 대한 의식도 강했으며, 자기가 원하는 것을 분명히 밝혀야 한다는 생각도 늘 강했다. 그리고 자기가 필요로 하는 최상의 것이 무엇인지 항상 알았고, 원하는 것을 늘 손에 넣었다.

그래서 로즈는 항상 멀랜사 허버트가 자기 집으로 와서 집안일을 돕도록 했고, 정작 자신은 앉아서 게으름을 부리며 자랑을 늘어놓거나 슬쩍 푸념도 했고, 자신처럼 늘 원하는 것을 얻으려면 어떻게 해야 하는지 멀랜사에게 훈수를 뒀다. 그리고 멀랜사는 언제나 로즈가 필요로 하는 것은 뭐든 다 해 주었다.

"그 일에 그렇게 신경 쓸 거 없어, 멀랜사. 내가 하든지 샘이 집에 오면 해 달라고 할게. 그것 좀 들어낼 수 있어, 멀랜사? 그 일을 해 주다니 넌 정말 좋은 친구야, 멀랜사. 그리고 밖에 나가면 식품점에 들러 쌀 좀 사서, 내일 올 때 가져다줘. 꼭, 잊으면 안 돼, 멀랜사. 너처럼 항상 친절하게 날 위해 이런 저런 일을 해 주는 사람은 처음이야, 멀랜사."

그러면 멀랜사는 로즈를 위해 더 많은 일을 하려 했고, 저녁 늦게야 다른 흑인 여자와 같이 사는 집으로 돌아가곤 했다.

이처럼 멀랜사는 여전히 로즈 존슨과 많은 시간을 함께했지만, 그 집에 항상 머무를 수 있는 것은 아니었다. 사실 멀랜사는 거기 들러붙어 있을 수만은 없었다. 로즈에게는 샘이 있었고, 멀랜사가 있을 자리는 점점 좁아졌다.

멀랜사 허버트는 자신이 늘 원해 온 것을 찾을 수 있는지 다시 알아봐야겠다고 생각하기 시작했다. 이제 로즈 존슨은 더 이상 그녀를 도와줄 수 없었다.

그래서 멀랜사는 또다시 배회하기 시작했고, 로즈가 함께 어울려서는 안 된다고 했던 남자들과 어울렸다.

어느 날 멀랜사는 평소와 달리 아주 분주하게 돌아다녔다. 긴 여름의 끝자락, 상쾌한 오후 늦은 시간, 멀랜사는 한껏 들떠서 길을 걷고 있었다. 한 백인 남자와 막 헤어진 뒤 그가 준 꽃다발을 안고 가던 참이었다. 물라토인 젊은 남자가 멀랜사 옆을 지나쳐 가다 그 꽃다발을 잡아채 가며 말했다.

"날 위해 이렇게 예쁜 꽃다발을 가져오다니 정말 다정한 아가씨군요."

"당신이 가져간다고 그 꽃이 더 예뻐 보일 리 없지만, 한 남자가 준 것을 또 다른 남자가 가져가서는 안 된다는 법도 없겠죠."

"그런 거라면 도로 가져가세요. 난 남자가 주는 꽃을 받고 싶은 마음은 눈곱만큼도 없으니까요."

멀랜사 허버트는 웃으며 그 남자가 내미는 꽃다발을 받아 들었다.

"그래요, 당신이 정말로 이 꽃다발을 갖고 싶어 한다고 생각하진 않았어요. 친절하게 돌려줘서 고마워요. 언제나 사람들에게 정중한 남자를 보면 항상 감탄하게 되더라고요."

그 남자가 웃었다.

"호락호락한 분이 아니시군요. 가만, 이제 보니 놀랄 만큼 예쁜 아가씨네. 아가씨한테 깍듯한 남자를 원해요? 그러면 나도 아가씨를 사랑할 수 있겠군요. 지금 아주 정중하니까. 내가 얼마나 정중한지 보고 싶지 않아요?"

"고맙지만 오늘 저녁엔 시간이 없어요. 이만 가 봐야 하거든요. 지금은 정말 너무 바쁘지만, 언제 당신을 만날 수 있기를 바라요."

그 남자가 잡아 세우려 했지만, 멀랜사 허버트는 웃으며 몸을 휙 움직여 남자의 손길을 피했다. 멀랜사는 재빨리 옆길로 들어섰고, 남자는 결국 그녀를 놓치고 말았다.

며칠 동안 멀랜사는 그 물라토 남자를 만나지 못했다. 그러던 어느 날 어떤 백인 남자와 있을 때 우연히 그를 만났다. 백인 남자는 걸음을 멈추고 그에게 말을 건넸다. 그 뒤 멀랜사가 백인 남자와 헤어진 직후 그 남자가 다시 나타났다. 멀랜사는 멈춰서 그와 이야기를 나누었다. 멀랜사 허버트는 이내 그 남자에게 빠져들었다.

이제 막 멀랜사가 새로이 알게 된 젬 리처즈는 뛰어난 말과 경마에 관심이 큰 위세 당당한 남자였다. 때로 젬 리처즈는 경마에서 큰 행운이 뒤따라 많은 돈을 벌기도 했고, 또 때로는 엉뚱한 말에 돈을 걸어 무일푼이 되기도 했다.

젬 리처즈는 신뢰할 만한 남자였다. 젬 리처즈는 머잖아 경마로 다시 돈을 벌어 빚을 갚을 수 있으리라는 것을 항상 믿어 의심치 않았고, 실제로 대개 돈을 따서 빚을 늘 갚았다.

젬 리처즈는 다른 남자들에게 신뢰를 얻는 남자였다. 그가 돈을 다 잃어도 남자들은 그에게 돈을 빌려주었다. 모두들 젬 리처즈가 다시 이길 것을 알았으므로. 그리고 그가 돈을 따면 빌려 간 돈을 갚으리라는 것을 알았고, 그리 했으므로.

멀랜사 허버트는 어렸을 때부터 줄곧 말을 좋아했다. 그래서 명마에 대해 훤히 아는 젬이 멀랜사는 좋았다. 이 젬 리처즈는 저돌적인 남자였다. 그는 경마에 이겨 돈을 따는 법을 알았고, 멀랜사는 평생토록 한결같이 성공을 거머쥐는 능력을 선망했다.

멀랜사 허버트는 갈수록 젬 리처즈를 좋아했다. 얼마 지나지 않아 두 사람의 감정은 아주 강렬해졌다.

젬은 멀랜사보다 훨씬 더 대담했다. 진정한 지혜를 갖는다는 것이 어떠한 것인지를 항상 알았고, 예나 지금이나 세상을 이해했다.

젬 리처즈와 멀랜사 허버트는 급속도로 가까워졌다. 그는 그녀에게 머뭇거릴 틈을 주지 않았다. 이내 멀랜사는 언제나 젬과 함께했고, 더는 바랄 것이 없었다. 이제 멀랜사는 젬 리처즈에게서 자신의 만족감을 충족시키기 위해 필요한 모든 것을 찾아냈다.

이제 멀랜사는 로즈 존슨과 함께하는 시간이 점점 줄었다. 로즈는 그즈음 멀랜사의 태도를 좋게 여기지 않았다. 젬 리처즈는 괜찮아 보였으나 멀랜사가 적절히 처신할 줄 모르는 게 문제였다. 이 무렵 로즈는 샘에게 성급하게 구는 멀랜사가 마음에 들지 않는다는 말을 자주 했다. 로즈는 샘에게, 그리고 만나는 모든 여자와 남자에게 그런 말을 했다. 하지만 그때쯤 로즈는 멀랜사에게 아무 의미도 없는 존재였다. 이제 멀랜사 허버트가 함께하고 싶어 하는 사람은 젬 리처즈뿐이었다.

젬 리처즈와 멀랜사 허버트 사이는 갈수록 깊어졌다. 젬 리처즈는 이제 그녀와 결혼하고 싶다는 듯 말하기 시작했다. 그녀에 대한 젬의 사랑은 깊었다. 멀랜사에 관한 말하자면, 이제는 젬이 그녀에게 세상 전부였다. 그래서 젬은 그녀와 약혼한 사이로 오래지 않아 결혼하리란 것을 보여 주기 위해 백인들이 하듯 그녀에게 반지를 주었다. 그토록 다정한 젬과 함께하게 된 멀랜사의 마음은 기쁨으로 가득 찼다.

멀랜사는 젬과 함께 경마장에 가는 것을 좋아했다. 얼마 전 젬은 경마에서 운이 따른 덕분에 근사한 마차를 몰고 다녔는데, 젬 옆의 멀랜사는 아주 멋져 보였다.

젬 리처즈가 자기를 원한다는 사실이 멀랜사는 마냥 뿌듯했다. 젬이 그런 마음을 표현할 줄 아는 것도 참으로 좋았고. 멀랜사는 젬을 사랑했고, 그가 자기를 원한다는 사실이 기뻤다. 그가 자신과 결혼하고 싶어 하는 것 또한 흐뭇했다. 젬 리처즈는 확실하고 매력적인 남자로, 다른 남자들은 늘 그를 대단하게 생각하고 신뢰했다. 멀랜사는 자신을 만족시켜 주는 남자를 절실히 필요로 했다.

멀랜사는 기쁨에 취해 어리석어졌다. 그 좋은 말들을 가지고 있고, 투지가 넘쳐 어떤 것도 두려워하지 않는 멋진 남자 젬 리처즈가 자기와 결혼하기로 약속했고, 그 증표로 반지를 주었다고 멀랜사는 아무나 붙잡고 이야기했다.

멀랜사는 이제 다시 로즈의 집에 드나들면서 자신의 기쁜 마음을 침이 마르도록 늘어놓았다.

젬을 향한 사랑에 눈이 멀어 멀랜사는 바보가 되었다. 이제 언제든 붙잡고 이야기할 사람이 필요해진 멀랜사는 로즈 존슨을 뻔질나게 찾아갔다.

멀랜사는 젬 리처즈에게 푹 빠졌다. 그와 사랑에 빠진 기쁨에 취해 마냥 들떠서 바보 같은 여자가 되었다.

로즈는 멀랜사의 그런 태도가 영 마음에 들지 않았다.

"그건 아니에요, 샘. 멀랜사가 요즘 입에 달고 사는 젬 리처즈하고 약혼하지 말았어야 한다는 말은 아니에요. 그런 부류의 남자치고 젬이란 사람이 괜찮기는 하더라고요. 자기가 굉장히 똑똑한 줄 알고, 세상이 제 것인 양 굴고, 뭐든 자기가 다 앞서 가는 듯 생각하긴 하지만요. 조만간 정말로 결혼할 마음으로 멀랜사에게 반지를 준 것도 확실해 보여요. 샘, 그렇지만 난 멀랜사가 하고 다니는 꼴이 마음에 안 들어요. 그 남자하고 약혼을 했으면, 그 애가 그렇게 들떠서 떠들고 다녀서는 안 돼요, 샘. 여자가 그러고 다니는 건 제 낯을 깎아내리는 짓이에요. 그런 태도를 참아낼 남자는 없어요. 내가 아는 남자들 중에는요, 샘. 나는 남자들을 잘 알아요. 백인 남자도 알고 흑인 남자도 알죠. 난 백인 부부의 손에 컸으니까요. 백인이든 흑인이든 여자가 그러고 다니는 걸 좋아하는 남자는 아무도 없어요. 그냥 사랑놀이나 할 때는 상관없겠지만 약혼을 하고도, 남자가 정식으로 결혼하겠다고 하는데도 그러고 다니는 건 안 될 일이에요, 샘. 알겠지만 내 말이 항상 맞아요. 난 다 알아요. 젬 리처즈란 남자는 결국 결혼하지 않을 거예요. 멀랜사가 그 남자를 대하는 태도를 봐선 그래요. 반지를 줬대도 소용없어요. 여자가 요즘 멀랜사처럼 멍청하게 굴면, 그 어떤 걸 주고받는다 해도 결혼까지 가기 힘들어요. 샘, 멀랜사가 장차 정말 안 좋은 일을 당한다면 안타깝기 그지없겠지만, 요즘 그 남자를 두고 보이는 태도는 정말 눈뜨고 봐 줄 수가 없어요, 샘. 난 그 애한테 한마디도 하지 않아요, 샘. 항상 말은 그 애 혼자 다 하고 나는 듣기만 해요. 그러면서 샘, 당신한테 지금 하고 있는 말을 머릿속으로 생각하죠. 이제 멀랜사한테는 아무 말도, 단 한 마디도 안 해요. 멀랜사는 젬 리처즈하고 모든 게 끝난 거나 마찬가지가 될 때까지 나한테 그 남자에 대한 얘길 일절 안 했어요. 처음엔 못된 남자들하고 어울리더니, 그 남자를 만나고는 여기에 아예 발걸음을 끊고 그런 행실을 하고 다닌 게 너무 괘씸해요. 샘. 그래도 난 그런 속내를 드러낸 적이 한 번도 없어요, 샘. 내가 신경 쓸 일이 아니니까요. 어쨌든 그 애한테 더는 한마디도 하기 싫어서, 그냥 그 애가 무슨 말을 하든 듣기만 해요. 그래요, 샘. 난 그 애한테 어떤 말도 하고 싶진 않아요. 멀랜사는 그냥 자기 하고 싶은 대로 하는 애예요. 앞으로 멀랜사한테 안 좋은 일이 생겨 힘들어지는 걸 보고 싶지 않지만, 그 애가 하고 다닌 짓을 알고 난 후로는 어떻게 처신해야 하는지 말해 주고 싶은 마음이 싹 달아났어요. 내가 말한 대로 될 테니 두고 봐요, 샘. 젬 리처즈가 그 애한테 어떻게 할지 내가 다 알고 얘기하는 거니까 언제나 그렇듯이 내 말이 맞는다는 걸 곧 알게 될 거예요, 샘."

멀랜사 허버트는 또다시 어려움에 처하리라고는 꿈도 꾸지 않았다. 멀랜사는 기쁨에 들떠 바보가 되었다.

그러던 중에 젬 리처즈가 경마에서 심각한 문제에 빠졌다. 이제 때로 멀랜사는 그와 함께 있을 때, 그의 속이 편치 않다는 느낌을 받았다. 그가 경마에서 어려움을 겪고 있다는 것을 모르지 않았지만, 멀랜사는 그런 문제가 그들 사이에 조금이라도 걸림돌이 되리라고는 생각하지 않았다.

한번은 멀랜사가 젬에게 이렇게 말했다. 그도 분명 알겠지만, 그가 감옥에 갇히든, 무일푼 거지가 되든, 그녀는 항상 그와 함께하길 바란다고. 이제 멀랜사는 그에게 이렇게 말했다.

"젬, 당신도 분명 알겠지만, 당신이 어떠한 어려운 상황에 처한다 해도 난 달라지지 않아요. 내 말을 믿고 용기를 내요. 그렇게 걱정스러운 얼굴 하지 말아요. 젬, 내가 변함없이 당신을 사랑하듯 당신도 나를 사랑한다는 걸 잘 알아요. 당신이 늘 나와 함께하기를 바라는 것처럼, 내가 당신한테 바라는 전부도 그뿐이에요. 젬, 나를 원한다면, 그렇다고 말만 하면, 난 바로 당신하고 결혼할 거예요. 돈 같은 건 없어도 상관없어요, 젬. 왜 그렇게 걱정스러운 얼굴을 하고 있어요?"

멀랜사 허버트는 사랑에 눈이 멀어 바보가 되었다. 그녀는 줄곧 젬 리처즈의 마음속 깊이 파고들려 했으나, 젬은 경마에서 운이 따르지 않아 어려움을 겪었다. 젬은 사랑 타령을 하고 싶은 마음이 조금도 없었다. 젬 리처즈는 그렇게 힘든 상황에서는 어떤 여자와도 결혼하고 싶지 않았다. 그와 같은 남자가 그런 상황에서 결혼하는 건 있을 수 없는 일이었다. 멀랜사가 아무리 사랑에 눈이 멀어 바보가 되었다고 해도 이때는 조용히 그가 하는 대로 따라야 했다. 젬 리처즈는 경마에서 어려움을 겪고 있는데, 자기에게 들이대는 여자를 좋아하는 남자가 결코 아니었다. 그때 상황은 그 같은 남자가 사랑을 필요로 하는 시기가 아니었다.

늘 바라던 남자를 만났고, 그 남자와의 사랑을 지키고 싶은 마음이 간절했지만, 그러려면 어떻게 해야 하는지 멀랜사는 몰랐다. 젬 리처즈의 심경에 심상찮은 변화가 있음을 이제 멀랜사는 알아챘다. 멀랜사는 바로 그에게 물어볼 엄두를 내지 못했다. 그즈음 젬은 이것저것 팔아야 했고, 돈을 끌어모으기 위해 사람들도 만나야 했고, 너무 바빴다. 그래서 이제 멀랜사를 자주 만날 수 없었다.

로즈 존슨이 출산을 앞둔 것은 멀랜사 허버트에게 다행한 일이었다. 로즈가 아기를 낳을 때가 되면, 멀랜사와 나이 든 흑인 여자가 같이 사는 집으로 와서 지내기로 이미 이야기가 되어 있었다. 그러면 로즈가 근처에 있는 병원의 의사한테 도움을 받을 수 있고, 또 전에 늘 그랬던 대로 멀랜사의 보살핌을 받을 수 있기 때문이었다.

이제 멀랜사는 로즈 존슨에게 아주 잘했다. 멀랜사는 여자로서 할 수 있는 일을 다 하면서 로즈를 보살폈다. 퉁명스럽고, 유치하고, 겁이 많은 검은 피부의 로즈가 툴툴거리고 호들갑을 떨고 악다구니를 써 대고 그저 한 마리 짐승처럼 볼썽사납게 굴었지만, 멀랜사는 다 참으면서 고분고분 지칠 줄 모르고 그녀를 돌보았다.

이러는 내내 멀랜사는 젬 리처즈를 이따금 만났다. 젬 리처즈에 대한 멀랜사의 마음은 점점 더 강렬해졌다. 멀랜사는 큰 어려움에 처했을 때만큼, 아무리 어리석은 일이라도 마다하지 않고 있는 힘을 다해 싸워야 할 때만큼 본마음이 강인해지고 다정해지는 적이 없었다.

이제 항상 멀랜사 허버트는 로즈 존슨을 다시 찾아가 가까이 지냈다. 이제 항상 멀랜사는 로즈 존슨에게 자신이 처한 문제에 대해 모두 이야기했다. 로즈는 다시 조금씩 멀랜사에게 조언을 해 주기 시작했다.

이제 으레 멀랜사는 젬 리처즈와 자신이 나눈 대화에 대해, 그들 둘이 서로의 말을 탐탁해하지 않았다는 것에 대해 로즈에게 이야기했다. 멀랜사는 젬 리처즈가 원하는 것이 무엇인지 몰랐다. 다만 멀랜사가 그에게 좋은 친구가 되어 주고 또 결혼하고 싶다는 얘기를 하면, 그가 달가워하지 않는다는 사실만은 분명히 알았다. 그래서 멀랜사는 "좋아요, 젬. 당신이 준 반지는 더 이상 끼지 않겠어요. 앞으로 더는 정식으로 결혼할 사이처럼 만나는 일도 없으면 좋겠어요."라고 말했고, 젬은 그런 말 또한 좋아하지 않았다. 젬 리처즈가 진정 바라는 것은 대체 무엇이란 말인가?

멀랜사는 젬이 준 반지를 손가락에서 뺐다. 가여운 멀랜

사. 그녀는 그 반지를 언제나 느낄 수 있도록 실에 꿰어 목에 걸고 다녔다. 젬 리처즈에 대한 멀랜사의 마음은 변함없이 강렬했건만, 젬은 전혀 알아채지 못했다. 젬은 어떤 때는 멀랜사가 반지를 뺀 것을 몹시 안타까워하는 듯했고, 또 어떤 때는 반기는 듯 보이기도 했다. 멀랜사는 젬 리처즈가 원하는 것이 무엇인지 도통 알 수가 없었다.

젬에게 다른 여자가 있지는 않았다. 멀랜사도 그것을 알았다. 그래서 젬이 그 누구도 만들어 줄 수 없을 거라고 생각했던 세상을 만들어 주었던 것처럼, 다시 자기에게 돌아와 깊은 사랑을 보여 줄 거라고 굳게 믿었다. 하지만 젬 리처즈는 멀랜사 허버트보다 더 투지만만했다. 그는 싸워서 이기는 법을 멀랜사보다 더 잘 알았다. 멀랜사는 진득하게 젬이 하는 대로 기다리지 못했으므로 이미 패한 것이나 다름없었다.

경마에서 젬 리처즈의 운은 여전히 좋아질 기미를 보이지 않았다. 그가 그렇게 오랫동안 잃기만 한 적은 그때까지 한 번도 없었다. 이따금 젬은 어디론가 가서 운을 시험해 보고 싶다는 듯 말하기도 했다. 하지만 멀랜사를 데리고 가고 싶다는 뜻을 비친 적은 한 번도 없었다.

그래서 멀랜사는 어떤 때는 그를 진심으로 믿다가도 또 어떤 때는 고개를 드는 의구심을 누를 길이 없어 속을 태웠다. 젬은 대체 멀랜사와 어떤 관계를 원하는 걸까? 그에게 다른 여자가 없다는 점은 멀랜사도 확고히 믿었다. 그런데 그녀가 그의 손길을 밀어내도, 다시는 그의 곁에 가지 않겠다고 앙탈해도, 그는 그녀를 품으려 하지 않았다. 그러다 젬은 돌연 태도를 바꿔 당연히 멀랜사를 품고 싶다고, 이제 항상 그녀가 옆에 있어 주길 바란다고 절절하게 말했다. 하지만 조만간 그녀와 결혼하고 싶다는 말은 이제 입도 뻥긋하지 않았다. 젬 리처즈는 이렇게 힘든 상황에서는 어떤 여자하고든 결혼할 수 없다고, 한데 형편이 나아질 기미가 보이지 않는다고 수시로 말했다. 그렇다고 해도 멀랜사는 그가 준 반지를 끼고 있어야 했다. 그가 자기만큼 사랑한 여자는 없었음을 그녀는 분명히 알았다. 멀랜사가 당분간 반지를 끼고 있으려 했지만, 두 사람 사이에 옥신각신하는 일이 잦아졌고, 그래서 그녀는 그에게 받은 것은 뭐든 몸에 지니지 않겠다고 큰소리쳤다. 그러고는 아무도 볼 수 없지만 자신은 언제나 느낄 수 있도록 그 반지를 실에 꿰어 목에 걸고 다녔다.

가여운 멀랜사, 그녀는 정말 사랑에 눈이 멀어 바보가 되었다.

이제 멀랜사는 로즈 존슨을 찾아가 함께하는 시간이 갈수록 늘었다. 로즈를 다시 멀랜사에게 조언을 해 주었지만 별 도움이 안 되었다. 이제 어느 누구도 멀랜사에게 도움이 될 조언을 해 줄 수 없었다. 멀랜사가 젬 리처즈와의 관계를 회복할 시간은 이미 지나간 뒤였다. 로즈는 그걸 알았고, 멀랜사 또한 모르지 않았다. 이제 늦었다는 생각에 멀랜사는 죽고 싶은 마음이 들기까지 했다.

이제 멀랜사에게 유일한 위안은 견딜 수 없을 만큼 지칠 때까지 로즈는 수발하는 것뿐이었다. 멀랜사는 언제든 로즈가 원하는 모든 것을 해 주었다. 샘 존슨은 이제 멀랜사를 아주 다정하고 친절하게 대하기 시작했다. 멀랜사는 로즈에게 더없이 잘했고, 샘은 옆에서 로즈를 도와주고 이런저런 시중을 들며 편하게 해 주는 멀랜사를 무척 고맙게 여겼다.

로즈 존슨은 출산하는 데 큰 어려움을 겪었고, 멀랜사는 여자로서 할 수 있는 모든 일을 다 했다.

아기는 건강하게 태어났지만 오래 살지 못했다. 로즈 존슨은 조심성이 없고 게으르고 이기적이었는데, 멀랜사가 며칠 집을 비운 사이에 아기가 죽고 말았다. 로즈 존슨은 아기를 끔찍이 예뻐했다. 그런데 잠시 아기를 잊었던 모양인지 아무튼 아이가 죽었고, 로즈와 샘은 몹시 슬퍼했다. 하지만 당시 브리지포인트의 흑인 세계에서 그런 일은 너무나도 흔히 일어났기에, 그들 중 누구도 그 일을 오래 마음에 담아 두지는 않았다. 로즈는 기운을 차린 뒤 샘과 함께 사는 집으로 돌아갔다. 힘들 때 로즈를 살뜰히 보살펴 준 멀랜사에게 샘 존슨은 이제 항상 아주 다정했고 친절했고 호의적으로 대했다.

젬 리처즈와 멀랜사 허버트 사이의 문제는 조금도 나아지지 않았다. 젬이 멀랜사와 함께하는 시간은 갈수록 짧아졌다. 둘이 같이 있을 때 젬은 멀랜사에게 그런대로 다정했지만, 경마에 대한 걱정을 지우지 못했다. 젬이 생계를 꾸려 나가기 시작한 이후로, 그처럼 오랫동안 경마에서 번번이 져 어려움을 겪기는 처음이었다. 젬 리처즈는 이런 상황에서도 멀랜사에게 웬만큼 잘했지만, 깊이 신경 쓸 여력이 없었다. 멀랜사는 이제 더는 그와 말다툼을 벌일 수 없었다. 이제 자신을 대하는 그의 태도에 불만을 털어놓을 수 없었다. 어떻게든 운을 바꿔 볼 생각으로 머릿속이 꽉 차 있는 남자의 심정이 어떤지 여자가 분명히 알아야 한다고, 그가 행동으로 적나라하게 드러냈기 때문이다.

젬과 멀랜사는 상대가 하는 말을 서로 받아들이지 못해 긴 대화를 이어 가기도 했지만, 이제 대개는 멀랜사가 무슨 말을 해도 젬이 자신의 주장을 내세우지 않았다. 그래서 멀랜사는 이제 항상 마음속에 도사리고 있는 걱정에 대해 그를 탓할 명분을 찾기가 점점 더 어려워졌다. 젬은 멀랜사에게 다정했고, 그가 계속 경마에서 고전을 면치 못 하고 있다는 사실도 공공연히 밝혔다. 멀랜사는 젬 리처즈의 머릿속이 걱정으로 가득 찼다는 것을 익히 알았지만, 이제는 그에게 아무런 영향도 미칠 수 없었다.

멀랜사와 젬 리처즈 사이의 문제는 조금도 나아지지 않았다. 멀랜사는 이제 점점 더 많은 시간을 로즈 존슨과 함께하게 되었다. 로즈는 여전히 멀랜사가 자신의 집으로 와서 이런저런 일을 해 주기를 바랐고, 멀랜사에게 툴툴거리고 잔소리하기를 즐겼으며, 멀랜사가 힘든 상황에 빠지지 않고 잘 살아가려면 어떻게 처신해야 하는지 훈수 두기를 좋아했다. 이즈음 샘 존슨은 언제나 멀랜사를 아주 친절하고 다정하게 대했다. 샘은 이제 멀랜사를 안쓰럽게 여기기 시작했다.

젬 리처즈는 멀랜사와의 관계 회복을 위해 어떤 노력도 하지 않았다. 오히려 더는 멀랜사를 원하지 않는다는 뜻을 은근슬쩍 드러내는 이야기를 자주 했다. 그러면 멀랜사는 지독하게 우울한 기분에 빠졌고, 로즈에게 가서는 이제 자신이 할 수 있는 최선의 길이 스스로 목숨을 끊는 것이라며 그러고 싶다고 넋두리하곤 했다.

로즈 존슨은 멀랜사의 생각에 눈곱만큼도 동의하지 않았다.

"멀랜사, 단지 우울하다고 해서 자살하고 싶다니, 난 네가 왜 그런 말을 하는지 이해가 안 돼. 난 우울하다고 내 목숨을 끊는 일은 절대로 하지 않을 거야, 멀랜사. 다른 누군가를 죽일망정 자살 같은 건 절대 안 할 거야. 멀랜사, 만일 내가 스스로 목숨을 끊는 일이 생긴다면, 그건 분명 사고일 거야. 그리고 만일 사고로 목숨을 잃게 된다면, 난 너무 원통할 거야. 너도 그렇게 생각해야 해, 멀랜사. 툭하면 그런 바보 같은 소리 그만하고 내 말 잘 들어. 그렇게 항상 바보처럼 구니까 걱정거리가 끊이지 않는 거야, 멀랜사. 네가 문제를 자초한다는 걸 난 이제 확실히 알겠어. 우리가 알고 지낸 후로 너처럼 행동하고 이야기하는 것은 올바른 처신이 아니라고 그렇게 말했는데도, 멀랜사 넌 조금도 깨닫지 못한 것 같아. 여전히 늘 그렇게 행동하는 걸 보면 말이야. 멀랜사, 어떻게 처신해야 하는지에 대해서는 내가 잘 알아. 내 말이 다 맞는다고. 하지만 멀랜사 넌 한 번도 제대로 처신하는 법을 터득하지 못했지. 내 보기엔 분명히 그래. 내가 아무리 힘껏 도와주려고 해도, 넌 누구한테도 제대로 처신하는 법이 없잖아, 멀랜사. 내 보기엔 그래. 내 눈에만 그런 게 아니라 누가 봐도 네 태도는 옳지 않아. 그래도 난 너한테 아무 말도 하지 않았어. 너한테 가타부타 말해야 하는 상황이 정말 싫었거든. 하지만 그 젬 리처즈란 남자가 너랑 결혼하고 싶어 안달이라고 떠들고 다니더니, 그 사람하고도 끝나고 말았지. 내가 샘한테 줄곧 말해 왔지만, 난 그렇게 될 줄 알았어. 멀랜사, 너를 생각하면 너무 안타깝지만 말이야. 여하튼 처음에 그 사람하고 결혼하기로 약속했을 때 나한테 와서 이야기를 해야 했어. 그러면 내가 어떻게 해야 할지 알려 줬을 거야. 내 말대로 안 하니까 지금 또 이렇게 힘든 상황에 빠지게 됐잖아. 네가 늘 이런 상황에 처하는 걸 난 똑똑히 봐 왔어. 멀랜사, 네 처지가 이렇게 힘들어진 걸 보자니 내 마음도 정말 어지간히 안 좋아. 하지만 네가 늘 이런 상황에 빠지는 건, 항상 네가 똑바로 처신하지 못해서라는 걸 밝히지 않을 수 없어. 그러고도 이제 와서 너무 우울하다면서 자살하고 싶다는 말을 늘어놓다니. 멀랜사, 제대로 된 여자라면 그런 생각을 해서는 안 돼."

로즈는 이제 대놓고 멀랜사를 나무라기 시작했고, 걸핏하면 멀랜사에게 짜증을 냈다. 하지만 로즈는 이제 멀랜사에게 도움을 주는 사람이 되지 못했다. 멀랜사 허버트는 어떻게 해야 할지 갈피를 잡을 수 없었다. 언제나 젬 리처즈와 함께하기를 원했지만, 그는 이제 자신을 원하지 않는 듯했다. 그러니 멀랜사가 무엇을 어쩔 수 있겠는가. 이제 자신이 할 수 있는 일은 스스로 목숨을 끊는 일뿐이니 그러고 싶다는 말은 멀랜사의 진심이었다.

샘 존슨은 나날이 멀랜사를 다정하고 친절하게 대했다. 가여운 멀랜사. 누가 무엇을 원하든 다 해 주려고 할 만큼 그녀는 착하고 상냥했고, 언제든 될 수 있으면 평온하고 조용한 삶을 원했지만, 늘 어려움에 처하는 새로운 길에 맞닥뜨릴 뿐이었다. 샘은 로즈에게 멀랜사에 대한 이런 이야기를 종종 했다.

"멀랜사가 허구한 날 지독한 문제를 자초한다고 해서 그 애에 대해 나쁜 말을 하고 싶은 마음은 조금도 없어요, 샘. 하지만 멀랜사 스스로 문제에 빠져드는 꼴을 보면, 그 애 태도가 괜찮다고 말할 수는 없죠. 샘. 이번에도 늘 하던 대로 그대로 하더니 똑같은 상황에 처하더라고요. 그 젬 리처즈라는 사람하고 말이에요. 그 남자는 이제 멀랜사를 원하지 않는 것이 분명한데, 멀랜사는 적절히 처신할 줄을 몰라요. 그러면 안 되는데 말이죠. 멀랜사가 그 남자한테 하는 행동이 난 정말 마음에 안 들어요. 그리고 있잖아요, 샘. 그 애는 솔직하질 못해요. 엉큼한 구석이 있어요. 자기가 어떻게 하고 다니는지 있는 그대로 솔직하게 털어놓는 법이 없다니까요. 샘, 난 이제 더는 그 애가 하고 다니는 행실에 대해 왈가왈부하고 싶지 않아요. 항상 말로는 '그래, 알았어. 로즈, 네 말대로 할게.'라고 해요. 그러고는 내가 말한 대로 하는 법이 결코 없거든요. 그 애가 착하고 상냥한 건 맞아요, 샘. 멀랜사는 정말 그래요. 누가 뭘 원하는지 알면 언제나 선뜻 나서서 해 주는 애라고 나도 늘 말하잖아요. 그렇지만 한편으로 멀랜사는 적절히 처신할 줄 모르고, 또 한편으로는 정말 솔직하질 못해요. 샘, 그 애가 얼마나 지독한 짓을 하고 다녔는지 수군거리는 얘기가 내 귀에 들어온 게 한두 번이 아니에요. 그 애가 어떻게 하고 다니는지 아는 여자들이 있거든요. 그 여자들이 가끔 나한테 와서 그 애가 무슨 짓을 하고 다니는지 얘기해요. 샘, 정말로 안타깝지만 멀랜사가 잘되는 일은 절대 없을 것 같다는 생각이 들어요. 그런 데다 당신도 가끔 듣다시피 그 애는 요즘 너무 우울하다면서 죽고 싶다는 말을 입에 달고 살죠. 제대로 된 여자라면 그런 말을 해서는 안 되는 거잖아요. 샘, 알다시피 난 잘 알지도 못하는 얘기를 하고 그러지는 않아요. 당신도 조심해요, 샘. 내 말을 흘려듣지 말고 정말 조심해야 해요. 보면 볼수록 멀랜사는 엉큼하다는 느낌이 드니까요. 샘, 조심해야 한다는 말 명심해요. 잘 알지도 못하면서 이런 말 하는 게 아니에요. 다 알고서 하는 말이죠. 난 확실히 아는 말만, 맞는 말만 하는 거 알죠, 샘?"

처음에 샘은 멀랜사를 두둔하려고 했다. 샘은 이제 항상 멀랜사에게 친절했고 다정했다. 멀랜사가 그들 집에 있을 때 그가 이야기를 하면, 가르침을 받는 사람마냥 조용히 귀를 기울이는 태도를 샘은 좋아했다. 멀랜사가 항상 자기를 위해 무

슨 일이든 꼼꼼하니 기분 좋게 하는 것도 좋았다. 하지만 샘은
누구하고든 싸우기를 좋아하지 않는 사람이었고, 로즈는 그
어떤 사람보다 멀랜사에 대해 잘 알았으며, 어쨌거나 샘도 멀
랜사에게 별다른 관심이 없었다. 그녀의 신비스러운 면은 그
에게 어떤 흥미도 불러일으킨 적이 없었다. 샘은 그저 멀랜사
가 자기에게 상냥하고, 늘 무슨 일이든 로즈가 바라는 대로 알
아서 해 주는 것이 좋았을 뿐이다. 그는 멀랜사를 중히 여긴
적이 결코 없었다. 샘이 원하는 것은 아담한 집에서 안정적으
로 살며 열심히 일하고, 지친 몸을 이끌고 집에 돌아오면 저녁
이 기다리고 있고, 장차 생길 아이들을 따뜻하게 보살펴 키우
는 삶이 전부였다. 그래서 샘은 그들 부부에게 늘 친절하고 다
정한 멀랜사가 젬 리처즈라는 나쁜 남자로 인해 곤란한 처지
에 빠진 것을 진심으로 안쓰럽게 여겼다. 하지만 그런 방탕한
남자를 좋아하는 여자는 으레 그런 일을 겪기 마련이었다. 아
무튼 멀랜사는 로즈의 친구였고, 만나는 여자에게 한결같이
충실하게 대할 줄 모르는 남자를 좋아해서 여자가 겪게 되는
어떤 일에도 샘은 관여하고 싶은 마음이 없었다.

그래서 샘은 로즈에게 멀랜사를 두둔하는 말을 하지 않았
다. 변함없이 친절하게 멀랜사를 대했지만, 이제 샘이 그녀를
만나는 일은 점점 줄어졌다. 얼마 후 멀랜사는 로즈의 집에 발
길을 끊었고, 샘은 로즈에게 멀랜사에 대해 어떤 것도 묻지 않
았다.

멀랜사 허버트가 로즈 존슨을 만나러 집으로 찾아가는 일
이 점차 줄기 시작했다. 이제 로즈가 멀랜사를 보고 싶어 하
지 않는 듯 보이기 때문이기도 했고, 멀랜사의 도움을 더는 원
하지 않기 때문이기도 했다. 멀랜사는 로즈 앞에서 자신을 내

세우는 일 없이, 로즈를 위해 할 수 있는 일은 뭐든 하고자 했다. 하지만 로즈는 됐다면서, 자신이 직접 그 일을 하는 편이 낫겠다고 했다. 멜랜사는 진정 선의로 도움을 주기 위해 그 집에 오래도록 머물려 했지만, 로즈는 이제 그만 돌아가는 것이 좋겠다면서 다른 누구의 도움도 필요없다고 했다. 아기로 인해 힘들어했던 전과 달리, 로즈는 이제 스스로 강해졌다고 여겼고, 샘도 집에 돌아왔을 때 로즈 혼자서 그를 맞고 저녁을 차려 주기를 바랐다. 여름이면 늘 그러듯이 샘은 이제 늘 몹시 피곤해했다. 증기선을 이용하는 여객이 너무 많아서 할 일이 끊이지 않았기 때문에 샘은 파김치가 되어 돌아왔다. 그래서 저녁을 먹을 때 집에 거추장스러운 사람들이 없기를 바랐다.

로즈는 날이 갈수록 자신을 보러 집으로 찾아오는 멜랜사를 달가워하지 않는 기색을 대놓고 드러냈다. 멜랜사는 자신을 왜 그렇게 대하는지 로즈에게 감히 묻지 못했다. 멜랜사는 늘 같은 자신을 지켜 줄 로즈를 절실히 필요로 했다. 언제나 자신에게 든든한 버팀목이었던 로즈에게 의지하고 싶어 했다. 멜랜사는 로즈에게 이제 더는 자신이 찾아가는 것을 원하지 않느냐고 물어볼 엄두를 내지 못했다.

이제 멜랜사는 자신에게 다정했던 샘도 더는 볼 수 없었다. 샘이 집으로 돌아올 때가 되기 전에 로즈는 늘 멜랜사를 돌려보냈다. 어느 날, 로즈가 그날따라 곰살맞게 이런저런 일을 떠맡기는 통에 멜랜사가 좀 더 오래 그 집에 머물렀더랬다. 그러고 나서 로즈의 집을 나와 돌아가는 길에 멜랜사는 샘 존슨과 마주쳤다. 샘은 잠시 걸음을 멈추고 그녀에게 친절히 말을 건넸다.

그다음 날 로즈 존슨은 멜랜사를 집 안으로 들이지 않았다. 로즈는 계단에 선 채로 자신이 이제 멀랜사를 어떻게 생각하는지 이야기했다.

"멀랜사, 아무리 생각해도 네가 나를 보러 여기 오는 건 맞지 않아. 난 너한테 조금도 폐를 끼치고 싶지 않거든. 너든 누구든 도와주러 오는 사람 없이도, 이제 내가 살림을 더 잘 꾸려 갈 수 있다고 생각해. 샘이 하는 일이 아주 잘돼서, 매일 와서 내 일을 도와줄 어린 여자애를 부릴 여유도 생겼고. 멀랜사, 그러니 앞으로 네가 나를 보러 여기 오는 일은 없으면 좋겠어."

"아니, 로즈, 내가 너한테 어떻게 해 왔는데. 이제 와서 나한테 이처럼 모질게 하는 건 옳지 않아."

"멀랜사 허버트, 내가 널 이렇게 대하면 되니 마니 불평할 자격이 너한테는 없다고 생각해. 멀랜사 허버트, 잘 들어. 여태껏 나만큼 너를 참아 준 사람은 아무도 없을 거야. 한데 요즘 너에 대해 지독히도 안 좋은 말이 너무 많이 들려. 네가 줄곧 어떤 몹쓸 짓을 얼마나 심하게 하고 다녔는지 내게 와서 말하는 사람이 한둘이 아니야. 난 언제나 너한테 더없이 잘했는데, 넌 나한테 솔직하게 말할 줄을 전혀 몰라. 그건 아니야. 그래도 멀랜사 너한테 안 좋은 일이 생기기를 바라는 마음은 조금도 없어. 네가 언젠가 여자로서 제대로, 올바르게 처신하는 법을 깨닫고, 잘살게 되기를 진심으로 바라. 하지만 요즘 모두들 내게 와서 너에 대해 이러쿵저러쿵하는 말을 더는 못 참겠어. 그래, 멀랜사. 난 이제 더는 너를 믿을 수 없어. 앞으로 다시는 너를 볼 수 없게 돼서 너무 아쉽지만, 이러는 수밖에 다른 방도가 없어. 이 말밖에 달리 너한테 할 말은 없어, 멀랜사."

"하지만 로즈, 난 정말 모르겠어. 내가 뭘 어쨌다고 네가 나한테 이러는지. 난 아무것도 한 게 없어. 죽은 사람만큼도. 로즈, 누가 너한테 나에 대해 안 좋은 말을 한다면, 그 사람들이 한통속으로 거짓말을 하는 거야. 정말로 그래, 로즈. 내 말이 사실이야. 난 너한테 말하기 부끄러운 짓은 아무것도, 절대로 하지 않았어. 나한테 왜 이렇게 모질게 구는 거야, 로즈? 샘은 분명 너처럼 생각하지 않을 거야. 그리고 로즈, 네가 원하는 일이라면, 난 언제나 할 수 있는 모든 일을 다 하잖아."

"거기 서서 얘기해 봐야 아무 소용 없어, 멀랜사 허버트. 난 그저 너한테 할 말을 한 거니까. 그리고 샘은 여자들에 대해 아무것도 몰라. 여자들이 어떻게 행동할 수 있는지를 모른다고. 지금 너한테 이래야 하는 내 심정도 안 좋아, 멀랜사. 하지만 나도 어쩔 수 없어. 네가 늘 부적절한 짓을 하고 다니고, 다들 그런 너를 두고 수군거리니까. 아무리 거기 서서 그렇지 않다고 말해 봐야 소용없어, 멀랜사. 너에 대한 내 판단이 틀린 적은 없어, 멀랜사 허버트. 내가 아는 한 항상 내 생각이 맞았지. 넌 행실을 바로하는 법을 끝까지 모를 애야. 괜찮은 여자라면 어떻게 해야 하는지를 모르지. 난 너한테 그런 걸 알려 주려고 늘 최선을 다했어, 멀랜사 허버트. 하지만 행실을 똑바로 하는 법을 백날 말해 줘도 소용없는 사람들이 있지. 그런 말을 받아들이려는 올바른 분별력이 없는 사람들에겐 말해 봐야 소용없더라고. 게다가 넌 솔직해야 한다는 의식도 없지. 멀랜사 허버트, 너한테 피해를 끼치고 싶은 마음은 조금도 없어. 다만 네가 다시는 여기 찾아오지 않기를 바라. 너한테 늘 해 온 말이지만 다시 한번 말하자면, 넌 반듯한 여자라면 어떻게 행동해야 하는지 도무지 몰라, 그래서 네가 여기 우리 집에 발을 들여놓는 일이 다시는 없기를 샘도 나도 원해. 정말이야.

그러니까 이제 그만 돌아가, 멀랜사 허버트. 내 말 알아들었지. 너한테 폐를 끼치고 싶은 마음은 조금도 없어."

로즈 존슨이 집으로 들어가서 문을 닫았다. 멀랜사는 숨도 못 쉴 정도의 이 충격을 감당할 방법을 찾지 못해 멍하니 그대로 서 있었다. 그러다 천천히 그 자리를 떠났다. 한 번 돌아보지도 않고.

멀랜사 허버트의 마음은 만신창이가 되었다. 멀랜사는 항상 자신을 믿어 주는 로즈를, 언제나 의지할 수 있는 로즈를 필요로 했다. 언제나 자신에게 얼마간 안도감을 주는 누군가를 곁에 두기를 간절히 원했다. 그런데 이제 로즈가 그녀를 밀어낸 것이다. 멀랜사는 다른 어떤 사람보다 로즈를 절실히 원했다. 그녀에게 로즈는 언제나 아주 명료하고, 든든하고, 괜찮은 친구였다. 그런데 이제 로즈가 멀랜사를 내치고 말았다. 멀랜사는 어떻게 해야 할지 몰랐다. 온 세상이 미친듯 정신없이 빙빙 돌아가며 진을 빼는 듯 했다.

멀랜사 허버트는 혼자여도 괜찮다고 생각할 힘이 남아 있지 않았다. 그런데 이제 로즈 존슨이 그녀를 밀어낸 뒤였고, 멀랜사는 이제 다시는 로즈를 가까이 할 수 없었다. 멀랜사 허버트는 넋을 놓은 채 이제는 자신을 도와줄 사람이 아무도 없음을 뼈저리게 느꼈다.

그날 밤 멀랜사는 젬 리처즈를 만나기로 약속했던 장소로 갔다. 젬 리처즈는 그녀를 옆에 두고도 다른 데 정신이 팔려 있었다. 이윽고 그가 다른 곳에 가면 경마에서 다시 행운을 잡을지 모르니 조만간 여행을 떠날 거라는 이야기를 시작했다. 이제 곧 젬 또한 자신을 떠난다는 생각에 멀랜사는 몸을 떨었다. 젬 리처즈는 자신이 요즘 계속 운이 따르지 않았다면서 다른 곳에 가서라도 운세를 바꿔야 할 필요가 있다는 말을 덧붙였다.

그러고 나서 젬은 이야기를 멈추고, 멀랜사를 빤히 보더니 말했다.

"멀랜사, 솔직하게 사실대로 말해 줘요. 이제 더는 나한테 아무 신경도 쓰지 않는 거죠?"

"왜 그런 걸 물어요, 젬 리처즈?" 멀랜사가 되물었다.

"내가 왜 묻겠어요, 멀랜사? 그게, 내가 이제 더는 당신한테 신경을 쓸 수 없어서 그래요, 그래서 물은 거예요."

멀랜사는 이 말에 아무런 대꾸도 할 수 없었다. 젬 리처즈는 잠시 대답을 기다리다 그녀를 두고 가 버렸다.

멀랜사 허버트는 다시는 젬 리처즈를 만나지 못했다. 로즈 존슨 또한 두 번 다시 볼 수 없었다. 로즈를 영영 볼 수 없는 것은 견디기 힘든 일이었다. 로즈 존슨은 멀랜사의 모든 감정 가장 깊숙이 영향을 미친 사람이었으므로.

멀랜사에 대해 묻는 사람이 있으면, 로즈는 대답했다.

"아니, 난 이제 더는 멀랜사 허버트를 만나지 않아. 아니, 멀랜사는 이제 다시는 여기 못 와. 그 애가 죽이 맞아 어울리는 남자들하고 낯 뜨거운 짓을 하고 다니는 바람에 우리가 얼마나 애를 먹었는지 모르거든. 멀랜사 허버트는 만나 봐야 좋을 게 없는 애야. 샘도 나도 다시는 그 애를 보고 싶은 마음이 없어. 내가 아무리 말해도 그 애는 행실을 똑바로 하지 않았지. 내가 항상 멀랜사한테 좀 더 행동거지를 신중하게 하도록 신경 쓰지 않는다면 다시는 안 볼 거라고, 앞으로 영영 나를 보러 우리 집에 찾아올 생각 말라고 누차 말했는데도 그 애는 달라지지 않았어. 어떤 여자든 나름의 방식으로 원하는 대로 즐기며 살아가는 데 반대할 마음은 없어. 하지만 멀랜사가 늘 해 온 방식은 좋게 볼 수가 없지. 멀랜사가 줄곧 지금처럼 제대로 처신하지 못하고, 그런 탓에 지독하게 우울해지면, 그 애는 언젠가 스스로 목숨을 끊을지도 몰라. 멀랜사는 자신이 쉽게 할 수 있는 유일한 방법이 그것뿐이라는 말을 입에 달고 살았거든. 안됐지, 난 항상 멀랜사를 안쓰럽게 생각해. 그 애는 그저 그런 보잘것없는 흑인이 결코 아니잖아. 하지만 내가 아무리 여자라면 어떻게 처신해야 하는지 말해도 그 애는 못 알아듣더라고. 그런 걸 끝까지 깨우칠 수 없는 애인 거지. 어떻든 멀랜사에게 나쁜 일이 생기기를 바라지는 않지만, 내가 생각하기에 그 애는 언젠가 스스로 목숨을 끊을게 확실해. 그러는 게 자기가 쉽게 할 수 있는 일이라는 말을 입에 달고 살거든. 난 그토록 지독하게 우울해하는 사람은 본 적이 없어."

하지만 멀랜사 허버트는 자신이 할 수 있는 최선의 방법이 자실이라는 말을 자주 했을망정, 너무나 우울하다는 이유로 스스로 목숨을 끊는 일은 하지 않았다. 멀랜사는 결코 자살하지 않았다. 다만 지독한 열병에 걸려서 자신을 보살펴 주고 치료해 줄 병원에 입원했을 뿐이다.

멀랜사는 건강을 되찾은 뒤 거처를 마련하고 일을 하며 평범한 일상을 이어 갔다. 그러다 또다시 지독한 병마가 덮치는 바람에 연신 기침을 하고 땀을 흘렸으며, 너무 쇠약해져 일을 버틸 수 없게 되었다.

멀랜사는 다시 병원을 찾았고, 의사는 그녀에게 폐결핵에 걸렸다면서 오래 살지 못할 거라고 말했다. 그녀는 가난한 폐결핵 환자들을 돌봐 주는 요양소로 보내졌고, 그곳에서 생을 마감했다.

온순한 레나

레나는 참을성 있고 온순하며 얌전한 독일 사람으로 사
년간 하녀로 일해 왔고, 그 일을 아주 좋아했다.

친척의 도움으로 독일에서 브리지포인트로 이주한 레나
는 사 년 동안 같은 집에서 일했다.

레나는 그 집에서 일하는 것이 참으로 좋았다. 시원시원
하니 까다롭지 않은 안주인도 그녀의 아이들도 모두 레나를
무척 좋아했다.

그 집 요리사가 적잖이 잔소리를 했지만, 독일 사람답게
참을성이 많은 레나는 거뜬히 견디어 냈다. 사실 요리사는 정
이 많은 사람으로, 쉴 새 없이 잔소리를 하는 것도 다 레나를
위해서였다.

레나가 아침에 문을 두드리며 독일 말투로 그 집 식구들
을 부르는 목소리는 잠에서 깨어나 정신이 들게 했고, 여름 한
낮의 부드러운 산들바람처럼 마음을 편하게 해 주었다. 매일
아침, 레나는 복도에 서서 독일 사람의 무던한 인내심을 발휘
하며 몇 번이고 아이들을 부르며 일어나라고 소리쳤다. 그러

고는 잠시 기다렸다가 변함없이 다정한 말투로 끈기 있게 다시 부르곤 했다. 그러는 사이 아이들은 소중하고도 절실한, 일어나기 전 마지막 짧은 단잠으로 빠져들어 활기찬 아침을 시작할 힘을 얻었다. 어른들은 더 일찍 정신을 차리고 하루를 맞았고.

레나는 아침 나절 내내 부지런히 일했다. 그리고 맑고 화창한 오후에는 그 집의 두 살배기 여자아이를 공원으로 데리고 나가 돌보았다.

날씨가 맑은 오후면 다른 여자들도 돌보는 아이들을 데리고 공원으로 나와 다 같이 어울려 즐겁고 여유로운 시간을 가졌는데, 그들 모두 소박하고 온순한 독일 처녀 레나를 아주 좋아했다. 한편으로 그들은 레나를 곧잘 놀리기도 했다. 빠릿빠릿한 다른 여자들이 빙 돌려 하는 말을 레나가 무슨 뜻인지 못 알아듣고 걸핏하면 어리둥절하며 갈팡질팡했기 때문이다.

레나와 늘 같이 어울려 수다를 떠는 여자들 중 두셋은 언제나 한통속이 돼서 레나를 혼란 속에 빠뜨렸다. 그래도 레나는 그런 나날이 그저 즐거웠다.

어쩌다 어린 여자아이가 넘어져서 울음을 터뜨리면 레나는 그 아이를 달래야 했고, 모자를 떨어뜨리면 그것을 집어 들어 가지고 있어야 했다. 그 아이가 심통을 부리며 장난감을 집어던지면, 레나는 아이에게 이제 가지고 놀 수 없다고 말한 뒤 아이가 다시 달라고 할 때까지 가지고 있어야 했고.

레나에게는 즐거운 여가나 다름없는 마냥 평화로운 삶이었다. 물론 다른 여자들이 놀리기는 했지만, 그런 놀림이 레나의 마음을 휘젓지는 못했다.

레나는 갈색 피부의 다소곳한 여자였다. 그녀의 갈색 피부는 금발에 흰 피부를 가진 사람들이 흔히 햇볕에 타 갖게 되는 빛깔이었다. 누렇거나 불그스름한 기운이 감도는 갈색이나 햇볕이 강한 나라에서 볼 수 있는 초콜릿처럼 짙은 갈색이 아니라, 밝은 톤의 살결이 엷게 그을린 투명한 갈색이었다. 담갈색 눈과도 아주 잘 어울렸고, 어릴 때는 밀짚처럼 옅던 금발이 크면서 갈색으로 짙어진 적당한 숱의 단정한 직모와도 조화를 이루는 수수하고 연한 갈색이었다.

레나는 가슴은 납작하고 등은 꼿꼿했으며, 끈기 있게 참고 견디며 일하는 여자들이 그렇듯 어깨는 앞으로 기울어져 있었다. 하지만 여전히 소녀티가 나는 유연한 몸태를 가지고 있어서, 겉보기에 아직은 힘겹게 일한 티가 두드러져 보이지는 않았다.

레나는 보기 드문 분위기를 풍겼다. 움직임이 차분해서도 그랬지만, 무엇보다 참을성이 많고 촌스러운 데다 맹해 보여서 그런 느낌이 강했다. 밋밋하니 순해 보이는 갈색 얼굴이 순진해 보여서도 그랬고. 까만 눈썹은 놀랍도록 숱이 많았는데 아주 시원해 보이는 아름다운 모양이었다. 그 눈썹 아래로 힘겹게 일하며 살아가는 온순한 독일 여자의 대단한 인내심과 따뜻함을 보여 주는 담갈색 눈이 있었다.

그렇다, 레나에게는 마냥 평화로운 나날이었다. 물론 다른 여자들이 놀리기는 했지만, 그런 놀림이 레나의 마음을 휘젓지는 못했다.

"레나, 손가락에 묻은 게 뭐야?" 늘 같이 어울리는 여자들 중 하나인 메리가 어느 날 물었다. 메리는 싹싹하고 눈치가 빠르며 똑똑한 아일랜드계 여자였다.

레나는 어린아이가 옆에 떨어뜨린, 색색 종이로 만들어진 아코디언을 막 집어 들어서는 갈색 손가락으로 어설프게 종이 아코디언을 당겨 끽끽거리는 소리를 내는 참이었다.

"어머! 이게 뭐야? 물감인가?" 레나는 손가락을 입으로 가져가 묻어 있는 얼룩의 맛을 보았다.

"그거 지독한 독이야, 레나. 몰랐어? 네가 방금 맛본 그 초록색 물감 말이야." 메리가 말했다.

손가락에 묻은 초록색 물감을 날름 핥던 레나가 뚝 멈추고 손가락을 빤히 내려다보았다. 레나는 메리가 한 말이 정말인지 아닌지 분간할 수 없었다.

"넬리, 레나가 방금 핥아먹은 초록색 물감 있잖아. 그거 독 맞지? 확실해, 레나. 진짜 독이야. 이번엔 놀리는 게 아니야." 메리가 말했다.

레나는 다소 불안한 마음으로 물감이 묻은 손가락을 골똘히 보면서, 자신이 그 물감을 삼켰던가 생각했다.

손가락 끝에 아직 물감이 남아 있어 축축한 느낌이 들었다. 레나는 얼마 동안 치마 안자락에 손가락을 문질러 대면서, 간간이 의심어린 눈길로 그 손가락을 내려다보고는 자신이 방금 맛본 것이 정말로 독이면 어쩌나 걱정했다.

"레나가 저걸 핥아 먹었다고 큰일 나는 건 아니겠지, 넬리?" 메리가 넬리에게 물었다.

넬리는 웃기만 할 뿐 맞장구를 치지는 않았다. 피부색이 짙고 깡마른 넬리는 이탈리아계로 보였는데, 풍성한 검은 머리를 위로 틀어 올려 묶은 모습이 아주 참해 보였다.

넬리는 늘 웃음을 머금은 채 말이 별로 없었고, 레나를 빤히 보며 당황스럽게 만들곤 했다.

그렇게 그들 셋은 어린아이들을 지켜보면서 기분 좋은 햇

별 아래 앉아 수다를 떨었다. 레나는 몇 번이나 손가락을 내려다보며 조금 전 맛본 물감에 정말로 독이 들었으면 어쩌나 걱정했다. 그러고는 옷자락에 손가락을 더 박박 문질렀다.

메리는 레나를 비웃으며 놀렸고, 넬리는 설핏 웃으며 알쏭달쏭한 표정으로 레나를 힐끔거렸다.

그러다 보니 선선한 기운이 감돌았고, 이리저리로 흩어져 돌아다니는 어린아이들을 끌어모아 제각각 엄마에게 데려다 줄 때가 되었다. 그때까지도 레나는 자신이 맛본 초록색 물감이 정말로 독물인지 아닌지 분간하지 못했다.

4년째 하녀로 일하는 동안, 레나는 외출이 허락된 일요일마다 사 년 전에 자신을 브리지포인트로 데려와 준 고모 집으로 갔다.

사 년 전에 레나를 브리지포인트로 데려온 이 고모는 바지런하고 야심만만하고 착실한 독일 여자였다. 그녀의 남편은 읍내에서 식료품점을 했는데 형편이 꽤 넉넉한 편이었다. 레나의 고모인 이 헤이든 부인은 이제 막 숙녀 티를 내기 시작한 두 딸과 거짓을 일삼아 다루기가 여간 힘들지 않은 어린 아들을 하나 두고 있었다.

헤이든 부인은 작은 키에 통통하며 다부진 독일 여자로, 항상 자신감 넘치는 걸음으로 총총거리고 다녔다. 헤이든 부인은 몸집이 아주 옹골차고 단단했다. 어릴 적 허여멀겋던 살결이 불그레하게 짙어진 얼굴도, 반들반들 윤기가 흐르면서 활기 넘쳐 보이는 두 뺨도, 짧고 굵은 목을 내리덮는 이중 턱도 그랬다.

그런 엄마에 비해 열넷, 열다섯 살의 두 딸은 마치 반죽을 하다 말아 모양이 잡히지 않은 살덩어리들 같았다.

두 자매 중 언니인 머틸다는 금발이었고, 움직임이 굼떴고, 단순했고, 엄청나게 뚱뚱했다. 동생인 버사는 언니와 키 차이가 별반 나지 않았고, 머리색은 다갈색이었으며, 언니보다는 그래도 좀 빠릿빠릿했다. 버사 역시 체중이 많이 나갔지만 언니만큼 뚱뚱하지는 않았다.

이들 엄마는 두 딸을 아주 단호하게 키웠다. 그들이 본분을 지키도록 가르쳤다. 독일의 자매들이 흔히 그러듯, 그들은 늘 같은 종류의 모자와 드레스를 차려 입고 다녔다. 그 엄마는 두 딸을 빨간색으로 맞춰 입히기를 좋아했다. 그들이 갖고 있는 제일 좋은 옷이 아주 두툼한 천에 반짝이는 까만 수술로 튼튼하게 마무리된 빨간 드레스였다. 거기에 맞춰 쓸 까만색 벨벳 리본과 새 모양 장식이 달린 빨간색의 빳빳한 펠트 모자도 갖고 있었고. 그 엄마는 보닛에 검정색 옷을 점잖게 차려입고 덩치 큰 두 딸 사이에 앉아 강경한 어조로 지시를 내리거나 두 딸을 억눌렀다.

이 정 많은 독일 여자가 허점을 보이는 딱 한 가지는 아들을 망치는 태도였다. 그 아이는 거짓을 일삼는 데다 다루기가 여간 어렵지 않았다.

이들 가족의 아버지는 점잖은 편에 과묵하고 육중했으며 별 간섭을 하지 않는 독일 남자였다. 그는 아들의 나쁜 버릇을 고치고 정직한 아이로 키우려 애썼지만, 아내가 남편의 뜻대로 하도록 내버려 두지 않았다. 그래서 그 아들은 아주 못되게 자랐다.

헤이든 부인의 두 딸은 이제 갓 어린 티를 벗은 나이였기 때문에, 그즈음 헤이든 부인의 최대 관심사는 조카딸 레나를 결혼시키는 것이었다.

사 년 전, 헤이든 부인은 두 딸을 데리고 독일에 있는 자신의 부모를 찾아갔었다. 비록 두 딸은 못마땅해했지만, 헤이든 부인에게 이 귀향은 더없이 성공적이었다.

　　헤이든 부인은 정이 많고 후한 여자로, 부모는 물론 여기저기서 자신을 보러 온 친척 모두에게 도움을 아끼지 않았다. 헤이든 부인의 집안사람들은 중간 계층의 농부들이었다. 소작농은 아니라서 자신들의 땅을 일구며 그럭저럭 살아갔지만, 미국에서 태어난 헤이든 자매의 눈에 그들은 하나같이 가난하고 구질구질해 보였다.

　　헤이든 부인은 고향이 참으로 좋았다. 친숙하기도 했을뿐더러, 대단한 부자에 중요한 사람인 양 대접을 받았기 때문이다. 그녀는 모든 친척의 말을 들어 주었고, 판단을 내려 주었고, 더 잘살 방법에 대해 조언을 아끼지 않았다. 친척들의 현재와 미래를 위한 계획을 짜 주었고, 과거의 잘못된 방식을 짚어 주었다.

　　헤이든 부인의 유일한 골칫거리는 아무리 말해도 외할머니, 외할아버지에게 예의를 차리지 않는 두 딸이었다. 그 두 자매는 외가 친척 모두에게 아주 고약하게 굴었다. 그들은 엄마의 성화에도 외조부모에게 입 맞추어 인사하지 않았고, 그래서 하루도 거르지 않고 꾸지람을 들었다. 하지만 그때 헤이든 부인은 너무 바빠서 고집불통인 두 딸을 바로잡을 시간이 없었다.

　　미국에서 태어난 두 자매의 눈에는, 고되게 땅을 일구며 살아가는 거친 독일 친척들이 못나 보이고 지저분해 보였다. 이탈리아계나 흑인 일꾼들 못지않은 하층민으로 보였다. 그렇건만 그들을 스스럼없이 대하는 엄마를 두 딸은 이해할 수 없었다. 더구나 여자 친척들은 하나같이 차림새가 우스꽝스러웠고, 하는 일도 거칠고 별나 보였다.

두 자매는 콧대를 치켜세우고 다니며 친척들을 무시했고, 둘이서만 영어로 이야기를 나누었다. 친척들 모두 너무나 싫다고, 엄마가 그들을 스스럼없이 대하지 않았으면 좋겠다고. 두 자매는 독일 말을 웬만큼 할 수 있었지만, 결코 쓰지 않았다.

헤이든 부인이 가장 큰 관심을 보인 친척은 큰오빠 가족이었다. 그 집엔 아이가 여덟이나 됐는데 그중 다섯이 여자아이였다.

헤이든 부인은 다섯 조카딸 중 하나를 브리지포인트로 데려가서 새로운 삶을 살도록 이끌어 주고 싶어 했다. 집안사람들 모두 그런 생각을 반겼고, 이구동성으로 레나를 미국으로 보내야 한다고 말했다.

대가족의 둘째 딸로 그때 갓 열일곱살이던 레나는 가족의 큰 기대를 받는 딸은 아니었다. 늘 꿈을 꾸듯 정신이 딴 데 가 있었기 때문이다. 일은 꾀부리지 않고 열심히 했지만, 아무리 괜찮은 일도 그녀의 마음을 끌지는 못하는 듯했다.

헤이든 부인이 품은 뜻에는 레나의 나이가 딱 좋았다. 그녀는 우선 레나에게 남의집살이를 시켜 이런저런 일을 배우게 한 다음, 나이가 차면 좋은 남편감을 찾아 줄 생각이었다. 게다가 레나는 아주 차분하고 고분고분해서 제 고집을 피우려 하는 일도 없을 것 같았다. 또한 헤이든 부인이 살면서 터득한 지혜로 판단컨대, 레나에게는 보기 드문 근성이 있어 보였다.

레나는 흔쾌히 헤이든 부인의 말을 받아들였다. 어차피

독일 생활을 그다지 좋아하지 않았기에. 레나를 불편하게 하는 것은 고달픈 일이 아니라 사람들의 거친 태도였다. 그녀 주변의 독일 사람들은 거칠고 시끌벅적했다. 기쁜 일에도 야단법석을 떨었고, 우악스럽게 레나를 잡고 놀리기도 했다. 좋은 사람들이기는 했지만, 그들의 태도는 레나에게 거슬리고 답답했다.

레나는 자신이 그런 점을 좋아하지 않는다는 사실조차 몰랐다. 자신이 늘 꿈을 꾸듯 딴 세상을 헤맨다는 사실도 몰랐고. 머나먼 브리지포인트로 가면 삶이 크게 달라지겠지 하는 생각도 하지 않았다. 헤이든 부인은 레나를 데리고 나가 옷을 몇 가지 사 준 다음에 함께 증기선을 타러 갔다. 레나는 실상 자신에게 무슨 일이 일어나고 있는지도 몰랐다.

헤이든 부인과 두 딸, 그리고 레나는 증기선의 2등칸을 타고 미국으로 향했다. 헤이든 부인의 두 딸은 레나가 자신들과 함께 가는 것을 끔찍이 싫어했다. 그들 눈에 검둥이나 다름없어 보이는 사촌이 있는 것도 싫었고, 배에 탄 사람들이 그런 친척을 보게 될 것도 싫었다. 두 딸은 헤이든 부인에게 그런 마음을 털어놓았지만, 그녀는 딸들의 말을 한 귀로 듣고 흘렸고, 두 딸은 속앓이를 하는 수밖에 없었다. 그래서 그들은 계속 레나를 죽어라 싫어했다. 레나가 자신들과 함께 브리지포인트로 가는 것을 막을 수 없었기에.

레나는 뱃멀미가 너무 심해서 그 여행이 끝나기 전에 자신이 죽고 말 거라고 생각했다. 속이 너무 메스꺼워서 애초에 따라나서지 말았으면 하는 생각조차 할 수 없었다. 먹을 수도 없고 불평할 수도 없었다. 그저 얼이 빠진 채 두려움에 떨며 매 순간 죽음이 다가오고 있다고 생각했다. 그런 불안 속에서 스스로를 다잡을 수도 없었고, 달리 뭐든 해 볼 수도 없었다. 레나는 처음 자리한 곳에서 옴짝달싹 못 한 채 겁에 질린 창백한 얼굴로 뱃멀미에 시달리며, 자신이 머잖아 죽고 말 거라는 생각에 사로잡혔다.

헤이든 부인의 두 딸, 머틸다와 버사는 배를 타고 미국으로 돌아가는 마지막 날까지 사촌인 레나로 인해 아무런 문제도 겪지 않았다. 목적지에 도달할 즈음엔 이미 친구가 된 사람들에게 레나와의 관계를 둘러댔다.

헤이든 부인은 날마다 레나에게 내려가서, 뱃멀미가 덜해지도록 이것저것 챙겨 주고, 필요할 때는 머리를 받쳐 주었으며, 고모로서 다정하게 할 도리를 했다.

가여운 레나는 너무 힘들어서 기운을 차릴 여력이 없었다. 심한 뱃멀미를 가라앉히거나 견디어 낼 방법도 몰랐다. 고통 속에서 허우적대느라 살아 있다는 생각조차 들지 않았다. 레나는 너무 두려웠다. 평상시에는 참을성 있고 얌전하고 차분했지만, 그때 레나는 자제력도 없었고 어떤 용기도 낼 수 없었다.

가여운 레나는 지독히 약해지고 두려움에 빠져 죽음을 맞을 순간이 멀지 않았다는 생각에서 벗어날 수 없었다.

하지만 레나는 뭍에 닿은 지 얼마 되지 않아서 끔찍이 고통스러웠던 일을 다 잊어버렸다. 헤이든 부인이 레나에게 까다롭지 않고 시원시원한 안주인과 아이들이 있는 좋은 집을 구해 주었기 때문이다. 레나는 영어도 배우고 하면서 이내 행복하고 만족스러운 나날을 보내게 되었다.

레나는 외출할 수 있는 일요일이 되면 항상 헤이든 부인의 집으로 갔다. 꼬치꼬치 캐묻고 놀려 대는 바람에 살짝 속상하기도 하지만, 늘 함께 어울려 앉아 수다를 떠는 여자들과 일요일 시간을 보내고 싶은 마음이 훨씬 더 컸는지도 모른다. 하지만 독일 사람답게 기대를 저버리는 일 없이 무던히 참아내는 그녀는 단지 그러고 싶다는 이유만으로 사람들의 바람을 외면하고 제멋대로 할 생각을 결코 하지 않았다. 헤이든 부인이 한 주 걸러 일요일마다 제 집에 와서 보내라고 했기 때문에, 레나는 항상 거기로 갔다.

헤이든 가족 중 레나한테 조금이라도 관심을 두는 사람은 헤이든 부인뿐이었다. 헤이든 씨는 레나를 대수롭잖게 여겼다. 그에게 레나는 아내의 친척일 뿐이었고, 친절하게 대했지만, 그의 눈에 비치는 레나는 어리숙하고 모자란 듯 둔해 보였다. 언젠가 어려움에 처했다며 도움을 청할 것이 뻔해 보였고. 독일에서 브리지포인트로 이주해 온 젊고 가난한 사람들은 십중팔구 오래 지나지 않아 어려움에 빠졌다며 친척에게 도움을 청했다.

헤이든 댁의 어린 아들은 레나에게 항상 못되게 굴었다. 엄마가 응석을 다 받아 주는 탓에 버릇이 나빠져 그 애를 다루기란 보통 힘든 일이 아니었다. 헤이든 부인의 두 딸은 나이가 들어 가도 여전히 레나를 싫어했다. 레나 또한 그 사촌들을 좋아하지 않았지만, 그런 자신의 마음을 전연 몰랐다. 공원에서 늘 같이 어울리지만 걸핏하면 자신을 비웃고 놀려 대는, 좀 더 빠릿빠릿한 여자들과 있을 때만 자신이 즐거워한다는 사실도 깨닫지 못했고.

단순하고 뚱뚱한 금발의 맏딸, 머틸다 헤이든은 검둥이나 다름없어 보이는 레나를 사촌으로 소개해야 하는 상황을 아주 끔찍하게 여겼다. 몸집이 지나치게 커서 움직임이 둔하고,

무기력하고, 멍청하고, 뚱뚱한 금발의 머틸다는 이제 막 여인의 모습을 띠기 시작했는데, 말 품새가 어눌했고, 생각이 짧고 단순했으며, 가족이든 남이든 여자들을 몹시 시새움했다. 좋은 드레스와 새 모자로 멋을 내고 음악을 배울 수 있는 여유는 자랑스러워했지만, 미천한 하녀인 사촌 레나는 지독히 싫어했고 창피해했다. 머틸다는 레나가 살았던 더럽고 지저분한 곳을, 그래서 경멸하지 않을 수 없던 곳을, 엄마가 딸들은 꾸짖으면서 쇠똥 냄새를 풍기는 거친 친척들한테는 다정해서 화가 치밀었던 곳을 잊을 수 없었다.

또한 엄마가 집에서 여는 파티에 레나를 초대하는 것도, 레나에게 좋은 남편감을 찾아 주려 아들을 둔 독일계 어머니들에게 레나가 얼마나 좋은 아이인지 모른다고 말하는 것도 머틸다는 견딜 수 없었다. 그런 모든 일이 둔하고 뚱뚱한 머틸다의 심사를 뒤틀었다. 어떤 때는 끓어오르는 시기심에 화를 참지 못하고 하늘색 눈을 희번덕거리며 느릿느릿 어눌한 말투로, 어떻게 그처럼 구저분한 레나를 좋아할 수 있는지 이해가 안 된다며 엄마에게 쏘아붙이곤 했다. 그러면 그 엄마는 머틸다를 나무라며, 사촌 레나가 딱하지 않느냐고, 딱한 사람들한테는 친절을 베풀어야 한다고 답했다.

머틸다 헤이든은 가난한 친척을 좋아하지 않았다. 그녀는 모든 친구들에게 자신이 레나를 어떻게 생각하는지 떠벌렸고, 그런 탓에 그 친구들은 헤이든 부인이 연 파티에서 레나와 한마디도 나누지 않았다. 그래도 무던하기 이를 데 없는 레나는 무시당한다는 사실조차 몰랐다. 머틸다는 거리나 공원에서 친구들과 같이 있을 때 레나와 마주치면, 번번이 레나를 무시하며 고갯짓조차 않고 지나쳤다. 그러고는 친구들에게 엄마가 저따위 레나 같은 사람들을 돌봐 주는 것은 부질없는 일이라고, 독일에 있는 레나의 가족은 돼지나 다름없이 산다고 말했다.

다갈색 머리에 체격은 크지만 언니만큼 뚱뚱하지는 않은 둘째 딸, 버사 헤이든은 두뇌 회전도 행동도 꽤 빨라서 아버지의 총애를 받았는데, 그녀 또한 레나를 좋아하지 않았다. 버사가 레나를 좋아하지 않는 이유는 바보 같고 멍청해서였다. 아일랜드 출신이나 이탈리아 출신의 여자들에게 비웃음을 사고 놀림거리가 되는데도 화 한번 내는 일이 없고, 심지어 사람들이 자신을 웃음거리로 만든다는 사실조차 알아채지 못할 만큼 멍청한 레나가 싫었다.

버사 헤이든은 바보 같은 사람들을 싫어했다. 버사의 아버지 또한 레나를 바보로 여겼고. 그래서 레나가 한 주 걸러 일요일마다 그들 집을 찾아갔지만, 그 아버지도 그 딸도 레나에게 조금도 관심을 보이지 않았다.

레나는 헤이든 가족이 자신을 어떻게 생각하는지 모르는 채, 외출이 허락되는 일요일 오후마다 고모 집으로 갔다. 헤이든 부인이 그러라고 했기 때문에. 똑같은 이유로 레나는 월급을 받으면 한 푼도 쓰지 않고 저축했다. 그 돈을 쓸 생각을 아예 하지 않았다. 레나한테 무시로 잔소리를 하는 독일인 요리사, 그 선한 여자도 레나에게 매달 월급을 받는 대로 은행에 갖다 넣으라고 다그쳤다. 가끔 레나가 은행에 저축하기 전에, 돈을 좀 빌려 달라는 사람이 생기기도 했다. 어떤 때는 헤이든 댁의 어린 아들이 빌려 달라며 가져갔고, 또 어떤 때는 레나와 늘 같이 어울리는 여자들 중 누군가가 빌려 갔다. 하지만 툭하면 레나에게 잔소리를 하는 요리사가 그런 일이 자주 생기지

않도록 잡도리했다. 그런 일이 생기면 그녀가 레나를 따끔하
게 야단쳤고, 그다음 몇 달 동안은 레나가 월급에 손도 못 대
게 했으며, 월급을 받은 당일 레나를 위해 그 돈을 은행에 넣
었다.

그래서 레나는 다른 데 쓸 엄두조차 내지 못하고 월급을
받는 대로 항상 저축했고, 다른 일을 할 수 있다는 생각조차
하지 못하고 외출하는 일요일마다 고모 집으로 갔다.

헤이든 부인은 해가 지날수록 레나를 데려오길 잘했다고
생각했다. 모든 일이 그녀가 바라던 대로 되었으므로. 레나는
착했고, 제 고집을 피우는 일이 단 한 번도 없었고, 영어를 배
웠으며, 월급을 한 푼도 축내지 않고 저축했다. 헤이든 부인은
조만간 레나에게 좋은 신랑감을 구해 줄 생각이었다.

이 사 년 내내 헤이든 부인은 레나에게 딱 맞는 신랑감을
찾아내려고 자신이 알고 있는 모든 독일 사람들을 눈여겨 살
폈다. 그리고 마침내 결정을 내렸다.

헤이든 부인이 레나의 남편감으로 눈독을 들인 젊은이는
아버지를 도와 재단 일을 하는 독일계 미국인이었다. 이 젊은
이도 착실한 데다 그의 가족 모두 돈을 허투루 쓰는 법이 없어
서 헤이든 부인은 그가 레나의 배필로 딱 좋겠다고 확신했다.
게다가 이 젊은 재단사 또한 무슨 일이든 항상 부모의 뜻에 따
랐다.

나이가 지긋한 독일인 재단사와 그의 아내, 다시 말해 레
나 마인츠의 배필감인 허먼 크레더의 아버지와 어머니는 아
주 검소하고 꼼꼼한 이들이었다. 허먼은 그들이 아직 출가시
키지 않은 유일한 자식으로, 언제든 무슨 일이든 부모가 원하
는 대로 했다. 이제 스물여덟 살이 됐는데도 허먼은 여전히 부

모에게 꾸지람을 들었고 지시를 받았다. 그런데 이제 그런 부모가 아들이 결혼하기를 원했다.

허먼 크레더는 결혼하고 싶은 마음이 별로 없었다. 그는 온순하고 소심하고 뚱한 남자였다. 부모에게 고분고분했고, 늘 제 일을 해냈다. 토요일 밤이나 일요일에는 종종 나가서 다른 남자들과 어울리기도 했지만 남자들과 어울리기를 좋아하면서도 진정으로 즐거워한 적은 없었다. 남자들하고 어울리기는 좋아해도, 여자들이 끼는 것은 싫어했다. 그는 어머니 말에 순종했지만, 결혼에는 별 관심이 없었다.

헤이든 부인과 크레더 노부부는 틈틈이 만나서 레나와 허먼의 결혼에 대해 의논했다. 그들 셋 모두 둘이 결혼하기를 바라 마지않았다. 레나는 무슨 일이든 헤이든 부인이 원하는 대로 하려 했고, 허먼도 늘 무슨 일이든 부모가 하라는 대로 했다. 레나도 허먼도 월급을 모두 저축했고, 하는 일에 충실했고, 둘 중 누구도 제 고집대로 하려 들지 않았다.

누구나 다 아는 사실이지만 크레더 노부부는 근면하고 성실한 독일 사람들로 버는 돈을 모두 저축했다. 헤이든 부인은 이런 사람들과 함께라면, 레나가 어려움에 처할 일이 절대 없으리라 믿어 의심치 않았다. 헤이든 씨는 그 결혼에 대해 일절 왈가왈부하지 않았다. 크레더 노인이 현금 자산도 많고, 상당히 좋은 집도 몇 채나 갖고 있는 것을 알았기 때문에. 그 단순하고 어리숙한 레나가 궁지에 빠져 그들에게 손을 내밀 일이 없는 한, 그는 아내가 하는 일에 어떤 군소리도 하지 않았다.

레나는 결혼하고 싶은 마음이 크지 않았다. 일하고 있는 집에서의 삶이 마냥 좋았다. 허먼 크레더에 대해 알아볼 생각도 별로 하지 않았다. 좋은 남자 같지만 말수가 적다는 정도만 알 뿐이었다. 레나도 허먼도 서로 많은 이야기를 하지 않았다. 그때 레나는 결혼하는 데 별 관심이 없었다.

헤이든 부인은 틈만 나면 레나에게 결혼에 대해 말했지만, 레나는 어떤 말에도 묵묵부답이었다. 헤이든 부인은 레나가 허먼 크레더를 좋아하지 않는 모양이라고 생각했다. 그녀는 레나든 누구든 결혼에 대해 아무 생각이 없는 여자는 있을 수 없다고 생각했다.

헤이든 부인은 수시로 레나에게 허먼에 대해 이야기했다. 그러면서 이따금 버럭 화를 냈다. 둘을 결혼시키기로 모든 이야기를 끝낸 마당에, 뜬금없이 레나가 고집을 피울까 봐 걱정했던 터다.

"왜 그렇게 바보처럼 멍하니 서 있기만 하니? 대답 좀 해봐, 레나." 어느 일요일, 헤이든 부인이 레나에게 허먼 크레더에 대해서, 그리고 그와 레나의 결혼에 대해서 한참 이야기를 하고 난 후에 다그쳤다.

"네, 고모님." 레나가 대답했다. 그러자 헤이든 부인이 이 멍청한 레나에게 노발대발 화를 냈다. "레나, 생각 좀 하고 대답하면 안 되겠니? 허먼 크레더를 좋아하지 않느냐고 묻고 있잖아. 그렇게 바보처럼 멍하니 서서, 내가 여태 한 얘기를 한마디도 못 들은 애처럼 대답하면 어떡해! 레나, 너 같은 애는 내 생전 처음 본다. 거기 그렇게 멍청히 서서 입 꾹 다물고 있지 말고, 이왕지사 대답할 거면 제대로 좀 해. 내가 너한테 얼마나 더 잘해 줘야 하는 거니? 좋은 신랑감을 찾아 준 덕에 네가 들어가서 살 집까지 생겼잖아. 레나, 대답해 봐. 허먼 크레더가 맘에 안 드니? 그만하면 꽤 괜찮은 젊은이야. 거기 그렇게 입 꾹 다물고 멍청히 서 있는 레나 너한테는 과분할 정도지. 넌 이제 결혼하게 됐지만 그럴 기회마저 없는 가난한 여자들이 한둘이 아니야."

"저 말씀하시는 대로 다 할게요, 헤이든 고모님. 네, 전 그 사람이 좋아요. 저한테 별말이 없긴 하지만, 좋은 남자 같아요. 고모님이 제게 하라는 대로 뭐든 할게요."

"흠, 그런데 왜 묻는 말에 대답도 않고, 바보처럼 줄곧 그렇게 멍하니 서 있어?"

"고모님이 저한테 무슨 말이든 해 보라고 하지 않으셔서요. 제가 아무 말 않고 있기를 바라시는 줄 알았어요. 고모님께서 제가 하기에 마땅한 일이라고 하시면 뭐든 할게요. 고모님이 원하신다면, 허먼 크레더하고 결혼하겠어요."

그렇게 레나 마인츠의 혼인이 정해졌다.

크레더 노부인은 결혼 문제를 두고 아들 허먼과 의논하지 않았다. 아들하고 얘기해 봐야 한다는 생각조차 하지 않았다. 그녀는 그저 아들에게, 일도 잘하고 근검절약하는 데다 제 고집대로 하는 법이 없는 레나 마인츠하고 결혼하라는 말만 했고, 허먼은 평소 하던 대로 몇 마디 구시렁대는 것으로 대답을 대신했다.

크레더 부인과 헤이든 부인은 결혼 날짜를 정하고 나서, 결혼식 준비를 어떻게 할지 의논한 다음, 결혼식을 보러 와 줬으면 하는 사람들에게 초대장을 보냈다.

레나 마인츠와 허먼 크레더의 결혼식은 석 달 뒤로 정해졌다.

헤이든 부인은 레나에게 필요한 모든 것을 준비해 주는 데 관심을 기울였다. 레나도 바느질하는 일을 거들어야 했는데, 바느질 솜씨가 별로 없었다. 헤이든 부인은 레나에게 바느질 좀 잘하라고 야단쳤지만, 그러고 나서는 큰 도움을 주었다. 바느질을 도와줄 여자를 한 명 쓴 것이었다. 아직 시원시원한 여주인의 집에 머물며 레나는 저녁 시간마다, 그리고 고모 집에 가는 일요일마다 바느질에 묻혀 지냈다.

헤이든 부인은 레나에게 멋진 드레스를 사 주었다. 레나는 그것도 몹시 마음에 들어 했지만, 새 모자들을 훨씬 더 좋아했다. 모자를 아주 예쁘게 만드는 사람한테 헤이든 부인이 주문해서 마련해 준 모자들을.

이즈음 레나는 긴장되고 불안하기도 했지만, 결혼에 대해 많은 생각을 하지는 않았다. 그것이 무엇인지, 어떤 일이 다가오고 있는지 사실상 몰랐다.

레나는 유쾌한 여주인과, 툭하면 잔소리를 하지만 다정한 요리사와 함께 지내는 곳이 좋았다. 공원에서 늘 함께 어울려 이야기꽃을 피우는 여자들도 좋았고. 결혼하면 더 좋을까 하는 생각은 하지 않았다. 항상 레나는 무슨 일이든 고모가 말하는 대로, 기대하는 대로 했다. 하지만 크레더 노부부와 그들의 아들 허먼을 만나면 늘 긴장이 됐다. 들떠서 새 모자들이 생겼다고 좋아하는 그녀를 모두들 놀려 대는 가운데 결혼식 날이 하루하루 가까워졌다. 하지만 그녀는 사실 결혼이란 것이 무엇인지, 앞으로 자신에게 어떤 일이 일어날지 몰랐다.

허먼 크레더는 결혼이 의미하는 바를 잘 알았고, 그다지 내켜하지 않았다. 여자들과 만나는 것을 좋아하지 않는 그는 항상 한 여자와 함께 지내야 하는 결혼을 원하지 않았다. 허먼은 언제나 부모가 원하는 모든 일을 했다. 그런데 이제 그 부모가 아들이 결혼하기를 바라고 있었다.

허먼은 뚱한 성격이었고 온순했고 말수가 적었다. 그는

다른 남자들과 어울리기를 좋아했지만, 그 자리에 여자들이 함께하기를 바란 적은 결코 없었다. 남자들은 그런 그가 결혼하는 것을 놀려 댔다. 허먼은 그런 놀림을 개의치 않았지만, 결혼해서 늘 한 여자와 함께해야 하는 것은 정말이지 달갑지 않았다.

결혼식을 사흘 앞두고 교외로 나간 허먼이 일요일이 다 지나도록 돌아오지 않았다. 화요일 오후에 레나와 결혼식을 올려야 하는데, 일요일이 지나도록 나타나지도 않았고 아무런 연락도 보내오지 않았다.

크레더 노부부는 크게 걱정하지 않았다. 언제나 그들이 원하는 대로 하는 허먼이 시간에 맞추어 돌아와서 결혼식을 치르리라고 믿었다. 하지만 월요일 밤이 되어도 허먼은 돌아오지 않았고, 그들은 헤이든 부인을 찾아가서 그런 사실을 알려야 했다.

헤이든 부인은 불편한 마음을 누를 길이 없었다. 모든 것을 제대로 준비하려고 얼마나 애썼는데, 그런데 그 철딱서니 없는 허먼이 어디론가 사라져 연락조차 없고 아무도 어떻게 된 건지 알 수 없다니! 레나는 모든 준비가 다 되었지만, 허먼이 틀림없이 나타나리라 확신할 수 있을 때까지 결혼식을 미룰 수밖에 없어 보였다.

헤이든 부인은 너무나 속상했지만, 크레더 노부부에게 별다른 말을 할 수 없었다. 레나가 그들의 아들 허먼과 결혼하기를 간절히 바라는 부인으로서는, 그들 노부부의 화를 돋워서는 안 되었다.

결국 결혼식이 일주일 뒤로 미뤄졌고, 크레더 씨가 허먼을 찾으러 뉴욕에 다녀오기로 했다. 허먼이 거기 사는 결혼한 누나에게 갔을 성싶었기 때문이다.

헤이든 부인은 결혼식에 초대했던 사람들에게 원래 결혼식을 하기로 했던 화요일에서 일주일만 더 기다려 달라는 전갈을 보냈다. 그러고 나서 화요일 아침에 사람을 보내 레나를 불러들였다.

가여운 레나를 보자 헤이든 부인은 화가 치밀었다. 레나가 너무 바보 같았기 때문에, 허먼이 사라졌건만 그가 어디로 갔는지 아무도 알 수 없었기 때문에, 모든 사달이 레나가 늘 너무 말이 없고 멍청해서라고 생각했기 때문에 헤이든 부인은 그녀를 호되게 나무랐다. 헤이든 부인은 레나에게 어머니나 다름없었다. 그런데 레나는 언제나 멍하니 바보처럼 서서, 누가 뭘 물어도 대답도 하지 않았다. 아버지가 찾아 나설 수밖에 없게 만든 허먼도 어리석기는 마찬가지였다. 헤이든 부인은 나이 든 사람은 누구나 자식들한테 오냐오냐 해서는 안 된다고 생각했다. 자식들은 언제고 고마운 줄을 몰랐고, 아무런 배려도 할 줄 몰랐다. 나이 든 부모는 항상 자식들을 위해 이것저것 하건만. 헤이든 부인이 레나의 행복을 위해, 레나에게 좋은 남편감을 찾아 주기 위해 그토록 애쓴 것이 자기 좋자고 한 일이라고 레나는 생각했을까? 그래서 고마워하기는커녕 다른 사람이 원하는 일은 뭐든 절대로 하지 않기로 한 걸까? 그 일은 맥 빠진 헤이든 부인에게 더는 남을 위해 이것저것 할 필요가 없다는 교훈을 주었다. 누구든 제 앞가림은 스스로 하도록 하고, 무슨 일이 생겼다고 자신을 찾아오게 하지는 않으리라. 그녀는 이제 다른 사람들의 행복을 위해 애쓸 필요가 없음을 깨달았다. 그래 봐야 그녀만 힘들 뿐이었고, 남편한테 좋은 소리도 듣지 못했다. 남편이 항상 하는 말이 그녀는 정이 너무 많다고, 정을 줘 봐야 아무도 고마워하지 않는다는 것이었다. 레나만 해도 항상 멍청하게 서서, 원하는 대답을 하는 적이 없지 않던가. 레나가 무척 좋아하고 늘 함께 어울리지만, 그녀에게 돈을 빼낼 궁리만 할 뿐 그녀를 위해 하는 것이 아무것도 없는 어리석은 여자들에게는 수다를 늘어놓으면서. 반면에 있는 힘껏 도와주려 애쓰며, 더없이 잘해 주고, 친자식 못지않게 신경을 써 주는 고모한테 레나는 아무 대답도 하지 않고 멍청히 서 있기만 했다. 고모를 기쁘게 해 주려 애쓰거나 고모가 바라는 일을 하려고 들지도 않았고.

"됐어, 이제 거기 서서 울어 봐야 아무 소용 없어, 레나. 이제 와서 그 허먼이란 작자한테 마음을 써 봤자 늦었다고. 일찍이 신경을 썼어야지. 그러면 지금 거기 서서 울 필요도 없고, 나를 실망시킬 필요도 없었잖아. 고마워하지도 않는데 내가 개나소나 돌봐 주려 애쓴다고 남편한테 핀잔맞을 일도 없었을 테고. 어쨌거나 이제라도 후회하는 걸 보니 다행이구나, 레나. 네 일이 잘 풀리도록 나도 할 수 있는 일을 다 하마. 너를 위해 수고할 가치가 있을까 싶지만. 어쨌거나 다음엔 너도 좀 나아지겠지. 그만 집으로 돌아가서 그 드레스하고 새 모자를 망가지지 않게 잘 간수해. 오늘 아침에 뭐 하러 그런 차림으로 온 건지, 원. 레나, 넌 어쩌면 그렇게 앞뒤 분간을 못 하니. 너처럼 멍청한 애는 내 평생 본 적이 없다."

가여운 레나는 헤이든 부인의 말이 끝난 뒤에도 예쁜 꽃으로 장식된 모자를 쓴 채 눈물을 뚝뚝 흘리면서 그대로 서 있었다. 이제 결혼은 물 건너갔으며, 결혼식 당일 여자가 남자한테 버림받은 것은 수치스러운 일이라는 것 말고, 레나는 자신이 어쨌기에 그런 일이 생겼는지 알 길이 없었다.

레나는 혼자 집으로 돌아가는 전차 안에서 흐느꼈다.

가여운 레나는 전차 안에서 홀로 하염없이 울었다. 차창에 기대 우는 바람에 새 모자가 망가질 지경이었다. 그러다 그래서는 안 된다는 생각이 퍼뜩 떠올랐다.

차장은 친절한 남자였다. 그는 울고 있는 레나를 보고는 안쓰러움을 금치 못했다.

"그렇게 슬퍼할 거 없어요. 다른 남자가 또 나타날 거예요. 아가씨는 아주 괜찮은 여자니까." 차장이 레나의 기분을 돋워 주려 말했다.

"하지만 헤이든 고모님 말씀이 전 이제 결혼하지 못할 거래요." 가여운 레나가 흐느끼며 대답했다.

"저런, 정말로 그런 문제였군요. 난 그냥 아가씨 기분을 풀어 주려고 농담조로 말한 건데. 정말 남자한테 버림받은 줄은 생각도 못 했어요. 그 남자는 십중팔구 멍청이일 거예요. 너무 속상해하지 말아요. 이렇게 괜찮아 보이는 아가씨를 두고 떠난 남자라면 변변하지 못한 사람일 테니까. 어떻게 된 일인지 나한테 다 말해 봐요. 내가 도와줄게요." 차장이 말했다.

전차는 텅 비어 있었다. 차장이 레나 옆자리에 앉아서는 한 팔로 그녀의 어깨를 감싸 안고 다독였다. 레나는 문득 자신이 있는 곳을 떠올렸다. 만일 자신이 그러고 있는 것을 안다면 고모가 혼쭐을 낼 터였다. 레나는 차장에게서 몸을 빼내 구석으로 피했다. 그러자 그가 웃으며 말했다.

"겁낼 거 없어요. 아가씨를 해치려는 게 아니니까. 아무튼 기운 내요. 아가씨는 아주 좋은 여자예요. 그러니 반드시 진짜 좋은 신랑감을 만날 거예요. 다시는 누구한테도 속아 넘어가지 말아요. 괜찮아요. 아가씨를 겁주려는 게 아니에요."

차장이 자신이 있을 자리로 돌아가서 전차에 오르는 승객을 도왔다. 그리고 레나가 전차에 있는 내내 이따금 다가와서, 그녀를 버리고 떠날 만큼 분별없는 남자 때문에 그렇게 속상해할 것 없다며 달래 주었다. 반드시 좋은 남자를 만나게 될 테니 걱정할 필요 없다고 호언장담하면서.

차장은 막 전차에 오른, 옷을 잘 차려입은 노인 승객과도 수다를 떨었다. 나중에 전차에 탄, 선량한 노동자로 보이는 또 다른 남자 승객한테도, 점잖아 보이는 부인 승객한테도 가서 레나가 당한 일을 수군거렸다. 가여운 한 여자에게 그토록 못되게 구는 남자가 있다니 참으로 애석한 일이라고. 그리하여 전차에 있는 승객들 모두 가여운 레나를 딱하게 여겼다. 노동자는 레나의 기분을 돋워 주려 했고, 노인은 레나를 찬찬히 뜯어보고는 그녀가 좋은 여자처럼 보이지만 앞으로 더 조심하고 경거망동하지 말아야 다시는 그런 일이 일어나지 않을 거라고 조언했으며, 친절해 보이는 부인은 레나 옆으로 가서 앉았다. 레나는 그 부인과 떨어지려 몸을 움츠렸지만, 위로받는 느낌은 좋았다.

그래서 전차에서 내릴 때쯤 레나는 기분이 한결 나아졌다. 차장이 차에서 내리는 레나를 거들며 큰 소리로 말했다. "이제 기운 내는 거예요, 아가씨. 그런 놈팡이는 아무짝에도 쓸모없어요. 떨어져 나간 게 다행이죠. 아가씨한테 더 잘 어울리는 좋은 남자를 만날 거예요. 그러니 걱정 말아요. 그런 일을 당했어도 내 보기에 아가씨는 정말 좋은 여자예요." 차장은 고개를 가로저으며 다시 전차에 올라서는, 남아 있는 승객들과 레나에 대해 입방아를 찧었다.

레나에게 끊임없이 잔소리를 하는 독일인 요리사는 자초

지종을 듣고 크게 화를 냈다. 헤이든 부인이 틈만 나면 자기는 모든 이를 위해 할 수 있는 일을 다 한다고 떠벌렸지만, 그 요리사는 헤이든 부인이 레나를 위해 대단한 일을 할 거라고 생각한 적이 없었다. 그 선한 독일인 요리사는 늘 헤이든 부인을 향해 약간의 의구심을 품었다. 스스로 대단한 일을 한다고 생각하는 사람치고 진심으로 다른 사람을 위해 애쓰는 법은 없었으므로. 그렇다고 헤이든 부인이 좋은 사람이 아니라는 말은 아니었다. 헤이든 부인은 현실적이고 정이 많은 독일 여자로, 조카딸 레나에게 정말 잘하려고 했다. 요리사도 그것을 아주 잘 알았고, 항상 그렇게 말했으며, 언제나 자신에게 예의 바르게 행동하는 헤이든 부인을 좋아하고 존중했다. 그리고 레나가 함께 이야기를 나눠야 할 남자 앞에서 너무 숙맥처럼 굴어서, 헤이든 부인이 레나의 결혼을 성사하려 무진 애를 쓴 것도 사실이었다. 가끔 너무 거창하게 떠벌려서 그렇지 헤이든 부인은 좋은 사람이었다. 어쩌면 이번 일로 그녀는 사람들로 하여금 자신이 원하는 대로 하게끔 만들기가 그리 쉽지만은 않다는 것을 깨달았을지 몰랐다. 요리사는 이제 헤이든 부인이 몹시 안쓰러워졌다. 레나에게 늘 정말로 잘해 주었건만, 이번 일로 얼마나 낙담하고 애를 태웠을까 싶어서. 어쨌거나 레나는 이제 그만 다른 옷으로 갈아입고, 그렇게 질질 짜는 짓을 그만둬야 했다. 그러고 있어 봐야 자신에게 아무런 도움이 안 될 테니까. 레나가 정말 괜찮은 여자라면, 그래서 잘 참고 견디어 낸다면, 레나의 고모가 어그러진 일을 바로잡을 여지가 있었다. "레나, 내가 올드리치 부인께 말씀드리마. 네가 이집에 좀 더 머무르게 해 달라고. 너도 알다시피 부인이 너한테 오죽 잘해 주시니. 그러니 그러라고 하실 게다. 그 멍청한 허먼 크레더란 남자 얘기도 부인께 전하마. 그렇게 멍청한 짓을 하다니, 나 같으면 그냥 참고 넘어갈 수 없으련만. 레나, 아무튼 이제 그만 질질 짜고, 가서 옷을 갈아입어라. 나중에 입게 될 때를 위해 그 좋은 옷들이 망가지지 않게 해야지. 그러고 나서 나를 도와 부엌일을 하다 보면, 모두 나아질 거야. 내 말이 맞는지 두고 보렴. 이제 얼른 울음 그쳐, 레나. 안 그러면 혼날 테니."

레나는 여전히 목이 멨고 비참한 마음이 컸지만, 요리사가 하라는 대로 했다.

늘 어울리던 여자들도 슬픔에 빠진 레나의 모습을 보고 안타까운 마음을 금치 못했다. 아일랜드에서 온 메리는 이따금 버럭 화를 냈다. 스스로 대단한 사람인 양 구는 데다 거드름을 피우는 멍청한 두 딸을 둔, 레나의 고모에 대해 얘기할 때면 메리는 항상 열을 올렸다. 메리는 세상이 바뀐다고 해도 그토록 못생기고 성질머리 나쁜 머틸다 헤이든 같은 뚱뚱한 바보는 되고 싶지 않다고 했다. 고모 가족에게 먼지만도 못한 취급을 당하면서도 줄기차게 그 집을 드나드는 레나를 메리는 도무지 이해할 수 없었다. 레나는 사람들이 자신에게 호의적인 태도를 취하도록 하는 법에 대한 감각이 전혀 없었다. 그녀에게 생기는 모든 문제가 그 때문이었다. 딱한 레나! 자신이 원하는 것이 무엇인지조차 모르고, 어린애처럼 부모에게 "네."라는 대답밖에 할 줄 모르는 바보 천치를 잃었다고 저토록 슬퍼하다니. 얼마나 어리석고 미련한 꼴인가. 여자를 똑바로 쳐다보지도 못할 만큼 변변찮고, 누가 뭘 어쩐다고 결혼식을 코앞에 두고 슬그머니 달아나 버린 얼뜨기를 놓친 것이 뭐 그리 대수란 말인가. 망신살, 레나의 말인즉 망신살이 뻗쳤다는 것이었다. 정작 망신스러운 일은 그런 남자와 결혼하려 한 것은 말할 필요도 없고 그런 남자를 좋아하는 여자로 비치는 것 아닌가. 한데 가여운 레나는 어떻게 해야 그나마 자존심을 지킬 수 있는지 전혀 몰랐다. 결혼하기로 한 남자가 도망가고 여자 홀로 남겨진 것은 망신스러운 일이었다. 하지만 메리라면 그 남자가 얼마나 못난 사람인지 밝히는 기회로 삼을 터였다. 만일 레나가 허먼 크레더처럼 열다섯 살만도 못하지 않았더라면. 메리라면 자신의 자존심을 세우는 데 열중했을 텐데. 레나가 허먼 크레더라는 놈팡이한테서, 자린고비에 지저분하기 그지없는 그의 부모한테서 벗어나게 된 것은 잘된 일이었다. 그런데 레나가 그 일로 계속 울고불고한다면…… 당연히 메리가 그녀를 경멸할 밖에.

가여운 레나, 그녀는 메리의 말뜻을 알고도 남았다. 늘 이런 식으로 말했으므로. 하지만 레나는 비참한 기분에서 벗어날 수 없었다. 괜찮은 독일 여자가 남자에게 버림받고 홀로 남겨진 것은 망신이라고 여겼다. 허먼이 그녀에게 한 짓은 그녀를 아는 모든 사람에게 망신을 준 것이라는 고모의 말이 맞다고 생각했다. 메리와 넬리를 포함해서 늘 같이 어울리던 여자들 모두 레나에게 다정했지만, 레나의 괴로움은 조금도 사그라지지 않았다. 레나처럼 버림받은 것은 체통 있는 어떤 집안에도 망신이었고, 그녀 역시 예외일 수 없었다.

하루하루가 더디게만 흘러갔고, 레나는 헤이든 고모의 그림자도 볼 수 없었다. 일요일, 마침내 헤이든 고모가 보낸 남자아이가 찾아와서 고모가 부른다는 말을 전했다. 그간 일어났던 일로 인해 몹시 불안하고 심장 박동이 빨라졌지만, 레나는 서둘러 고모를 만나러 갔다.

헤이든 부인은 레나를 보자마자 대뜸 자신을 그렇게 오래
도록 기다리게 하다니, 일주일 내내 자신을 보러 오지도 않고
자신이 그녀를 만나고 싶어 하는지 알아보지도 않다니, 그래
서 남자아이를 통해 전갈을 보낼 수밖에 없게 만들다니 하면
서 나무라기 시작했다. 하지만 레나조차도 고모가 자신에게
정말로 화난 것이 아님을 넉넉히 알았다. 계속해서 헤이든 부
인이 그 일은 레나의 잘못이 아니었다고, 앞으로 모든 일이 다
괜찮아질 거라고 말했다. 레나가 고모를 찾아와 들을 말은 없
는지 알아보는 수고조차 하지 않았을 때도, 헤이든 부인은 레
나를 위해 온갖 수고를 하느라 몹시 지쳐 있었다. 하지만 헤이
든 부인은 자신이 누군가를 위해 뭔가를 할 수 있을 때는 그런
수고쯤 아무렇지 않게 생각했다. 레나를 위해 일을 바로잡느
라 온갖 수고를 다한 탓에 몹시 피곤했지만, 레나가 얘기를 듣
고 나면 자신에게 고마워하게 될 테니 말이다. 헤이든 부인이
레나에게 말했다.

"화요일에 결혼식을 올릴 준비해, 레나. 내 말 들었지? 화
요일 아침에 이리로 와. 내가 널 위해서 모든 준비를 해 놓을
테니까. 내가 사 준 새 드레스를 입고, 꽃으로 장식한 모자를
쓰고 와. 이리 오는 동안 드레스나 모자가 더럽혀지지 않게 조
심하고 또 조심하면서. 레나, 넌 항상 조심성이 없어. 생각도
없고. 아예 머리가 없는 애처럼 굴 때도 가끔 있지. 이제 집으
로 돌아가서 올드리치 부인께 화요일에 떠나게 됐다고 말씀
드려. 레나, 뭘 조심해야 할지 내가 일러 준 거, 이번엔 잊으면
안 돼. 레나, 넌 이제 괜찮은 여자야. 화요일에 허먼 크레더하
고 결혼할 테니까." 이 한 주 동안 허먼 크레더에게 무슨 일이
있었는지, 레나가 달리 알게 된 사실은 없었다. 레나는 그 일

에 대해 알아봐야 한다는 생각마저 잊었다. 이제 정말로 화요일에 결혼을 하게 되었으므로, 헤이든 고모가 자신더러 괜찮은 여자라고 말했으므로, 이제 레나가 망신스럽게 여길 일은 없었다.

레나는 다시 늘 꿈꾸듯 딴 세상에 가 있는 듯한 태도로 돌아왔다. 결혼식 당일 신랑이 도망갔다는 사실을 알고 감정을 주체하지 못했던 며칠을 제외하고 늘 그랬던 태도로. 지난 며칠 내내 레나는 다소 불안을 느끼면서도, 결혼이 자신에게 어떤 의미인가에 대해 별 생각을 하지 않았다.

허먼 크레더는 결혼을 하게 된 것이 영 못마땅했다. 그래서 뚱하니 말이 없었다. 어쩔 도리가 없음을 알았으므로. 이제 결혼할 수밖에 없음을 알았으므로. 레나 마인츠가 싫지는 않았다. 그에게는 레나도 다른 여자들만큼 괜찮았다. 아니, 그의 눈에 다른 여자들보다 레나가 좀 더 나은 것 같기도 했다. 레나는 아주 조용했으니까. 하지만 허먼은 항상 여자와 함께 지내야 하는 것이 달갑지 않았다. 그때까지는 부모가 원하는 일은 뭐든 다 했지만 어쨌거나 뉴욕에 있는 결혼한 누이 집에 가 있던 허먼을 그의 아버지가 찾아내고 말았다.

허먼을 찾아낸 그 아버지는 한참 동안 아들을 구슬렸다. 속이 타들어 갔지만 인내심을 긁어모아 부드럽고 조용하게 며칠 내내 하소연했다. 아들로서 허먼이 늘 가야 할 올바른 길은 언제든 어머니가 원하는 대로 따르는 것이라고. 하지만 허먼은 단 한 번도 아버지에게 대답하지 않았다.

크레더 씨는 아들에게 계속 말하면서도, 이제 허먼의 생각이 어떤지, 조금이라도 생각이 달라졌는지 알 길이 없었다. 일단 계약을 맺으면 그것을 지켜야 한다는 것이 크레더 씨가 내세울 수 있는 유일한 주장이었다. 한 여자와 결혼하기로 했고, 그 여자가 모든 준비를 했다면, 사업할 때와 똑같이 계약을 맺은 거나 다름없으므로 허먼은 그 계약을 지켜야 한다고. 허먼처럼 착한 아들이라면 그 계약을 지키는 수밖에 다른 길이 없음을 알 것이라고, 더구나 레나 마인츠는 정말 괜찮은 여자라고, 허먼이 늙은 아버지로 하여금 아들을 찾아 힘겹게 뉴욕까지 걸음하게 해서는 안 되는 일이었다고, 그러느라 길바닥에 헛돈을 쓴 것도 모자라 그들 부자가 일할 시간을 모두 허비했다고, 허먼은 그냥 한 시간만 서 있으면 된다고, 그러면 결혼식이 성사되고 할 일은 그걸로 끝난다고, 그러고 나면 달라지는 것 하나 없이 전처럼 편히 살 수 있다고 말했다.

그의 아버지는 계속해서, 그의 애처로운 어머니의 말을 전했다. 전에는 한 번도 거역하는 일 없이 어머니가 원하는 대로 뭐든 다 했던 아들 허먼이 이제 머리가 컸다고 고집을 부린다고, 그런 면을 온 동네 사람들에게 드러내고 싶어 난리를 치며 어머니 속을 끓이고, 부모가 아들을 찾아다니느라 아까운 돈을 쓰게 하고 있다는 어머니의 말을. "허먼, 넌 아무것도 몰라. 네가 이런 행동을 하는 바람에 네 엄마가 얼마나 속상해하는지. 네 엄마는 네가 어쩌다 이렇게 배은망덕해졌는지 도저히 이해할 수 없댄다. 네가 이렇게 고집을 부리는 바람에 네 엄마가 얼마나 속상해하는지 넌 모를 거다. 엄마가 널 위해 아주 참하고, 월급을 받는 대로 다 저축하고, 제 뜻대로 하려고 고집을 부리는 법이 없다는 레나 마인츠 같은 좋은 여자를 구해 줬잖니. 언제든 제멋대로 하려고 하는 여자들과는 딴판인 여자란다. 허먼, 네가 결혼해서 편히 살게 하려고 엄마가 그토록 애를 썼는데 이렇게 고집을 피우면 안 되는 거다. 요즘 젊은 사람들처럼 허먼, 너도 너밖에 모르고 네가 원하는 것만 생각하는구나. 네 엄마는 네 미래를 위해 너한테 뭐가 좋을지만 생각하는데. 허먼, 네 엄마 혼자 좋자고 성가실 수도 있는 여자를 들이고 싶어 하는 줄 아니? 네 엄마는 언제나 허먼, 너를 위한 생각만 한다. 그래서 우리 아들 허먼이 좋은 여자랑 결혼하는 걸 보면 더 바랄 게 없다는 말을 입에 달고 사는 거지. 네 엄마가 결혼 준비를 한 것도 다 너를 위해서다. 넌 신경 쓸 일이 하나도 없다. 엄마가 바라는 대로 하기만 하면 돼. '네, 알겠습니다. 하겠습니다.'라고만 대답하면 되는 거야. 그런데 이렇게 도망쳐 와서 고집을 부리면 되겠니? 너 하나 찾자고 다들 이 고생을 해야겠어? 널 찾아 사방팔방 다니느라 돈은 또 얼마나 썼고. 허먼, 이제 그만 나랑 돌아가서 결혼하렴. 그러면 내가 너를 찾아다니느라 쓴 돈에 대해서는 입도 벙긋하지 말라고 네 엄마한테 말하마. 알겠니, 허먼?" 아버지는 계속 아들을 달랬다. "애야, 이제 집으로 돌아가서 결혼식을 치르자. 허먼, 넌 그냥 한 시간쯤 가만히 서 있기만 하면 된다. 그러고 나면 더는 신경 쓸 게 없다. 알겠니, 허먼? 내일 나랑 같이 돌아가서 결혼하는 거다. 알겠지, 허먼?"

결혼한 누나는 남동생 허먼을 아꼈고, 그가 원하는 일이 있으면 언제나 어떻게든 도와주려고 했다. 그녀는 허먼이 아주 착해서 무슨 일이든 항상 부모가 원하는 대로 하는 것을 흐뭇해했지만, 그러면서도 허먼이 원하는 일이 있을 때는 좀 더 제 뜻을 밀고 나가기를 바랐다.

하지만 이번에는 그녀도 정혼자에게 허먼이 한 행동은 터무니없다고 생각했다. 그녀는 허먼이 결혼하기를 원했다. 결혼하면 그에게 여러 면으로 좋으리라 생각했다. 그녀는 자초

지종을 듣고는 허먼을 비웃었다. 아버지가 찾으러 올 때까지, 허먼이 왜 뉴욕에 사는 자신을 찾아왔는지 그녀는 몰랐다. 이 야기를 듣고 난 그녀는 깔깔거리며, 늘 여자와 함께 지내야 하는 것이 싫다고 도망쳐 온 남동생 허먼을 놀려 댔다.

허먼의 결혼한 누나는 동생을 아꼈고, 허먼이 여자들과 어울리는 것을 피하지 않기를 바랐다. 그녀의 남동생 허먼은 착해서 결혼하면 여러모로 좋을 것이 분명했다. 결혼하면 좀 더 강하게 그의 뜻을 내세울 수 있을 테니까. 허먼의 누나는 계속 웃으며 동생에게 확신을 주려 했다.

"내 동생 허먼처럼 멋진 남자가 여자들을 두려워하는 것처럼 굴다니. 아휴, 여자들은 다 너 같은 남자를 좋아해, 허먼. 네가 여자들을 보고 달아나지 않는다면 말이야. 허먼, 결혼하면 좋은 점이 많아. 네가 원할 때 언제든 부릴 수 있는 사람을 옆에 두게 되는 거야. 허먼, 결혼하면 너한테 좋다니까. 일단 결혼하고 좋은지 아닌지 알아봐. 허먼, 이제 아버지하고 집으로 돌아가서 레나라는 사람하고 결혼해. 일단 결혼해서 살아 보면 이렇게 좋은 걸 왜 망설였나 싶을 거야. 아무것도 겁낼 거 없어, 허먼. 넌 어떤 여자든 결혼하고 싶어 할 만큼 좋은 남자야. 어떤 여자라도 너 같은 남자를 만나서 항상 함께할 수 있기를 바랄 거야. 허먼, 아버지랑 돌아가서 이 누나가 하라는 대로 해. 아휴, 너 정말 웃긴다. 신부를 두고 도망쳐 와서 여기 이렇게 앉아 있다니. 허먼, 그 여자가 너를 잃고 얼마나 울고 있을지 안 봐도 훤하다. 여자를 울리면 안 돼, 허먼. 어서 아버지하고 집으로 돌아가서 결혼해. 한 여자가 죽고 못 살 만큼 원하는데 결혼할 용기를 못 내는 동생이라면, 난 네가 끔찍하게 창피할 거야. 네 편을 들어 준다고 나를 늘 좋아하잖아, 허면. 왜 늘 여자가 네 옆에 있는 것이 싫다고 하는지 난 이해가 안 돼. 나한테 늘 잘했잖아, 허먼. 넌 레나한테도 항상 잘할 거야. 그리고 금방 그 여자가 줄곧 네 옆에 있었던 것처럼 느껴질 거야. 약해 빠진 남자처럼 굴지 마, 허먼. 네가 정말 웃겨 죽겠다. 아무튼 너도 알다시피 난 네가 진정 행복하기를 바라. 집으로 가서 레나하고 결혼해. 아주 예쁘고 더없이 착하고 참한 여자라니 내 동생 허먼을 행복하게 해 줄 거야. 아버지, 이제 허먼한테 그만 뭐라고 하세요. 내일 아버지하고 같이 가서 기쁜 마음으로 결혼하고, 행복한 모습으로 모든 하객에게 웃음을 줄 거예요. 정말 진짜로 그렇게 될 거야. 내가 하는 말 흘려듣지 마, 허먼." 그렇게 누나는 그를 놀리면서 확신을 주었고, 아버지는 허먼의 어머니가 아들에 대해 늘 해 온 말을 되풀이하며 그를 구슬렸다. 허먼은 끝내 아무런 대답도 하지 않았지만, 누나는 사뭇 신이 나서 동생의 짐을 챙겨 쌌다. 그리고 동생의 얼굴에 키스하고 나서는 웃다가 또 키스를 퍼부었다. 아버지는 나가서 기차표를 사 왔고. 그리고 마침내 일요일 느지감치 그는 허먼을 브리지포인트로 데려갔다.

크레더 부인의 입장에서, 허먼에게 퍼부으려 했던 말을 참기는 결코 쉽지 않았다. 하지만 그녀의 딸이 편지로 허먼에게 아무 말도 하지 말라고 신신당부한 데다, 남편도 허먼을 데리고 돌아와서는 "여보, 우리 돌아왔어요. 돌아오는 길이 어찌나 혼잡하던지 허먼도 나도 녹초가 됐지."라고 말한 뒤에 귓속말로 덧붙였다.

"허먼한테 너무 뭐라고 하지 말아요. 저 애가 작정하고 우리를 애먹인 건 아니니까."

그래서 크레더 부인은 허먼에게 한바탕 잔소리를 퍼붓고

싶은 마음을 억누르고 그냥 퉁명스럽게 한마디 했다.

"네가 오늘 집에 돌아온 걸 보니 좋구나, 허먼."

그러고 나서는 헤이든 부인과 결혼식 준비를 매듭지으러
갔다.

허먼은 다시금 전에 늘 그랬던 대로 뚱하니 별말을 하지
않았고, 무슨 일이든 고분고분 부모의 뜻에 따랐다. 화요일 아
침, 허먼은 새옷을 차려입고 부모와 함께 집을 나섰다. 한 시
간 동안 서 있음으로써 결혼식을 치르기 위해서. 레나도 새 드
레스와 예쁜 꽃으로 장식된 모자로 단장을 하고 거기로 갔다.
그녀는 이제 곧 정말로 결혼을 하게 된다는 사실에 몹시 긴장
했다. 헤이든 부인이 만반의 준비를 해 놓은 덕에 하객들이 자
리한 뒤 곧바로 허먼 크레더와 레나 마인츠의 결혼식이 진행
되었다.

예식이 모두 끝난 뒤, 신혼부부는 함께 크레더 씨 집으로
향했다. 이제 레나와 허먼, 허먼의 아버지와 어머니가 다 같이
살게 되었다. 크레더 씨가 아들 허먼의 도움을 받으며 오랜 세
월 재단사로 일해 온 집에서.

아일랜드 출신의 메리는 진즉부터 수시로, 허먼 크레더
와 결혼해 지저분하고 인색한 그의 부모와 한 가족이 되고 싶
어 하는 레나를 도무지 이해할 수 없다고 말했다. 아일랜드 사
람이 보기에 크레더 노부부는 인색하고 지저분하기 그지없었
다. 그들이 체면을 안 차리고, 배려심이 없고, 투덕거리고, 지
저분하고, 남루하고, 토탄에 그을린 집 먼지를 묻히고 다닌다
는 것은 아니었다. 그런 것이라면 아일랜드 출신인 메리도 얼
마든지 받아들이고 이해할 수 있었다. 너무 아끼는 독일인의
습성 탓에 지저분한 게 그들의 문제였다. 비누를 아끼려고 빨

래를 하지 않아서 악취가 났고, 씻고 말리는 시간을 아끼느라 기름에 찌든 머리를 하고 다녔으며, 스스럼이 없어서가 아니라 돈을 안 쓰려고 더럽고 너저분한 옷을 입고 다녔고, 난방비를 아끼려고 문이며 창문을 꽁꽁 닫고 살아서 퀴퀴한 냄새를 풍겼다. 단지 돈을 아끼려는 정도가 아니라, 그들에게 돈이 있다는 사실을 생각조차 못 할 만큼 지지리 궁상으로 살았다. 타고난 성격 때문에, 또 그래야 돈을 모았기 때문에, 그들은 주구장창 일만 할 뿐 돈을 쓸 여지를 결코 만들지 않았다.

앞으로 레나가 살게 된 집이 바로 이런 곳이었다. 그녀에게 집이란 아일랜드 사람인 메리가 생각하는 곳과는 많이 달랐다. 비록 꿈을 꾸듯 딴 세상을 헤매는 듯해도 레나 역시 독일 사람이었고 검소했다. 레나는 언제나 꼼꼼했고, 돈을 허투루 쓰는 법이 없었다. 그냥 그렇게 살아야 하는 줄 알았다. 레나는 자신이 번 돈을 신경 써 본 적이 없었고, 단 한 번도 그 돈을 어떻게 쓸까 궁리해 본 적이 없었다.

허먼 크레더 부인이 되기 전, 레나 마인츠는 언제나 차림새가 깨끗하고 단정했다. 겉모습에 신경을 쓰는 편이거나 그래야 할 필요가 있어서가 아니라, 그녀가 살던 독일에서는 가족이 다 그랬기 때문이다. 그리고 헤이든 고모도, 끊임없이 잔소리를 하는 인정 많은 독일 요리사도, 레나에게 항상 좀 더 신경 써서 깨끗한 차림으로 다니고 자주 씻어야 한다고 말했기에 그렇게 했다. 하지만 이제 레나는 꼭 그래야 한다는 마음이 별로 없었다. 자신의 감정을 잘 몰랐지만, 레나는 크레더 노부부를 좋아하지 않았다. 그럼에도 그들이 인색하고 지저분한 사람들이라는 사실을 염두에 두지 않았다.

허먼 크레더는 그의 부모보다는 깔끔하게 하고 다녔다.

그의 성격이 그런 편이었기 때문이다. 하지만 그는 자신의 부모에게 익숙해져서 그들이 좀 더 깔끔해야 한다고 생각하지는 않았다. 그리고 허먼 또한 버는 돈을 모두 저축했다. 가끔 저녁에 나가서 다른 남자들과 어울려 맥주를 조금 마시는 걸 즐겼지만, 그 외에 다른 데 돈을 쓸 생각은 결코 하지 않았다. 그들 가족의 모든 돈은 항상 그의 아버지가 관리해 왔고, 그 돈을 밑천으로 사업을 벌였다. 그래서 실상 허먼은 돈이 없었다. 줄곧 아버지를 도와 일했는데, 아버지가 아들에게 보수를 줄 생각은 전혀 하지 않았기 때문에.

네 사람이 한집에서 살기 시작하면서, 레나는 이내 차림새에 전혀 신경 쓰지 않는 듯 지저분해졌고 갈수록 생기를 잃어 갔다. 레나가 무엇을 원하는지 아무도 관심을 기울이지 않았고, 레나 스스로도 자신이 무엇을 필요로 하는지 몰랐다.

네 사람이 한집에서 같이 살게 되면서 레나가 정말로 힘들어한 일은 크레더 노부인이 잔소리하는 방식뿐이었다. 레나는 잔소리라면 귀에 딱지가 앉을 만큼 익숙했지만, 크레더 부인의 잔소리는 이전에 그녀가 견디어 냈던 것과 차원이 달랐다.

결혼하고 나서 허먼은 사실 레나를 꽤 좋아했다. 레나에게 큰 관심이 있는 것은 아니었지만, 그녀가 늘 자기 주변에 있어도 성가시게 여기지 않았다. 다만 레나가 부주의하고, 식사 준비를 하면서 재료를 아낄 줄 모르고, 아낄 수 있는 돈을 아껴 쓰는 법을 모른다며, 어머니가 걱정하고 둘에게 고약하게 굴 때는 예외였지만.

허먼 크레더는 항상 부모가 원하는 대로 뭐든 했지만, 실상 부모를 깊이 사랑하지는 않았다. 허먼이 고분고분 부모를 따르는 것은 전적으로 충돌을 피하기 위해서였다. 날마다 같은 일을 하면서 그럭저럭 지낼 수 있고, 잔소리를 듣지 않을 수 있고, 사람들이 화내는 소리를 듣지 않을 수 있다면, 그는 만사 오케이였다. 그런데 계속 그럴 줄 알았건만 결혼으로 인해 난처한 일이 생겼다. 어머니가 호통을 치며 나무라는 소리를 하루가 멀다 하고 듣게 된 것이었다. 그가 그런 소리를 들을 수밖에 없게 된 이유는 레나가 거기 있기 때문이었다. 레나는 시어머니가 호통치는 소리를 들을 때마다 겁을 내고 풀이 죽었다. 허먼은 어머니와 함께 지내는 법을 익히 알았다. 되도록 적게 먹고, 온종일 죽어라 일하고, 잔소리를 한 귀로 흘려듣는다면 그럭저럭 견딜 만했다. 그의 부모가 참으로 어리석게도 결혼을 시키는 바람에 낮이고 밤이고 한 여자와 같이 지내게 되기 전까지, 허먼은 늘 그렇게 해 왔다. 이제 이 여자도 어머니가 야단칠 때는 한 귀로 흘려듣고, 겁내는 얼굴을 하지 말고, 많이 먹지 말고, 항상 뭐든 아끼는 법을 터득하도록 그가 도와야 했다.

레나가 그렇게 해야 한다는 것을 이해하도록 하려면 어떻게 해야 하는지 허먼은 잘 몰랐다. 레나를 돕겠다고 어머니에게 말대꾸를 할 수는 없었다. 그래 봐야 레나한테 조금이나마 도움이 될 리 없었다. 쉴 새 없이 퍼붓는 어머니의 지독한 호통을 흘려들을 만큼 레나의 심지를 강하게 만들거나 달래 줄 방법 또한 떠오르지 않았다. 끊임없이 레나를 나무라는 어머니의 호통은 허먼에게도 고역이었다. 하지만 어엿한 남자로서 어머니에게 맞설 방법을 그는 알지 못했다. 어머니가 호통을 치지 않게 할 방법 또한 알 수 없었고. 사실대로 말하자면, 허먼은 무엇인가를 강렬히 원하는 사람과 맞서 싸우는 법을 전혀 몰랐다. 평생토록 뭔가를 간절히 원한 적도 없었고, 원하는 것을 얻으려 누군가와 다툼을 벌인 적도 없었다. 허먼은 그저 평생 조용히 일상을 이어 가기를 바랐다. 말을 많이 할 필요 없이 늘 같은 일을 하면서 그날이 그날인 듯 조용히 살기를 원했다. 그런데 어머니의 뜻에 따라 레나라는 여자와 결혼하고 난 뒤로, 어머니가 지겹도록 레나에게 호통을 치는 탓에 불편하기 그지없었고 불안이 떠나지 않았다.

이제 헤이든 부인은 레나를 자주 만나지 못했다. 조카딸 레나에게 관심을 잃어서가 아니라, 레나가 부인을 보러 발걸음을 자주 할 수 없기 때문이었다. 이제 레나는 결혼한 몸이므로 그러는 것은 옳지 않은 처사였다. 게다가 헤이든 부인도 두 딸에게 좋은 남편감을 찾아 줄 준비를 하느라 눈코 뜰 새 없이 바빴다. 또 부인의 남편까지도 그녀 때문에 아들 버릇이 갈수록 나빠진다고 그녀를 들들 볶았다. 엄마인 그녀가 버릇을 잘못 들여서 필시 아들이 아무짝에도 쓸모없는 인간이 될 거라고, 독일인 집안에 망신거리가 될 거라고 말이다. 이런 모든 일 때문에 헤이든 부인은 속이 편할 날이 없었지만, 그럼에도 레나에게 신경을 쓰려고 했다. 비록 레나를 자주 볼 수는 없었지만. 헤이든 부인이 크레더 부인을 찾아가거나 크레더 부인이 헤이든 부인을 만나러 올 때나 레나를 볼 수 있었는데, 그런 일은 흔치 않았다. 또 이즈음 헤이든 부인은 레나에게 잔소리를 할 수도 없었다. 크레더 부인이 항상 레나 옆에 있기 때문이었다. 이제 그럴 권리가 있는 크레더 부인이 함께한 자리에서 레나에게 잔소리하는 것은 도리에 맞지 않는 일이었다. 그래서 이제 그녀는 고모로서 레나에게 늘 좋은 이야기만 했다. 이따금 레나가 슬퍼 보이거나 얼이 빠진 듯해서 다소 걱정이 되었지만, 별달리 신경 쓸 여유가 없었다.

이제 레나는 늘 어울리던 여자들 또한 더는 만나지 못했다. 그들을 만날 길이 없었다. 레나는 성격상 굳이 구실을 만들어 그들을 만나려 하지도 않았고, 이제 그들과 어울렸던 시절을 그다지 자주 떠올리지도 않았다. 그들 중 누구도 그녀를 만나러 크레더 댁을 찾아가지도 않았고. 아일랜드 출신인 메리조차 레나를 만나러 갈 생각을 한 적이 없었다. 레나는 이내 그들에게 잊힌 사람이 되었고, 그들 또한 레나의 머릿속에서 잊혀갔다. 이제 레나는 그들과 알고 지냈다는 생각조차 떠올리는 일이 없었다.

레나가 전에 알고 지냈던 사람들 중에서 레나가 무엇을 좋아하는지, 무엇을 필요로 하는지 알아보려 하고 틈날 때마다 레나를 불러들여 만난 사람은, 끊임없이 잔소리를 했던 선한 독일인 요리사뿐이었다. 그 요리사는 레나가 차림새에 전혀 신경을 안 쓰고 꾀죄죄한 꼴로 다니는 것을 호되게 나무랐다. "레나, 아무리 아기 낳을 날이 멀지 않았다고 해도 그런 꼴로 다니면 못써. 전에 내가 알던 레나 맞니? 그렇게 칠칠치 못한 모습으로 내 부엌에 들어와 앉아 있는 모양을 보니 내가 다 창피해서 못살겠다. 너처럼 하고 다니는 사람은 내 평생 처음 봤어, 레나. 허먼이 잘해 준다며? 네가 늘 그러잖아. 네 주변에 호의를 베풀어 주는 사람이 하나도 없을지언정 허먼만은 너를 함부로 대하지 않는다고. 그런데 왜 항상 정신 줄을 놓은 사람처럼, 네가 어떤 모습으로 보이도록 하고 다녀야 하는지 말해 주는 사람이 아무도 없는 것처럼 아무렇게나 하고 다니는 거야? 그러면 안 돼, 레나! 난 정말 네가 왜 그렇게 지저분한 꼴로 다니는지 이유를 모르겠다. 거기 그렇게 궁상맞은 몰골로 앉아 있는 걸 보니 내가 다 창피해. 그러면 안 돼, 레나. 무슨 큰일을 당한 사람처럼 넋이 나가서는 시종 눈물바람이나 하고 다니는 여자치고 조금이라도 처지가 나아지는 걸 본 적이 없거든. 난 네가 허먼 크레더하고 결혼하는 모습을 보고 싶지 않았어, 레나. 그 늙은 시어머니하고 같이 살려면 네가 얼마나 참아야 할지 알았거든. 그리고 그 지독한 자린고비인 시아버지란 사람도 똑같아. 이러쿵저러쿵 말은 않지만, 그 늙은이도 고약한 여편네보다 조금도 나을 게 없는 사람이지. 나도 알아, 레나. 그 노인네들이 네가 먹는 것마저 아까워하며 눈치 주는 걸. 그래서 레나, 네가 너무 안쓰러워. 너도 내 마음을 모르지 않지. 하지만 아무리 딱한 처지라고 해도, 어쨌거나 그렇게 지저분한 몰골로 다니면 안 돼, 레나. 전에는 한 번도 이런 모습을 보인 적이 없잖아, 레나. 나도 가끔 참을 수 없을 만큼 두통이 심해서 일도 못 하고 음식 만들기는 더더욱 힘들 때가 있어. 하지만 그래도 난 변함없이 단정해 보이려고 애쓰지. 독일 여자라면 그래야 해. 그래야 무슨 일이든 잘되는 법이야. 내 말이 무슨 뜻인지 알겠지, 레나? 자, 제대로 된 음식을 좀 먹어 봐. 내가 널 위해 만든 거야, 레나. 그리고 말끔하게 씻고 정신 좀 차려, 레나. 그래야 아기도 잘 나을 수 있어. 아기가 나오면, 내가 네 헤이든 고모를 만나서, 빠른 시일 내에 너희 부부랑 아기랑 셋이서만 따로 살 수 있게끔 힘 좀 써 보라고 말할게. 분가하면 다 훨씬 좋아질 거야. 내 말 알아들었지, 레나? 앞으로 다시는 이런 꼴로 내 앞에 나타나면 안 돼, 레나. 허구한 날 질질 짜는 짓도 그만하고. 지금 거기 앉아 그렇게 울어 댈 이유가 뭐 있어? 문제가 있다고 해서 지금 너처럼 하고 다니면, 그 문제가 조금이라도 풀리는 줄 아니? 절대 그럴

리 없어. 내 말 알아들은 거지, 레나? 이제 그만 집에 돌아가서 내가 말한 대로 신경 좀 써, 레나. 나도 내가 할 수 있는 일을 알아볼 테니까. 네 헤이든 고모한테 네 시어머니를 만나 얘기해 보라고 할게. 아기를 낳을 때까지만이라도 널 좀 편하게 놔두라고 말이야. 이제 그만 겁에 질린 바보처럼 굴어, 레나. 좋은 남편도 있고, 어떤 여자라도 감사히 여길 만한 많은 것들을 갖고 있잖아. 그런 네가 바보처럼 구는 건 보기 안 좋아. 오늘은 그만 집에 가서, 내가 말한 대로 해. 나도 널 도울 방법이 있는지 알아볼 테니."

"맞아요, 올드리치 부인." 인정 많은 독일인 요리사는 나중에 여자 주인에게 말했다. "그렇다니까요, 올드리치 부인. 젊은 여자들은 다 그 모양이에요. 결혼하고 싶어 안달할 때는 언제고, 결혼하고 나면 좋은 줄을 모른다니까요. 결혼한 후에는 자기들이 정말 원하는 게 뭔지도 모르죠. 가여운 레나도 마찬가지예요. 정신 줄이 나간 몰골로 여기 와서 내내 눈물바람을 하기에 야단을 치긴 했지만, 전 가여운 레나가 왜 그런 결혼을 했는지 진짜 모르겠어요, 올드리치 부인. 애가 얼마나 안색이 나쁘고 슬퍼 보이던지, 그 애를 보고 있으려니 제 마음이 찢어지더라고요. 그 애는 괜찮은 애였어요, 올드리치 부인. 요즘 젊은 여자애들하고 같이 일하다 보면 속이 터질 때가 한두 번이 아닌데, 레나하고는 아무 문제도 없었어요, 올드리치 부인. 우리 레나보다 일을 제대로 잘하는 애는 보질 못했죠. 그런 애가 그 고약한 시어머니 크레더 부인을 주야장창 견뎌 내야 하니, 딱해 못 보겠어요. 그 늙은 여편네가 레나를 얼마나 들들 볶는지 몰라요, 올드리치 부인. 나이 든 사람이 젊은 애한테 어쩌면 그렇게 모질게 구는지, 어쩌면 그렇게 너그러운

312

마음이 눈곱만큼도 없는지 모르겠어요. 레나가 허먼하고 둘이서만 살 수 있으면 좋으련만. 허먼은 남자들이 흔히 그렇듯이 못되게 굴지 않는 모양이에요, 올드리치 부인. 하지만 항상 제 어머니가 하라는 대로만 하는 게 문제죠. 제 뜻이라고는 없는 사내예요. 그래서 그 가여운 레나한테 아무런 힘이 못 되는 것 같아요. 그 애 고모인 헤이든 부인이 레나를 위해 한 일인 줄은 알지만요, 올드리치 부인. 허먼이 결혼을 앞두고 뉴욕으로 달아났을 때, 굳이 데려오지 않았더라면 가여운 레나한테 오히려 더 좋았을 뻔했어요. 요즘 레나 꼴을 보면 너무 속상해요, 올드리치 부인. 애가 생기가 하나도 없어요. 꾀죄죄한 꼴로 몸을 질질 끌고 다녀요. 몸가짐도 차림새도 단정해야 한다고 애써 가르친 게 다 헛수고가 됐다니까요. 여자한테는 결혼이 별 도움이 안 되나 봐요, 올드리치 부인. 그런 걸 안다면, 좋은 일터를 구해 일하면서 일상을 이끌어 가는 게 훨씬 나은 것 같아요. 전 요즘 레나 모양새가 보기 싫어요, 올드리치 부인. 딱한 레나를 도와줄 방법이 있으면 좋겠어요. 그 늙은 시어머니, 크레더 부인이 보통 지독한 노인네가 아니거든요. 지체 말고 헤이든 부인한테 연락해서 불쌍한 레나를 돕기 위해 할 수 있는 일이 없는지 알아봐야겠어요, 올드리치 부인."

이즈음 가여운 레나의 하루하루는 힘겹기만 했다. 허먼은 한결같이 레나에게 잘했다. 이제 가끔은 레나를 꾸짖는 자기 어머니를 막으려고까지 했다. "엄마, 요즘 집사람 몸이 안 좋아요. 그냥 좀 두세요, 아시겠어요? 집사람이 어떻게 하길 바라시는지 저한테 말씀하세요. 그럼 제가 집사람한테 말할게요. 제가 보기엔 저 사람이 엄마가 원하는 대로 잘하는 것 같은데. 그냥 좀 놔두세요. 부탁드려요, 엄마. 이제 저 사람한테 호통치지 마세요. 몸이 좀 나아질 때까지 가만히 두세요." 정말로 허먼은 어머니에게 맞설 만큼 강해지고 있었다. 레나가 배 안에 아기를 가진 채로 힘겹게 일하는 것이 눈앞에 보였건만, 걸핏하면 지독하게 호통을 쳐 대는 어머니를 더는 참을 수 없었기에.

어머니에게 맞설 만큼 강해져야 한다는 새로운 감정이 허먼의 가슴속에서 움텄다. 허먼 크레더가 진심으로 무엇인가를 원하는 것은 낯선 일이었다. 하지만 허먼은 이제 아빠가 되기를, 건강한 사내아기의 아빠가 되기를 간절히 원했다. 허먼은 여태껏 무슨 일이든 부모의 뜻에 따랐지만, 실은 부모에게 각별한 정이 없었다. 그리고 아내인 레나에게 언제나 친절했지만, 그녀에게 특별한 애정은 조금도 없었다. 하지만 아기의 아빠가 되고 싶다는 마음, 그런 감정이 허먼을 강렬하게 사로잡았다. 허먼은 모든 문제로부터 아기를 지키기 위해 어머니에게 맞서는 것은 물론이고, 만일 아버지가 어머니를 막지 못한다면 아버지한테까지 강력히 맞설 각오가 되어 있었다.

때로 허먼은 헤이든 부인을 찾아가서 집안 문제를 의논했다. 그 둘은 아기가 나올 때까지는 네 식구가 같이 사는 편이 낫다고 생각을 모았다. 크레더 부인이 레나에게 호통을 칠 때는 허먼이 막아 주기로 했다. 그런 다음 레나가 몸을 풀고 기운을 차리면, 허먼이 본가 근처에 집을 구해 분가하기로 했다. 그러면 허먼은 아버지 일을 계속 도울 수 있는 동시에, 아내와 아기와 함께 새로 구한 집에서 먹고 자고 할 수 있었다. 어머니가 그들 가족을 쥐락펴락할 수 없고, 그녀의 지독한 호통을 듣지 않아도 되는 집에서.

그래서 한동안은 달라지는 것이 없었다. 가여운 레나는

아기를 가진 것에 어떤 기쁨도 느끼지 못했다. 오히려 바닷길에서 지독한 뱃멀미를 할 때처럼 두려움이 밀려들었다. 조금이라도 통증이 느껴지면 겁부터 냈다. 레나는 두려움 속에서 소리 없이 생기를 잃었고, 매 순간 자신이 죽음에 다가가고 있다고 생각했다. 레나에게는 이런 고통을 이겨 낼 힘이 남아 있지 않았다. 꼼짝 않고 앉아 두려움에 떨며 멍하니 축 쳐진 채로 자신이 곧 죽고 말 거라는 생각만 할 수 있을 뿐.

오래 지나지 않아 레나는 아기를 낳았다. 예쁘고 건강한 남자아이였다. 아빠가 된 허먼은 좋아서 어쩔 줄 몰랐다. 레나가 어느 정도 기운을 차리자, 그는 본가 바로 옆집을 얻어 분가했고, 그 자신의 가족과 함께 먹고 자며 하고 싶은 대로 할수 있게 되었다. 그런데도 레나는 별다른 변화를 보이지 않았다. 아기가 나오기를 기다리고 있을 때와 똑같았다. 축 늘어져서 차림새에 전혀 신경을 안 썼고 생기라고는 없었다. 아무 감정이 없는 사람처럼 그저 하루하루를 이어 갔다. 늘 하던 대로 타성적으로 모든 일을 해냈지만, 끝내 활력을 되찾지 못했다. 허먼은 항상 충실했고 친절했으며, 레나가 하는 일을 언제고 도와주었다. 그녀를 돕기 위해 그가 아는 일은 뭐든 다 했다. 새집에서 해야 하는 낯선 일들과 아기를 위한 모든 일을 앞장서서 했다. 레나는 그때껏 익혀 온 대로 해야 할 일을 했고. 그녀는 시종 그저 제 할 일을 했고, 늘 무신경했고 지저분했고 멍하니 맥아리가 없었다. 레나는 결혼한 이후로 조금도 나아지는 일 없이 늘 이런 모습이었다.

헤이든 부인은 조카딸 레나를 더는 만나지 못했다. 혼기를 앞둔 두 딸과 커 갈수록 다루기 버거운 아들만으로도 신경쓸 일이 넘쳤다. 부인은 레나에게 할 도리를 다 했다고 생각했다. 언젠가 자신의 두 딸에게도 찾아 주면 좋겠다 싶을 만큼 괜찮은 남자 허먼 크레더를 찾아 준 데다, 레나를 힘들게 했던 시부모에게서 벗어나 새살림을 할 수 있도록 해 줬잖은가. 헤이든 부인은 조카딸 레나에게 할 만큼 했다고 자부했다. 앞으로 계속 그녀를 찾아가 살펴볼 필요는 없다고 생각했다. 이제 레나는 고모 없이도 스스로 문제를 잘 헤쳐 나갈 터이므로.

수시로 레나에게 잔소리를 했던 인정 많은 요리사는 여전히 엄마처럼 가여운 레나를 보살피려 애썼다. 이즈음 레나를 보살피기란 보통 힘든 일이 아니었다. 레나는 누가 무슨 말을 해도 귀 기울여 듣는 법이 없어 보였다. 허먼은 언제나 레나를 돕기 위해 할 수 있는 일은 뭐든 다 했다. 집에 있을 때는 항상 그가 아기를 돌봤다. 허먼은 아기 돌보는 일을 참으로 좋아했다. 레나는 아기를 데리고 나가거나, 꼭 하지 않아도 되는 일은 아예 할 생각을 안 했지만.

인정 많은 요리사는 가끔 자신이 일하는 집으로 레나를 불러들였다. 레나는 아기를 데리고 그 집 부엌으로 들어가 앉아서는, 요리사가 음식 만드는 모습을 지켜보기도 했고, 이따금 예전처럼 요리사의 말을 귀담아듣기도 했다. 그러면 그 독일인 요리사는 레나에게, 이제 아무 문제도 없지만 전혀 신경 쓰지 않은 차림으로 와서는 넋이 나간 사람처럼 멍하니 앉아 있기만 하고 고마워할 줄을 모른다고 잔소리했다. 간혹 레나는 정신이 든 듯 예전의 온순하고 참을성 있고 상냥하고 해맑은 얼굴을 했지만, 요리사의 핀잔은 대체로 흘려듣는 것 같았다. 레나는 친절한 여주인, 올드리치 부인이 다정하게 말을 건네면 언제나 좋아했다. 그러면 그 집에서 일할 때 자신으로 돌아간 듯한 모양이었다. 하지만 평소 레나는 차림새에 신경 쓰지 않았고, 활기라곤 없이 멍한 모습으로 그냥저냥 살아갔다.

시간이 흐르고 레나는 두 아이를 더 낳았다. 그 아기들을 가졌을 때는 처음처럼 두려워하지 않았다. 아기가 배 속에서 발을 차도 알아채지 못하는 듯 했고, 자신에게 무슨 일이 생기든 무심해 보였다.

레나가 낳은 세 아이는 모두 아주 예뻤다. 허먼은 언제나 아이들을 살뜰히 보살폈다. 아내인 레나한테는 특별히 관심을 기울인 적이 없지만. 허먼이 진심으로 관심을 기울인 대상은 아이들뿐이었다. 아이들에게는 한결같이 참 잘했다. 항상 부드럽고 다정하게 아이들을 안아 주었고, 잘 다루었다. 일하지 않을 때는 줄곧 아이들과 함께 시간을 보냈다. 점차 허먼은 온종일 그 자신의 집에서 일하기 시작했고, 그러면서 아이들과 늘 같은 공간에서 지낼 수 있게 되었다.

레나는 갈수록 활기를 잃어 갔고, 허먼은 이제 레나를 잊다시피 했다. 그는 세 아이에게 점점 더 많은 관심을 쏟았다. 아이들을 먹이고 씻기는 일을 도맡아 했고, 매일 아침 아이들을 입히는 일도 그가 했다. 또 아이들이 올바로 자라도록 가르치고 잠재우면서 거의 매 순간 아이들과 함께했다. 그러는 와중에 넷째 아이가 태어날 날이 가까워졌다. 레나는 근처 병원으로 아기를 낳으러 갔다. 그 아기를 낳는 데는 산고가 꽤 큰 듯 보였다. 마침내 세상에 나온 아기는 엄마처럼 활기가 없었다. 출산하는 동안 핏기를 잃고 점점 창백해지던 레나 또한 아기를 낳고 나서 죽고 말았다. 그녀가 어쩌다 그렇게 됐는지 아무도 몰랐다.

레나를 그리워한 사람은, 수시로 레나에게 잔소리를 하고 마지막 날까지 레나를 도와주려 애썼던 인정 많은 독일인 요리사뿐이었다. 그녀는 같은 집에서 함께 일할 때 레나가 밤낮 없이 얼마나 말쑥했는지, 목소리가 얼마나 싹싹하고 상냥했 는지, 항상 얼마나 일을 잘했는지를 잊지 않았다. 또 그 집에 들어와서 자신을 도와 허드렛일을 했던 다른 모든 여자애들 이 애를 먹였던 것과 달리 레나는 그런 적이 전혀 없었다는 것 도 기억했다. 그 인정 많은 요리사는 올드리치 부인과 함께 이 야기를 나눌 여유가 생기면, 이따금 레나에 대해 그런 이야기 를 했다. 이제 레나에 대한 기억은 이것 뿐이었다.

  허먼 크레더는 세 아이와 함께 늘 아주 행복하고 평온하 고 조용하고 만족스럽게 살았다. 그의 옆에서 줄곧 함께할 여 자를 또 들이지는 않았다. 그는 날마다 아버지를 도와 하는 일 이 끝나면, 내내 자신의 집에서 자신의 일을 했다. 어린아이들 이 아빠를 도와줄 만큼 클 때까지, 허먼은 혼자였고, 항상 혼 자 일했다. 허먼 크레더는 이제 착하고 순순한 세 아이와 함께 하루하루 그날이 그날인 듯 규칙적으로 평화롭게 만족하며 살았다.

글로 그린 세 여인의 초상

거트루드 스타인은 대담한 언어 실험을 시도한 모더니즘 작가이자 새로운 예술 운동의 비호자로 1차 세계 대전 후 환멸과 절망과 허무감에 빠진 미국의 지식 계급 및 예술가들을 "길 잃은 세대(Lost Generation)"라 칭하며 후원한 대모로 일컬어진다.

거트루드는 1874년 2월, 독일계 유태인 대니얼 스타인과 아멜리아 스타인의 일곱 번째 아이로 펜실베이니아 앨러게니에서 태어났으나 1875년에 가족이 유럽으로 생활 터전을 옮기면서 다섯 살이 될 때까지 빈과 파리에서 외국인 보모들과 가정 교사들로부터 독일어, 영어, 불어를 들으면서 자란다. 그후 1879년 가족이 미국으로 돌아와 캘리포니아 오클랜드의 드넓은 대저택에 정착하는 사이 거투르드는 두 살 위 오빠 레오와 가깝게 유년 시절을 보내고, 성년이 되어서도 레오를 따라 유럽으로 이주하여 생활한다. 거트루드와 레오가 10대 때, 어머니에 이어 아버지까지 상당한 빚을 남기고 사망했으나 이들 가족의 장남인 마이클 스타인이 집안을 일으킨 덕에 스타인 형제들은 여생을 보내기에 충분한 유산을 물려받는다.

　레오가 하버드 대학에 진학하자 거트루드는 볼티모어에 있는 외가로 가서 지내다 1893년 가을 학기에 래드클리프(당시 남자 학교였던 하버드 대학의 부설 여성 교양 대학)에 입학한다. 대학 시절 거트루드는 독일어, 철학, 경제, 역사에서는 좋은 성적을 얻지만 영작 수업에서는 고전을 면치 못한다. 당시 교수였던 시인이자 극작가 윌리엄 본 무디는 거트루드의 문체가 어색하고 정확하지 못하다고 평했는데, 성장하면서 여러 언어에 노출되고 고등학교 교육을 받지 못해서였으리라 짐작된다. 그럼에도 거트루드는 글쓰기에 강한 의지를 보였고 논리학, 형이상학, 심리학으로 이루어진 철학 강의를 들으면서 그녀의 전 생애에 영향을 미친 저명한 행동 심리학자이자 헨리 제임스의 형인 윌리엄 제임스를 만난다. 그리고 윌리엄 제임스의 영향으로 뇌에 대한 연구를 계속하고자 존스홉킨스에 진학하여 의학 공부를 시작했지만, 삼 년 후인 1901년 봄 거트루드는 공부를 중단하고 학위를 받지 못한 채 존스홉킨스를 떠나게 된다.

　존스홉킨스에 다니는 동안 거트루드는 전통적인 여성 역할에 부합할 수 없음을 깨닫고 자신의 정체성을 찾고자 했으며, 관습에서 자유로워져야 한다는 레오의 주장을 전폭적으로 지지하며 사랑에 있어서도 관습의 틀에 얽매이지 않는다. 그러면서 메이 북스테이버라는 여성을 사랑하게 되는데 메이에게는 이미 메이블 헤인스라는 연인이 있어 사랑의 결실을 맺지 못한다. 이루지 못한 사랑에 대한 아픔과 더불어 당시 극단적 가부장적 영역이던 존스홉킨스에서 남자들이 기대하는 전통적 여성상에 순응하기 어려워 거트루드가 의학 공부를 중단한 이유로 보인다.

　존스홉킨스를 그만둔 거트루드는 레오를 따라 파리로 가서 지내며 이루지 못한 사랑을 배경으로 소설 『있는 그대로의 모습(Q.E.D.: Things as They Are)』과 『펀허스트(Fernhurst)』를 쓰기 시작한다. 또한 레오의 조언에 따라 플로베르를 번역하는 한편 아방가르드 화가들의 작품을 수집하기 시작했는데, 그런 일이 거트루드가 평생 글쓰기에 힘을 쏟는 계기가 된다.

　거트루드가 레오와 지내던 파리의 집이 예술가들과 지식인들이 찾는 살롱, 즉 모더니즘의 산실이 되면서, 거트루드는 앙리 마티스, 파블로 피카소, 장 콕토, 어니스트 헤밍웨이, 스콧 피츠제럴드 같은 다수 예술가와 교류하며 그들을 후원하고 당대 최고의 지성으로 자리매김했다.

　작가로서 거트루드는 기존의 내러티브 양식에서 과감하게 벗어나 같은 어휘와 문장을 반복하여 쓰거나, 앞에서 한 표현과 뒤에서 한 표현을 모순되게 하거나, 비연속적 시간 순으로 스토리를 전개하는 등 언어상 실험을 함으로써 난해한 작가라는 선입견을 불러일으킨다. 하지만 그녀의 작품들이 갈수록 수많은 비평가들에게 호평을 받으며 다양한 각도로 연구되고 있다. 남긴 작품으로는 『세 가지 인생(Three Lives)』 (1909), 『부드러운 단추(Tender Buttons)』(1914), 『미국인의 형성(The Making of Americans)』(1925), 『상냥한 루시 처치(Lucy Church Amiably)』(1930), 『앨리스 B. 토클러스의 자서전(The Autobiography of Alice B. Toklas)』(1933), 『삼 막으로 된 사 인의 성인(Four Saints in Three Acts)』(1934), 『세상은 둥글다(The World Is Round)』(1939) 등 다수가 있다.

『세 가지 인생』은 단편 「착한 애나(The Good Anna)」, 중편 「멀랜사(Melanctha)」, 단편 「온순한 레나(The Gentle Lena)」 순으로 이루어져 있다. 출판업자가 원고를 보고 외국인이 영어로 쓴 작품인 줄 알고 좀 더 영어답게 쓰라고 했을 만큼 전통적인 산문체의 틀에서 벗어나 난해하다는 평을 받았지만, 셔우드 앤더슨, 리처드 라이트, 어니스트 헤밍웨이, 윌리엄 카를로스 윌리엄스, 캐서린 앤 포터 같은 당대 작가들과 현대 비평가들을 비롯하여 수많은 독자에게 칭송받는 작품이다. 거트루드 스타인은 『세 가지 인생』을 쓰면서 새로운 방식을 시도하고자 했다. 그런 실험의 일환으로 플로베르의 소설을 출발점으로 삼은 동시에 자신의 경험을 토대로 했는데, 세 여자 주인공 애나와 멀랜사와 레나를 사회적 신분이 낮은 인물로 설정한 것이나 「착한 애나」의 첫 부분에서 대략적으로 보여 준 가정부인 애나와 주인인 머틸다 양과의 관계 설정은 플로베르를 따랐다고 볼 수 있다. 하지만 플로베르나 다른 소설가들과 달리 거트루드 스타인은 등장인물들이 무엇을 했느냐보다 등장인물들을 어떻게 보여 주느냐에 더 관심을 두었기에 등장인물의 자아 실현에 대한 이야기보다는 등장인물의 특성을 보여 주기 위한 묘사로 접근해 들어간다. 이는 인간의 특성은 고정되어 변하지 않는다고 보는 그녀의 관점을 반영하는 것이다.

또한 새로운 실험을 위한 시도로써 거트루드는 『세 가지 인생』에서 인상파 화가들 및 후기 인상파 화가들과 교류하며 마음속에 품었던 산문 구성을 실행으로 옮겼다. 다시 말해 세잔, 마티스, 피카소 같은 화가들의 영향을 받았고, 그들의 회화 기법을 문학 작품에서 구현하고자 했다. 거트루드 스스로도 언급했듯 「착한 애나」를 쓸 때 사실주의 소설의 관습에서 벗어나 산문체 서술 기법에서 실험적 접근을 하는 데 가장 큰 영향을 미친 화가는 세잔이었다. 각각의 부분이 전체만큼 중요하다고 보는 세잔의 구성법에 영향을 받아 「착한 애나」의 시작 부분에서 애나의 삶과 관련된 사건들을 시간순으로 묘사하는 전통적인 방법 대신 비선형적 내러티브를 시도했고, 어휘와 구절의 반복을 의도적인 문학적 장치로 사용했다. 거트루드는 또한 마티스가 아내의 초상화로 그린 「모자를 쓴 여인」의 거칠고 생경한 색채와 느낌에 깊은 인상을 받아 그 그림을 구입하여 작업실에 걸어 놓았는데 「온순한 레나」를 묘사할 때 그 그림에서 영감을 받았다고 하며, 마티스의 영향으로 사실적 세부 묘사보다는 감정 표현을 중시하여 여성들 개개인의 심리적 초상화에 대범하게 초점을 맞추었다. 「멜랜사」를 쓸 때 거트루드는 피카소와 우정을 쌓으며 그의 초상화 모델을 하고 있었는데, 피카소의 분석적이고 파편적인 회화 기법에 영향을 받아 어휘와 구절의 반복을 더욱 과감하게 하는 파격적인 실험을 하면서 멜랜사의 솔직한 성적 취향과 분위기를 묘사했고, 그 결과 내면 지향의 구성으로 등장인물들의 심리를 비추었다. 이렇듯 재능 있는 예술가들과 교류하고 그들의 작품 속에서 살아가며 거트루드는 문학적 관습에서 벗어나 전무후무한 소설적 결실을 만들어 냈다.

거트루드가 볼티모어에서 함께 살았던 가정부를 모델로 했다는 「착한 애나」는 평생을 고되고 힘들게, 그리고 충실하게 살아가다 죽음을 맞는 평범한 가정부의 일생을 그린 단편으로 세 부분으로 구성되어 있다. 독일 남부의 중하층 출신인 애나 페더너는 미국의 브리지포인트로 이주해 가정부로 이

집 저 집 옮겨 다니며 심신이 고달픈 삶을 살지만 남의집살이를 하는 사람이 가져야 할 구시대적 사고방식을 고수하며 충실하게 가정부로서 지낸다. 그러면서 다양한 사람들과 만나 갈등, 행복, 슬픔, 절망을 경험하며 몸을 아끼지 않고 고달프게 살아가다 병이 나서 수술을 받지만 그 후유증을 견뎌 내지 못하고 죽음을 맞는다.

세 편의 이야기 중 마지막으로 완성되었으며 존스홉킨스 시절 사랑했던 메이 북스테이버를 모델로 했다는 「멀랜사」는 백인과 흑인의 혼혈로 지적이고 매력적인 젊은 여성이 삶에 대한 지혜를 찾아 헤매는 이야기다. 멀랜사는 세상의 경험을 쌓으며 삶의 지혜를 얻고 진정한 사랑을 찾고자 여기저기 배회한다. 그러다 만난 제프를 끝까지 존경할 수 있는 남자라 기대했지만 결국 그와의 사랑이 실패로 끝나고, 다시 그녀의 야심을 채워 줄 이상적인 남자로 보이는 젬 리처즈를 만나 결혼까지 꿈꾼다. 하지만 끝내 버림받고, 의지하던 친구 로즈에게마저 절연당한 채 삶을 이어가다가 폐결핵에 걸려 생을 마감한다.

「온순한 레나」는 독일에서 미국의 브리지포인트로 이주한 하녀로 뚜렷한 주관 없이 항시 주변 사람들의 말에 고분고분 따르며 하녀로서의 삶에 만족하며 살아간다. 그러던 중 고모인 헤이든 부인이 골라 준 허먼 크레더와 결혼하고, 시어머니의 끊임없는 구박과 남편의 무관심 아래서 삶의 의지를 잃고 무기력하게 살아가다 넷째 아이를 사산하고 죽음을 맞는다.

거트루드 스타인이 『세 가지 인생』을 쓸 때 화가들의 영향을 많이 받았다는 사실 때문일까, 세 편의 이야기 모두 첫 부분을 읽고 나면 애나와 멀랜사와 레나라는 세 여인의 초상화가 자연스럽게 연상된다. 피로가 쌓인 낯빛에 비죽하니 꾹 다문 입과 장난기 담긴 투명하고 날카로운 말간 연푸른색 눈을 가지고 있는 충실한 가정부 애나는 어떤 모습인지, 어렵게 아기를 낳은 로즈를 돕기 위해 할 수 있는 일은 뭐든 마다 않고 하면서도 이따금 지독한 우울감에 빠지는 지적이고 매력적인 멀랜사는 어떤 분위기를 풍기는지, 독일에서 미국으로 건너와 4년째 하녀 일을 하며 평화로운 나날을 보내는 레나의 순박한 얼굴이 결혼 후 어떻게 무기력한 모습으로 변해 가는지.

초반부가 지나면 과거로 돌아가 세 여인이 초상화 속 모습을 보이게 되기까지 삶의 여정이, 그림을 완성하기 위한 붓질이 수없이 보태지듯 글로써 세세하게 묘사되면서 완성된 초상화의 모습을 다시 드러낸다. 그 뒤 세 여인은 삶의 톱니바퀴 속에서 벗어나지 못하고 죽음을 맞는다. 애나는 한평생 가정부로서 몸을 돌보지 않고 최선을 다하며 고된 삶을 살다 죽음을 맞고, 멀랜사는 경험을 통해 원하는 것을 찾고자 여기저기 배회하지만 끝내 원하는 것을 얻지 못한 채 죽고, 레나는 그저 인내하고 순응하며 살아가다 죽고 만다. 하지만 이들의 초상 이미지가 마음속에 생생하게 남기에 죽은 후에도 애나와 멀랜사와 레나는 계속 살아 있는 듯하다. 거의 모든 문장에 쓰인 now와 always도 그렇다. now는 그때그때 붓의 터치로 그려지는 선이나 덧입혀지는 색을, always는 그런 과정을 거쳐 완성된 초상화로써 언제까지나 남게 되는 모습을 나타내는 것이리라.

세 여인의 삶이 크게 달라지는 것 없이 이어지다 죽음을 맞는 것도 안타깝지만은 않아 보인다. 고되고 힘든 삶이지만 세 여인 모두 스스로 포기하는 일 없이 살아가다 죽음을 맞는데, 어떻든 포기하지 않고 끝까지 충실하게 살아가는 것 자체가 의미 있는 삶일 수 있음을, 그런 죽음이 새로운 삶의 기반이 될 수도 있음을 알게 된다. 세 작품에서 그려지는 기득권층의 백인은 움직임이 불편할 만큼 몸집이 비대하고 무기력하고 무능하고 나태하며, 남성들은 전통적인 질서에 맞춰 살아가는 것이 최선이라 생각하는 길들여진 모습이지만, 어쨌거나 주체적으로 삶을 이끌며 끝까지 소신껏 살다 죽음을 맞는 것은 세 여인이므로.

옮긴이
이은숙

중앙대학교 영어교육학과를 졸업하고 고등학교에서 학생들을 가르쳤다. EBS를 비롯한 여러 텔레비전 채널에서 영화, 다큐멘터리, 애니메이션을 번역했으며 현재는 출판 기획·번역 네트워크 '사이에' 위원으로 활동하며 도서 번역에 힘쓴다. 옮긴 책으로 『스파르트 이야기』, 『그 숲에는 남자로 가득했네』, 『그들은 목요일마다 우리를 죽인다』, 『엄마 실격』 등이 있다.

세 가지 인생

1판 1쇄 찍음 2024년 9월 27일
1판 1쇄 펴냄 2024년 10월 4일

지은이 거트루드 스타인
옮긴이 이은숙
발행인 박근섭, 박상준
펴낸곳 (주)민음사

출판등록 1966. 5. 19. 제16-490호
서울시 강남구 도산대로 1길 62(신사동)
강남출판문화센터 5층 06027
대표전화 02-515-2000 팩시밀리 02-515-2007
www.minumsa.com

ISBN 978 89 374 2998 9 04800
ISBN 978 89 374 2900 2 (세트)

* 잘못 만들어진 책은 구입처에서 교환해 드립니다.

세 가지 인생

Three Lives